insel taschenbuch 4941

Frida Skybäck

Das Verschwinden der Linnea Arvidsson

Frida Skybäck

DAS VERSCHWINDEN DER LINNEA ARVIDSSON

Roman

Aus dem Schwedischen von
Karoline Hippe und
Nora Pröfrock

INSEL VERLAG

Die Originalausgabe erschien 2021 unter
dem Titel *De rotlösa* bei LB Förlag, Stockholm.

Klimaneutral
Druckprodukt
ClimatePartner.com/14438-2110-1001

Erste Auflage 2022
insel taschenbuch 4941
Deutsche Erstausgabe

Umschlaggestaltung: zero-media.net, München
Umschlagfotos: FinePic®, München
Satz: Dörlemann Satz, Lemförde
Druck: C. H. Beck, Nördlingen
Printed in Germany
ISBN 978-3-458-68241-7

www.insel-verlag.de

LYDIA

KAPITEL 1

Es klopft an der Tür. Ich drehe den Wasserhahn in der Küche ab und werfe einen Blick ins Wohnzimmer, wo Papa zusammengesunken in seinem Fernsehsessel sitzt. Rufe »Ich mach auf« und denke noch, das ist wahrscheinlich Tanja, die irgendwas vergessen hat. Sie wohnt mit ihren Töchtern in der Wohnung gegenüber, und wenn sie Nachtschicht hat, sehe ich manchmal nach den beiden.

Aber auf dem graumelierten Treppenabsatz steht nicht Tanja, sondern ein Mann um die vierzig mit einem derart ernsten Gesicht, dass sich alles in mir zusammenzieht.

»Guten Tag. Ich …«

»Ja?«, unterbreche ich ihn ungeduldig.

Er trägt eine dunkle Stoffhose, ein schickes Jackett und Lederschuhe.

»Ich bin von der Polizei. Darf ich reinkommen?«, fragt er mit einer Geste in die Wohnung.

Ich kann nicht einfach irgendeinen Fremden reinlassen, denke ich, er sollte sich erst einmal ausweisen, doch sein Auftreten lässt keinen Zweifel daran, dass er die Wahrheit sagt, auch wenn er nicht in Uniform ist. Jedes Mal, wenn in der Gegend etwas Ernstes passiert ist, steht die Polizei bei uns auf der Matte und will wissen, ob Papa oder ich etwas gesehen haben. Aber ich will einfach nur meine Ruhe haben und antworte immer mit Nein. Dieses Mal ist jedoch irgendetwas anders. Der Mann vor der Tür hat nicht diesen müden, resignierten Blick, und er bewegt sich auch nicht so steif und zögerlich wie die Polizisten, die sonst bei uns klingeln.

Während er seinen Notizblock hervorholt, überlege ich, was er wohl will. Er wirkt irgendwie farblos. Sein Gesicht ist bleich, sogar die Wimpern sind ganz hell, aber er hat eine Präsenz, die sich regelrecht aufdrängt.

»Sie sind Lidija Simovic?«, sagt er mit monotoner Stimme.

»Lydia«, korrigiere ich, auch wenn ich weiß, dass im Melderegister Lidija steht. »Ist was passiert?«

»Ich habe nur ein paar Routinefragen.«

»Ich bin vorhin erst von der Arbeit gekommen und habe nichts gesehen.«

Er scheint mir gar nicht zuzuhören. Stattdessen mustert er die aufgereihten Schuhe im Schuhregal, bis er schließlich den Blick hebt und mich zum ersten Mal wirklich ansieht.

»Der Name Ihres Bruders ist Daniel Simovic, ist das richtig?«

Einen kurzen Moment vergesse ich zu atmen.

»Ja, aber der wohnt hier nicht.«

Der Polizist wirft einen Blick an mir vorbei in Richtung Fernseher, der laut im Hintergrund läuft.

»Das ist mein Vater.«

»Branko Simovic«, ergänzt er. »Sie wohnen hier zusammen?«

»Ja«, antworte ich angespannt und versuche, mir einen Reim darauf zu machen, warum der Polizist nach Dani fragt. Ob ihm etwas passiert ist? Hatte er einen Unfall? Aber das hätte mir die Polizei wahrscheinlich sofort mitgeteilt.

»Wann haben Sie zuletzt mit Ihrem Bruder gesprochen?«

»Ich weiß nicht … Vor ungefähr einer Woche«, sage ich und versuche, die Ruhe zu bewahren, auch wenn mein

Herz rast wie bei einem aufgescheuchten Tier. »Entschuldigung, aber worum geht es hier eigentlich?«

»Wissen Sie noch, an welchem Tag das war?«

Ich ziehe mein Handy aus der Gesäßtasche, scrolle durch die Anrufliste, und während vor meinem inneren Auge ein Katastrophenszenario nach dem anderen vorüberjagt, halte ich dem Polizisten das Display hin: Der letzte ausgehende Anruf mit Dani war am Montagabend vor exakt einer Woche, um fünf nach halb sieben. Vor ein paar Jahren, als Dani noch Teenager war und lauter Mist im Kopf hatte, hätte mich diese Art von Besuch nicht sonderlich überrascht. Aber inzwischen hat mein Bruder sein Leben im Griff, er hat jetzt eine Wohnung und einen Job und ist stolz darauf. Ich kann mir nicht vorstellen, dass er das aufs Spiel setzen würde.

Der Polizist macht sich eine Notiz und nickt.

»Worüber haben Sie gesprochen?«

»Ich wollte nur mal hören, wie es ihm geht.«

»Und was hat er gesagt?«

»Es war alles in Ordnung«, antworte ich gereizt und denke, das muss doch ein Irrtum sein. Aber ich traue mich nicht, etwas zu sagen, wohl wissend, wer hier am längeren Hebel sitzt.

»Und seitdem haben Sie ihn nicht mehr gesehen oder gesprochen?«

»Nein.«

»Hatte Ihr Vater Kontakt zu ihm?«

»Mein Vater hatte im Januar einen Schlaganfall und hat seitdem Gedächtnisprobleme. Ich glaube nicht, dass er mit Dani Kontakt hatte. Wieso?«

Der Polizist räuspert sich.

»Wir müssen Daniel kontaktieren, wir haben ein paar Fragen an ihn.«

»Haben Sie es schon auf seinem Handy versucht?«

»Das ist ausgeschaltet.«

»Ist bestimmt nur nicht aufgeladen. Das verpeilt er schon mal«, sage ich lächelnd, doch der Polizist verzieht keine Miene, und an seiner Nasenwurzel bilden sich kleine konzentrierte Falten.

»Kann man sonst irgendwie Kontakt zu ihm aufnehmen?«

Ich zögere. Dani will wahrscheinlich keinen Polizeibesuch an seinem neuen Arbeitsplatz, aber schließlich gebe ich nach.

»Er arbeitet im Wayne's Coffee. Das am Turning Torso in Västra Hamnen.«

Wieder macht sich der Mann eine Notiz auf seinem Block, dann reicht er mir eine Visitenkarte mit der Aufschrift *Christian Wallin, Kriminalkommissar.*

»Kommt es öfter vor, dass er einfach so verschwindet?«

»Nein, überhaupt nicht.«

»Geben Sie mir Bescheid, wenn Sie etwas von ihm hören. Wir müssen so schnell wie möglich mit ihm reden, es ist wichtig.«

»Okay.«

Sein Blick ruht eine Weile auf Mamas und Papas Hochzeitskreuz an der Wand, wandert dann weiter zu den überfüllten Arbeitsflächen in der Küche und bleibt schließlich in einer Ecke des Fußbodens hängen, wo sich der schmutzige Rand des Linoleumbelags aufgerollt hat. Eine Welle der Scham überkommt mich. Ich weiß genau, was er denkt, ich sehe es ihm an.

Sobald ich die Wohnungstür geschlossen habe, greife ich zum Handy und wähle Danis Nummer. Mit angehaltenem Atem warte ich auf das Freizeichen, doch am anderen Ende ertönt nur ein Klicken und dann eine monotone Stimme, die mich darüber informiert, dass der Teilnehmer nicht erreichbar ist. Sicherheitshalber versuche ich es noch einmal und öffne dann WhatsApp, um ihm eine Nachricht zu schicken.

Dani, wo bist du? Muss mit dir reden. Ruf so schnell wie möglich an, es ist wichtig. Die Polizei sucht nach dir.

Durchs Fenster sehe ich, wie der Polizist um die Ecke verschwindet. Ich lese die Nachricht noch einmal und lösche den letzten Satz, bevor ich sie absende.

Papa hustet. Ich kann ihn bis in die Küche riechen. Er müsste eigentlich duschen, aber ich habe auf der Arbeit schon so schwer gehoben und will jetzt meine Ruhe.

Ohne den Blick vom Handy abzuwenden, lasse ich mich auf einen Stuhl am Küchentisch fallen. Vielleicht hat Dani sein Telefon verloren oder es wurde ihm gestohlen. Bestimmt ist er längst dabei, sich ein neues zu besorgen, und meldet sich, sobald er Ersatz hat. Das erklärt allerdings nicht, warum die Polizei nach ihm sucht.

Ich muss an Danis Straftaten von früher denken. Da hat immer diese Gang dahintergesteckt, mit der er damals rumhing, aber den Kontakt hat er längst abgebrochen. Ein paar Jahre war er auf der schiefen Bahn und hat echt blöde Entscheidungen getroffen, doch das liegt inzwischen alles hinter ihm.

Draußen wird es langsam dunkel, der Wind zerrt an den Bäumen. Mit jedem Abend rückt der Herbst jetzt näher, und in letzter Zeit waren die Straßen morgens immer nassgeregnet. Ich gehe zu Papa und mache ihn bettfertig, sage mir, es wird schon alles nicht so schlimm sein. Doch die Unruhe lässt mich nicht los, und nachdem ich Papa ins Bett gebracht habe, sitze ich den Rest des Abends da und starre auf das schwarze Display meines Handys.

KAPITEL 2

Am nächsten Morgen koche ich den Kaffee extra stark. Dani hat nichts von sich hören lassen, und langsam bin ich echt genervt. Kapiert er nicht, wie es mir geht, wenn er sich einfach so in Luft auflöst, was für Sorgen ich mir mache? Auch Mila hat nicht auf meine Nachricht geantwortet. Ich habe ihr gestern am späten Abend noch geschrieben und gefragt, ob sie weiß, wo Dani steckt, aber wahrscheinlich ist meine große Schwester zu beschäftigt mit ihrem perfekten Leben, um sich bei mir zu melden.

Als ich die oberste Küchenschublade öffne, blitzt mir ein Messer entgegen, und ich spüre, wie es mir eiskalt den Rücken runterläuft. Das muss ich beim Spülmaschineleeren aus Versehen dort eingeräumt haben. Schnell verstaue ich es in dem Versteck im Schrank, wo auch die übrigen Messer, die Streichhölzer und andere spitze Gegenstände liegen. Bisher ist noch nichts Schlimmes passiert, aber ich kenne die Gefahren. In Rönnen, wo ich arbeite – dem »Gefängnis für lebende Tote«, wie meine Kollegen sagen –, habe ich schon die schrecklichsten Dinge erlebt. An so einem Ort würde Papa sich nie wohlfühlen, und solange er nicht auf eigene Faust die Wohnung verlässt, kommen wir auch alleine klar.

Papa schläft noch, und bevor ich losgehe, mache ich Frühstück und stelle es ihm auf den Tisch: eine dicke Scheibe Brot ohne Kruste, weil er die nicht mehr so gut kauen kann, Butter und Käse obendrauf, dazu eine Thermoskanne Kaffee und ein Glas Apfelsaft.

Vor der Wohnung treffe ich Tanja. Das Klackern ihrer

Absätze hallt durchs Treppenhaus, und ich rieche das Parfüm von gestern, das inzwischen eins mit ihrer Haut geworden ist. An einem der Fenster bleibt sie stehen, öffnet es einen Spalt breit und zündet sich eine Zigarette an. Wartet, bis die Glut richtig glimmt, und nimmt dann einen tiefen Zug.

»Hat alles geklappt?«

Ich nicke. Ich habe ihr heute Morgen schon geschrieben, gleich nachdem ich die Mädchen geweckt hatte.

»Ich kann ruhig auch bei euch in der Wohnung übernachten, das weißt du.«

»Passt schon«, sagt sie und dreht die Zigarette, so dass die angehäufte Asche nach oben zeigt. »Dein Vater braucht dich mehr.«

»Okay, aber sag auf jeden Fall Bescheid, wenn du es dir anders überlegst«, antworte ich und schließe die Tür hinter mir ab. »Sein Mittagessen steht im Kühlschrank.«

Sie bläst den Rauch in die Luft und drückt die Zigarette auf dem Fensterblech aus. »Ich hoffe, meine Kinder kümmern sich später auch mal so um mich. Übrigens habe ich gehört, du hattest gestern Besuch? Inez hat angerufen«, fügt sie mit einem Achselzucken hinzu.

Diese dämliche Inez, denke ich. Hängt wahrscheinlich rund um die Uhr am Küchenfenster, nur um ja alles mitzukriegen, was hier im Viertel passiert.

»Ach, das war nichts. Nur ein Vertreter.«

»Aha«, sagt sie, schnippt den Zigarettenstummel weg und schließt das Fenster. »Pass auf dich auf.«

»Du auch.«

Die Morgensonne spiegelt sich in Inez' Küchenfenster, so dass man nicht hindurchsehen kann, aber ich weiß, dass sie dort sitzt, und unterdrücke den Impuls, ihr den Mittelfinger zu zeigen. Auf dem Weg zum Bus versuche ich es noch einmal auf Danis Handy, wo wieder nur die monotone Ansage ertönt. Was macht er bloß? Wieso geht er nicht ran?

In mir brodelt es, und ich lege mir schon zurecht, was ich bei unserem nächsten Treffen alles zu ihm sagen werde. Sich einfach so aus dem Staub zu machen, ist wahnsinnig unverantwortlich. Dann muss ich daran denken, wie Dani einmal auf dem Stortorget zwei Streithälse auseinanderbringen wollte und mit einer abgebrochenen Flasche verletzt wurde. Sofort kommt wieder Sorge in mir auf, und ich schäme mich für meine Gedanken. Vielleicht ist mein Bruder ja überfallen worden. Was, wenn er gerade blutend in irgendeiner Nebenstraße liegt?

Ich rufe die Website der größten Tageszeitung auf, überfliege die Schlagzeilen und kann mich etwas beruhigen. Von Überfällen oder Messerstechereien ist dort nichts zu lesen. Stattdessen handeln die Nachrichten von einem Güterzugunglück irgendwo im Norden, einer politischen Auseinandersetzung und einer verschwundenen Frau. Mein Blick bleibt einen Moment an ihrem Bild hängen. Sie ist blond, trägt eine weiße Bluse und hat große Rehaugen, und wie ich lese, wird sie seit vier Tagen vermisst. Morgen ist sie bestimmt auf sämtlichen Zeitungsaushängen zu sehen, darauf würde ich meinen Hintern verwetten.

Ich muss an Fatima denken, die Siebzehnjährige, die letztes Jahr hier in der Gegend verschwunden ist, nur ein Viertel weiter. Sie wollte sich schnell ihre Jacke aus dem Waschkeller holen und ist nie wieder aufgetaucht. Als die Mutter kurze Zeit später nachsehen ging, wo sie blieb, lag die feuchte Jacke noch in der Waschmaschine. In den folgenden Wochen sah man die verzweifelten Eltern kopierte Fotos ihrer Tochter an die Laternenpfosten hängen. Trotz all der ungeklärten Fragen um das Verschwinden des Mädchens wurde in den Medien kaum darüber berichtet. Aber Fatima war natürlich auch nicht blond und rehäugig.

Die Erinnerung an diese Geschichte gibt mir ein ungutes Gefühl, und ich überlege, ob ich nicht nach Dani suchen sollte, mal eine Runde um seinen Block drehen und im Laden an der Ecke vorbeischauen, wo er immer einkauft, doch dann kommt mein Bus, und ich steige ein. In zwanzig Minuten fängt meine Schicht an, und wie besorgt ich auch bin, so kurzfristig finde ich jetzt keine Vertretung.

Acht Stunden später verlasse ich das Pflegeheim. Ich habe immer noch kein Lebenszeichen von Dani, und nach einigem Zögern rufe ich seinen Chef Samir an, von dem ich erfahre, dass mein Bruder sich am Freitag krankgemeldet hat und seitdem nicht mehr bei der Arbeit aufgetaucht ist.

»Er hat sein Handy verloren«, bringe ich hervor. »Aber es geht ihm immer noch ziemlich schlecht. Ich glaube, er hat die Grippe.«

»Die Polizei war hier und hat nach ihm gefragt«, sagt Samir. »Weißt du was davon?«

Einen Moment ist es still in der Leitung, während ich fieberhaft überlege, was ich als Nächstes sagen soll.

»Er war Zeuge bei einem Überfall«, lüge ich schließlich. »Die Polizei hat bestimmt versucht, ihn auf dem verschwundenen Handy zu erreichen.«

»Ach du Scheiße«, sagt Samir, aber ich höre ihm seine Skepsis an.

»Er hustet und hat Fieber«, lüge ich weiter, denn ich weiß, wie wichtig Dani dieser Job ist. »Aber er meldet sich auf jeden Fall, sobald er wieder fit ist.«

»Okay. Dann sag ihm mal gute Besserung.«

In der Ferne sehe ich den vollbesetzten grünen Bus näher kommen. Ich schaue auf die Uhr. Papa braucht etwas zu essen, und ich muss noch einkaufen, trotzdem drehe ich mich um und gehe in die entgegengesetzte Richtung.

Dani wohnt in einer Einzimmerwohnung in einem heruntergekommenen Mehrfamilienhaus. In der Schule hatte ich mal einen Lehrer, der uns erzählt hat, wie diese Gegend früher aussah: nichts als Ackerland, bis in den 1920er Jahren Notunterkünfte für die Arbeiter hermussten. Acht zweistöckige Holzhäuser ohne Toiletten und fließendes Wasser. Provisorische Übergangsbehausungen, die mit der Zeit dauerhaft genutzt wurden, als drum herum immer mehr bezahlbarer Wohnraum für kinderreiche Familien hochgezogen wurde, millionenschwere Projekte für Leute ohne Geld. Noch heute ist diese Gegend wie ein schwarzes Loch – ist man einmal hier gelandet, wird man die schimmligen Wände und das Ungeziefer nicht mehr los, es gibt keinen Ausweg.

Bei dem Gedanken wird mir ganz mulmig. Was, wenn Dani zu Hause irgendwas zugestoßen ist? Vielleicht ist er gestürzt und hat sich den Kopf verletzt, oder er ist akut erkrankt. Ich beschleunige meinen Schritt und spüre, wie Wut in mir aufkommt, Wut auf den Polizisten von gestern. War der überhaupt bei meinem Bruder in der Wohnung und hat nachgesehen, ob Dani nicht hilflos am Boden liegt?

Mein Herz hämmert, und ich schlucke gegen die aufkommende Übelkeit an. Da ist das gelbe Haus mit den verwitternden Ziegelsteinen. An einem Balkon hängt ein Windschutz aus Bambus, den ein Nachbar irgendwann einmal angebracht hat, aber jetzt ist kaum noch etwas davon übrig, und zwischen schmutzigen Satellitenschüsseln wehen die angegrauten Stäbe trostlos im Wind.

Als ich das wohlbekannte Treppenhaus betrete, denke ich zurück an den Tag vor fast drei Jahren, als Dani hier eingezogen ist. Wie froh er über seine erste eigene Wohnung war. Mila hat geholfen, die schwarzen Plastiksäcke mit seinem Kram und die Möbel aus dem Secondhandladen reinzutragen. Nach getaner Arbeit haben wir uns eine Pizza bestellt und einfach aus dem Karton gegessen, wie eine ganz normale Familie.

Als ich den Schlüssel umdrehe und die Tür einen Spalt breit öffne, spüre ich meinen Puls in den Schläfen.

»Dani?«, sage ich laut, aber es kommt keine Antwort. Die Tür gleitet weiter auf, und was ich dahinter sehe, lässt mich zusammenfahren. Regungslos bleibe ich an der Schwelle stehen und starre in die Wohnung. Im Flur herrscht ein heilloses Durcheinander. Die Jacken, die hier normalerweise ordentlich nebeneinander hängen, wurden heruntergerissen, das Schuhregal ist umgestürzt, und alles, was sonst auf der Kommode steht, liegt kreuz und quer auf dem Boden verteilt. Die Glasschale, in der Dani immer seine Schlüssel ablegt, ist in tausend Stücke zersprungen, die spitzen Scherben glitzern in der Abendsonne.

Ich hole tief Luft, mache einen Schritt über das Chaos hinweg und ziehe die Tür hinter mir zu. Dani hätte die Wohnung nie so hinterlassen, er ist viel ordentlicher, als man von ihm denken könnte.

Im Wohnzimmer sieht alles normal aus. Der Vorhang

zur Bettnische ist halb zur Seite gezogen, und dahinter kommt Danis fein säuberlich gemachtes Bett mit den lilafarbenen Bezügen zum Vorschein. Eine Schranktür steht sperrangelweit offen, aber ansonsten ist alles wie immer. Auf dem Sofa liegen ein Taschenbuch und eine schludrig gefaltete Decke, und auf dem Tisch stehen zwei halbvolle Wassergläser.

Die Panik zerreißt mich fast, ich spüre einen Druck auf der Brust, der mich kaum atmen lässt, während ich einzuordnen versuche, was ich hier sehe. Auf der Suche nach Hinweisen gehe ich weiter durch die Wohnung. Auf dem kleinen Glasregal über dem Waschbecken im Badezimmer steht ein leerer Becher ohne Zahnbürste, und der Kulturbeutel, den Dani von mir zu Weihnachten bekommen hat, ist verschwunden.

Mit zitternden Fingern ziehe ich Christian Wallins Visitenkarte aus der Tasche und taste nach meinem Handy. Ich muss ihn um Hilfe bitten. Irgendwer hat Dani etwas angetan, das erscheint mir nun völlig klar. Ich sehe Männer mit Sturmhauben vor mir, die die Tür aufbrechen und meinen Bruder aus der Wohnung zerren, sehe, wie er sich mit Händen und Füßen wehrt. Ich bin schon dabei, die Telefonnummer einzutippen, doch dann halte ich inne. Mein Blick fällt auf die Gläser auf dem Tisch – wieso zwei? Und warum ist Danis Zahnbürste weg?

Die Kante des dunkelgelben Sofas ist unförmig und gibt nach, als ich mich setze, aber ich brauche einen kurzen Moment zum Nachdenken. Christian Wallins Besuch gestern war kein Zufall. Er hat irgendeinen Verdacht gegen meinen Bruder und wird das Chaos im Flur bestimmt als Bestätigung dafür deuten. Das Ganze hier kann leicht gegen

Dani verwendet werden, und jetzt weiß ich, was ich zu tun habe.

An der Wand neben dem Putzschrank hängt ein eingerahmtes Foto von Dani und mir. Obwohl ich ein Jahr älter bin, ist er der Größere von uns, und auf dem Bild stützt er sich lässig auf meine Schulter.

»Pseudozwillinge« hat man meiner Mutter damals bei den Vorsorgeuntersuchungen gesagt. »Die werden im Laufe ihres Lebens noch viel voneinander haben.« Ich betrachte unsere lächelnden Gesichter und die Pullis im Partnerlook. Das muss eins der letzten Bilder sein, die vor Mamas Erkrankung von uns gemacht wurden. Mit diesem Gedanken öffne ich den Schrank.

Das Durcheinander ist erstaunlich schnell beseitigt. Als ich die Gläser gespült, die Kleidungsstücke aufgehängt, das Schuhregal wieder an seinen Platz gestellt und die Scherben in einem Müllbeutel zusammengesammelt habe, deutet nichts mehr darauf hin, dass hier etwas vorgefallen sein könnte. Ich bin zufrieden und denke, dass Dani sich bestimmt über den aufgeräumten Flur freut, wenn er zurückkommt. Erst als ich mich hinunterbeuge, um eine alte Münze vom Boden aufzuheben, die bis an die Fußleiste gerollt ist, entdecke ich sie. Auf der pfirsichfarbenen Strukturtapete befinden sich ungefähr zehn rote Flecken, und mir ist augenblicklich klar, dass es sich um Blut handelt.

Wie in Trance starre ich die dunklen Spritzer an und spüre, wie sich mir der Magen umdreht. Viel ist es nicht, es könnte von einer kleinen Handverletzung oder einer blutenden Nase stammen, aber die Form der Flecken und die Stelle an der Wand beunruhigen mich. Im Pflegeheim kommt es schon mal vor, dass sich jemand aus Versehen schneidet, ein Glas zerbricht oder mit dem Messer abrutscht, und wenn dann Blut zu Boden tropft, sehen die Kleckse meist rund und sternchenförmig aus. Die Flecken da an der Wand hingegen sind auffällig in die Länge gezogen. Und dann kommt mir dieser andere Gedanke, dieser verbotene: Vielleicht stammt das Blut gar nicht von Dani. Vielleicht hat er etwas getan, das ihn jetzt zur Flucht zwingt.

Blutflecken zu entfernen ist eine völlig andere Nummer als ein bisschen saubermachen. Das können Beweisspuren sein, ich weiß nur nicht, wofür, und ich frage mich, was wohl passiert, wenn ich das jetzt wegputze. Ist so was illegal? Mache ich mich strafbar? Kann ich einfach behaupten, mir wäre nicht bewusst gewesen, dass ich da irgendwelche Spuren vernichte, ich wollte einfach nur saubermachen?

Von der Baustelle auf der anderen Straßenseite dringen Bohrgeräusche herüber. Das Dröhnen übertönt alles andere und macht es unmöglich, auch nur einen klaren Gedanken zu fassen. Wenn das Danis Blut ist, können die Flecken schon älter sein. Stammt es aber von irgendwem anders, wird das der Polizei zu denken geben.

Ich betrachte die Spritzer an der Wand, hole einmal tief Luft und sprühe dann Reinigungsmittel darüber. Die Flüssigkeit schäumt und läuft in Richtung Boden, und ich reibe kräftig mit dem Lappen über die Wand. Scheuere, bis nichts mehr von den Flecken zu sehen ist.

Als ich fertig bin, wische ich auch sämtliche andere Oberflächen ab, genau wie im Film. Fahre mit dem Lappen über Türgriffe und -rahmen, stelle das Reinigungsspray zurück und fasse die Klinke beim Verlassen der Wohnung nur noch mit dem Plastikbeutel an.

Ich stehe gerade wieder im Treppenhaus, als mein Handy klingelt. Es ist Mila, die sich endlich zurückmeldet.

»Hallo. Warum suchst du nach Dani?«

»Ich versuche seit gestern, ihn zu erreichen, aber sein Handy ist aus.«

»Er hat es bestimmt verloren oder sein Ladegerät vergessen, wie immer«, seufzt Mila. »Überrascht dich das?«

Ich schlucke, weiß nicht, wie viel ich erzählen soll, und sie spürt meine Unsicherheit.

»Ist was passiert?«

»Nein. Oder doch, ein Polizist hat bei Papa zu Hause angeklopft. Er war auf der Suche nach Dani.«

»Was? Wieso?«

»Wollte er nicht sagen.«

»Verdammt. Warte kurz.« Ich höre die Terrassentür quietschen und sehe genau vor mir, wie sie sich in ihren sichtgeschützten Garten mit dem Pavillon und den Hochbeeten hinausschleicht. »Glaubst du, er kommt auch zu uns?«, fragt sie schließlich.

»Der Polizist? Vielleicht.«

»Was hat er nur wieder angestellt!«, schnaubt sie.

»Ist doch gar nicht gesagt, dass er irgendwas angestellt hat. Du weißt doch, wie die Bullen sind.«

»Lydia«, sagt sie entgeistert. »Wir reden hier von Dani.«

»Der sich vorbildlich benommen hat, seit er wieder draußen ist, und bei jeder einzelnen Therapiesitzung war.«

»Und er hat Ellen versprochen, dass er zu ihrer Tanzaufführung nächste Woche kommt. Sie wird total enttäuscht sein.«

»Du sagst den Kindern doch nichts, oder? Wir wissen ja nicht mal, was eigentlich los ist.«

»Nein, natürlich sage ich nichts, aber es fühlt sich auch nicht gut an, sie anzulügen. Die kriegen es doch mit, wenn Dani einfach verschwindet.«

Eine Weile ist es still, aber ich weiß genau, was sie denkt. Sie überlegt, was das Ganze jetzt für sie bedeutet, wie sie den Schaden für ihr eigenes Leben in Grenzen halten kann.

»Ich mache mir Sorgen um ihn«, sage ich schließlich.

»Das verstehe ich, aber du musst aufpassen, dass du da nicht in irgendwas reingerätst. Denk auch ein bisschen an dich.«

»Aber vielleicht braucht Dani Hilfe«, protestiere ich.

Sie seufzt.

»Ich bin mir nicht sicher, ob er die verdient. Du weißt doch, mit was für Typen er immer rumgehangen hat. Wenn die dahinterstecken, will ich nichts mit der Sache zu tun haben.«

»Hör auf, er ist unser Bruder.«

»Ist mir egal. Das hat er sich selbst zuzuschreiben.«

Ich spüre, wie mir die Tränen kommen, und schlucke kräftig.

»Hör zu«, fährt sie jetzt mit einem harten Klang in der Stimme fort. »Halt dich von Dani fern und erzähl niemandem davon. Wenn die Polizei involviert ist, dann ist es ernst. Am Ende steckst du da auch noch mit drin, und das ist das Letzte, was du willst.«

Ich blicke auf den grünen Müllbeutel in meiner Hand, spüre das weiche Plastik an den Fingern. Der Putzlappen und die Glasscherben wiegen so gut wie nichts. Dann denke ich: Mila kapiert überhaupt nichts. Ich stecke schon längst mittendrin. Danis Probleme sind auch meine Probleme. So war es schon immer.

KAPITEL 3

Ich bin elf Jahre alt und stehe mit Josefine im Schatten eines heruntergekommenen Hauses nicht weit von der alten Eisenbahnlinie. Die Fenster sind mit Spanplatten und notdürftig festgenagelten Brettern verrammelt, und die Fassade ist fast vollständig mit Graffiti bedeckt. Große Buchstaben in Grau und Schwarz prangen auf der roten Backsteinmauer.

Ich durchwühle meine Tasche nach den Süßigkeiten, die ich Josefine versprochen habe, während sie sich das Haar zu einem Pferdeschwanz zusammenbindet. Es ist lang und blond und an den Spitzen gekräuselt. Josefine hat alles, wovon ich träume. Ein süßes Gesicht, Talent zum Zeichnen, ein großes Elternhaus in Kulladal und ein zweifarbiges Crescent mit Fahrradkorb.

Wir sind ein gutes Stück von der Schule entfernt, aber ich komme gern hierher. Hier haben wir unsere Ruhe vor den anderen Mädchen. Eigentlich ist Josefine Thereses beste Freundin, trotzdem ist an ihrer Seite auch immer ein bisschen Platz für mich. Wenn Therese mal erkältet oder mit ihrer Familie verreist ist, stehe ich sofort parat, und in meinem Mäppchen habe ich immer einen Vorrat Radiergummis, um Josefine bei Bedarf eins zu schenken. Therese weiß das und bewacht ihre Freundin wie eine Wölfin ihre Jungen. Sobald ich mich nähere, legt sie den Arm um sie und erzählt ihr irgendein Geheimnis, steckt den Kopf mit ihr zusammen und flüstert ihr etwas ins Ohr, das niemand sonst hören soll. Aber ich lasse mich nicht beirren, Josefine ist mein ein und alles. Manchmal frage ich mich, wie mein

Leben wohl verlaufen wäre, wenn sie mich als beste Freundin auserkoren hätte.

Doch in diesem Moment habe ich einen Trumpf im Ärmel. Josefine ist in Thereses Cousin Benjamin verliebt. Er ist ein Jahr älter und der niedlichste von allen Siebtklässlern an der Sofie-Lund-Schule. Findet zumindest Josefine, und inzwischen sind die beiden auch zusammen. Aber neulich habe ich Benjamin mit Angelina aus unserer Parallelklasse gesehen, er hat sich richtig an sie rangemacht, mit seinem langen Pony und diesem süßen Lächeln. Der Einsatz ist hoch, aber ich bin es leid, immer nur die zweite Geige zu spielen, und will meine Chance jetzt nutzen.

»Was wolltest du mir sagen?«, fragt Josefine und nimmt sich einen sauren Schnuller aus der Tüte, die ich ihr hinhalte.

Ich zögere. Egal, wie ich es ausdrücke, sie wird auf jeden Fall traurig sein.

»Lydia?«

»Ja«, seufze ich und versuche zu zeigen, wie schwer mir die Sache fällt. »Also, pass auf ...« Weiter komme ich nicht, denn plötzlich biegt Therese mit ihrem Fahrrad um die Ecke.

»Da seid ihr ja!«, ruft sie, macht einen Schlenker auf den Bürgersteig und hält so dicht vor uns, dass sich ihr Vorderrad zwischen uns drängt. »Warum seid ihr denn einfach abgehauen?«

Ihre Stimme klingt vorwurfsvoll, und ich verfluche mich innerlich. Warum bin ich nicht gleich mit der Sprache rausgerückt? Jetzt wird alles nur noch schwieriger.

»Lydia wollte mir was erzählen«, antwortet Josefine und nimmt sich noch einen Schnuller.

»Aha, und was?«

Verlegen ziehe ich die ausgeleierten Bündchen meiner Jacke in die Länge, höre aber sofort damit auf, als ich Thereses skeptischen Blick bemerke. Sie gibt mir ständig das Gefühl, dass irgendwas mit mir nicht stimmt.

»Es geht um Benjamin«, murmele ich.

»Was ist denn mit ihm?«, fragt Josefine.

Ich hole tief Luft.

»Ich habe ihn am Samstag vor einem Café in der Amiralsgata gesehen«, sage ich mit einem Blick zu Josefine. »Zusammen mit Angelina, sie sahen irgendwie verliebt aus.«

»Verliebt? Wie meinst du das?«

»Also, sie haben sich geküsst.«

Therese steigt vom Rad und lässt es zur Seite fallen.

»Du lügst«, sagt sie, und an Josefine gerichtet fährt sie fort: »Er war Samstag bei uns. Wir hatten Cousins-und-Cousinen-Treffen.«

»Wann am Samstag?«, fragt Josefine mich.

»Am Nachmittag.«

»Das stimmt nicht«, faucht Therese. »Du kannst meine Mutter fragen, wenn du willst.«

Josefine schaut mich an, mit leidvollem Blick, als wüsste sie nicht so recht, was sie glauben soll.

»Du bist nur neidisch, weil du selbst keinen Freund hast«, wettert Therese weiter und legt Josefine eine Hand auf die Schulter.

Ich merke, wie mir die Sache entgleitet. Das war meine Chance, Josefine für mich zu gewinnen, aber jetzt bin ich auf dem besten Weg, sie zu verlieren.

»Ich bin mir sicher, dass er es war«, protestiere ich, doch

meine Stimme setzt eine halbe Oktave zu hoch an, und ich höre selbst, wie verzweifelt ich klinge.

»Er mag nur dich«, versichert Therese und zieht Josefine zu sich. »Hör nicht auf Lydia, die erzählt nichts als Lügen.«

Ich will widersprechen, aber in Konfliktsituationen war ich noch nie besonders souverän. Mir fehlt einfach Thereses Selbstvertrauen und ihre Schlagfertigkeit. Ohne ein Wort wende ich mich ab, und in dem Moment erblicke ich ihn.

Dani ist uns gefolgt. Er steht ein paar Meter weiter, halb versteckt hinter einem Container, und belauscht uns heimlich. Sofort überkommt mich die Scham. Mit einer Handbewegung signalisiere ich meinem Bruder, dass er verschwinden soll, ich will ihn nicht hier haben.

»So was würde Benjamin nie tun«, sagt Therese tröstend und nimmt Josefine in den Arm. »Er liebt dich doch.«

Eine dumpfe Leere breitet sich in mir aus. Ich will nur noch hier weg, aber ich kann mich nicht rühren, und als Josefine sich aus Thereses Umarmung befreit, zwinge ich mich, sie anzusehen.

»Hast du gelogen?«, fragt sie.

Ich schüttele den Kopf, doch das reicht nicht, um sie zu überzeugen.

»Ich glaub's nicht«, sagt Josefine. »Wie mies von dir, so eine Geschichte zu erfinden.«

Therese hebt ihr Fahrrad auf, und als sie zusammen mit Josefine abrauscht, fühlt es sich so an, als würde sich eine harte Hülle um mich bilden. Ich will von niemandem gesehen werden, will einfach nur verschwinden. Im Erdboden versinken und nie wieder auftauchen.

Dani hat sich nicht vom Fleck bewegt. Er steht immer noch da, und insgeheim bete ich, dass er nichts von unserer Unterhaltung gehört hat.

»Hallo«, sagt er vorsichtig.

»Was machst du hier?«

»Nichts«, antwortet er und zuckt mit der Schulter, so dass ein Träger des vollgestopften Rucksacks, den er ständig mit sich rumschleppt, runterrutscht.

»Wenn Mama mitkriegt, dass du nach der Schule nicht direkt nach Hause gehst, gibt's Ärger«, sage ich, aber er sieht mich unbeirrt weiter an.

»Warum hattest du Streit mit Josefine? Ich dachte, ihr wärt Freundinnen.«

»Ach, scheiß drauf.«

»Waren sie gemein zu dir?«

Bei diesen Worten fühlt es sich so an, als würde ich explodieren. Ich habe genug von seiner Fragerei, will nur noch in Ruhe gelassen werden.

»Verpiss dich«, schreie ich und renne davon.

Als ich nach Hause komme, ist es vollkommen still in der Wohnung. Niemand ist da, trotzdem knalle ich die Tür zu. Es tut gut, das laute Geräusch zu hören, und anschließend werfe ich mich aufs Bett. Kurz darauf kommt auch Dani. Ich drücke das Gesicht ins Kissen und versuche, das ungute Gefühl im Körper loszuwerden. Schäme mich dafür, was er gerade beobachtet hat. Zu Hause erzähle ich immer viel von Josefine, und die anderen in der Familie halten uns für beste Freundinnen. Sie glauben, wir würden uns nach der Schule treffen und zusammen in den Park gehen und so. Jetzt weiß mein Bruder, dass ich gelogen habe, dass nichts von dem, was ich am Esstisch erzähle, wahr ist, dass ich gar keine richtigen Freunde habe.

Eine ganze Weile bleibe ich einfach liegen und warte darauf, dass Dani an die Tür klopft, aber das tut er nicht, und allmählich bekomme ich Hunger. In der Schule gab es Fisch mit Mandelkruste und völlig zerkochte Kartoffeln, da habe ich nur Knäckebrot gegessen. Schließlich halte ich es nicht mehr aus, stehe auf und gehe in die Küche.

Die Sonne scheint durchs Fenster, und in der Luft wirbeln die Staubkörner. Dani sitzt am Tisch und schmiert sich Butter aufs Brot. Wortlos gehe ich zur Arbeitsplatte, öffne die Brotkiste, sie ist leer. Ich werfe einen Blick in den Kühlschrank, aber auch da ist kaum noch was drin. Ein paar halbvolle Gläser mit eingemachtem Gemüse, Senf, ein paar verschrumpelte Kartoffeln und eine Zwiebel, sonst nichts.

»Das war die letzte Scheibe«, sage ich, ohne meinen Bruder anzusehen. Selbst schuld, höre ich ihn schon sagen, doch stattdessen schiebt er mir den Teller rüber.

»Kannst du haben, wenn du willst.«

Sein Entgegenkommen lässt meine Hülle nur härter werden, am liebsten würde ich einfach wieder verschwinden, aber ich habe viel zu viel Hunger.

»Danke«, murmele ich. »Wir können ja teilen.«

Ich setze mich ihm gegenüber und schneide das Brot in zwei gleich große Hälften, nehme mir die eine und schlinge sie hinunter. Als alles aufgegessen ist, fühlt sich mein Magen immer noch leer an, und ich schaue auf die Uhr. Mama kommt frühestens in zwei Stunden nach Hause.

»Lydia?«, sagt Dani, aber ich wende das Gesicht ab, um zu zeigen, dass ich nicht darüber reden will. Ich habe jetzt keine Lust, ihm zu erklären, was da draußen vor dem verlassenen Haus passiert ist, will einfach alles vergessen und am liebsten nie mehr zur Schule gehen, Therese und Josefine nie wieder begegnen.

Als ich seinem Blick immer wieder ausweiche, steht er auf, geht zur Vorratskammer, holt Kakao, Zucker und Haferflocken heraus und gibt von allem etwas in eine Schüssel. Dann greift er zur Butter, schaufelt einen großen Esslöffel davon in die Schüssel und verrührt das Ganze.

»Hier«, sagt er und hält mir den Löffel hin. Die klebrige braune Masse glänzt im Licht der Deckenlampe. Ich nehme ihm den Löffel ab, probiere vorsichtig mit der Zungenspitze und habe den süßen Geschmack von Kuchenteig im Mund.

»Und jetzt spielen wir Zelda«, erklärt er lachend.

Wir sitzen auf dem Boden vor dem wuchtigen Fernseher und versuchen Prinzessin Zelda zu retten. Dani hat mich fast die ganze Schokopampe allein essen lassen. Mit jedem Lachen löst sich meine Anspannung, und ich spüre, wie langsam wieder Wärme in mir aufkommt. Mein Körper wird weicher, und ich bin froh, dass Dani da ist. Auch wenn es mich wahnsinnig macht, dass er überall Sachen herumliegen lässt – dreckige Pullis, Stifte, Plastikspielzeug –, und mir sein Eminem-Gedudel beim Hausaufgabenmachen den letzten Nerv raubt, weiß ich eins ganz sicher: Ich bin nie allein. Am Wochenende spielen wir Secret of Mana und trinken literweise Cola. Nur ab und zu ist Dani mal bei seinem besten Kumpel Jocke, der aber meistens mit seinem Hockeytraining zu tun hat.

Papa und Mila kommen nach Hause. Sie führen eine

laute Diskussion, und durch den Türspalt sehe ich, wie Mila ihre Tasche zu Boden wirft.

»Kapierst du nicht, wie peinlich das für mich ist? Alle anderen in meiner Klasse haben auch so eine.«

»Wir können nicht so einen Haufen Geld für eine Jacke ausgeben, das geht nicht.«

»Warum nicht?«

»Weil wir uns das nicht leisten können. Wenn du eine teure Jacke haben möchtest, musst du sie dir selbst kaufen. Besorg dir einen Job. Mit vierzehn habe ich im Restaurant meines Vaters Geschirr gespült.«

»Machst du Witze? Ich habe jede Menge Hausaufgaben, wie soll ich da noch jobben?«

Als sie keine Antwort bekommt, stößt sie ein lautes Knurren aus, stampft in unser Zimmer und schlägt die Tür hinter sich zu. Bis letztes Jahr habe ich mir noch mit Dani ein Zimmer geteilt, aber als ich zehn wurde, fand Mama es besser, dass ich bei Mila einziehe. Die hält überhaupt nichts davon, lässt mich den Einbauschrank nicht mitbenutzen, und schleudert alles, was ich auf den Schreibtisch stelle, unter mein Bett.

»Machst du Witze?«, äffe ich sie nach, und Dani kichert.

Kurz darauf kommt auch Mama nach Hause. Sie hat vier schwere Einkaufstüten dabei, deren weiße Trageschlaufen schon ganz lang und durchsichtig sind. Wir beenden unser Spiel und gehen in die Küche. Papa hat das Radio eingeschaltet und hilft Mama beim Einräumen der Lebensmittel. Immer wenn sie an ihm vorbeigeht, ergreift er ihre Hände und wirbelt mit ihr herum, dass ihr Haar nur so durch die Luft fliegt. Mein Blick hängt an Mama, ich sehe sie so gern an. Mit ihrem Lachen macht sie einfach alle um sich herum glücklich, sogar die mürrischen Gemüsehändler in Möllan erstrahlen bei ihrem Anblick. Mila hat viel Ähnlichkeit mit ihr, sie hat genau die gleichen hohen Wangenknochen und Mamas samtweiche Haut. Nur bei mir ist das anders.

»Jetzt lass mich aber mal in Ruhe, ich muss Essen machen.« Mit gespieltem Ernst hebt Mama den Zeigefinger.

»Wie soll das gehen? Schließlich bist du die schönste Frau von Malmö!«

»Nur von Malmö?«, sagt sie enttäuscht, und Dani und ich lachen.

»Als ich eure Mutter kennengelernt habe, wusste ich sofort, dass ich sie heiraten wollte. Sie war die Schönste von ganz Kroatien«, sagt er zu uns, »also habe ich bei ihrem Vater um ihre Hand angehalten.«

Mama legt Kartoffeln, Zwiebeln und Möhren auf die Arbeitsplatte und verdreht die Augen.

»Er wollte wissen, wie ich uns versorgen will, und da bin ich mit ihm zu Opas Restaurant, dem feinsten von ganz Zagreb, und habe gesagt: In ein paar Jahren besitze ich ein noch besseres. Ich habe erzählt, dass ich dort arbeite, um mir was anzusparen, aber sobald ich könnte, würde ich selbst eins aufmachen. Das absolute Spitzenrestaurant der Stadt sollte das werden, und Mama sollte in Saus und Braus leben.«

»Und was hat er da gesagt?«, fragt Dani.

»Er hat Ja gesagt, also habe ich mich aufs Rad geschwungen und bin den ganzen Weg bis zu dem Handarbeitsladen gefahren, in dem eure Mutter damals gearbeitet hat, und zwischen Stoffrollen und Wollknäueln bin ich vor ihr auf die Knie gegangen. Und natürlich konnte sie so ein Angebot auch nicht ausschlagen.«

Mama schüttelt den Kopf, und ich bin mir nicht sicher,

ob sie das wegen Papas lustiger Art zu erzählen tut oder weil er nicht die Wahrheit sagt.

»Was ist denn aus dem Restaurant geworden?«, fragt Dani begierig, auch wenn wir die Geschichte schon hundertmal gehört haben.

»Der Krieg kam, und deine Mutter und ich beschlossen, erst mal hierher zu ziehen. Aber keine Sorge«, sagt Papa und reckt die Arme zur Siegerpose. »Ich habe den Plan nicht vergessen. Sobald wir genug Geld gespart haben, eröffnen wir das Restaurant einfach hier. Die besten und leckersten Gerichte vom Balkan – das kann nur ein Erfolg werden!«

»Du könntest ja erst mal mit einem leckeren Gericht für uns anfangen«, sagt Mama und reicht ihm einen Kartoffelschäler. »Wie ist es übrigens bei der Bank heute gelaufen?«

Papa wirft ihr einen Blick zu, schüttelt kurz mit dem Kopf und hält dann drei Kartoffeln hoch.

»Ein richtiger Koch muss mit seinem Gemüse jonglieren können«, sagt er, wirft die Kartoffeln in die Luft und fängt sie wieder auf.

»Das nennst du Jonglieren?«, lache ich ihn aus, woraufhin Papa mir zwei Kartoffeln in die Hand drückt.

»Dann zeig du mal, was du kannst.«

Ich versuche mein Glück, und beim dritten Anlauf klappt es schließlich. Papa und Dani applaudieren, aber Mama stupst mich sanft mit der Hüfte an.

»Wenn ihr was zu essen wollt, müsst ihr jetzt mal Platz machen hier.«

»Wir brauchen einfach eine größere Küche«, erklärt Papa. »In der gleichzeitig jongliert und gekocht werden kann.«

Mila erscheint in der Tür. Sie lehnt sich an den Rahmen und betrachtet uns mit einem gleichgültigen Blick.

»Dazu braucht ihr erst mal Geld, und das habt ihr nicht. Wir sitzen hier fest.«

»Mila«, sagt Mama mahnend, »so spricht man nicht.«

»Wir kommen schon an Geld, ich muss nur die richtige Bank finden«, sagt Papa, wirft eine Möhre hoch und fängt sie triumphierend wieder auf. »Wenn wir erst mal unseren ersten Stern haben, werden sich die Bankchefs schwarzärgern, dass sie nicht in unser Restaurant investieren wollten. Sie werden auf Knien angerutscht kommen und uns anbetteln, dass wir einen Kredit bei ihnen aufnehmen.«

»Wir finden nie eine Bank, die uns was gibt, wir sind nämlich arm«, fährt Mila fort und sieht Papa finster an. »Alle meine Freunde haben Geld und können lauter Sachen machen, weil ihre Eltern genug verdienen. Sie gehen Ski fahren und kaufen sich coole Klamotten und neue Fahrräder. Ich kapiere nicht, warum ihr nicht genauso sein könnt. Warum kannst du dir nicht einen besseren Job suchen, Papa, damit wir nicht mehr in diesem Loch hier hausen müssen?«

»Wenn mein Restaurant ...«, beginnt er, aber Mama kommt ihm zuvor.

»Auf dein Zimmer! Sofort!«

Einen Augenblick bleibt Mila noch stehen, dann zuckt sie die Schulter und dreht sich um.

»Ach, ihr seid doch alle bescheuert«, murmelt sie und verschwindet.

Eine Weile ist nur das brutzelnde Öl im großen Kochtopf zu hören, dann lächelt Mama uns zu.

»So ist das nun mal als Teenager«, sagt sie. »Da spielen die Gefühle ein bisschen verrückt.«

Papa lächelt zurück, doch sein Blick ist traurig und die gute Stimmung dahin. Ich fühle mich leer, er soll wieder fröhlich sein.

»Erzähl doch noch ein bisschen vom Restaurant«, sage ich schließlich. »Wie soll es aussehen?«

»Interessiert euch das?«

»Ja«, antworten Dani und ich und nicken eifrig. Papas Augen leuchten wieder auf, und er macht eine Handbewegung, wie um uns sein imaginäres Restaurant zu präsentieren.

»Also, es soll fünfzig Plätze bekommen, genau wie Opa Janeks Restaurant. Oder nein, wir machen hundert draus, an runden Tischen mit weißen Leinentüchern«, schwärmt er. »Und wir servieren sämtliche kroatischen Delikatessen: schwarzes Risotto mit Muscheln, Pasticada, Brudet, Fuzi und jede Menge Meeresfrüchte. Die Leute werden völlig aus dem Häuschen sein!«

Während Mama ihr vegetarisches Gulasch kocht, erzählt Papa weiter von der Speisekarte und vom Interieur. Er klingt jetzt so froh, dass mir ganz warm ums Herz wird, und der Streit mit Therese und Josefine hat kaum noch Bedeutung.

Papa legt den Arm um mich, und ich schmiege mich an ihn. Er riecht nach Schweiß und Tabak und lacht laut auf, als Dani sich zwei Möhren wie Ohren an den Kopf hält und eine Grimasse schneidet. Papas Geschichten beruhigen mich, sie geben mir ein Gefühl von Sicherheit. Mama, Papa, Dani und Mila sind mein Zuhause. Wir gehören zusammen, und solange wir uns haben, ist alles andere unwichtig.

KAPITEL 4

Ich drehe das Wasser so heiß, dass es auf der Haut brennt, und atme den Dampf ein. Vor einer Weile hat Papa mich mit einem lauten Schrei aus dem Schlaf gerissen. Es passiert immer öfter, dass er frühmorgens aufwacht und nicht mehr weiß, wo er ist. Er glaubt, er wäre in Zagreb und der Fliegeralarm ginge los. Das Haus wäre schon getroffen und wir müssten schnell raus. Dann dauert es immer eine Weile, bis ich ihn wieder beruhigt habe und seine Angstschreie verstummen.

»Tata«, sage ich und nehme ihn fest in den Arm. »Alles ist gut. Der Krieg ist vorbei.«

Mit verwirrten, geröteten Augen sieht er mich an und bebt am ganzen Körper. Wenn er sich etwas beruhigt hat, gehe ich mit ihm ins Bad und wasche ihn. Anschließend wechsle ich das Bettlaken.

Mila versteht nicht, warum ich mein Leben mehr oder weniger aufgegeben habe, um mich um Papa zu kümmern.

»Er kommt allein zurecht«, sagt sie, dabei hat sie nicht die geringste Ahnung, wie es ihm geht. Mila schaut nie bei uns vorbei, sie ist viel zu beschäftigt. Jetzt will sie mit ihrem Mann auch noch einen Wintergarten bauen, was wahrscheinlich »den ganzen Herbst« in Anspruch nehmen wird. Treffen vereinbart sie am liebsten bei sich zu Hause, in der Villa in Oxie, die nur mit der Unterstützung ihrer Schwiegereltern gekauft werden konnte.

Manchmal frage ich mich, ob meine große Schwester wohl irgendwann vergisst, wo sie aufgewachsen ist. Ob die Scham über ihre Herkunft als Einwandererkind aus dem ärmeren Teil von Malmö so groß ist, dass sie ihren Hintergrund schlicht und einfach verleugnet. Nichts an ihr verrät ihre slawischen Wurzeln. Das Haar wurde schon so oft blondiert, dass nicht mal mehr am Ansatz zu erkennen ist, welche Farbe es von Natur aus hat. Sie ist mit Anders verheiratet, dem weißesten Mann der Welt, hat seinen Namen angenommen, und Besuchern würde sie nie etwas anderes als schwedische Hausmannskost servieren.

Ich steige aus der Dusche und nehme mir vor, nicht schon wieder aufs Handy zu schauen, aber es zieht mich an wie ein Magnet. Christian Wallins Besuch liegt jetzt anderthalb Tage zurück, und noch immer habe ich nichts von Dani gehört.

Als ich angezogen bin, rufe ich mit dem Smartphone die größte Nachrichtenseite auf, wo mir das Gesicht einer blonden Frau entgegenspringt. Wie ich mir schon gedacht habe, ist ihr Verschwinden heute die Neuigkeit des Tages. Zerstreut beginne ich zu lesen. Linnea Arvidsson, 22 Jahre alt, spurlos verschwunden. Freitagmorgen verließ sie ihr Zuhause, um eine Vorlesung an der Universität Malmö zu besuchen, und seitdem wurde sie von niemandem mehr gesehen. Linneas Lebensgefährte, Richard Bofors, hat sie noch am selben Abend als vermisst gemeldet. »Es ist nicht Linneas Art, ohne eine Nachricht zu verschwinden. Als ich merkte, dass ihr Handy ausgeschaltet war, wusste ich sofort, dass etwas nicht stimmt. Deshalb bitte ich alle, die Linnea möglicherweise gesehen haben, sich bei der Polizei zu melden. Wir brauchen Hilfe und sind für jeden Tipp dankbar.«

Die Sache mit dem ausgeschalteten Handy jagt mir einen Schauer über den Rücken, doch das ungute Gefühl verschwindet genauso schnell, wie es gekommen ist, und mein Blick wandert weiter zu dem Bild von Linneas Freund. Er steht vor einem Neubaukomplex in Västra Hamnen, trägt einen dunklen Anzug und hält ein Foto von Linnea hoch. Sein Gesicht ist ernst.

Irgendwie komisch, dass dieses Bild nur eine dreißigminütige Busfahrt weit weg von hier entstanden ist, denke ich. Das Haus hinter Richard Bofors ist strahlend weiß, die Bürgersteige sehen aus wie geleckt, und in den Fensterscheiben spiegelt sich das Meer. Ich frage mich, womit er sein Penthouse am Wasser und diese fette Armbanduhr verdient hat, die wahrscheinlich mehr als mein ganzes Jahreseinkommen gekostet hat. Ist er ein so viel besserer Mensch als ich?

Als es an der Haustür klopft, ist mein Haar immer noch nass. Mit einem Frotteehandtuch um den Kopf gehe ich in den Flur, öffne die Tür und blicke in Christian Wallins Gesicht, der mich prüfend ansieht.

Er trägt ein weißes Hemd und dasselbe gutsitzende Sakko wie bei seinem letzten Besuch, und dieses Mal kommt er mit in die Küche. Ich frage, ob er einen Kaffee möchte, und registriere ein kleines Naserümpfen, bevor er Ja sagt. Wortlos stelle ich ihm eine blaue Tasse hin, frage nicht nach, ob er auch Milch oder Zucker dazu nimmt. Das Schweigen zwischen uns schnürt mir regelrecht die Kehle zusammen.

»Danke«, sagt er und gibt mir mit einem Nicken zu verstehen, dass ich mich setzen soll.

Ich halte mich an der zerkratzten Tischplatte fest und mache mich auf das Schlimmste gefasst. Es sieht ganz so aus, als wäre er hier, um mir etwas mitzuteilen, und in meiner Magengrube breitet sich eine bleierne Schwere aus. Womöglich ist Dani tot und ich soll seine Leiche identifizieren.

»Haben Sie immer noch nichts von Ihrem Bruder gehört?«, fragt er.

Ich schüttele den Kopf und versuche, meine Gedanken zu ordnen. Wieso diese Frage, wenn Dani gar nicht mehr lebt?

»Nein«, antworte ich unsicher. »Er geht nicht ran.«

»Wir ermitteln gerade in einem Vermisstenfall und haben den Verdacht, dass Ihr Bruder etwas damit zu tun hat.«

Mir rutscht ein unwillkürliches Stöhnen heraus.

»Und was?«

»Darauf kann ich leider nicht eingehen.«

»Wie meinen Sie das?«, frage ich. »Glauben Sie, Dani hat jemanden entführt? So was würde er nie tun!«

»Wir haben Grund zu der Annahme, dass er eine Straftat begangen hat«, sagt Christian Wallin. »Mehr kann ich dazu nicht sagen, aber ich wollte sie trotzdem informieren.«

Vor mir auf dem Tisch liegt mein Handy, und plötzlich kommt mir ein Gedanke.

»Geht es um dieses Mädchen in Västra Hamnen?«

Er antwortet nicht, aber ich nehme ein leichtes Flackern in seinem Blick wahr.

»Was sollte Dani denn mit der zu tun haben?«

Christian Wallin räuspert sich.

»Gibt es irgendeinen Ort, den Daniel aufsuchen könnte, wenn er aus Malmö verschwinden will?«

»Nein, nicht dass ich wüsste.«

»Sie haben nicht irgendwo außerhalb der Stadt Verwandte oder einen Ort, wo Sie den Sommer verbringen?«, fährt er fort und holt seinen abgegriffenen Notizblock hervor.

»Nein, haben wir nicht. Und Dani würde niemals jemandem etwas antun.«

Ich versuche, Christian Wallins prüfendem Blick standzuhalten, doch je länger er mich mustert, desto unsicherer werde ich, und als ich an Danis Wohnung denke, läuft es mir kalt den Rücken runter. Ich sehe den zerwühlten Flur, die Blutflecken an der Wand und die beiden Wassergläser vor mir. Hat Dani Linnea Arvidsson überfallen?

»Entschuldigen Sie mich«, murmele ich und gehe zur Spüle. Die Übelkeit drückt mir auf die Brust, und ich wende Wallin den Rücken zu, um zu verbergen, dass ich mir die Hand vor den Mund halten muss.

»Falls irgendjemand in der Familie etwas von Daniel hört, müssen wir sofort informiert werden. Das ist sehr wichtig, verstehen Sie?«

Ich nicke.

»Ich werde auch mit Ihrer Schwester Mila Renström sprechen.«

Ich antworte nicht, starre nur hinunter in die Spüle.

»Wir hören voneinander.«

Es knarrt, als er aufsteht und die Küche verlässt. Ich rühre mich nicht vom Fleck, ich ertrage seinen Blick nicht, und sobald die Tür hinter ihm ins Schloss fällt, sinke ich zu Boden.

Fast augenblicklich ärgere ich mich, dass ich nicht vehementer protestiert habe, dass ich Wallin nicht von seinem Verdacht gegen Dani abbringen konnte, ganz egal, worin er besteht. Kann das überhaupt sein? Darf die Polizei einfach unschuldige Menschen ins Visier nehmen? Doch dann kommen mir andere Gedanken. Gedanken, die ich am liebsten ignorieren würde. Warum sah Danis Wohnung aus, wie sie aussah, und wieso geht er nicht ans Telefon? Irgendwo muss er doch sein.

Allmählich kommt Panik in mir hoch, und einen Moment lasse ich das Gesicht in meinen Handflächen ruhen. Dann weine ich, so leise ich kann, damit Papa mich nicht hört und sich womöglich Sorgen macht.

Heute ist mein freier Tag, und eigentlich wollte ich Brot backen, aber jetzt halte ich es in der Wohnung nicht mehr aus. Christian Wallins Besuch sitzt mir tief in den Knochen. Ich fühle mich regelrecht verfolgt von seinem Blick, also gehe ich hinunter auf die Straße, um nach Dani zu suchen. Ich schwinge mich aufs Rad und klappere alle Orte ab, die mir einfallen, frage in Bars und Restaurants, die er mag, suche in der Bowlinghalle und auf dem Basketballplatz. Nach ein paar Stunden ruft Mila an.

»Hallo. Die Polizei war gerade hier.«

»Okay, was haben sie gesagt?«

»Dass Dani unter Tatverdacht steht und sie ihn finden müssen. Zum Glück waren die Kinder nicht zu Hause, ich weiß nicht, wie ich ihnen das hätte erklären sollen.«

Bei dieser Bemerkung wird mir ganz schwer ums Herz. In meinem Kopf blitzt eine Erinnerung aus dem Sommer auf: Wir haben uns um den weißen Tisch in Milas Garten versammelt. Papa hat den Kopf zurückgelehnt und genießt die Sonne, während Ellen und Dani Fußball spielen. Max sitzt auf Danis Schultern und lacht jedes Mal laut auf, wenn sein Onkel sich von Ellen den Ball abluchsen lässt und ein weiteres Tor kassiert. Milas Kindern zu erklären, was hier los ist, wird so oder so schwer, ganz egal, worum es geht.

»Und wenn ihm was passiert ist? Was, wenn er ...« Ich muss schlucken, kann den Satz nicht zu Ende bringen.

»Ich habe der Polizei gesagt, dass sie sich zu hundert Prozent auf mich verlassen können.«

»Was? Wie meinst du das?«

»Na ja, Dani hat offensichtlich irgendwas ziemlich Blödes angestellt, sonst würde er nicht einfach so verschwinden.«

»Woher willst du das wissen? Vielleicht ist ihm was passiert.«

»Lydia«, sagt sie nachdrücklich. Ich hasse es, wenn sie diesen zurechtweisenden Große-Schwester-Ton anschlägt.

»Kapierst du nicht, dass er dadurch noch verdächtiger wirkt? Wenn nicht mal seine eigene Familie an ihn glaubt, wer denn dann?«, sage ich viel zu laut. Ein Mann mit Rollator und einem verbundenen Auge starrt mich entgeistert an.

»Glaubst du, ich finde es toll, hier vor den Augen der Nachbarn Besuch von der Polizei zu bekommen? Kannst du dir vorstellen, wie sich das anfühlt?«, faucht sie zurück. »Der Teufel soll ihn holen, wenn er uns in diesen Mist mit reinzieht.«

Ich schließe die Augen und denke: Mila versteht überhaupt nichts. Sie war nicht dabei all die Jahre, sie hat sich einfach aus dem Staub gemacht und mich mit der ganzen Verantwortung alleingelassen, als Mama nicht mehr da war. Sie weiß nicht, wie beschissen es war, denn sie hat uns für ein anderes Leben aufgegeben und eine neue Identität angenommen – Mila Renström. Befreit von ihrer Vergangenheit und ihrer Familie.

»Ich muss Schluss machen«, sage ich.

»Okay. Meld dich, wenn es was Neues gibt.«

»Klar.«

»Und du: Halt dich so weit von Dani fern, wie du nur kannst.«

Ich beende den Anruf und schaue mich um. Sehe Hochhäuser, so weit das Auge reicht. Sie stehen dicht aneinandergedrängt, wirken fast wie aufeinandergestapelt und zeichnen sich scharf gegen den dämmernden Himmel ab.

Ich denke an die Zeit, als Mama krank wurde. An die ständige Sorge, dass das Schreckliche jeden Moment eintreffen kann. Als würde man ein Auto in Zeitlupe heranrasen sehen und nicht ausweichen können. Der Zusammenstoß ist unvermeidbar, man muss einfach dastehen und warten.

Ich hatte fast vergessen, wie sich das anfühlt, doch jetzt erinnere ich mich daran.

KAPITEL 5

Das letzte Mal, dass ich allein mit Mama reden kann, ist im Februar. Sie liegt in ihrem Hospizbett, im weißen Hemd und mit Schläuchen an den Unterarmen, und so verändert sie durch die eingefallenen Wangen und das kurze Haar auch aussieht, ist sie doch immer noch die Alte.

Wir hatten Zeit, uns vorzubereiten. Mama ist seit über einem Jahr krank und hat eine Behandlung nach der anderen erhalten. Trotzdem dachte ich die ganze Zeit, es wird alles wieder gut. Ich wollte nicht wahrhaben, dass sie sterben kann, doch im Laufe der letzten Wochen hat sich ihr Zustand stetig verschlechtert, und jetzt sagen die Ärzte, sie können nichts mehr für sie tun. Wir können nur noch abwarten.

Die anderen sind spazieren gegangen, denn Mama möchte mit jedem von uns einen Moment allein sein. Sie hebt den Arm, um mir zu zeigen, dass ich ihre Hand nehmen soll. Ihre Haut ist trocken und rau, die Finger fühlen sich kalt an. Ich versuche zu lächeln, versuche, meine Verzweiflung vor ihr zu verbergen, aber die Tränen kommen trotzdem.

»Mach dir keine Sorgen, Lidija«, bringt sie mühsam hervor. »Alles wird gut. Ihr schafft das schon, ihr müsst nur füreinander da sein.«

Mama schließt die Augen. Sie sieht unendlich müde aus. An ihrem Tod führt kein Weg mehr vorbei, das weiß ich, sie hat einfach keine Kraft mehr, und trotzdem werde ich wütend. Ich will nicht, dass sie uns verlässt, und würde ihr am liebsten sagen, dass sie nicht aufgeben darf. Dass sie weiterkämpfen soll, für uns. Aber ich weiß, wie egoistisch diese Gedanken sind, also behalte ich sie für mich.

»Lidija«, murmelt sie. »*Moja ljubav,* kannst du mir etwas versprechen?«

Ihre Stimme ist dünn wie Papier, ich ertrage es kaum, sie zu hören.

»Was?«

»Sorg dafür, dass ihr eine Familie bleibt. Kannst du das tun?«

Ihr Atem geht schwer. Ich nicke und verspreche es. Ich werde mein Bestes geben.

Mama stirbt an einem Mittwoch, und es folgen Monate der Stille. Uns Zurückgebliebenen wird nur allzu klar, dass sie das Licht in unserer Familie war. Ihr Herz hat alles in Gang gehalten, ihre Fröhlichkeit und Energie hat uns anderen Lebenskraft gespendet.

Papa sagt kaum noch ein Wort, er sitzt nur da und starrt in den Fernseher. Mila und ich kümmern uns um alles: Putzen, Einkaufen, Kochen. Mir macht das nichts. Ich bin froh darüber, etwas zu tun zu haben, konkrete Aufgaben zu erledigen. Milch kaufen. Spaghetti aufsetzen. Den Müll rausbringen. Je mehr Aufgaben anfallen, desto weniger denke ich an Mama, und gleichzeitig fühle ich mich ihr durch die Hausarbeit näher. Ich koche vegetarisches Gulasch, und wenn mir der Duft von Petersilie und Lorbeer in die Nase steigt, ist es beinahe so, als stünde sie neben mir in der Küche.

Während der Sommer vorüberzieht, versuche ich, mit diesem furchtbaren Verlust, so gut es geht, fertigzuwerden. Die Sonne brennt aufs Fensterblech, die Luft ist trocken und heiß, und wir verstecken uns hinter heruntergelassenen Rollos vor der Welt. Nur Mila hat irgendwann genug. In ein paar Wochen wechselt sie auf ein Gymnasium am anderen Ende der Stadt, und gemeinsam mit ihrer besten Freundin Sandra und deren Eltern hat sie beschlossen, dass sie am besten bei ihnen einzieht, denn so hat sie es nicht so weit bis zur Schule. Familie Svensson hat genügend Platz in ihrer gelben Holzvilla mit Hollywoodschaukel und Fischteich, es macht also »keinerlei Umstände«.

Sandras Mutter telefoniert mit Papa, und ich höre sie in vertraulichem Erwachsenenton zu ihm sagen, dass es Mila sicher guttun wird, etwas Abstand zu allem zu bekommen. Aber mir ist schon klar, was das heißt, ich bin ja nicht blöd. Mila will Abstand zu uns. Sie will raus ins Licht und den faden Dunst der Trauer hinter sich lassen. Mich macht es wahnsinnig wütend, dass meine Schwester unsere Familie einfach so auseinanderreißt und komplett darauf pfeift, was das für uns bedeutet.

Mit aufgestütztem Oberkörper liege ich auf dem Bett und sehe zu, wie Mila ihre moosgrüne Reisetasche packt. Am liebsten würde ich sie bitten, mich mitzunehmen. Ich will auch in Sandra Svenssons Haus wohnen, will in der großen Küche Fleischbällchen mit Soße essen, mich in die Hollywoodschaukel fläzen und die goldgetupften Karpfen im Teich füttern. Aber ich bringe es nicht über die Lippen – die Enttäuschung darüber, dass Mila uns einfach im Stich lässt, sitzt viel zu tief.

Mila merkt nichts davon. Sie summt eine muntere Melodie vor sich hin und faltet ihre T-Shirts. Bei dem blauen mit den Sternen vorne drauf, von dem sie weiß, wie sehr ich es mag, hält sie kurz inne.

»Willst du das haben?«, fragt sie.

Ich schüttele den Kopf.

»Ich lasse es dir gerne da.«

Ich drehe mich zu Wand und schlinge die Arme um den Körper. Mila seufzt.

»Der Schrank gehört jetzt dir«, sagt sie, als könnte mich das aufheitern. Ein paar leere Regale als Wiedergutmachung dafür, dass sie uns hängen lässt? Von wegen!

»Okay, ich bin dann jetzt weg. Mach's gut.«

Ich antworte nicht, habe genug damit zu tun, die Tränen zu unterdrücken. Mila geht ins Wohnzimmer und verabschiedet sich von Dani und Papa. Erst als die Wohnungstür hinter ihr zufällt, drehe ich mich um und sehe, dass sie das T-Shirt auf dem Bett hat liegen lassen. Die nackte Matratze macht alles so endgültig. Jetzt gibt es keinen Weg zurück.

Dani erscheint in der Tür. Er kommt nicht ins Zimmer, sondern bleibt an der Schwelle stehen.

»Sollen wir Pfannkuchen machen und was spielen?«

Ich schnaube. Mir ist schon klar, was das heißt: Er will, dass ich ihm Pfannkuchen mache. Alleine kriegt er das nicht hin, wahrscheinlich weiß er nicht mal, wie der Herd funktioniert.

»Nein«, knurre ich.

»Du kriegst auch den guten Controller«, versucht er es weiter und sieht mich erwartungsvoll an. Er scheint nicht zu kapieren, was hier gerade passiert ist, dass wir mal wieder sitzengelassen wurden, eingesperrt in unserem Gefängnis. Dass unser Leben von jetzt an so richtig beschissen wird.

»Ich will aber nicht.«

»Ach bitte.«

Ich höre, wie Papa sich im Wohnzimmer ein Bier aufmacht, und plötzlich explodiert irgendetwas in mir.

»Mach dir deine Scheißpfannkuchen selbst, ich bin nicht deine Mutter!«

Danis Augen werden schmal. Er ist dreizehn Jahre alt, läuft aber immer noch in hässlichen Jogginghosen und viel zu engen World-of-Warcraft-T-Shirts rum, ohne zu merken, wie peinlich das ist.

»Hau ab«, sage ich und werfe mit einem Kissen nach ihm. »Videospiele sind was für Kleinkinder, kapierst du das nicht?«

Er lässt den Kopf hängen und trottet davon. Einen Augenblick habe ich Gewissensbisse, will fast schon aufstehen und ihm hinterhergehen. Aber ich kann nicht. Ich bin so voller Wut, dass für nichts anderes Platz in mir ist.

Erst Ende September kommt Mila noch einmal zu uns nach Hause. Sie hat Zimtschnecken dabei, die sie mit Sandra und deren kleiner Schwester gebacken hat, und sie redet unaufhörlich davon, wie toll es an der neuen Schule ist. Die Lehrer sind angeblich alle total interessant, und die Schüler müssen eigenständig sein und sich selbst auf die anstehenden Prüfungen vorbereiten, genau wie an der Uni.

Papa bemüht sich, ihr zuzuhören, aber die meiste Zeit sitzt er nur da wie ein Schatten. Er ist abgemagert und hält seine Kaffeetasse mit zittrigen Fingern fest. Wenn Mila eine lustige Bemerkung macht, lächelt er schwach, doch seine hohlen Wangen lassen ihn fast ein bisschen unheimlich aussehen.

Sandras Mutter hat Mila hergebracht, und während wir Kaffee trinken, ist sie beim Einkaufen. Nach exakt einer

Stunde ruft sie an und sagt, dass sie jetzt fertig ist und unten im Auto wartet. Als wäre Mila nun ihre Tochter und ein kurzer Besuch bei uns mehr als genug.

Wir verabschieden uns im Flur. Mila nimmt mich in den Arm und flüstert mir ins Ohr, dass bald alles besser wird. »Warte nur, bis du aufs Gymnasium kommst«, sagt sie, dabei dauert das noch eine halbe Ewigkeit.

Als sie weg ist, drehe ich mich zu Dani um.

»Das Gymnasium ist ja so toll«, sage ich mit affektierter Stimme, aber anstatt zu lachen, geht er in sein Zimmer, macht die Tür zu und dreht laut Rage Against the Machine auf, weil er weiß, dass ich das hasse.

Wir reden so gut wie gar nicht mehr miteinander, sagen nicht mal Hallo, wenn wir uns in der Küche oder im Flur über den Weg laufen. Ich habe keine Ahnung, wie es Dani eigentlich geht, weil ich ihn kaum noch sehe. In der Schule beachten wir uns nicht, und ich weiß sehr wohl, dass ich ihm seit Mamas Tod keine besonders gute Schwester bin.

Eines Tages sehe ich Dani auf dem Schulhof. Er ist umringt von einer Gruppe Neuntklässler. Ich höre nicht, was sie sagen, sehe nur, wie einer der Jungs einen Schritt auf Dani zu macht, er hat die Fäuste geballt und sieht ziemlich feindselig aus, und sofort geht Dani auf ihn los. Er ist wie von Sinnen, rudert wild mit den Armen und presst seinen Oberkörper gegen den anderen.

Ich bin wie gelähmt, weiß nicht, was ich tun soll. Im ersten Moment will ich hinrennen, aber mir ist klar, dass ich das, was da passiert, sowieso nicht aufhalten kann. Außerdem weiß ich nicht, wie Dani es findet, wenn ich mich einmische. Wahrscheinlich bekommt er lieber ein paar aufs Maul, als sich von seiner großen Schwester retten zu lassen. Unruhig beobachte ich die Szene, sehe mit an, wie Dani mehrere Schläge einsteckt, bis sich der Kreis um ihn schließt und die anderen Jungs ihn bei den Armen packen. Sie halten ihn fest, und ich frage mich, wieso hier nirgendwo ein Aufsichtslehrer ist. Irgendjemand muss doch sehen, was da passiert!

Ein Baum versperrt mir die Sicht, also gehe ich ein Stück näher heran. Als ich gerade überlege, ob ich um Hilfe rufen soll, passiert etwas. Wie aus dem Nichts taucht Jackson auf, und die Jungs aus der Neunten weichen zurück. Jetzt sehe ich auch Dani wieder. Er hat den Oberkörper vorgebeugt und ist ganz rot im Gesicht. Jackson legt ihm eine Hand in den Nacken, sagt irgendwas, und im nächsten Moment sind die Neuntklässler verschwunden.

Ich mache noch einen Schritt in ihre Richtung, unsicher, ob ich nicht einfach hingehen sollte. Ich könnte behaupten, dass ich kurz mal mit Dani reden muss oder so, aber das nimmt er mir wahrscheinlich sowieso nicht ab. Also verfolge ich Jackson nur weiter mit dem Blick. Auch wenn er nicht mehr auf unsere Schule geht, weiß ich gut über ihn Bescheid. Man erzählt sich so einiges über ihn. Zu den schlimmeren Geschichten gehört die von seinem Vater, der sich in der Garage erhängt hat. Jackson soll ihn gefunden haben und seitdem ziemlich gestört sein.

Manchmal sehe ich ihn in Möllan mit ein paar älteren Jungs. Sie treffen sich in einer Pizzeria, in der sie immer am selben Tisch sitzen und Bier trinken. Angeblich hat ihm mal jemand ein Messer in den Leib gerammt, aber anstatt zu Boden zu gehen, soll er sich das Messer rausgezogen und zurückgestochen haben. Und er soll Verbindungen zu einer von Malmös schlimmsten Gangs haben.

Ich weiß nicht, wie viel davon stimmt. Aber ich weiß, von Jackson sollte man sich fernhalten, und deshalb fällt mir auch ein Riesenstein vom Herzen, als er Dani endlich loslässt und vom Schulhof verschwindet.

KAPITEL 6

Sobald ich Zeit habe, mache ich mich erneut auf die Suche. Ich laufe herum, spähe durch Restaurantfenster und zucke jedes Mal zusammen, wenn ich irgendwo jemanden rufen höre.

Malmö ist eine pulsierende Stadt voller Leben, und ich habe mich hier schon immer zu Hause gefühlt. Ich liebe das emsige Treiben, die Häuser und alles, was man auf der Straße riechen, essen und hören kann. Die Stadt steht nie still, sie ist ständig in Bewegung und wächst, aber das heißt auch, dass man leicht darin verschwinden kann.

Eine Ecke des Marktplatzes Möllevångstorget ist mit großen grauen Tauben übersät. Sie rücken vor wie eine Armee, picken mit ihren Schnäbeln zwischen dem Kopfsteinpflaster herum und weichen nur aus, wenn jemand genau auf sie zugeht. Auf einer Bank in unmittelbarer Nähe sitzen zwei schäbig gekleidete Männer mit schmutzigem Haar. Sie pöbeln sich laut an, und als ich vorbeigehe, fragt der eine, warum ich so doof glotze.

Ich umrunde die Stände mit ihren gestreiften Dächern und mache einen Schritt über einen zertretenen Blumenkohl. Der Markt ist in vollem Gang. Vor den Verkaufstischen drängen sich Menschen, und in der Luft liegt ein angenehmes Gemurmel. Dani hat erzählt, dass Adnan, ein alter Freund von ihm, hier regelmäßig Obst und Gemüse verkauft. Suchend schaue ich mich um, bis ich schließlich in das runzlige Gesicht einer schmalen Frau blicke, die mehrere Lagen Kleidung trägt.

»Ich suche Adnan«, sage ich.

Die Frau ist stark geschminkt und mustert mich von oben bis unten, als wüsste sie nicht so recht, ob sie mir Auskunft geben soll.

»Da drüben«, sagt sie nach einer Weile und deutet mit dem Kopf auf einen der hinteren Tische.

Auch wenn seit unserer letzten Begegnung fast zehn Jahre vergangen sind, erkenne ich Adnan sofort. Er ist jetzt kräftiger, hat Barstoppeln im Gesicht, breite Schultern und einen Stiernacken, aber an seinen Augen hat sich nichts verändert.

»Die Auberginen sind heute besonders schön, Sonderangebot«, sagt er lächelnd.

»Adnan? Erinnerst du dich an mich?«

Er betrachtet mich einen Moment und bekommt eine Falte zwischen den Augenbrauen.

»Lydia«, sagt er. »Danis große Schwester.«

»Genau.«

»Wie geht es ihm?«

»Gut«, antworte ich etwas zu schnell. »Oder ... also, er ist seit ein paar Tagen weg.«

»Verreist?« Er wiegt ein paar Tomaten für einen Kunden ab.

»Nein, weg. Verschwunden«, verdeutliche ich.

»Oh«, antwortet er besorgt.

»Du hast ihn nicht zufällig gesehen?«

»Leider nein, wir sind uns seit Jahren nicht mehr über den Weg gelaufen.«

Es war zwar nicht sehr wahrscheinlich, dass Adnan etwas weiß, aber ich bin trotzdem enttäuscht.

»Du«, sage ich und mache noch einen Schritt auf ihn zu. »Weißt du vielleicht, wo ich Jackson finden kann?«

Adnan holt ein Messer hervor, zerschneidet einen Karton und faltet ihn zusammen.

»Vor dem solltest du dich in Acht nehmen«, sagt er. »Der führt nichts Gutes im Schilde.«

»Ich weiß. Aber Dani ist irgendwas passiert, ich muss versuchen ihn zu finden. Bitte ...«, sage ich.

Er schaut mich lange an, und schließlich antwortet er mit einem Kopfschütteln: »Er wohnt in einem Haus hinter dem Industriegebiet. Du weißt schon, da an der Waschstraße.«

Ich nicke, weiß genau, welche Gegend er meint. Dort treffen sich Leute, die was miteinander zu regeln haben, und zwar vorzugsweise nachts.

Widerwillig gibt Adnan mir die Adresse.

»Sei vorsichtig«, warnt er mich.

»Ist gut.«

Bevor ich gehe, kommt er um den Tisch und reicht mir eine braune Papiertüte.

»Ein paar französische Äpfel. Die Sorte heißt Juliet und hat die perfekte Mischung aus Süße und Säure.«

»Lieb von dir.« Ich greife nach meinem Portemonnaie, aber er winkt ab.

»Geht aufs Haus. Ich hoffe, du findest deinen Bruder.«

Mein Puls steigt, und ich spüre, wie mir unter der Kleidung der Schweiß ausbricht.

»Danke. Das hoffe ich auch.«

KAPITEL 7

Unser erstes Weihnachtsfest ohne Mama kommt und geht. Mila wohnt immer noch bei Familie Svensson. Sie sagt, sie fühlt sich dort wohl und will bleiben, bis sie mit dem Gymnasium fertig ist. Inzwischen hat sie auch einen Freund namens Anders, aber den stellt sie uns nicht vor, ich habe den Verdacht, dass wir ihr peinlich sind.

Ich weiß nicht genau, wann es anfängt, aber irgendwann merke ich, dass Dani nachmittags nicht mehr nach Hause kommt. Bisher hing er immer vor irgendeinem Videospiel, wenn ich von der Schule kam, doch neuerdings ist sein Zimmer leer, und anfangs denke ich noch, dass er bei seinem Kumpel Jocke ist.

Papa ist der Einzige in der Wohnung. Er geht fast nie vor die Tür, sitzt nur vor dem Fernseher und trinkt Bier. Die Vorhänge sind zugezogen, und das Zimmer ist so verraucht, dass man blinzeln muss, um überhaupt etwas zu erkennen.

Zwischen Dani und mir herrscht immer noch Funkstille. Ab und zu frage ich mal, wie es ihm geht, aber mehr als ein Schulterzucken bekomme ich selten zur Antwort. Er hat angefangen zu trainieren und schleppt jetzt die ganze Zeit so eine Sporttasche mit sich rum. Ich habe keine Ahnung, in welches Studio er geht oder wie er sich das überhaupt leisten kann. Im Laufe des Winters hat er einen ziemlichen Schuss getan und ist nicht nur größer, sondern auch kräftiger geworden. Seine Stimme hat sich verändert, er hat härtere Gesichtszüge bekommen und kleidet sich komplett anders.

Im Februar ist mein fünfzehnter Geburtstag. Ich habe

Papa gesagt, dass ich mir nur eins wünsche, und zwar ein Paar schwarze Dr.-Martens-Stiefel, die ich in einem Schuhladen im Einkaufszentrum Mobilia gesehen habe.

Am Morgen meines Geburtstags werde ich früh wach und bin irgendwie unruhig. Ich habe Angst, dass Papa vergessen hat, welcher Tag heute ist, und dass er traurig wird, wenn es ihm auffällt. Aber er hat mich nicht vergessen, er sitzt schon in der Küche und wartet. Auf dem Tisch steht ein Kuchen, den er aus fertigen Tortenböden, Sprühsahne und Marmelade selbst gemacht hat. Obendrauf steckt sogar eine Kerze.

»Herzlichen Glückwunsch zum Geburtstag, *moj sreca*. Deine Mama wäre stolz auf dich«, sagt er und lächelt mit feuchten Augen.

Auch Dani kommt in die Küche geschlurft und murmelt mir ein »Glückwunsch« zu. Auf meinem Stuhl liegt ein Geschenk, eingepackt in Blümchenpapier aus dem Supermarkt. Langsam öffne ich es, und ein Notizbuch mit Pferden samt passendem Stift und Radiergummi kommt zum Vorschein. Ich bedanke mich bei Papa und versuche, meine Enttäuschung zu verbergen.

»Ich dachte, das könntest du vielleicht für die Schule gebrauchen«, sagt er.

»Auf jeden Fall«, sage ich nickend. »Super.«

In der Schule wird für mich gesungen, doch in der Pause bin ich wie immer unsichtbar. Trotz des eisigen Windes gehe ich mit den anderen nach draußen, und in einiger Entfernung sehe ich Jackson und einen anderen Jungen auf die Schule zukommen. Beide haben Caps unter ihren Kapuzen und die Hände tief in den Taschen vergraben. Dani trifft sie am Zaun. Er sieht jetzt genauso aus wie sie, trägt dieselbe Art von Kapuzenjacke und die gleiche schwarze Hose mit weißen Streifen. Jackson streckt seine Hand zum Gruß durch den Maschendraht, sie wechseln ein paar Worte, und wenig später sind er und der andere wieder verschwunden. Dani geht zurück ins Schulgebäude. Es beunruhigt mich, dass er mit jemandem wie Jackson befreundet ist, aber ich kann es nicht ändern. Er würde sowieso nicht auf mich hören.

Als ich nach Hause komme, steht ein brauner Pappkarton auf meinem Bett. Ich öffne ihn, und mein Herz macht einen Hüpfer, als ich die schwarzen Stiefel erblicke, nach denen ich mich schon so lange sehne. Ich kann meinen Augen kaum trauen, nehme die Schuhe in die Hand, streiche über das glänzende schwarze Leder und fahre mit den Fingern über den orangegelben Saum. Dann stürme ich zu Papa ins Wohnzimmer.

»Oh danke, Papa!«, sage ich mit den Stiefeln im Arm.

Er schaut mich fragend an.

»Für die Schuhe«, verdeutliche ich.

»Die sind von mir«, höre ich Dani sagen. Er steht im Flur und nickt. »Die Größe stimmt, oder?«

Ich starre ihn an, weiß nicht, was ich darauf antworten soll. Schließlich nehme ich mir ein Herz.

»Danke, aber ... wie konntest du die bezahlen?«

»Habe ein paar Extraschichten geschoben«, sagt er mit einem schiefen Lächeln.

Der Sessel quietscht, als Papa sich erhebt.

»Die sind aber schön«, sagt er. »Und die hast du für Lidija gekauft?«

»Ja.«

»Aber die kosten über tausend Kronen«, wende ich ein.

»Wo hast du so viel Geld her?«, will Papa wissen.

»Was spielt das für eine Rolle?«, entgegnet Dani und zuckt mit der Schulter.

Papas Miene verfinstert sich, er macht einen schnellen Schritt auf Dani zu.

»Hast du sie gestohlen?«

»Ach, hör auf.«

»Antworte mir!«, brüllt Papa, und seine Stimme klingt plötzlich ganz fremd. »Hast du die Schuhe gestohlen?«

Noch bevor Dani reagieren kann, gibt Papa ihm eine Ohrfeige. Das Geräusch seiner Handfläche in Danis Gesicht schallt durch den Flur, und einen Moment ist alles still. Die Sekunden ziehen sich wie Kaugummi. Dann geht ein Ruck durch Papas Körper, er reibt sich die Finger und murmelt: »Bei uns wird nicht gestohlen.«

Dani hebt reflexartig die Hand, um zurückzuschlagen, hält aber inne und kramt stattdessen einen zerknitterten Kassenzettel hervor, den er auf den Boden wirft.

»Ihr könnt mich alle mal«, sagt er und verschwindet aus der Wohnung.

Ich hebe die Quittung auf und sehe, dass sie aus dem Schuhladen im Mobilia ist.

Langsam, wie ein blindes Tier, findet Papa den Weg zurück ins Wohnzimmer, wo er auf den Sessel sinkt und das Gesicht in den Händen verbirgt. Ich weiß nicht, ob er weint, ein leises Wimmern ist alles, was ich höre. »Bei uns wird nicht gestohlen«, wiederholt er, bis seine Stimme in der Fernsehberieselung untergeht.

Ich stelle die Stiefel ab und betrachte den Kassenzettel. Die Angst in meiner Brust ist so groß, dass ich kaum Luft bekomme. Dani hat die Schuhe bar bezahlt, und irgendwie rührt es mich, dass er all das für mich getan hat. Dass er meine Schuhgröße herausgefunden hat, bis zum Mobilia gefahren ist und genau das gekauft hat, was mein allergrößter Wunsch war. Trotzdem wäre es mir lieber, er hätte es sein gelassen. Ich hätte einfach nichts sagen, hätte nicht so gierig sein sollen. Denn das Einzige, woran ich jetzt denken kann, das Einzige, wofür in meinem Kopf Platz ist, sind diese zwölfhundert Kronen. Was um Himmels willen musste Dani dafür tun?

KAPITEL 8

Ich gehe in Richtung Norden, vorbei am St.-Pauli-Friedhof und an den Fabriken mit den hohen Stacheldrahtzäunen. Sehe verlassene Parkplätze, beschmierte Betonwände mit verrammelten Fenstern und den Schotterplatz mit der selbst zusammengezimmerten Skateboardbahn aus Brettern und alten Autoreifen. Es ist schon verrückt, dass nur wenige Kilometer weiter ein ganz anderes Malmö existiert: Häuser mit Meerblick und Sole-Pools, Designerläden, exklusive Juweliere, Luxusrestaurants und topmoderne Penthousewohnungen im Wert von mehreren Millionen.

Am Straßenrand begegnet mir eine Frau mit Blümchenkleid und Fischerhut, die einen kaputten Einkaufswagen voller Plunder vor sich herschiebt. Ein Rad ist verdreht und gibt ein lautes Quietschen von sich. Sie trägt einen vergilbten Ventilator unter dem Arm, dessen Stecker über den Boden schleift, und ihr Körpergeruch ist so widerlich, dass ich mich abwenden muss.

Es wundert mich, dass Jackson immer noch hier wohnt. Er hat sich schon vor zehn Jahren nicht an die Regeln gehalten, so dass ich immer dachte, er würde für den Rest seines Lebens im Knast landen. Aber auf dem blauen Klingelschild des gelben, achtstöckigen Hauses steht sein Name, neben all den anderen.

Ich gehe die Treppe hinauf und spüre, wie mir das Herz bis zum Hals schlägt. Wahrscheinlich ist das hier die dämlichste Idee aller Zeiten, aber ich habe keine andere Wahl. Wenn Dani in irgendwas Dubioses verstrickt ist, kann es gut sein, dass Jackson auch etwas damit zu tun hat.

Von außen wirkt die Wohnung wie jede andere. Ein dumpfer, stampfender Bass ist von innen zu hören. Ich atme einmal tief durch und klingele an. Da wird hinter mir die Tür geöffnet, und aus der gegenüberliegenden Wohnung schaut ein Typ mit schulterlangem blondem Haar und nacktem Oberkörper heraus. Er scheint gerade aufgewacht zu sein und starrt mich wütend an.

»Der ist nicht zu Hause.«

»Ich höre doch die Musik«, sage ich und klingele noch einmal.

Der Typ verdreht die Augen und verschwindet wieder. Da mein Klingeln nichts nützt, versuche ich es mit Klopfen, und endlich tut sich was. Das Schloss wird entriegelt, und die Tür geht einen Spalt breit auf, aber mit vorgelegter Sicherheitskette. Ein Junge, der kaum älter als fünfzehn sein kann, blickt mir entgegen, und ich frage mich, warum er nicht in der Schule ist.

»Was willst du?«

»Ich suche Jackson.«

Die Musik dröhnt lautstark aus der Wohnung und lässt meine Worte untergehen. Der Junge macht nur eine Grimasse und schüttelt den Kopf.

»Was?«

Von seinem Mundwinkel bis zum äußeren Augenwinkel zieht sich eine glänzende rote Narbe, und das hängende Lid wirkt seltsam fehlplatziert in dem jungen Gesicht.

»Ich will mit Jackson reden«, wiederhole ich.

Die Tür geht wieder zu, und instinktiv greife ich nach der Klinke, um mich dagegenzustemmen, aber zu spät. Enttäuscht schaue ich mich um. Ob ich mal bei dem Typen von gegenüber anklopfen soll? Vielleicht weiß der ja, wie ich an Jackson rankomme. Doch noch während ich überlege, höre ich die Sicherheitskette rasseln, und der Junge öffnet mir die Tür.

»Komm rein«, sagt er.

Die Wohnung ist abgedunkelt, an sämtlichen Fenstern sind die Vorhänge zugezogen, und als er die Tür hinter mir abschließt, wird mir ganz mulmig zumute. Auf dem überfüllten Flurtisch steht eine einzelne Glühbirne, die ein schwaches Licht verbreitet, und das ohrenbetäubende Dröhnen der Musik macht es so gut wie unmöglich, einen klaren Gedanken zu fassen.

Der Junge wirft einen prüfenden Blick in die Tüte mit den Äpfeln und schiebt mich dann zu einem der Zimmer im hinteren Teil der Wohnung. Und dort, über einen niedrigen Couchtisch gebeugt, sehe ich ihn. Irgendwas an seiner Art sich zu bewegen versetzt mich sofort in Alarmbereitschaft. Das Adrenalin schießt mir in die Adern, und am liebsten wäre ich sofort rückwärts wieder raus, doch da hat sich Jackson schon zu mir umgedreht und sieht mich an.

Er hat sich kaum verändert. Sein Kopf ist immer noch kahlrasiert, und er trägt die gleichen Klamotten wie früher: ein enges Markenhemd mit hochgekrempelten Ärmeln, dazu klobigen Goldschmuck und Jeans, die ihm tief auf der schmalen Hüfte sitzen. Mich wundert nur, wie alt er aussieht. Sein Gesicht ist grau und voller Furchen.

Er mustert mich mit einem breiten Grinsen, dann kommt er ein paar Schritte auf mich zu und hält mir mit nikotinbefleckten Fingern eine selbstgedrehte Zigarette hin. Der Rauch tanzt in kleinen Wirbeln Richtung Decke.

»Nein danke«, sage ich und schüttele den Kopf. »Ich bin hier, weil ich jemanden suche.«

Er grinst wieder, nimmt einen tiefen Zug und sagt mit schleppender Stimme: »Die amerikanischen Ureinwohner glauben, dass die Gedanken des Menschen beim Tabakrauchen zu den Göttern transportiert werden, wusstest du das?«

Ich bin mir sicher, dass da nicht nur Tabak drin ist, sage aber nichts.

»Erinnerst du dich noch an meinen Bruder Dani?«, frage ich. »Er war auch an der Sofie-Lund-Schule.«

»Dani«, hustet er. »Klar erinnere ich mich an Dani.«

Er gibt dem Jungen an der Tür zu verstehen, dass er verschwinden soll, und legt dann den Arm um meine Taille. Drückt sich an mich und bläst den Rauch in die Luft.

»Dani ist verschwunden«, fahre ich fort. »Ich dachte, du weißt vielleicht was darüber.«

»Haben sie ihn nicht drangekriegt?«

»Das ist schon etwas her.«

»Ja, aber ich weiß es noch. Wegen Körperverletzung, oder? Irgend so ein Idiot wollte es ganz genau wissen und hat seine Nase überall reingesteckt, und Dani nur so BÄM«, sagt er und lässt die geballte Faust durch die Luft schnellen. »War er lange drin?«

»Hat nur erzieherische Maßnahmen gekriegt«, antworte ich.

»Nice. Sicher, dass du nichts willst?« Er deutet auf den Tisch, wo ein Tütchen mit weißen Pillen liegt. »Geht auf mich.«

»Nein, ich muss meinen Bruder finden. Die Polizei sucht auch nach ihm. Weißt du irgendwas?«

Mit einem Mal wirkt er gekränkt, schubst mich weg und rümpft die Nase.

»Willst du mich hier beschuldigen?«, lallt er.

»Ich hatte nur gehofft, du hättest vielleicht irgendwelche Informationen. Sie scheinen zu glauben, dass er jemanden entführt hat.«

»Mit so was habe ich nichts zu tun«, antwortet er gereizt und rückt sich die schwere Halskette zurecht. »Für wen hältst du mich eigentlich?«

Im Bücherregal hinter ihm liegt eine Louis-Vuitton-Tasche, und darunter blitzt etwas hervor, das wie eine Pistole aussieht. Als sich unsere Blicke begegnen, legt er eine Hand auf die Tasche.

»Ich mag es nicht, dass du hier ankommst und mir alles Mögliche anhängen willst«, sagt er mit einer plötzlichen Schärfe in der Stimme.

Ich weiche einen Schritt zurück.

»Das war nicht so gemeint. Ich mache mir nur Sorgen um Dani.«

»Ist echt nicht mein Problem, was dein Bruder für Dinger dreht«, fährt er aufgebracht fort und spannt den Oberkörper an. An seinen Unterarmen treten die Adern hervor.

Ich drücke die Papiertüte fest an mich, spüre meinen Herzschlag bis in die Schläfen. Ob ich es noch rausschaffe, wenn er jetzt plötzlich seine Waffe zieht?

»Nein, nein, schon klar.«

Mein Blick ist fest auf seine Hand gerichtet, und ich frage mich, was ich hier eigentlich mache. Warum bin ich hergekommen? Dachte ich im Ernst, Jackson würde mir helfen? Plötzlich passiert etwas, vom Sofa in der Ecke ertönt ein merkwürdiges Gurgeln. Wir wenden uns beide um, und ich erahne eine Bewegung dort drüben im Dunkeln.

Jackson wirkt genauso überrascht wie ich, aber kurz

darauf geht er zum Sofa und zieht eine dunkle Decke zur Seite. Darunter kommt ein Mädchen mit blondem Pferdeschwanz, weißem BH und kurzen Jeansshorts zum Vorschein. Ihre Bewegungen sind ruckartig, und sie hustet mit offenem Mund.

»Baby«, sagt Jackson. »Wie läuft's?«

»Alter«, sagt sie und lacht heiser. »Was. Für'n. Trip.«

Sie versucht aufzustehen, fällt aber sofort wieder zurück aufs Sofa und lacht weiter.

Ich will die Gelegenheit nutzen und laufe zur Wohnungstür, aber Jackson stürmt mir hinterher. Er wirkt jetzt nicht mehr sauer, sein Blick ist eher betrübt.

»Tut mir leid mit deinem Bruder, aber wenn er abhaut, hat er sicher Gründe dafür. Er will nicht, dass du dich da reinhängst.«

»Worein?«

Verlegen fummelt er an seiner Goldkette herum.

»Okay«, sagt er schließlich. »Also, Dani hat mich vor ungefähr einer Woche angerufen.«

»Was? Und wieso?«

»Er wollte eine Knarre kaufen. Aber dann hat er sich nicht mehr gemeldet.«

Mir wird schwindelig, und um ein Haar wäre ich über die Teppichkante gestolpert. Ich kann nicht fassen, was er da sagt.

»Ich schwöre, das ist alles, was ich weiß«, sagt Jackson und verschränkt die Hände vor der Brust.

Ich taste nach dem Türschloss, hätte zwar eigentlich noch Fragen, aber jetzt muss ich hier raus, und zwar schnell. »Ist gut«, antworte ich. »Falls du was hörst: Du findest mich auf Facebook. Lydia Semovic.«

Als ich endlich die Tür geöffnet habe, verschwinde ich schleunigst die Treppen hinunter. Unten am Eingang kommen mir zwei Mädchen entgegen. Sie sind im Partylook, mit glitzerndem Lidschatten, obwohl erst Mittwoch ist, und steuern geradewegs auf Jacksons Wohnung zu. Die eine hat ein bisschen Ähnlichkeit mit Linnea Arvidsson, und mir wird bewusst, wie wenig über sie bekannt ist. Woher will die Polizei denn wissen, dass das Mädchen nicht in irgendeiner dunklen Wohnung auf dem Sofa liegt? Aber dann fällt mir wieder die Pistole ein, die Dani kaufen wollte, und meine Welt gerät erneut ins Wanken.

Draußen hat der Himmel eine aschgraue Farbe angenommen, und ein kalter Wind fährt mir unter die Jacke. Ich versuche, eine logische Erklärung dafür zu finden, dass Dani eine Waffe kaufen wollte. Wird er bedroht? Hat er Angst und ist deshalb untergetaucht? Aber wieso geht er dann nicht zur Polizei? Ob Jacksons Drogengeschäfte etwas damit zu tun haben? Hat Jackson mich belogen? Ist Dani in irgendwas verwickelt, und kann das wiederum in Verbindung zu Linnea Arvidssons Verschwinden stehen? Ein Gefühl von Hoffnungslosigkeit überkommt mich wie eine riesige Welle und dringt in jede Zelle meines Köpers ein.

Auf dem Weg nach Hause sehe ich, wie in den Hochhäusern um mich herum die Lichter angehen. Ein gelbes Leuchten erwacht zum Leben und verbreitet eine schimmernde Wärme. Ich denke an die Menschen, die dort wohnen, an die Familien, die sich gemeinsam zum Essen an den Tisch setzen. Wie sicher sie sich fühlen. Sie haben einen Platz in der Welt, sind fest verwurzelt in einer Wirklichkeit voller Liebe und Zusammenhalt. So war es auch bei uns, bis unser Leben von ein paar fehlprogrammierten Zellen über den Haufen geworfen wurde.

Wenn man bedenkt, was wir durchgemacht haben, erscheint es wenig verwunderlich, dass Dani auf die schiefe Bahn geraten ist. Doch was keiner weiß: Es war allein meine Schuld.

KAPITEL 9

Ich kämme Papa und bitte ihn, sich die Krawatte umzubinden. Kontrolliere, dass sein Hemd sauber aussieht und der Tisch abgewischt ist. Die Kekse liegen perfekt angeordnet auf dem Teller, und die Tassen zeigen alle in dieselbe Richtung.

»Du musst versuchen zu lächeln«, sage ich und werfe einen Blick auf die Uhr. Dani hat versprochen, um fünf zu Hause zu sein, aber inzwischen ist es zehn nach, und er ist immer noch nicht da.

Ulla-Britt, die Frau vom Jugendamt, verbreitet einen blumigen Parfümduft und trägt eine Bluse, die über ihrem üppigen Busen spannt. Sie hängt ihren Mantel auf einen Kleiderbügel im Flur, lächelt freundlich und richtet sich die wohlfrisierten Locken.

Draußen scheint eine milde Wintersonne auf die eisigen Straßen und lässt die frostüberzogenen Zweige glitzern. Wir setzen uns in die Küche, und ich habe Mühe, meine Gefühle unter Kontrolle zu halten. Dani ist immer noch nicht zu Hause. Wehe, wenn er das hier versaut.

Ulla-Britt erzählt, dass sich der Direktor von Danis Schule an das Jugendamt gewandt hat und sie nur sichergehen möchte, dass es uns gutgeht.

Papa verteilt den Kaffee, den ich gekocht habe, aber seine Hand zittert, so dass beim Einschenken etwas danebengeht. Ulla-Britt hilft ihm mit der Kanne, während ich ein Stück Küchenpapier hole.

»Wo ist Daniel?«, fragt sie und deutet mit dem Kopf auf den leeren Stuhl.

»Er kommt bald«, versichere ich.

»Okay, dann können wir uns ja erst mal ein bisschen unterhalten«, sagt sie. »Du gehst also in die achte Klasse, Lydia?«

»Ja.«

»Und wie ist das so?«

»Gut«, antworte ich. »Macht Spaß.«

»Was gefällt dir denn am besten?«

Ich überlege, möchte nichts Unglaubwürdiges sagen.

»Schwedisch und Bio. Und Kunst natürlich.«

»Malst du gerne?«

Ich nehme Papas Hand unter dem Tisch, da kommt Leben in ihn, und er deutet mit dem Kopf auf ein Bild an der Wand, das ich selbst dort aufgehängt habe. Eine Bleistiftzeichnung von einer Waldlandschaft.

»Lydia ist wirklich gut«, sagt er. »Das Bild ist von ihr.«

»Wie schön. Malt Daniel auch gerne?«

»Nein, er spielt lieber Fußball. Er ist ein superguter Innenverteidiger«, sage ich und lächle. »Nach der Schule geht er jeden Tag trainieren, bestimmt ist er deshalb auch so spät dran heute. Auf dem Fußballplatz vergisst er schnell mal die Zeit«, fahre ich fort, obwohl Dani schon seit Jahren nicht mehr spielt.

»Toll«, sagt Ulla-Britt und wendet sich Papa zu. »Ich weiß, dass Sie es nach dem Tod Ihrer Frau nicht so leicht hatten.«

»Nein«, murmelt Papa und senkt den Blick.

»Wie war das für dich, Lydia?«

»Nicht so schön. Aber ich bin froh, dass ich meine Familie habe.« Ich drücke Papas Hand, und ausnahmsweise erwidert er den Händedruck.

Ulla-Britt betrachtet uns eine Weile, dann verändert sie ihre Sitzposition und stützt die Ellbogen auf den Tisch.

»Die Schule hat sich, wie gesagt, an das Jugendamt gewandt. Daniel hat im vergangenen Jahr sehr viel gefehlt, und es wurden mehrfach Elterngespräche angesetzt, zu denen niemand erschienen ist«, sagt sie zu Papa.

Einen Moment herrscht Schweigen, und ich warte auf eine Antwort von ihm. Kapiert er nicht, wie wichtig es ist, dass er jetzt was sagt? Er muss das irgendwie erklären, sonst nimmt Ulla-Britt uns Dani weg, so wie Familie Svensson uns Mila weggenommen hat.

»Dafür muss ich mich entschuldigen«, sagt Papa und räuspert sich. »Das ist meine Schuld. Seit die Kinder ihre Mutter verloren haben, bin ich etwas ... neben der Spur.«

»Aber es ist schon besser geworden«, füge ich hinzu.

»Ja«, sagt Papa mit einem schiefen Lächeln in meine Richtung. »Es ist besser geworden. Ich bin in der Wiedereingliederung und mach jetzt auch eine Therapie.«

Das Letzte stimmt nicht, zumindest nehme ich es ihm nicht ab. Ich weiß, dass er nach Mamas Tod den Rat bekommen hat, mit jemandem zu reden, aber das wollte er nicht.

»Für Dani war es auch schwer«, fährt Papa fort. »Er war sehr traurig und konnte sich nicht auf die Schule konzentrieren. Aber das wird sich bessern, versprochen.«

»Wir haben natürlich Verständnis für Ihre Situation. Aber ein strukturierter Alltag ist für die Kinder sehr wichtig«, sagt Ulla-Britt.

»Unbedingt«, stimmt Papa ihr zu. »Ich werde mit Dani und auch mit der Schule sprechen.«

»Mit wem trifft er sich denn zum Fußballspielen?«, fragt sie mich, und ich tue so, als würde ich nachdenken.

»Alex und Markus heißen die, glaube ich. Und dann ist da noch sein bester Freund Jocke, mit dem ist er auch viel zusammen. Sein Vater ist Arzt«, erzähle ich eifrig.

Ulla-Britt wirft Papa einen Blick zu, der nickt zur Bestätigung.

»Es kommt also nicht vor, dass Dani abends nicht zu Hause ist oder sich mit Leuten trifft, die er besser meiden sollte?«

»Nein.«

»Und mit Drogen hat er auch nichts zu tun?«

»Dani?«, rufe ich. »Der hat nur sein Fußballtraining im Kopf, damit er mal Profi werden kann.«

»Wir möchten gern helfen«, fährt Ulla-Britt fort. »Ich habe hier eine Broschüre mit Informationen, wie wir Sie unterstützen können.«

»Vielen Dank«, sagt Papa und schiebt ihr den Plätzchenteller hin. »Greifen Sie doch zu!«

Anschließend führen wir Ulla-Britt noch durch die aufgeräumte Wohnung. Ich habe gestaubsaugt, die Betten neu bezogen, das Wohnzimmer gelüftet und Papas Pfanddosen weggebracht, und zum ersten Mal seit langem ist es richtig gemütlich bei uns.

Am Kühlschrank sind meine beiden besten Tests mit Magneten befestigt. GUT steht in Großbuchstaben darauf, und Ulla-Britt nickt beeindruckt.

»In Ordnung«, sagt sie und schüttelt Papa die Hand. »Danke, dass ich vorbeischauen durfte. Dann nehmen Sie also Kontakt mit der Schule auf und sorgen dafür, dass ein Plan für Dani erstellt wird?«

»Auf jeden Fall.«

»Gut. Ich hätte ihn auch gern getroffen, aber das müssen

wir auf ein anderes Mal verschieben. Falls Sie Fragen haben, melden Sie sich einfach.«

Als sie weg ist, lässt die Anspannung in meinen Schultern endlich nach, und ich fühle mich wieder leichter.

»Warum hast du das mit dem Fußball erzählt?«, fragt Papa und lockert seine Krawatte.

»Ich dachte, das wäre vielleicht nicht schlecht.«

»Ich wusste nicht, dass er so viele Fehlstunden hat. Könnt ihr nicht morgens zusammen zur Schule gehen, damit er auch sicher da ankommt?«

»Klar«, sage ich. Es ist nur zu deutlich, dass Papa nicht die geringste Ahnung hat, was Dani eigentlich treibt. Wahrscheinlich ist das sogar besser so. An der Wahrheit würde er zerbrechen, und ich will ihn nicht auch noch verlieren.

Mit einem Zischen macht er sich ein Bier auf, das er im Stehen leert, dann zieht er sich wieder ins Wohnzimmer zurück. Ich bleibe in der Küche. Betrachte die hübsch arrangierten Kekse und denke: Jetzt lassen sie uns wenigstens eine Weile in Ruhe.

In der Nacht werde ich von einem merkwürdigen Geräusch wach.

In den Leitungen pfeift es, und mir ist, als hörte ich jemanden schniefen. Schwerfällig stehe ich auf, tapse verschlafen in den Flur und sehe, dass durch die angelehnte Badezimmertür Licht fällt.

Am Waschbecken steht Dani und reibt irgendwas ab. Ich sehe sein Gesicht im Spiegel.

»Was machst du da?«, frage ich.

Er fährt zusammen und blickt mich an.

»Du hättest um fünf zu Hause sein sollen, diese Sozialarbeiterin war hier. Ich musste ihr lauter Märchen über dich erzählen.«

Er antwortet nicht, also gehe ich näher heran. Im Waschbecken liegt seine Jacke, das Wasser rundherum ist hellrosa.

»Ist was passiert?«

Er schüttelt den Kopf und reibt die Jacke weiter mit Seife ein. Seine Finger sind voller Schaum, und auf dem Handrücken sehe ich jetzt einen roten Striemen.

»Dani, sag mir, was los ist!«

»Nichts«, murmelt er, doch seine Stimme klingt brüchig.

»Ist schon gut«, versuche ich es weiter und lege ihm eine Hand auf die Schulter. »Mir kannst du es sagen, ich petze nicht.«

Einen Moment ist er still, dann lässt er die Jacke los und dreht den Wasserhahn ab.

»Ich hatte einfach einen beschissenen Abend.« Mit hängendem Kopf sinkt er auf den Klodeckel. Seine Unterlippe zittert, genau wie früher, als er noch ein kleiner Junge war.

»Ist das Blut?«, frage ich.

Er sieht mich beschämt an und nickt.

»Glaubst du, das geht wieder raus?«

Ich hebe die Jacke hoch und betrachte sie eingehend, aber auf dem schwarzen Stoff sind keine Flecken zu sehen.

»Denke schon. Woher kommt das?«

»Nur eine Schlägerei. Die sind einfach auf uns losgegangen.«

»Wurde jemand verletzt?«

»Ich habe mich nur verteidigt«, sagt er und sieht mich mit schimmernden Augen an.

»Aha.«

»Wirklich, Lydia. Es war nicht meine Schuld.«

Langsam verschwimmen die Konturen um mich herum. Ich weiß nicht, was ich sagen soll.

»Sollen wir irgendwen anrufen? Die Polizei vielleicht?«

»Nein«, ruft er. »Ich sag doch, ich war es nicht!« Er seufzt auf und schlägt sich die Hände vors Gesicht. »Bitte, du musst mir glauben. Du darfst niemandem davon erzählen.«

»Okay, wir lassen das mit dem Anruf. Aber ich muss wissen, was passiert ist. Du bist kaum noch zu Hause, und in der Schule fehlst du ständig, sagen sie. Wo bist du eigentlich den ganzen Tag?«

Er sinkt in sich zusammen.

»Ich wollte das alles nicht«, murmelt er.

»Kannst du nicht einfach aufhören, sie zu treffen?«

»Das geht nicht. Das sind meine Freunde.«

»Aber keine sehr guten«, knurre ich.

»Du verstehst das nicht. Ich habe sonst keine.«

»Was ist mit Jocke?«

Dani schüttelt den Kopf. »Außerdem weiß ich Sachen, da kann man nicht einfach aufhören.«

»Du gehst in die siebte Klasse«, sage ich. »Reiß dich einfach ein bisschen zusammen, geh wieder zum Unterricht und halt dich von Jackson fern. Ich kann dir mit den Hausaufgaben helfen, wenn du irgendwas schwierig findest.«

»Es tut mir leid«, sagt er, und als er zu mir aufschaut, sind seine Wangen tränenüberströmt. »Ich bin so ein Idiot.«

»Nein, bist du nicht.«

Ich nehme ein sauberes Handtuch und trockne Dani die Hände.

»Verletzt bist du nicht, oder?«

»Nein, aber ich habe Kopfschmerzen.«

»Okay, pass auf. Du legst dich jetzt hin, und wenn es dir morgen immer noch schlechtgeht, sage ich in der Schule Bescheid, dass du krank bist. Und wenn ich nach Hause komme, setzen wir uns zusammen und gucken uns den Brief von deinem Klassenlehrer an.« Er gibt ein Stöhnen von sich, worauf ich hinzufüge: »Ich helfe dir, versprochen.«

»Okay«, murmelt er. »Danke, Schwesterchen.«

Dani geht aus dem Bad, und ich lege die Jacke in die Waschmaschine, dann wische ich das Waschbecken aus und lösche das Licht. Als ich an Danis Zimmer vorbeikomme, sehe ich, dass er irgendwas in der Hand hält. Es ist ein dunkles T-Shirt, das er zu einem festen Knäuel zusammengeballt hat und jetzt tief in seinem Kleiderschrank vergräbt.

Mit gemischten Gefühlen krieche ich wieder unter die Bettdecke. Ich will meinem Bruder helfen, aber das Blut auf der Jacke muss ja irgendwo herkommen. Ob ich doch mit einem Erwachsenen darüber reden sollte? Nur mit wem? Papa wäre damit komplett überfordert, und ich habe Dani versprochen, nichts zu sagen. Und wenn Ulla-Britt erfährt, was hier gerade los war, steht sie in null Komma nichts wieder bei uns auf der Matte. Nein, wir finden besser selbst eine Lösung.

Ich drehe mich zur Wand. So aufgewühlt habe ich Dani noch nie erlebt, und ich kann nur hoffen, dass ihm das jetzt eine Warnung ist. Er muss aufhören, mit Jackson rumzuhängen, und zusehen, dass er sein Leben in den Griff kriegt. Mehr für die Schule tun und seine Noten verbessern. Wenn ihm das gelingt, wird sich alles andere auch regeln.

Ich muss an Mamas Worte denken. Dass wir das schon schaffen, wenn wir nur füreinander da sind. Jetzt weiß ich, was sie meinte. Wir müssen eine Familie sein, doch anstatt zusammenzuhalten, haben wir uns voneinander entfernt. Wir haben uns irgendwie verirrt, aber es ist noch nicht zu spät. Noch können wir wieder zueinanderfinden.

Ich ziehe mir die Decke bis ans Kinn und kuschle mich in das frisch bezogene Bett. Morgen werden Dani und ich einen Plan schmieden. Zusammen können wir alles aufholen, was er in der Schule verpasst hat. Aber er muss mir versprechen, einen Bogen um Jackson zu machen. Ich weiß, dass sie Kumpels sind, aber Dani ist gerade mal dreizehn Jahre alt. Er kann den Absprung noch schaffen. Und ich werde ihm helfen, genau wie ich es Mama versprochen habe.

KAPITEL 10

Der Code am Hauseingang ist immer noch gleich. Ich vergewissere mich, dass mich niemand beobachtet, als ich ins Treppenhaus schleiche. Krame den Schlüssel aus der Tasche und stecke ihn in das wohlbekannte Schloss. Was ich hier tue, ist falsch, das weiß ich, aber mir bleibt gerade nicht viel anderes übrig.

In der Wohnung ist es dunkel. Nicht einmal die kleine Flurlampe brennt, doch dank der Straßenlaterne, die einen gelben Schein durchs Wohnzimmerfenster wirft, sehe ich das Portemonnaie, und daraus schließe ich, dass Micke schon im Bett ist.

Ob er sehr sauer auf mich sein wird? Sich spätabends in die Wohnung schleichen – das ist die beste Art, einen Unfall herbeizuführen, wird er sagen. Durch so was sterben Leute. Wahrscheinlich hat er recht. Wenn er mich jetzt umlegt, bin ich selbst schuld.

Ich gehe auf Zehenspitzen durch den Flur, bis ich vor der verschlossenen Schlafzimmertür stehe. Lege die Hand auf das weißgestrichene Holz und horche nach seinem Atem, doch es ist nichts zu hören.

Ich muss an unseren letzten großen Streit denken, als er mir vorgeworfen hat, ich wäre emotional abwesend. Meine Familie käme immer an erster Stelle, hat er gesagt, und an ihm wäre mir nicht mal halb so viel gelegen.

Langsam drücke ich die Klinke hinunter und schiebe die Tür auf. Als es quietscht, halte ich inne, bleibe einen Moment an der Schwelle stehen und warte darauf, dass sich meine Augen an die Dunkelheit gewöhnen, aber ohne

Erfolg, vor mir bleibt es schwarz. Irgendwo da drinnen ist er, das spüre ich.

Auf meiner Haut kribbelt es, und ich halte den Atem an. Blinzele in Richtung Bett, dessen Konturen nun langsam aus der Dunkelheit hervortreten. Schließlich entdecke ich ihn. Er liegt auf dem Rücken, mit nacktem Oberkörper, die Decke bis zur Hüfte heruntergezogen. Meine Gefühle in diesem Moment überraschen mich, ich bin froh und erleichtert, ihn zu sehen, und denke: Zum Glück ist er allein.

Vorsichtig mache ich ein paar Schritte ins Zimmer, weiß genau, wo ich auftreten muss, damit die Dielen nicht knarren. Innerlich höre ich seine Stimme: *Es geht nicht mehr, Lydia. So können wir nicht weitermachen.*

Wie ich ihn so daliegen sehe, spüre ich plötzlich ein Verlangen in mir. Jeder Versuch, sich dagegen zu wehren, ist zwecklos. Ich brauche jetzt seine Wärme, seine Nähe.

Behutsam krieche ich zu ihm ins Bett. Lege meine Hand auf seine Brust und streiche mit zitternden Fingern über seine Haut. Als ich noch etwas näher rücke, steigt mir sein Geruch in die Nase, diese wohlbekannte Mischung aus süßlichem Schweiß und Aftershave.

Er wacht auf und blinzelt mich verschlafen an.

»Lydia?«

Ich nicke und fahre mit den Fingern über seinen Bauch. Höre ihn aufstöhnen, als ich meine Hand in seiner Unterhose verschwinden lasse.

»Was machst du denn da?«

Ich spüre, wie er hart wird, und knöpfe ohne ein Wort meine Hose auf. Setze mich rittlings auf ihn, stütze mich mit den Händen an seiner Hüfte ab und lasse ihn in mich eindringen. Ein Zucken geht durch seinen Körper, und ich schließe die Augen, bewege mich immer schneller und schneller und versuche, alles andere um mich herum zu vergessen.

Anschließend liegen wir im Bett und teilen uns eine Zigarette. Es fällt mir schwer, seinen Blick zu deuten. Mal wirkt er zärtlich, dann wieder entsetzt, als wäre ich ein wildes Tier, dem er nicht zu nahe kommen will.

»Verdammt noch mal, Lydia«, sagt er und reicht mir die Zigarette. »Das ist die beste Art, einen Unfall herbeizuführen. Stell dir mal vor, ich hätte nicht kapiert, dass du es bist, sondern hätte dich für einen Einbrecher gehalten.«

»Ein Einbrecher hätte sich wohl kaum so verhalten«, sage ich lächelnd und nehme einen tiefen Zug von der Zigarette.

Micke bläst Rauch in die Luft.

»Es ist ja nicht so, als wollte ich dich nicht mehr sehen, aber wir hatten uns doch darauf geeinigt, erst mal eine Pause zu machen.«

»Das mit der Pause war deine Idee.«

»Ja, weil du unsere Beziehung nicht ernst nimmst. Du willst ja nicht mal mit mir zusammenziehen.«

»Du weißt genau, dass Papa meine Hilfe braucht«, sage ich und schnippe die Asche in die Kaffeetasse auf dem Nachttisch.

»Wie alt ist er jetzt? Zweiundsechzig? Statistisch gesehen hat er noch zwanzig Jahre vor sich. Willst du etwa so lange bei ihm wohnen bleiben?«

»Weiß ich nicht.«

Er nimmt die Zigarette wieder und steckt sie sich in den Mundwinkel.

»Ich verstehe nicht, warum ihr ihn nicht einfach in einem Pflegeheim unterbringt. Das wäre doch der richtige Ort für ihn, oder?«

Ich werfe ihm einen vielsagenden Blick zu, bin kurz davor, ihm ein weiteres Mal zu erklären, warum das nicht geht. Papa kann nicht in ein Pflegeheim, dort würde er eingehen. Jemand muss sich um ihn kümmern und dafür sorgen, dass die Familie bestehen bleibt, dass wir uns nicht verlieren. Und das ist meine Aufgabe, aber das versteht Micke nicht. Er hat einen völlig anderen Hintergrund, Familie ist für ihn etwas, was einfach da ist, und deshalb ist diese Diskussion sinnlos. Wir werden nie auf einen Nenner kommen, aber hier und jetzt brauche ich ihn als Verbündeten.

»Du hast recht«, antworte ich. »Wir brauchen nur noch etwas Zeit.«

»Okay. Gut.«

Die Zigarettenglut erleuchtet sein Gesicht.

»Du«, sage ich. »Ich muss dich um einen Gefallen bitten.«

»Wieso überrascht mich das nicht?«, seufzt er und bläst einen grauen Tunnel aus Rauch in Richtung Zimmerdecke.

»Kennst du einen Beamten namens Christian Wallin?«

»Der ist von der Kripo.«

Ich höre die Irritation in seiner Stimme und versuche, mich nicht aus der Ruhe bringen zu lassen.

»Mit Dani ist irgendwas passiert. Er ist seit letzter Woche verschwunden.«

»Was hat das mit Christian Wallin zu tun?«

Ich schlucke die aufkommende Angst herunter.

»Er denkt, glaube ich, dass Dani was mit dieser Geschichte in Västra Hamnen zu tun hat, mit diesem vermissten Mädchen.«

»Linnea Arvidsson? Oh Mann, das klingt nicht gut.«

»Nein, aber die Polizei irrt sich. Dani würde niemals jemandem etwas antun, das weißt du.«

»Lydia ...«, setzt er an, aber ich lasse ihn nicht ausreden.

»Micke, du kennst Dani. Er ist ein guter Mensch. Warum sollte er was damit zu tun haben?«

»Hat Wallin denn gesagt, dass ein Verdacht gegen Dani besteht?«

»Ja, mehr oder weniger«, murmele ich und versuche, die Tränen zu unterdrücken.

»Ist ein Staatsanwalt mit im Spiel?«

Als er keine Antwort bekommt, legt er den Arm um mich. Ich rolle mich zusammen, mache mich so klein wie möglich und schmiege mich an ihn.

»Ich kann verstehen, dass das schwer für dich ist. Sag mir einfach, was du weißt«, flüstert er mit dem Mund an meiner Wange.

Also berichte ich von Wallins Besuchen, versuche, mich an sämtliche Details zu erinnern. Auch dass ich mit Danis Arbeitgeber gesprochen habe und in seiner Wohnung war, erzähle ich, aber das Blut an der Wand und den zerwühlten Flur lasse ich im letzten Moment doch lieber unerwähnt.

Micke hört mir aufmerksam zu.

»Ohne Beweise würden sie Dani nicht als Tatverdächtigen einordnen. Bist du dir sicher, dass er Linnea Arvidsson noch nie begegnet ist?«

Ich überlege, wie Dani in diese Sache hineingeraten sein könnte, und erinnere mich an ein Gespräch, das wir vor ein paar Wochen miteinander geführt haben. Das war an dem Tag, als Papa gestürzt war und sich die Stirn aufgeschlagen hatte. Er saß wie immer in seinem Sessel, als ich nach Feierabend nach Hause kam, aber er hatte angetrocknetes Blut im Gesicht und Flecken auf dem Hemd. Ich habe ihn erst einmal verarztet und dann sofort Dani angerufen, um ihm zu sagen, dass wir einen Pflegedienst für Papa brauchen, damit jemand nach ihm sieht, wenn ich nicht zu Hause bin, aber wir kamen ziemlich schnell zu dem Schluss, dass kein Geld dafür da ist. Dani weiß, wie besorgt ich um Papa bin, aber er würde doch nicht irgendwas Dummes anstellen, nur um Geld für einen Pflegedienst zu beschaffen?

»Nein«, sage ich. »Ich sehe da keine Verbindung. Das Mädchen studiert in der Nähe von dem Café, in dem Dani arbeitet, aber das ist auch schon alles.«

»Dann sind sie sich vielleicht doch mal begegnet?«

»Ja, aber jemandem begegnen ist etwas anderes als jemanden entführen. Ich werde noch verrückt, Micke. Ich mache mir wahnsinnige Sorgen, dass Dani was passiert ist. Dass er hier das Opfer ist. Kannst du nicht irgendwie dahinterkommen, was Wallin weiß?«

»Lydia«, seufzt er.

»Bitte, ich tue auch alles, was du willst.«

»So läuft das nicht. Ich kann nicht einfach in einem Fall rumschnüffeln, mit dem ich nichts zu tun habe.«

Ich sehe ihn lange an, versuche, ihm zu zeigen, wie sehr mir die Sache zu schaffen macht, aber Micke bleibt hart. Schließlich stehe ich auf und ziehe mich an.

»Willst du nicht bleiben? Es ist schon halb eins.«

Ich schüttele den Kopf.

»Lydia, komm schon.«

»Du musst mir helfen«, sage ich ernst.

Micke seufzt erneut auf, dieses Mal lang und tief.

»Ich kann nichts versprechen«, sagt er schließlich.

Sofort ist mir leichter zumute.

»Danke, du bist der Beste«, sage ich.

»Aber erwarte nicht zu viel. Es ist nicht sicher, dass ich überhaupt etwas rausbekomme.«

Ich nicke. Jede noch so kleine Information ist besser als nichts, denke ich. Diese Geschichte frisst mich regelrecht auf. Ich muss wissen, wo mein Bruder ist. Nach allem, was passiert ist, schulde ich ihm das.

KAPITEL 11

Als ich am nächsten Morgen in Danis Zimmer komme, will er nicht zur Schule. Ich habe kein gutes Gefühl dabei, doch er versichert mir, dass er nur Kopfschmerzen hat und sich an sein Versprechen halten wird.

In der Schule reden alle davon, was letzte Nacht passiert ist. Auf dem Friedhof in der Nähe sind anscheinend zwei Gangs aneinandergeraten, und ein Junge aus unserer Parallelklasse hat ein Messer in den Bauch bekommen.

Meine Gedanken wandern sofort zu Dani, aber ich will nicht zu viel Interesse zeigen, also lehne ich mich neben einer Gruppe Schüler an die Spinde und lasse nur bei Gelegenheit eine beiläufige Frage fallen. So erfahre ich, dass Mustafa aus der 9a der Verletzte ist, dass er operiert werden musste und sein Zustand zwar ernst, aber nicht lebensbedrohlich ist.

»Bis jetzt haben sie niemanden gefasst«, sagt Rasmus, der bestens informiert zu sein scheint, auch wenn er nicht mit dabei war.

»Wird er sterben?«, fragt Therese.

»Glaube ich nicht, aber Papa sagt, das ist ein Mordversuch. Dafür kann man verdammt lange in den Knast kommen«, antwortet Rasmus grinsend.

»Kann doch eigentlich nicht so schwer sein, den Täter zu finden, oder? Haben doch sicher alle gesehen, was passiert ist«, sage ich so gelassen wie möglich, auch wenn mein Körper ziemlich unter Spannung steht.

»Es war wohl dunkel, und alle waren dabei sich zu prügeln, aber ich habe gehört, wer das Messer gezogen hat.«

»Ach, und wer?«, fragt Therese mit einem erwartungsvollen Funkeln in den Augen.

Rasmus beugt sich vor. Er genießt es offensichtlich, die ungeteilte Aufmerksamkeit zu haben. Ich halte den Atem an, habe panische Angst, dass er den Namen meines Bruders ausspricht. Tut er das, weiß ich nicht, wie ich reagiere.

»Also, der Messerstecher ...«, sagt Rasmus und schaut uns der Reihe nach an, »war Jackson.«

Ich hole Luft, warte eine Weile und atme langsam wieder aus, um meinen rasenden Puls ein wenig zu beruhigen.

»War ja klar«, sagt Therese und verdreht die Augen. Die Reaktionen der anderen fallen ähnlich aus, aber ich glaube Rasmus kein Wort. Alle haben Angst vor Jackson. Wenn er wirklich der Messerstecher wäre, würde es niemand wagen, ihn zu verpfeifen.

»Glaubst du mir etwa nicht?«, fragt Rasmus mit einem Blick in meine Richtung.

»Tut das was zur Sache?«, antworte ich ausweichend.

Rasmus macht zwei Schritte nach vorn und baut sich vor mir auf, er kommt so nah an mich heran, dass ich seine Atemzüge spüre. Dann drückt er sich gegen mich, halb aus Spaß, halb im Ernst.

»Du solltest zuhören, wenn man dir was sagt, du kleine Jugoslawenschlampe«, sagt er und lacht.

Die anderen kichern, während Rasmus meinen Nacken umfasst und die Hüfte gegen meinen Unterleib reibt. Dann reißt er den Mund auf und lacht noch einmal so laut, dass mir sein Speichel auf die Wange spritzt. Schließlich lässt er mich los und verschwindet.

»Alles okay?«, fragt Therese.

Gar nichts ist okay, wenn Rasmus nicht selbst bald ein

Messer in den Leib gerammt kriegt, denke ich, aber ich schlucke die Verbitterung hinunter. »Schon gut.«

Jonas kommt zu uns. Er ist Jugendarbeiter und hat die Aufgabe, durch die Korridore zu gehen und für Ruhe und Ordnung zu sorgen. Immer wenn ich seine sonnengebräunte Haut und seine strahlend blauen Augen sehe, habe ich Schmetterlinge im Bauch. Ich weiß nicht genau, warum ich ihn so toll finde. Vielleicht wegen der langen blonden Haare oder weil er fünfundzwanzig ist und ein Motorrad fährt. Nach der Schule sehe ich ihn manchmal auf seiner schwarzen Yamaha davondüsen.

»Wie läuft's?«, sagt er zu mir, aber Therese ist schneller mit ihrer Antwort.

»Die Sache mit der Messerstecherei ist echt beängstigend.«

»Das verstehe ich, aber ihr braucht keine Angst zu haben. Mustafa geht es gut, er ist bald wieder da, und die Polizei wird den Täter schon fassen.«

»Glaubst du wirklich?«, entgegnet sie lächelnd.

»Da bin ich mir ganz sicher, es gibt mehrere Zeugen.« Er hält kurz inne und sucht meinen Blick. »Kann ich dich mal sprechen, Lydia?«

Ein Schatten huscht über Thereses Gesicht, als sie sich mit den anderen drei Mädchen aus unserer Klasse entfernt.

Jonas lehnt sich an den Fensterrahmen. »Ich habe deinen Bruder schon seit ein paar Tagen nicht mehr gesehen, wie geht es ihm?«

»Gut«, sage ich und blicke hinunter auf den abgewetzten Fliesenboden.

»Du weißt, dass ich nur helfen will, oder? Das ist nun mal mein Job.«

»Er ist ein bisschen erkältet.«

»Also nichts Ernstes?«

»Nein, morgen ist er bestimmt wieder da.«

»Super«, sagt Jonas und nickt. »Du kannst ihm ja von mir ausrichten, dass heute Abend Billardturnier im Jugendclub ist. Ich bin bis zehn Uhr da, falls er sich besser fühlt und mit jemandem reden will oder so. Du bist natürlich genauso willkommen.«

»Okay«, antworte ich, und im selben Moment klingelt es zur nächsten Stunde.

Als ich nach Hause komme, herrscht in der Küche das reinste Chaos. Butter, Brot und Käse stehen kreuz und quer auf dem Tisch verteilt, und auf dem Boden ist Schokomilch verschüttet. Dani hockt in seinem Zimmer und spielt Zelda.

»Dir geht's wohl besser, was?«

»Ja«, sagt er, ohne den Blick vom Bildschirm abzuwenden.

»Gut. Wir wollten uns ja den Brief von deinem Klassenlehrer angucken, mal sehen, was du verpasst hast.«

»Ich weiß, aber gerade habe ich keine Lust.«

Er lacht laut auf, als er ein neues Labyrinth geschafft hat, greift in die Packung Schokoflocken auf seinem Schoß und schiebt sich eine Handvoll in den Mund.

»Was soll das heißen ›keine Lust‹? Hast du vergessen, worüber wir gestern Nacht gesprochen haben?«

Dani wirft mir einen betretenen Blick zu.

»Können wir das nicht einfach vergessen?«

»Machst du Witze? Du warst total fertig, und ich habe versprochen, dir zu helfen.«

»Ich hab's mir halt anders überlegt. Okay?«

»Nein, das ist nicht okay!« Ich schreie beinahe.

»Lydia, kümmere du dich um deinen Kram, dann kümmere ich mich um meinen.«

Damit wendet er sich wieder dem Spiel zu. Ich spüre, wie mich die Wut packt. Mit einem Satz bin ich am Fernseher und schalte ihn aus.

»Hey, was soll das?«

»Du hast in der Küche einfach alles rumstehen lassen«, fauche ich ihn an.

Danis Blick verhärtet sich, doch er steht auf, wirft den Controller aufs Bett und stampft aus dem Zimmer.

»Scheiß Bitch«, höre ich ihn murmeln.

Ich will gerade hinter ihm her, da bleibt mein Blick an seinem Kleiderschrank hängen. Ich muss an Mustafa denken und sehe Danis blutige Jacke vor mir. Dann tue ich etwas, wozu ich eigentlich keine Lust habe, aber ich weiß, es geht nicht anders.

Vorsichtig öffne ich den Schrank, fasse hinein und hole das Stoffknäuel heraus, das Dani gestern dort versteckt hat. Dann gehe ich schnell in mein Zimmer und schließe die Tür hinter mir ab.

Als ich das zusammengeknüllte T-Shirt betrachte und merke, wie schwer es ist, bekomme ich Herzflattern. Da ist doch irgendwas drin versteckt. Ich gehe zum Fenster, um mehr Licht zu haben, und falte den Stoff langsam auseinander. Sehe die dunklen Flecken darauf immer größer werden und dann die eingeklappte Klinge, die unter dem Handgriff aufblitzt.

Ich stehe da und starre auf das Messer vor mir, versuche, meine Gedanken zu sortieren. Wo kommt das her? Ist das von Dani oder gehört es irgendwem anders? Und schließlich: Würde er wirklich so was Dämliches machen?

Als ich den ersten Schock verdaut habe, stopfe ich das T-Shirt samt Messer in meine Tasche. Ich bebe am ganzen Körper und überlege, was ich jetzt tun soll. Zuerst will ich Dani mit meinem Fund konfrontieren, doch den Gedanken schiebe ich wieder beiseite. Ich habe keine Lust auf seine Wut oder noch weitere Ausreden. Aber irgendwas muss ich tun, ich kann die Sache nicht einfach auf sich beruhen lassen.

Ich gehe in den Flur. Dani ist wieder in seinem Zimmer, wie ich am Gedudel des Videospiels höre. »Ich bin mal kurz draußen«, rufe ich und laufe die Treppe hinunter und raus auf die Straße.

Auch wenn ich schon mein ganzes Leben hier wohne, komme ich mir in diesem Moment ziemlich verloren vor. Ich stoße mit einer Frau in einer dicken Steppjacke zusammen, die mir ein »Pass doch auf« hinterherruft. Nach einer Runde um den Block irre ich ziellos über den Bürgersteig, vorbei am Frisörsalon mit den aufgebauschten Frauenfrisuren auf den Plakaten und am Kiosk an der Ecke mit den billigen Süßigkeiten.

Dani scheint den Ernst der Lage nicht zu begreifen. Wenn er Mustafa angegriffen hat, wird er nicht einfach so davonkommen. Wäre es nicht besser, er gesteht, was passiert ist? Dann kann ihm hoffentlich auch geholfen werden.

Dieser letzte Gedanke macht mich ganz matt. Ich will doch nur für Dani da sein, will, dass es ihm gutgeht und dass Jackson und die anderen ihn in Ruhe lassen. Aber alleine schaffe ich das nicht. Ich habe alles versucht.

Es bringt mich noch zur Verzweiflung, was für eine Gleichgültigkeit mein Bruder an den Tag legt, dass er nicht kapiert, wie übel die Sache hier ist. Er ist auf dem besten

Weg, sein ganzes Leben wegzuwerfen und seiner Familie alles kaputtzumachen. Wenn Papa erfährt, dass Dani jemanden niedergestochen hat, geht er daran zugrunde. Ich kann nicht einfach so tun, als wäre nichts. Und ins Gefängnis kommt ein Dreizehnjähriger sowieso nicht.

Ich überquere die Straße und nähere mich unserer Schule, zunächst noch ohne bestimmte Absicht. Biege um das niedrige rote Backsteingebäude mit der Blechvertäfelung und den dunkelgrünen Türen und bleibe ein paar Meter vor dem Eingang stehen.

Es war ein schöner Tag mit strahlendem Sonnenschein. Die dünne Schneeschicht ist geschmolzen, und es tropft von den Dächern, nur im Schatten sind hier und da noch ein paar Eiskristalle übrig. In meinem Kopf herrscht immer noch Chaos, ich habe zwei gegensätzliche Stimmen in mir: eine, die mir sagt, dass ich Dani nicht einfach so in den Rücken fallen kann, und eine andere, die mich warnt, dass alles nur noch schlimmer wird, wenn ich jetzt nichts tue. Mein Bruder hat mich in eine unmögliche Lage gebracht – was ich auch mache, es ist so oder so die falsche Entscheidung. Ich stecke in der Zwickmühle.

Und dann höre ich es. Laut knatternd kommt es angebraust, bremst an der Einfahrt ab und steuert dann langsam auf einen freien Parkplatz zu. Jonas steigt vom Motorrad, klappt den Seitenständer aus und holt eine schwere Kette hervor, die er durch das Hinterrad zieht und an der Bremsscheibe befestigt. Der schwarze Lack glänzt in der Abendsonne. Ich habe Mühe, den Blick abzuwenden, und hoffe, dass niemand sieht, wie ich zu Jonas rüberstarre. Zum Glück ist der Schulhof gerade so gut wie leer.

Als er den Helm absetzt und in meine Richtung geht,

weiß ich nicht, wohin mit mir. Ich drehe mich um und gehe den gleichen Weg zurück, den ich gekommen bin, doch Jonas hat mich schon entdeckt.

»Lydia«, ruft er freudig und winkt.

Mitten auf dem Schulhof bleibe ich stehen und winke verlegen zurück.

»Schön, dass du gekommen bist!«

»Ja, also ...«, setze ich an, verstumme aber gleich wieder. Ich habe keine Ahnung, was ich jetzt machen soll.

Jonas kommt zu mir, und sein strahlendes Lächeln treibt mir die Hitze in die Wangen.

»Spielst du Billard?«

Mein Gehirn arbeitet auf Hochtouren, um auf diese im Grunde ganz einfache Frage eine Antwort zu finden, aber alles, was ich rauskriege ist ein »Äh«.

»Es ist doch nichts passiert?«

Ich schüttele den Kopf, aber anscheinend nicht sehr überzeugend.

Vor dem Eingang zum Jugendclub wird es langsam voller, und Jonas zieht mich ein Stück zur Seite unter einen Kastanienbaum.

»Willst du reden?«

Ich schlucke ein paar Mal und schaue hinauf in die kahlen Zweige. Muss daran denken, wie ich als Kind Kastanien gesammelt und meine Taschen mit den kleinen glatten Kugeln gefüllt habe. Dani und ich hatten mehrere volle Dosen in unserem Zimmer. Am liebsten würde ich einfach hier weg, mich umdrehen und nach Hause laufen, aber irgendwas hält mich zurück.

Als Jonas mir eine Hand auf den Arm legt, durchfährt meinen Körper ein elektrischer Schlag.

»Du kannst es mir ruhig erzählen, ich höre dir zu«, flüstert er beinahe.

Seine blauen Augen blicken mich eindringlich an, und ich frage mich, wie lange es schon her ist, dass mich jemand gesehen hat – also, nicht nur im Vorbeigehen, so nach dem Motto »Da ist Lydia«, sondern richtig gesehen, als Mensch mit eigenen Träumen und Gefühlen.

Langsam wandert meine Hand zur Tasche, und ich beginne, sie aufzuknöpfen. Dabei denke ich an Dani, an seine Angst und Verzweiflung gestern im Badezimmer. Das war sicher nicht das letzte Mal, er wird wieder und wieder mit blutverschmierter Kleidung nach Hause kommen, bis er eines Tages selbst niedergestochen wird.

Ich schaue Jonas an, sehe ihm fest in die Augen und spüre, wie mir das Herz bis zum Hals schlägt. Was ich jetzt vielleicht tue, wird alles verändern. Es kann nicht rückgängig gemacht werden.

Jonas nickt mir ermutigend zu, und ich hole tief Luft.

»Ich muss dir was zeigen«, sage ich und greife in die Tasche.

KAPITEL 12

Der grelle Klingelton meines Handys reißt mich aus dem Schlaf. Benommen setze ich mich auf, blinzele zu dem Lichtstreifen, der durch den Schlitz zwischen Rollo und Fenster fällt, und versuche herauszufinden, wie spät es wohl ist. Ich bin noch halb im Traum, aber beim nächsten Klingeln komme ich zu mir und frage mich, ob ich verschlafen habe. Ruft da mein Team an, habe ich die Zehn-Uhr-Besprechung verpasst?

Schwerfällig greife ich zum Handy, es dauert einen Moment, bis ich es unter Kontrolle habe und den Anruf entgegennehmen kann.

»Hallo?«

»Hast du geschlafen?«, fragt Micke.

»Nein, alles gut«, antworte ich schnell. »Hast du was rausgefunden?«

Im Hintergrund höre ich Stimmengewirr, anscheinend ist er schon auf der Arbeit.

»Ja.«

Seine Stimme klingt distanziert, als wollte er eigentlich gar nicht mit mir reden.

»Und?«

»Es gibt Aufnahmen von einer Überwachungskamera.«

»Wie jetzt, von Dani?«

»Mehr kann ich dazu nicht sagen.«

»Meinst du etwa, sie haben Beweise dafür, dass Dani dieser Linnea etwas angetan hat? Nein, das muss ein Irrtum sein.«

»Es besteht ein begründeter Tatverdacht gegen ihn, sie

haben schon einen Haftbefehl erlassen«, fährt Micke in schroffem Ton fort. »Gut möglich, dass sie demnächst mit seinem Namen und Foto an die Presse gehen und öffentlich nach ihm fahnden.«

Ich erstarre. Meine Gedanken sind bei Papa, ich will nicht, dass er davon erfährt.

»Aber wenn er doch unschuldig ist …«

»Lydia«, seufzt er. »Ich will nur, dass du vorbereitet bist.«

»Okay. Danke.«

Ich setze mich aufs Bett, das Handy fest in der Hand. Es dauert ein paar Minuten, bis ich wieder einigermaßen klar denken kann. Dann fasse ich einen Entschluss. Ich rufe auf der Arbeit an und melde mich krank, verzichte auf die Dusche, mache Papa aber schnell noch was zum Frühstück und Mittagessen fertig, bevor ich die Wohnung verlasse.

Wenig später stehe ich in der Wartehalle des Polizeireviers, biege Wallins Visitenkarte zwischen den Fingern und warte darauf, dass mich jemand reinholt. Vor mir ringelt sich eine lange Schlange von Menschen mit verschiedenen Anliegen. Ein älterer Mann bittet wiederholt in gebrochenem Schwedisch um Hilfe, doch die uniformierte Frau hinter der Plexiglasscheibe deutet nur auf einen Automaten, der auf Knopfdruck unterschiedliche Arten von Nummernzetteln ausspuckt. Der Mann schüttelt den Kopf, er versteht nicht, was er tun soll, aber die Beamtin will nicht mit ihm reden, bevor er einen Nummernzettel hat. Als sie ihn zum dritten Mal zurückweist, wird die Stimmung hitzig. Die Menschen in der Schlange fangen an, sich zu beschweren, ohne dass ich beurteilen kann, gegen wen sich ihr Ärger richtet, gegen den Mann oder die Polizistin.

Als Christian Wallin die Glastür zu einem der Korridore öffnet, bin ich erleichtert. Ich war mir nicht sicher, ob er mich empfangen würde, denn als die Rezeptionistin wissen wollte, worum es geht, habe ich mich bewusst vage ausgedrückt. Vermutlich denkt er, ich hätte Informationen über Dani.

Er begrüßt mich mit einem Nicken und führt mich in ein neutral eingerichtetes Büro mit blassgelber Tapete, einem Eckschreibtisch und zwei Besucherstühlen mit grauem Polster. Am Fenster steht eine einzige Pflanze, die verdächtig nach Kunststoff aussieht. Nirgendwo gibt es auch nur das geringste Anzeichen dafür, dass Christian Wallin ein normaler Mensch mit Familie oder persönlichen Interessen ist. Ich nehme auf einem der Stühle Platz, und als er die Tür schließt, spüre ich, wie mein Puls steigt.

»So«, sagt er und setzt sich an den Schreibtisch. »Sie haben also noch etwas zu erzählen?«

Seine Stimme klingt übertrieben förmlich, und er betrachtet mich eingehend. Plötzlich komme ich mir dumm vor, einfach ohne Plan hier aufzukreuzen.

»Dani ist unschuldig«, sage ich und schaue ihn an. »Er würde niemandem etwas tun.«

»Wurde er nicht schon einmal wegen Körperverletzung belangt?«

Ich schüttele den Kopf, aber es fällt mir schwer, meine Gefühle zu kontrollieren. Wallin ist sich seiner Sache so sicher. Ich weiß genau, was er über mich und meinen Bruder denkt. In seinen Augen sind wir Abschaum.

»Egal, was Sie glauben, es gibt eine Erklärung.«

Wallins Blick wird sanfter. Er scheint fast Mitleid mit mir zu bekommen, der naiven Schwester, die nur das Beste von ihrem Bruder denkt. Aber was er sich da ausmalt, entspricht nicht der Wahrheit. Ich weiß, dass Dani früher Mist gebaut hat, doch dieses Mal muss ich an ihn glauben. Ich darf ihn jetzt nicht hängen lassen, nicht noch einmal.

»Sie haben keine Beweise«, sage ich schließlich, vor allem aus Provokation. Ich muss herausfinden, was die Polizei in der Hand hat. Das ist ziemlich aus der Hüfte geschossen, aber wundersamerweise scheint es zu funktionieren. Wallin tippt auf den Ordner, der vor ihm auf dem Tisch liegt, öffnet ihn langsam und blättert durch die Klarsichthüllen darin, bis er gefunden hat, was er sucht. Er zieht ein Foto heraus und legt es mir hin.

In meiner Brust tut sich ein abgrundtiefes Loch auf. Ich wusste, dass es irgendetwas in der Richtung geben würde, doch beim Anblick dieses Bildes bin ich wie gelähmt.

Die Aufnahme stammt von einer Überwachungskamera am Malmöer Hauptbahnhof. Ich sehe vorübereilende Menschen, die nur als verschwommene Streifen zu erkennen sind, und mitten in der Menge Dani. Er ist deutlich zu sehen, auch wenn er den Körper halb abgewandt hat und nur einen flüchtigen Blick über die Schulter wirft. Neben ihm steht eine junge Frau, die große Ähnlichkeit mit der verschwundenen Linnea Arvidsson hat. Ihre Augen sind weit aufgerissen, sie wirkt verängstigt.

Ich beuge mich vor und betrachte das Foto genauer, dafür muss es doch eine Erklärung geben. Nicht immer sind die Dinge so, wie sie auf den ersten Blick erscheinen. Vielleicht sind Dani und Linnea Arvidsson nur versehentlich gegeneinandergestoßen. Ich studiere die Haltung der beiden, versuche, ihre Körpersprache zu deuten. Und dann sehe ich es, leicht verdeckt durch einen Passanten, aber hat man es erst einmal wahrgenommen, ist es nicht mehr zu übersehen. Ich schlucke kräftig und werfe Wallin einen verstohlenen Blick zu, der mich nicht aus den Augen lässt. Genau dort, wo sich die Körper der beiden berühren, umschließt Danis Hand Linneas Arm.

»Das muss nichts heißen«, sage ich und bemühe mich, die Ruhe zu bewahren. »Vielleicht ist sie gestolpert, und er hat sie festgehalten, damit sie nicht stürzt.«

»Wissen Sie, wie viele Überwachungskameras wir am Hauptbahnhof in Betrieb haben?«, fragt er. »Einhundertsechs Stück. Sämtliche Aufnahmen von Ihrem Bruder zeigen, wie er Linnea Arvidsson am Arm hält.«

Er nimmt das Foto und steckt es zurück in den Ordner.

»Gegen Ihren Bruder besteht begründeter Tatverdacht«, fährt er fort, »und Sie verstehen sicher, dass es besser für ihn wäre, wenn Linnea Arvidsson lebendig gefunden wird. Also denken Sie bitte noch einmal nach – gibt es irgendeinen Ort, den er aufgesucht haben könnte?«

Ich sacke zusammen. Warum hält Dani Linnea Arvidsson fest? Dafür muss es irgendeinen Grund geben. Aber wie sehr ich auch an meinen Bruder glauben will, die Angst in ihren Augen ist unverkennbar. Sie wirkt geradezu panisch. Wollte er deshalb eine Pistole kaufen? Um sie leichter entführen zu können?

Ich versuche, mich in Dani hineinzuversetzen. Falls er Linnea Arvidsson wirklich gegen ihren Willen mitgenommen hat, wohin würde er fahren? Soweit ich weiß, kennt er niemanden außerhalb von Malmö, und es erscheint mir unwahrscheinlich, dass er sie einfach in irgendeinen Zug gezwungen hat und aufs Geratewohl mit ihr weggefahren ist.

Vor meinem inneren Auge rufe ich die Karte der Region auf, überlege, ob er jemals von irgendeinem anderen Ort gesprochen hat. Und dann komme ich plötzlich darauf. Als wir klein waren, durften wir mal das Ferienhaus einer Arbeitskollegin von Mama benutzen, ein ziemlich runtergekommenes Häuschen mitten im Wald, aber Mama war fest entschlossen, für eine Woche mit uns dorthin zu fahren, damit wir Kinder nach den Sommerferien erzählen konnten, dass wir auch im Urlaub gewesen waren.

Ich schließe die Augen und denke zurück an den Badesee mit dem schwarzen Wasser und dem wackligen Steg, zu dem wir jeden Tag hinunterspaziert sind, erinnere mich an unsere trockenen Picknickbrote, die Trinkpäckchen und die Packung Butterkekse, die wir dabeihatten. Während wir Kinder im Matsch spielten, hörte Papa Radio und Mama las Taschenbücher mit glänzendem Umschlag. Es war kein teurer Charterurlaub in einem topmodernen Hotel mit Pool, aber es war das erste Mal, dass ich irgendwo hingefahren bin. Abends haben wir Karten gespielt, Chips gegessen und den offenen Kamin angefeuert, auch wenn es dann so warm wurde, dass wir mit offenem Fenster schlafen mussten. Und die Mücken sind uns nur so um die Ohren geschwirrt, aber Mama meinte, es wäre ihr jeden noch so juckenden Stich wert gewesen, mal ein bisschen rauszukommen.

Ich schlage die Augen wieder auf und antworte: »Nein.«

Wallin starrt mich an. Er will mich zum Reden bringen, aber das kann er vergessen.

»Sind Sie ganz sicher?«

Ich stehe auf. »Ich habe nicht die geringste Ahnung«, sage ich tonlos und verlasse sein Büro.

KAPITEL 13

Ich arbeite das ganze Wochenende, ohne richtig bei der Sache zu sein. Schaue immer wieder aufs Handy, in der Hoffnung, dass Dani sich bei mir meldet. Am Montag, eine Woche nach Christian Wallins erstem Besuch bei uns, erscheint online ein neuer Artikel über Linnea Arvidsson. Die Schlagzeile lautet *22-jährige Frau immer noch verschwunden*, und darunter folgt ein weiteres Interview mit ihrem Freund Richard Bofors, dieses Mal im Videoformat.

Ich stecke mir die Kopfhörer rein und drücke auf Play. Der Reporter scheint Richard Bofors auf dem Weg aus einem Büro abgefangen zu haben, und mir kommt es etwas seltsam vor, dass sich ein Angehöriger des Opfers so bereitwillig von der Presse befragen lässt.

Ohne sich zuerst vorzustellen, erkundigt sich der Reporter gleich nach dem Stand der Ermittlungen. Richard Bofors antwortet, dass die Polizei tue, was sie könne, und er volles Vertrauen in die Ermittler habe. Dann hält er mehrere Portraits von Linnea hoch und erzählt, dass er damit die Gegend, in der Linnea verschwunden ist, nach Leuten absuche, die sie vielleicht gesehen haben. Er spricht leise, aber deutlich. Mit seinem teuren Anzug und dem säuberlich gekämmten Haar sieht er wahnsinnig gut aus. Er ist der perfekte trauernde Partner, man hat unweigerlich Mitgefühl mit ihm.

Als der Reporter fragt, ob Richard Bofors eine Botschaft an die Öffentlichkeit hat, richtet er den Blick in die Kamera.

»Linnea wird schmerzlich vermisst, ihre Mutter und ich wollen nur, dass sie heil wieder nach Hause kommt. Bitte, falls Sie glauben, dass Sie Linnea in der letzten Woche irgendwo gesehen haben, zögern Sie nicht, sich an die Polizei zu wenden.«

Ich lasse das Video noch einmal laufen und betrachte Richard Bofors fasziniert. Seine Augen sind traurig, aber ich erahne noch etwas anderes in seinem Blick. Als er sich der Kamera zuwendet, blitzt es darin auf, er scheint die Aufmerksamkeit zu genießen. Sosehr ihm das Verschwinden seiner Freundin zu schaffen macht, findet er wohl trotzdem auch Gefallen an dem Interview.

Plötzlich kommt mir ein Gedanke. Ich googele Richard Bofors, und innerhalb weniger Sekunden habe ich herausgefunden, dass er als Börsenmakler bei der Öresundsbank beschäftigt ist, die ebenfalls in Västra Hamnen liegt. Ich nehme meine Jacke und gehe aus der Wohnung.

Am Malmöer Hauptbahnhof steige ich aus dem Bus und folge der Neptunigata über den Kanal, bis ich vor dem Niagara stehe, einem aus drei verschiedenförmigen Gebäuden zusammengefügten Komplex. Die aus Glas und Holz bestehende Fassade sieht kurios aus, wie mit riesigen Holzsplittern besetzt. An der Fakultät, wo Linnea dem Artikel zufolge studieren soll, herrscht emsiges Treiben. Einen Moment überlege ich, ob ich hineingehen soll, doch dann verwerfe ich den Gedanken und gehe noch ein Stück weiter.

An der nächsten Brücke bleibe ich erneut stehen und blicke hinunter in das dunkle Wasser. Das Meer bahnt sich seinen Weg in die Stadt, und ich frage mich, wie viele Menschen hier wohl jedes Jahr ertrinken. Über die Kante zu fallen ist leicht, aber umso schwerer ist es, wieder nach oben zu gelangen.

Auf meinem weiteren Weg reiht sich ein Neubau an den

nächsten. Wohin ich auch blicke, überall sind blank polierte Fenster und dahinter Büros mit glänzenden Möbeln aus Glas und Chrom zu sehen. Die Bürgersteige sind breit, nirgendwo liegt Müll herum, und das einzige störende Geräusch kommt von den Baustellen, auf denen neue Luxuswohnungen mit offener Küchenlösung und italienischem Marmor im Bad entstehen.

Gegenüber vom Turning Torso, Malmös berühmtem Wolkenkratzer, befindet sich das Café, in dem Dani arbeitet. Linneas Universität ist weiter weg, als ich vermutet hatte, trotzdem ist es durchaus möglich, dass sie auf dem Weg zurück in die Sundspromenad, wo sie und ihr Freund gemeldet sind, hier vorbeigekommen ist. Ob sie und Dani sich so begegnet sind? War sie bei ihm im Café?

Als ich mich der Bank nähere, in der Richard Bofors arbeitet, bleibe ich stehen. Ich weiß nicht so recht, was ich tun soll. Einfach ohne einen Plan da hineinzuspazieren kommt mir komisch vor. Unwillkürlich wandert mein Blick weiter zu dem Mittagslokal im Nebengebäude, und dort sticht mir etwas ins Auge: ein großer Mann in dunklem Anzug, der sich mit einer Kellnerin an der Kasse unterhält. Er hat eine Aktentasche in der einen Hand und einen Pappbecher mit Deckel in der anderen, und als er sich umdreht, erkenne ich auch sein Gesicht. Das ist Richard Bofors.

Ich folge ihm mit dem Blick, bis er draußen auf der Straße steht, und auch da kann ich ihn nicht aus den Augen lassen, bis er mich irgendwann bemerkt. Im wahren Leben sieht er noch viel besser aus, seine selbstbewusste Ausstrahlung macht es schwer, den Blick von ihm abzuwenden.

»Hallo«, sagt er und lächelt.

»Hallo«, antworte ich unsicher.

»Kennen wir uns?«

Mir schießen tausend Gedanken gleichzeitig durch den Kopf. Was jetzt? Soll ich ihn anlügen oder einfach sagen, was Sache ist? Dass mein Bruder beschuldigt wird, etwas mit dem Verschwinden seiner Freundin zu tun zu haben, aber die Polizei falschliegt?

»Nein, nur Linnea …«, setze ich an, doch mir versagt die Stimme.

Sofort wird sein Blick ernst.

»Bist du eine Kommilitonin?«

»Ja«, antworte ich tonlos.

»Es ist einfach schrecklich«, sagt er und schüttelt den Kopf.

»Ja, wirklich«, bringe ich irgendwie hervor, auch wenn mein Herz so heftig schlägt, dass ich kaum denken kann. »Ist die Polizei immer noch nicht weiter?«

Er dreht den Kopf, wie um sich zu vergewissern, dass niemand in Hörweite ist. Dann beugt er sich zu mir und sagt:

»Ich weiß nicht, ob Linnea davon erzählt hat, aber da war so ein Typ, der sie belästigt hat. Er hat sie wochenlang verfolgt, stand immer vor der Uni und hat auf sie gewartet, und auf dem Heimweg ist er ihr nachgegangen. Und jetzt sieht es so aus, als hätte er sie entführt.«

»Oh«, sage ich. Mir ist klar, dass er von Dani redet. »Das wusste ich nicht.«

Richard Bofors atmet tief ein, und sein Gesichtsausdruck verändert sich.

»Hätte ich kapiert, in welche Richtung das geht, dann hätte ich ihn umgebracht.« Einen Moment schweigt er und steht vollkommen regungslos da, dann lächelt er betrübt. »Ich muss jetzt weiter, aber es war nett, dich zu treffen …«

»Lydia«, ergänze ich.

»Lydia«, wiederholt er und sieht mich noch einmal freundlich an, bevor er in der Bank verschwindet.

Ich drehe mich um, gehe zurück zum Hauptbahnhof und bemühe mich, meine Gefühle zu sortieren. Einerseits bin ich immer noch geschockt darüber, was Richard Bofors über Dani gesagt hat. Ich versuche, es mir bildlich vorzustellen – dass mein Bruder Linnea verfolgt haben soll –, doch es will einfach nicht zu ihm passen. Aber andererseits: Wieso sollte Linnea ihrem Freund so etwas erzählen, wenn es nicht wahr ist?

Am Kanal bleibe ich stehen und lehne mich gegen das Geländer. Vom Meer weht eine salzige Brise herüber, und ich atme ein paar Mal tief durch. Seit vierundzwanzig Stunden drängt sich mir jetzt ein Bild von Dani auf, bei dem mir regelrecht schlecht wird, und ich weiß nicht, wie lange ich mich noch dagegen wehren kann. Vielleicht kenne ich meinen Bruder doch nicht so gut, vielleicht ist er das Monster, das die Polizisten und Richard Bofors in ihm sehen: ein Raubtier, das Linnea Arvidsson aufgelauert und sie dann verschleppt hat.

Ich denke an die Überwachungsaufnahmen vom Bahnhof und an Danis Wohnung. Mal angenommen, er hat Linnea tatsächlich vor der Uni abgefangen und sie in einen Zug gezwungen, um Malmö mit ihr zu verlassen: Wie kommt es dann, dass sein Flur so zerwühlt war? Auch Richard Bofors' Auftreten lässt mir keine Ruhe. Sollte er nicht etwas verzweifelter wirken, wenn er sich wirklich solche Sorgen um Linnea macht? Ein aufrichtig betroffener Mensch läuft doch nicht durch die Gegend, schüttelt Hinz und Kunz die Hand und lächelt bei Interviews in die Kamera, oder?

Ich beeile mich, nach Hause zu kommen, und sehe nach, ob Papa gegessen hat, dann klappe ich den alten Laptop auf, den Micke mir vor ein paar Jahren zu Weihnachten geschenkt hat, und recherchiere nach sämtlichen Informationen, die online über Linnea Arvidsson kursieren. In einem Internetforum namens Flashback existieren bereits um die fünfzig Beiträge über sie. Ich überfliege sie nur schnell, um zu sehen, ob mir irgendetwas Neues begegnet. Ein Mann mit dem Pseudonym The Devil hat genau wie ich den Eindruck, dass Richard Bofors irgendwie auffällig wirkt. Der Teilnehmer hat die Interviews mit ihm verlinkt und schreibt, dass die meisten Frauen von jemandem aus ihrem engsten Kreis ermordet werden. Doch darauf scheint niemand anzuspringen, stattdessen werden die verschiedensten Theorien zum Verschwinden von Linnea Arvidsson präsentiert.

Ich überlege einen Moment, dann richte ich mir ein Profil ein und verfasse selbst einen Beitrag.

Ich habe auch ein komisches Gefühl, wenn ich das Interview mit Richard Bofors sehe. Hat die Polizei ihn wirklich überprüft? Hat denn hier niemand noch ein paar Infos zu Linnea Arvidssons Freund?

Nach nur wenigen Minuten antwortet jemand, er stelle sich dieselbe Frage, und plötzlich kommt Leben in den Thread. Richard Bofors wird komplett auseinandergenommen. Irgendwer findet eine Aktiengesellschaft, die Pleite gemacht hat, jemand anders postet Facebook-Fotos von einer etwas zu wilden Party auf Ibiza. Nichts davon ist von größerer Bedeutung, doch dann meldet sich eine Teilnehmerin namens Betty92, die schreibt, sie kenne Richard Bofors persönlich.

Mein Handy klingelt. Ich sehe Mickes Namen auf dem

Display und beschließe, nicht ranzugehen. Als er zum zweiten Mal anruft, schalte ich den Ton aus und mache mich an einen neuen Beitrag. *Erzähl doch mal ein bisschen! Was ist er für ein Typ?*

Der Thread füllt sich mit weiteren Fragen, die in dieselbe Richtung gehen, und erneut beginnen die Spekulationen. Ist es denkbar, dass Richard Bofors seine Freundin selbst umgebracht und dann dieses Ablenkungsmanöver inszeniert hat? Ein Teilnehmer erklärt, wie einfach es sei, eine Leiche im Meer verschwinden zu lassen. *Ihre Wohnung liegt ja direkt am Wasser,* kommentiert jemand anderes.

Ich lese das alles mit gemischten Gefühlen. Einerseits tut es gut, zu sehen, wie sich die Verdächtigungen gegen jemand anders als Dani richten, aber gleichzeitig habe ich ein schlechtes Gewissen, diesen Stein ins Rollen gebracht zu haben.

In einer Ecke des Bildschirms öffnet sich plötzlich ein Fenster mit einer Nachricht, und mein Herz macht einen Hüpfer, als ich sehe, dass sie von Betty92 ist. Sie schickt mir eine E-Mail-Adresse und schreibt, dass ich mich melden soll, wenn ich mehr wissen will.

Augenblicklich fange ich an, über eine Antwort nachzudenken, da wird im Forum plötzlich ein Link zu einer Nachrichtenwebseite gepostet. Mit zitternden Fingern führe ich den Cursor darauf und klicke ihn an, woraufhin sich ein weiteres Fenster öffnet. Es dauert einen Moment, bis das Bild vollständig geladen ist, dann sehe ich Danis Gesicht. Es ist ein altes Foto, auf dem er kurzgeschorenes Haar hat und ernst in die Kamera blickt. Vor meinen Augen flimmert es. *Die Polizei sucht nach dem mutmaßlichen Täter im Fall der verschwundenen Linnea Arvidsson.*

Mir ist, als wäre mir das Herz stehengeblieben. Ich starre auf das Bild und gehe noch einmal zurück ins Forum. Dort hagelt es jetzt neue Beiträge. *Der Verdächtige heißt Daniel Semovic, er hat Linnea Arvidsson wochenlang verfolgt und belästigt,* zitiert jemand den Artikel. *Ich hab's die ganze Zeit gewusst,* schreibt jemand anderes. *Die offene Einwanderung hat Malmö kaputt gemacht, die Stadt ist komplett in der Hand von kriminellen Banden. Wen überrascht es,* schreibt ein dritter Teilnehmer, *dass die arme Linnea von so einem Scheißjugoslawen ermordet worden ist?*

KAPITEL 14

Ich sitze bei Papa, halte seine große warme Hand und gebe mir Mühe, alles andere zu vergessen. Christian Wallin hat angerufen und mir zwei Nachrichten auf die Mailbox gesprochen, und auch Mila hat sich gemeldet, aber ich kann jetzt nicht antworten. Es fühlt sich so an, als wäre meine ganze Welt in Schutt und Asche gelegt. Jetzt, da sie Danis Namen und Foto veröffentlicht haben, spielt die Frage nach seiner Unschuld keine Rolle mehr, von nun an wird er für immer mit diesem Fall in Verbindung gebracht werden.

Ich verstehe die Beweggründe der Polizei. Wallin glaubt, dass mein Bruder Linnea entführt hat und sie irgendwo gefangen hält. Mit jeder Minute verringert sich die Wahrscheinlichkeit, dass sie noch lebt, und er setzt nun mal alles daran, sie zu retten. Er weiß, welche Folgen das für meinen Bruder hat, aber gegen Linneas Leben wiegt das natürlich nicht besonders schwer.

Papa murmelt etwas Unverständliches. Er ist schon den ganzen Abend unruhig, so als würde er spüren, dass etwas nicht stimmt. Ich streiche ihm über den Rücken und überlege, worüber ich mit ihm reden könnte. Mir fällt Ellens Tanzaufführung ein, und ich erzähle ein bisschen davon.

»Ellen …«, sagt er mit schwacher Stimme.

»Milas Älteste«, ergänze ich.

Er nickt und lächelt. »Und du? Hast du keine Kinder?«

Solche Fragen stellt er in letzter Zeit immer öfter, wie zur Orientierung in einer Wirklichkeit, die ihm mehr und mehr entgleitet. Als wäre die Welt ein abgedunkelter Raum, in dem er verzweifelt nach dem Ausgang sucht.

»Nein«, sage ich sanft und denke an die Gespräche mit Micke zum Thema Nachwuchs. Er träumt von einer Familie, von Sonntagen im Bett mit einem kleinen Baby, Ausflügen zum Spielplatz und gemeinsamen Festen, aber ich bin mir unsicher, ob ich ihm das jemals geben kann. »Aber Ellen hat noch einen Bruder, er heißt Max.«

»Max«, wiederholt Papa, und mit etwas hellerer Stimme fährt er fort: »Max und Dani.«

Die Härchen an meinen Armen stellen sich auf, und ich wende schnell den Kopf ab, damit er nicht denkt, er hätte mich traurig gemacht. Ich frage mich, ob es ihm auffällt, wenn er Dani nicht mehr treffen kann, und wie das wohl für Max und Ellen sein wird. Was, wenn ihnen in der Schule irgendwer von der Sache erzählt? Mein Nacken verspannt sich, als ich mir die Zeitungsaushänge von morgen mit Danis Gesicht vornedrauf vorstelle. Wie soll Mila das den Kindern erklären? Sie wird sie zu Hause behalten müssen.

Papa lächelt mich liebevoll an, doch sein Blick ist leer. Wahrscheinlich ist es sogar besser, dass er nicht versteht, was hier los ist. Als er müde wird, helfe ich ihm in den Schlafanzug und dann ins Bett. Ich ziehe die Vorhänge zu, schalte die Nachtlampe am Fenster an und breite die Decke über ihm aus. Am Bett hat er seinen alten Kassettenspieler und eine Kassette mit kroatischer Volksmusik, die auf beiden Seiten mit denselben Stücken bespielt ist. Ich drehe sie um und drücke auf Play. Ein paar Sekunden knistert und rauscht es leise, dann kommt die Musik. Ein Chor singt zu den Klängen einer Mandoline ein trauriges Lied von verlorener Liebe.

»Lijepo spavaj«, flüstere ich und will gerade gehen, als er meine Hand ergreift.

»Lidija«, sagt er, und seine Stimme klingt mit einem Mal vollkommen klar.

»Ja?«

Er schenkt mir ein Lächeln, das seine untere Zahnreihe entblößt, und ausnahmsweise scheint es mehr als nur ein unwillkürlicher Reflex zu sein.

»Danke.«

Ich nicke und ziehe mich zurück, doch schon nach wenigen Schritten kommen mir die Tränen. Schnell gehe ich in die Küche und schließe die Tür hinter mir, dann sinke ich schluchzend auf einen Stuhl am Küchentisch. Es ist, als wollte mein Körper alles loswerden, was er durchgemacht hat, als müsste all das Schreckliche raus.

Ich presse die Hände auf den Tisch und kralle mich an der Tischplatte fest, weine über alles, was sich so ungerecht anfühlt. Warum konnten sie mit der Veröffentlichung von Danis Namen nicht noch warten? Und warum konnte ich ihm nicht helfen, als er mich am dringendsten brauchte? Es war meine Aufgabe, mich um Dani zu kümmern, aber ich habe versagt.

Schluchzend lege ich meinen Oberkörper auf der kalten Platte ab, spüre das Holz an der Wange. Mein Gesicht ist feucht vom vielen Weinen, ich schniefe laut und trockne mir mit dem Ärmel die Tränen. Wenn Dani wirklich schuldig ist, weiß ich nicht, was ich tun soll.

Ich bleibe lange so sitzen, während über der Stadt allmählich die Nacht anbricht. Sehe zu, wie das Abendrot am Himmel immer weniger wird, bis nur noch ein schwacher Lichtstreif am Horizont übrig ist, und denke, dass ich etwas essen sollte, auch wenn mir überhaupt nicht danach ist. Da klopft es plötzlich an der Tür.

Sofort bekomme ich ein mulmiges Gefühl. Ich kann nicht mehr, will jetzt niemanden treffen. Womöglich ist das Christian Wallin, der mir mitteilen will, dass sie Dani gefunden haben. Dann hat die neugierige Inez ihn bestimmt auch schon gesehen und in der Nachbarschaft Bericht erstattet. Wahrscheinlich weiß inzwischen das ganze Viertel, was passiert ist.

Langsam stehe ich auf und schlurfe schwerfällig in den Flur. Ich fühle mich so leer, dass ich kaum die Energie aufbringe, die Hand zu heben und das Schloss zu entriegeln. Mit einem Klicken geht die Tür auf. Dann stehe ich da, kann weder den Mund schließen noch etwas sagen, doch nach ein paar Sekunden erinnere ich mich immerhin ans Atmen.

Vor mir steht Dani. Seine Schuhe sind mit Lehm beschmiert, und als in der Etage unter uns eine Tür zufällt, wirft er einen nervösen Blick über die Schulter. Davon abgesehen ist er aber ganz der Alte.

Er lächelt schief, und um seinen Mund bilden sich diese kleinen Grübchen, die mich sofort weich werden lassen.

»Darf ich reinkommen?«, fragt er und deutet mit dem Kopf in die Küche.

DANI

KAPITEL 15

In der Küche duftet es nach Kaffee und Zimt und das warme Licht ist einladend. Obwohl ich nicht länger als eine Woche weg war, fühlt es sich gut an, nach Hause in Papas Wohnung zu kommen.

Lydia schließt die Tür. Ihre Augen glänzen und ich habe sofort ein schlechtes Gewissen. Mir wird klar, dass meine Abwesenheit sie mehr getroffen haben muss, als ich erwartet hatte. Das war keine Absicht, dass sie in die ganze Sache mit reingezogen wurde.

»Wo bist du gewesen?«

»Ist ’ne lange Geschichte.«

»Die Polizei sucht nach dir.«

Ich weiß nicht, was ich sagen soll und weiche ihrem Blick aus. »Gibt’s was zu essen?«, frage ich und gebe mir Mühe, entspannt zu klingen, als wäre das hier ein ganz normaler Besuch. Ich habe seit heute Morgen nichts mehr gegessen und bin ziemlich ausgehungert. Ich nehme Butter und Aufstrich aus dem Kühlschrank, und im Holzkasten auf der Anrichte finde ich einen halben Laib Brot.

Meine Schwester steht immer noch auf der Schwelle. Ich vermeide es, sie anzusehen. Möchte alles erklären, aber jetzt ist nicht der richtige Zeitpunkt. Ich kann den Gedanken nicht ertragen, sie noch einmal zu enttäuschen.

»Du kannst hier nicht einfach so aufkreuzen. Weißt du überhaupt, was los ist? Nach dir wird gefahndet, verdammte Scheiße!«

Ich schlucke, raufe mich zusammen. Dann drehe ich mich um.

»Ich werde dir alles erklären. Bald. Lass mich nur erst Papa Hallo sagen.«

»Er ist gerade ins Bett gegangen.«

»Bitte, es ist wichtig.«

Die Luft zwischen uns scheint zu vibrieren. Ich will ihr so viel sagen, aber zuerst muss ich Papa sehen, und ich weiß, dass Lydia zustimmen wird.

»Okay«, seufzt sie. »Ich mach uns so lange einen Tee.«

Papa ist in eine kleinere Bude gezogen, aber er hat immer noch die gleichen Möbel, und sie sind alle genauso angeordnet wie in der Wohnung, in der wir aufgewachsen sind. Das zerschlissene, durchgesessene Sofa aus grünem Samt und der fusselige Sessel, der sich nicht mehr drehen lässt. Sogar die gleichen Gardinen hängen vor den Fenstern, ungleichmäßig von der Sonne gebleicht, bieten Schutz vor den Blicken neugieriger Nachbarn.

Ich schlüpfe in Papas Schlafzimmer. Er liegt in seinem schmalen Bett. Ich ziehe den Stuhl, auf dem er seine Kleider aufhängt, an die Bettkante und setze mich. Aus seinem Tonbandgerät dudelt leise Volksmusik, die kleine Lampe im Fenster wirft bläuliches Licht in den Raum.

»Papa?«

Es dauert ein paar Sekunden, bis er aufwacht. Sein Blick irrt verschlafen durch das Zimmer, und ich lege meine Hand auf seine. Er versucht, sich aufzurichten.

»Ich bin's, Dani. Bleib liegen, ich wollte nur Hallo sagen.«

Papa blinzelt müde, dann erwidert er meinen Blick, und ein Lächeln breitet sich auf seinem Gesicht aus.

»Dani«, sagt er mit krächzender Stimme. »Da bist du ja.«

»Ja, da bin ich.«

»Wie schön! Weiß Mama, dass du zu Hause bist?«

Ich hole tief Luft. Ich hatte gehofft, dass er klar genug im Kopf wäre, damit ich mich richtig verabschieden könnte. Ich weiß, dass ich ein großes Risiko eingehe, wenn ich hierherkomme, aber das könnte meine letzte Chance sein.

»Ich habe gerade mit ihr gesprochen«, sage ich und zwinge mich dazu, ein Lächeln aufzusetzen.

»Schön. Sie wird dir bestimmt was Leckeres kochen. Kannst du sie nicht bitten, schwarzes Risotto mit Meeresfrüchten zu machen? Sie versucht, Mila und Lidija das Rezept beizubringen, aber die beiden interessiert das leider nicht.«

Ich lege meine Hand an seine Wange. Er ist nicht ordentlich rasiert, und ich muss seufzen. Ich hatte Lydia gezeigt, wie es geht. Sie muss sich einfach nur trauen, das Rasiermesser fester gegen die Haut zu drücken.

»Geht's dir gut?«, frage ich und versuche, alle seine Facetten zu erfassen. Will den Blick seiner trüben Augen, seine Stimme und den Duft von Lavendelseife, die Lydia ihm immer kauft, in meiner Erinnerung abspeichern.

»Jaja. Wie geht's dir?«

»Gut, gut«, sage ich und schlucke den Kloß im Hals herunter. »Ich lass dich mal schlafen.«

Papa nickt und rückt sein Kissen zurecht.

»Schön, dass du vorbeigekommen bist, *moj sin.* Wir sehen uns morgen.«

»Wir sehen uns morgen, Papa.«

Lydia wartet in der Küche auf mich. Obwohl ich weiß, dass sie wütend ist, hat sie noch mehr Aufstriche gefunden und den Tisch gedeckt. In der Mitte des Tisches steht eine dampfende Teekanne.

»Nun erzähl schon.«

Ich nicke und setze mich. Nehme mir ein Brot und beschmiere es mit einer dicken Schicht Butter.

»Erstens sollst du wissen, dass sich alles regeln wird, du musst dir keine Sorgen machen.«

»Keine Sorgen machen? Willst du mich verarschen?«

»Zweitens«, fahre ich unbeirrt fort, »darfst du nicht glauben, was über mich erzählt wird.«

»Was meinst du damit?«, erwidert sie trotzig. »Ich habe auf einer Aufnahme einer Überwachungskamera gesehen, wie du dieses Mädchen festhältst. Und ich war in deiner Wohnung.«

»Aber es ist nicht ...«, weiter komme ich nicht, da klopft es an der Tür.

»Polizei, aufmachen.«

Meine Kiefer verkrampfen und das Herz schlägt mir bis zum Hals. Woher weiß die Polizei, dass ich hier bin? Sind sie mir gefolgt? Ich fahre hoch, mein Blick irrt durch den Raum auf der Suche nach einem Fluchtweg, aber wir befinden uns im dritten Stock. Selbst wenn ich es zum Balkon schaffen sollte, würde ich niemals davonkommen, ohne mir sämtliche Knochen zu brechen. Und bestimmt hat die Polizei bereits das ganze Gebäude umstellt.

Es klopft erneut, diesmal so laut, dass es in der ganzen Wohnung widerhallt. Ich fluche leise. Denke an Papa, ich hoffe, dass sie ihm keine Angst machen. Lydia sieht mich an, ihr Blick ist so voller Sorge, dass es mir Bauchschmerzen bereitet.

»Es ist nicht, wie du glaubst«, sage ich. »Du musst mir vertrauen. Sag denen nichts. Verstehst du?«

Aber Lydia antwortet nicht.

»Lydia, hör zu. Kein Wort zur Polizei. Das ist wichtig. Kannst du mir irgendwie zeigen, dass du das verstanden hast?«

Schließlich holt sie tief Luft und nickt.

»Aufmachen, sonst müssen wir uns gewaltsam Zutritt verschaffen«, dröhnt es von draußen herein.

»Ich komme«, ruft Lydia, sie geht hinaus in den Flur und öffnet die Tür.

Mehrere uniformierte Polizisten stürmen in die Wohnung. Einer von ihnen kommt auf mich zu.

»Daniel Semovic?«, fragt er und packt mich an den Handgelenken.

Ich nicke, er dreht mir die Hände auf den Rücken und legt mir Handschellen an, dann durchsucht er meine Taschen nach Waffen.

Ein Mann in Beige spricht mit Lydia, dann nimmt er mich ins Visier. »Daniel Semovic?«

Ich nicke, höre jedoch nicht zu, als er weiterredet. Stattdessen versuche ich Blickkontakt mit meiner Schwester herzustellen, die mit verschränkten Armen in einer Ecke steht, aber sie hat dichtgemacht und starrt nur auf den Boden.

KAPITEL 16

Die Leute denken wahrscheinlich, dass man sich daran gewöhnt, im Knast zu sitzen, dass es am schlimmsten sein muss, wenn man zum allerersten Mal in einer Zelle eingesperrt ist. Doch eigentlich ist es umgekehrt. Am Anfang versteht man nicht, was es bedeutet, von allem abgeschnitten zu sein. Man stellt sich darauf ein, es zu ertragen, darauf, dass die Gedanken, wie Mandela es so schön formuliert hat, *frei sind*, und darauf, sich nicht von der Kränkung entmutigen zu lassen, die ein Freiheitsentzug mit sich bringt. Die kahlen Wände, die harte Matratze, die gepanzerte Tür und der Uringeruch *existieren nur, wenn du es zulässt*, hat mir mal eine Therapeutin gesagt, aber die war auch eine Idiotin.

Einige behaupten, dass es ihnen geholfen hat, in den Bau zu gehen, aber das ist Bullshit. Für mich steht fest, dass jeder, der in diesem Land einsitzt, nur einen Gedanken im Kopf hat. Und zwar, wieder rauszukommen. Sich frei bewegen können, die Lungen mit frischer Luft füllen und genau das zu tun, worauf man Bock hat.

Eigentlich ist es keine große Sache, sein Leben auf engstem Raum zu verbringen. Ich habe immer in beengten Wohnungen gelebt und arbeite momentan in einem Café, wo ich neunundneunzig Prozent der Zeit hinter einem Tresen mit sehr wenig Bewegungsfreiheit stehe. Aber auch wenn meine Wohnung klein ist und es anstrengend ist, an der Kasse gefangen zu sein und Kaffee an neureiche Börsenmakler zu verkaufen, habe ich mich dennoch freiwillig dazu entschieden.

Was mir also am Eingesperrtsein solche Angst macht,

sind nicht die körperlichen Einschränkungen. Ich habe kein Problem damit, unentwegt die gleiche Wand anzustarren, Liegestütze auf dem gleichen abgenutzten Boden zu machen und meinen täglichen Spaziergang auf dem gleichen kleinen Freiganghof zu machen. Nein, das Schlimmste ist, was der Knast mit meinem Hirn macht. Das kapiert man noch nicht, wenn man zum ersten Mal einfährt. Anfangs schleichen sich die Angst und Paranoia ganz langsam ein – jetzt warte ich nur darauf, dass sie so richtig reinkicken. Normalerweise dauert es nicht länger als ein paar Tage, bis die Wirklichkeit sich verzerrt.

Alles, was man über das Leben da draußen zu wissen glaubt, ändert sich, wenn man hier einsitzt. Man fängt an, an Dingen zu zweifeln. Die Gedanken verwandeln sich in dünnen Rauch, der davonwabert, und plötzlich kann man Realität und Fantasie nicht mehr voneinander unterscheiden.

Deshalb müssen wir unbedingt an dem festhalten, woran wir glauben, uns nicht von der Polizei manipulieren lassen. Sie säen Unsicherheit, treiben es damit so weit, bis wir uns selbst und allen um uns herum misstrauen. Von Selbsthass erfüllt sind, akzeptieren, dass wir nichts Besseres verdient haben, als in einer dunklen Gefängniszelle eingesperrt zu sein und dort für den Rest unseres Lebens zu bleiben. Wir müssen uns in Acht nehmen, damit wir nicht in diese Falle tappen.

Karl Moberg blickt von dem Papierstapel auf, der vor ihm auf dem Tisch liegt. Er ist groß und schlank und trotz des freundlichen Blicks hat er eine unverwechselbare Erscheinung. Als hätte sich jemand einen Spaß erlaubt und verschiedene ungleiche Teile zu einem Gesicht zusammengesetzt. Die Augen stehen etwas zu nah beieinander, die Nase krümmt sich nach links, und der Mund ist überproportional groß. Aber er ist ein enthusiastischer Kerl. Trommelt mit dem Fuß auf dem Boden wie ein verspielter Welpe – und scheint es dennoch selbst für recht weit hergeholt zu halten, dass dieser Fall sein großer Durchbruch wird. Sicherlich hat er schon angefangen, darüber zu fantasieren, wie er bei der Pressekonferenz sitzt und prahlt, dass er es geschafft hat, den vermeidlichen Entführer im Fall Linnea Arvidsson rauszuboxen. Ich sehe vor mir, wie er die italienische Seidenkrawatte zurechtrückt, in die Kamera schaut und sagt: *Das kann man bis in alle Ewigkeiten drehen und wenden, wie man will, aber die Beweise waren schlicht und ergreifend nicht stichfest.*

»Gegen Sie liegt ein erhärteter Verdacht wegen Freiheitsberaubung vor, aber mehr als ein Verdacht ist es nicht. Basierend auf den Bildern der Überwachungskamera vom Malmöer Hauptbahnhof wurde gegen Sie ein Haftbefehl erlassen«, erklärt Moberg und sieht mich an, wie um sich zu vergewissern, dass ich ihn verstanden habe. »Aber zum jetzigen Zeitpunkt gibt es keine eindeutigen Beweise.«

Er schwitzt stark, und als er sein Jackett auszieht, sehe ich Schweißflecken unter seinen Hemdsärmeln.

»Also, Daniel«, sagt er und sieht mich mit zusammengekniffenen Augen an. »Gibt es eine Erklärung dafür, warum Sie auf dem Überwachungsvideo zu sehen sind?«

Seine enttäuschte Miene, als ich den Kopf schüttele, ist nahezu lächerlich.

»Je mehr Informationen Sie mir geben, desto besser kann ich Ihre Verteidigung aufbauen. Es ist kein Verbrechen, am Bahnhof zu sein«, fügt er hinzu. »Dass Sie neben Linnea

Arvidsson standen, mag reiner Zufall gewesen sein, und nur weil Sie ihren Arm berühren, heißt das nicht, dass Sie sich etwas zu Schulden haben kommen lassen.«

So hat er es schon einmal versucht, als er mich in der Haft besuchte, aber ich habe auch damals nicht geantwortet. Auch bei den ersten Verhören, in denen Moberg an meiner Seite saß, war meine Strategie, kein Wort zu sagen. Stattdessen wundere ich mich über die Ironie, dass die Leute auf solche Typen wie mich herabsehen, während Typen wie Moberg die wildesten Schlupflöcher finden, um Verbrecher freizusprechen und dann auch noch für ihre professionellen Fähigkeiten gelobt werden. Sie haben alle Privilegien der Welt und nutzen sie dafür, Mörder und Vergewaltiger rauszuboxen. Und trotzdem ist es *mein* moralischer Kompass, den die Leute auf den Prüfstand stellen.

»Da diese Aufnahmen von Ihnen existieren, wäre es töricht, wenn Sie gar nichts sagen. Dann denkt die Polizei, Sie hätten etwas zu verbergen.«

Ich zucke mit den Schultern. Moberg schluckt seinen Frust herunter und notiert etwas in seinen Akten. Wir wissen beide, dass ich das Recht habe, einen anderen Pflichtverteidiger zu verlangen, aber das erscheint mir unnötig. Es wird gar nicht erst so weit kommen, dass ich vor Gericht lande, weil es keine Beweise gegen mich gibt und es nicht mehr lange dauern wird, bis ich wieder auf freiem Fuß bin. Hätte ich besser einen Bogen um die Kameras im Hauptbahnhof gemacht, das ist mein einziger Fehler gewesen. Die Polizei kann suchen, bis sie schwarz wird, ich bin ja kein Anfänger und weiß, wie man seine Spuren verwischt. In ein paar Tagen werde ich meine Sachen packen und hier rausgehen. Davon ahnt Karl Moberg natürlich noch nichts.

KAPITEL 17

Christian Wallin nickt jemandem durch das Spiegelglas zu und räuspert sich. Er ist wieder komplett in Beige gekleidet und verschwindet fast vollständig vor den sandfarbenen Wänden des Verhörraums. Wären da nicht seine hellen Augenbrauen, die ihm ein seltsames Aussehen verleihen, hätte er ein fantastischer Spion werden können. Neben ihm sitzt ein weiterer Polizist in Zivil, John oder Jens, ich erinnere mich nicht an seinen Namen. Im Gegensatz zu Wallin ist er durchtrainiert und sieht aus wie jemand, der gerne mit Waffen hantiert und seine ganze Freizeit am Schießstand verbringt.

Ich sehe mich um. Der Raum ist etwas größer, als ich es gewohnt bin, aber die Decke ist niedrig und eine der Leuchtstofflampen flackert nervös. Obwohl ich weiß, dass ich mir nichts habe zu Schulden kommen lassen: Ein Teil von mir schämt sich dennoch, wieder im Gefängnis zu sein. Es ist kein schöner Ort. Es stellt das Leben auf den Kopf, zwingt zur Selbstbetrachtung von außen, und wem tut das gut?

Wallin beginnt. »Verhör von Daniel Semovic, Verdächtiger im Fall der verschwundenen Linnea Arvidsson«, sagt er und versucht, Blickkontakt zu mir herzustellen. Ich weiß aus Erfahrung, dass es dumm ist, den Blick zu erwidern, und suche mir einen Bleistiftstrich auf dem Tisch, den ich anstarre.

Moberg brummt etwas vor sich hin und macht Notizen, als wäre das, was Wallin von sich gibt, etwas ganz Neues. Aber er gibt sich zumindest Mühe – im Gegensatz zu meinen früheren Pflichtverteidigern, die alle so passiv waren, dass es schwierig war, festzustellen, ob sie überhaupt einen Puls hatten.

Jedes Mal, wenn Linneas Name fällt, muss ich mich zusammenreißen, um mir nichts anmerken zu lassen. Ein Teil von mir möchte am liebsten einfach alles erzählen, loslassen und erklären, was vorgefallen ist. Dass es nie so weit hätte kommen sollen. Aber leider leben wir nicht in einer solchen Welt. Selbst wenn ich alles tausend Mal erklärte, niemand würde mir glauben.

Wallin zählt all die Male auf, die ich mit der Justiz in Konflikt geraten bin. Er erwähnt die Messerstecherei, die Schlägerei in Södervärn und jene Nacht, in der ich wegen Kokainbesitz festgenommen wurde. Er beschreibt meine Suchtproblematik und dass ich zweimal in einer geschlossenen Jugendanstalt saß. Eigentlich sind das nicht sehr viele Verbrechen und die meisten von ihnen fanden über einen begrenzten Zeitraum statt, aber in den Ohren anderer klingt es wahrscheinlich schrecklich.

Ich glaube, die meisten Menschen verstehen nicht, wie es sich anfühlt, ich zu sein. Wie es ist, die Blicke anderer Menschen zu spüren. Ständig mit Argwohn und Abscheu betrachtet zu werden. In deren Augen bin ich ein unzuverlässiger Mensch, einer, der all ihren Vorurteilen gerecht wird.

Ingegärd, die Mutter der Pflegefamilie, in die ich mit dreizehn kam, sagte, man solle sich davor hüten, zu einer sich selbst erfüllenden Prophezeiung zu werden. Damals verstand ich nicht, was sie meinte, aber jetzt weiß ich es. Einer wie ich, ein Einwandererkind aus einer beschissenen Gegend, muss doppelt so hart arbeiten, um dazuzugehören. Einer wie ich kann es sich nicht leisten, Fehler zu machen, kann es nicht riskieren, in der Schule zu versagen oder die Regeln zu brechen. Einer wie ich sollte einfach die Klappe halten und lieber mal verdammt froh sein, in diesem Land geduldet zu werden. Ist es da so seltsam, dass manche einen anderen Weg wählen? Dass sie sich eine Parallelgesellschaft schaffen, in der sie die Könige sein können? Die Wahrheit ist, dass wir von der Realität geformt werden, in der wir leben. Am Ende bringen wir es nicht mehr über uns, unterwürfig sein. Du musst aufbegehren, du musst dich wehren, sonst stirbt die Seele.

Jetzt könnte man meinen, dass ich jegliche Schuld von mir weisen wolle, aber das will ich gar nicht. Für vieles, was passiert ist, bin ich selbst verantwortlich. Trotzdem habe ich das Bedürfnis, mich zu erklären. Ich bin kein schlechter Mensch, ich habe nur ein paar schlechte Entscheidungen getroffen. Ich habe mich in Situationen wiedergefunden, in denen es einfacher war, dem Strom zu folgen und die Folgen meines Handelns nicht immer vorherzusehen. All diese beschissenen Entscheidungen habe natürlich ich getroffen und als Konsequenz meine Strafen abgesessen.

Wallin nimmt drei Bilder aus seinen Unterlagen und schiebt sie über den Tisch. Ich habe sie schon bei den ersten Verhören gesehen, es sind die Aufnahmen aus dem Malmöer Hauptbahnhof. Ich versuche wegzusehen, aber die Fotos haben eine magnetische Wirkung auf mich. Ich bin kurz davor, nachzugeben. Ich sehe mein eigenes Gesicht neben Linneas, sehe ihre verängstigten Augen, meinen Griff um ihren Arm und spüre, wie die Magensäure mir bis an die Kehle steigt. Ich muss kämpfen, um die Kontrolle über meine Gesichtsmuskeln wiederzuerlangen.

Wallin stellt Fragen zu meinem Treffen mit Linnea. Er geht achtsam vor und versucht, mich zum Erzählen zu verleiten. Vielleicht gibt es eine vernünftige Erklärung? Vielleicht ist das alles ein Missverständnis? Hat Linnea etwas gesagt, das mich wütend gemacht hat, habe ich mich davon provozieren lassen und etwas Unüberlegtes getan? Etwas, das ich nicht geplant hatte, eine Kurzschlussreaktion, etwas, das im Eifer des Gefechts geschah?

Ich schüttele den Kopf, beiße nicht an. Es ist sinnlos, sich zu erklären, das habe ich auf die harte Tour gelernt. Diese Leute interessiert es nicht, was ich zu sagen habe, sie werden mir niemals glauben. Einer wie ich hat nicht das Privileg, als unschuldig zu gelten, bis das Gegenteil bewiesen ist.

Wallins Stimme ist noch ruhig, aber ich merke, wie er auf seinem Stuhl herumrutscht. Er ist zusehends von mir genervt. Die Fragen werden provokanter, und John, wie ich den anderen nun nenne, weist mich darauf hin, dass es in dieser Situation das Beste für mich sei, zu kooperieren. Dass sie einen Zeugen hätten, der behauptet, ich sei Linnea wochenlang gefolgt, hätte sie immer wieder gefragt, ob sie mit mir ausgeht, und mich geweigert, ein Nein zu akzeptieren.

Ich will gar nicht unter den Teppich kehren, dass es ein bisschen wehtut, als fieser Stalker dargestellt zu werden, als Wahnsinniger, der sich Frauen aufdrängt. Dann sagt Wallin noch etwas, was mir einen Stich versetzt.

»Daniel, ist Linnea noch am Leben?«

Die Worte brechen über mich herein, und ich weiß nicht, wie ich reagieren soll. Ich atme tief ein, versuche Luft in meine Lungen zu pressen und balle meine Hände unter dem Tisch zu Fäusten.

»Wenn ja, Daniel, ist es wichtig, dass wir sie so schnell wie möglich finden. Nur Sie können Linneas Leben retten.«

Der Knoten in meiner Brust wächst. Wie schrecklich, diese Worte aus seinem Mund zu hören. Jetzt wünschte ich wirklich, ich könnte ihnen alles sagen, wünschte, wir lebten in einer perfekten Welt, in der sie mich nicht als Monster sähen. Dass sie mich einen gewöhnlichen Menschen sein ließen, jemanden, der Fehler machen darf. Jemand, dem vergeben werden kann.

Im kalten Licht der Neonröhre sehe ich ein Staubkorn aufwirbeln. Ich folge ihm mit dem Blick. Wie eine Schneeflocke schwebt es vor mir her.

»Uns läuft die Zeit davon«, sagt Wallin. »Kommen Sie schon, Daniel, helfen Sie uns. Linneas Familie zuliebe«, fährt er resigniert fort. »Denken Sie doch wenigstens an sie!«

Ich schaue auf, blicke direkt in seine strahlend hellen Augen. Ich sehe die Verzweiflung an der wässrigen Oberfläche glänzen. Den Hass. Und ich glaube, er hat keine Ahnung, was los ist. Er weiß nichts über mich. Wer ich bin oder was ich durchgemacht habe. Wenn er sich die Zeit nehmen würde, das zu verstehen, wäre das alles hier viel einfacher.

KAPITEL 18

»Hey Sumo. Komm her!«

Chrille steht oben auf dem Hügel und zeigt auf mich. Ich zögere, habe die Arme voller Stöcke, die ich in dem kleinen Wäldchen gesammelt habe.

»Hörst du nicht, was ich sage?«

Einige der anderen hören auf zu spielen und sehen mich an, und ich kapiere, dass ich keine Wahl habe. Langsam trotte ich den Hügel hinauf. Chrille sieht zufrieden aus, sagt etwas zu den anderen Kindern, die um ihn herumstehen, dann verschränkt er die Arme vor der Brust.

»Wie viel wiegst du eigentlich, Sumo?«

Ich verharre mitten in der Bewegung, unsicher, was ich jetzt tun soll. Am liebsten möchte ich auf dem Absatz kehrtmachen, aber ich traue mich nicht.

»Komm schon«, sagt Chrille. Seine Stimme klingt plötzlich ganz mild.

Er streckt eine Hand aus, als wolle er mir auf den letzten Metern helfen. Jeder Schritt ist bleischwer, aber ich gehe trotzdem weiter. Schleppe mich hoch, obwohl mein ganzer Körper protestiert. Als ich ein paar Meter von ihm entfernt stehen bleibe, grinst er.

»Nicht schlecht, Sumo.«

Ich spüre die Augen der anderen auf mir und meine Wangen brennen vor Scham. Chrille nennt mich seit der ersten Klasse so. Damals hab ich nicht verstanden, was er damit meinte, aber jetzt weiß ich es. Mama sagt, ich solle mir das nicht zu Herzen nehmen, dass Chrille nun mal nicht anders kann, als sich scheiße zu benehmen. Dass ich einfach versuchen soll, es noch dieses letzte Jahr auszuhalten, und die Daumen drücken, dass wir in der Mittelstufe nicht in derselben Klasse landen.

Während des Unterrichts zieht Chrille wie ein Orkan durch das Klassenzimmer. Er schmeißt sein Federmäppchen auf den Boden, rempelt gegen die Pulte, knüllt die Matheaufgaben zu großen Papierbällen zusammen und bewirft unser Fräulein Lena damit.

Ich mag Fräulein Lena. Sie hat weiches goldenes Haar, duftet nach Himbeeren und kann streng sein, aber das hilft alles nichts. Was sie auch tut, Chrille bleibt einfach nicht still sitzen, und wenn ihr irgendwann die Hutschnur platzt und sie ihn bittet, das Klassenzimmer zu verlassen, verschwindet er in der Garderobe, wo er alle Jacken zu Boden reißt und uns in die Schuhe spuckt.

Chrille baut sich vor mir auf. Er ist mindestens einen Kopf größer als ich und hat lange, sehnige Arme.

»Willst du eine Hütte bauen, oder was?«

Ich schüttele den Kopf, aber als das vereinzelte Lachen der anderen zu hören ist, fühlt er sich ermutigt und macht weiter.

»Dann bräuchtest du breitere Stöcke, sonst würdest du da nie reinpassen.« Er schlägt mir so heftig auf den Arm, dass das Holz zu Boden fällt. In mir beginnt es zu brodeln. Ich fühle das Feuer in mir, ich habe Chrille so schrecklich satt. Mein Leben wäre viel besser, wenn er nicht existierte.

Ich weiß, dass man sich nicht prügeln soll. Mama predigt es immer wieder, *Gewalt ist keine Lösung,* aber als Chrille sich abwendet, nehme ich Anlauf. Ich halte das nicht mehr aus, kann seine überhebliche Art nicht ertragen.

»Sumo hat anscheinend keinen Bock, mit uns zu sprechen«, sagt Chrille an die anderen Jungs gewandt.

Während ich auf ihn zulaufe, höre ich mich selbst brüllen. Mit voller Geschwindigkeit rase ich auf ihn zu und habe Glück, dass er sich gerade umdreht, als wir zusammenstoßen. Wir landen beide auf dem Boden und rollen durch den Kies, dass die Steinchen in alle Richtungen stieben. Ich habe mich noch nie zuvor geprügelt, fuchtele wild mit den Fäusten in der Luft herum und versuche, Chrille ins Gesicht zu schlagen, aber es gelingt mir nur ein einziges Mal, bevor er mich zur Seite stößt.

Für ein paar Sekunden liege ich obenauf. Das Adrenalin pumpt, ich sehe das Blut aus Chrilles Mund sickern und ich will dafür sorgen, dass er für immer die Fresse hält, aber dann rollt er sich herum und auf mich drauf. Sein Körper ist schwer und er klemmt mich zwischen seinen Knien fest. Egal, wie sehr ich mich unter ihm winde, ich kann mich nicht befreien.

Chrille hat die Augen weit aufgerissen, er wischt sich das Blut ab, das von seinem Kinn heruntertropft. Sein Blick ist wie im Wahn, er sieht total irre aus, dann hebt er seine Hand und gibt mir eins aufs Auge. Lacht und holt erneut zum Schlag aus. Schlägt noch härter zu und trifft meine Nase. Unablässig schlägt er auf mich ein und es klingelt in meinen Ohren. Ich kann nicht wirklich sagen, wie viel Zeit vergeht, ich höre nur Chrilles Keuchen über mir und das Raunen unter den Zuschauern jedes Mal, wenn er mir einen neuen Schlag verpasst. Es geht so lange, bis einer der Betreuer nach uns ruft. Die Stimme klingt, als käme sie von weit her, aber Chrille lässt von mir ab und steht auf. Tritt in den Kies, so dass ich noch einen Schwung Steine ins Gesicht bekomme, dann zieht er geräuschvoll die Rotze hoch und spuckt einen riesigen glibberigen Flatschen neben mich auf den Boden.

»Nächstes Mal schlag ich dich tot«, zischt er.

Ich bleibe allein zurück, liege mit angezogenen Knien auf dem Boden und versuche zu atmen. Mein Kopf tut weh, aber trotz der Niederlage bin ich nicht enttäuscht. Eher das Gegenteil. Ausnahmsweise habe ich mich gewehrt, und ein gutes Gefühl macht sich in meinem Körper breit.

Nach ein paar Minuten hat sich mein Atem reguliert, und ich rolle mich auf alle viere. Wische mir die Augen und sehe, wie der Neue in der Klasse etwas abseits steht und meine Stöcke aufliest. Er ist klein und schmal und trägt eine runde Brille, es ist nur eine Frage der Zeit, bis Chrille sich ihn vornehmen wird.

»Hier«, sagt er und reicht mir die Stöcke.

»Lass gut sein.«

»Nimm schon, die sind doch richtig gut.«

Er legt die Stöcke auf einen ordentlichen Stapel und kommt auf mich zu. Packt meinen Arm und hilft mir auf.

»Ich hab gesehen, was er gemacht hat.«

»So ist er halt«, sage ich, will keine große Sache daraus machen.

»Tut dir irgendwas weh?«

Ich schüttele den Kopf.

»Wenn du willst, dann helf ich dir mit den Stöcken.«

Ich überlege einen Moment, dann nicke ich.

»Wie heißt du noch mal?«

»Jocke.«

Jocke und ich verbringen den Rest des Nachmittags in dem kleinen Wäldchen, das direkt hinter den Schaukeln liegt. Es ist immer ein Betreuer in der Nähe, also kommt Chrille nicht in unsere Nähe.

Wir bauen kleine Häuser aus den Stöcken und verschwinden in einer Fantasiewelt. Spielen zusammen, wie ich noch nie mit jemandem gespielt habe. Jocke ist nicht wie die anderen, es ist ihm scheißegal, wenn jemand anders es kindisch findet, was wir machen. Als er nach Hause will, fragt er, ob ich mitkommen möchte. Ich hatte noch nie einen richtigen Freund, keinen, mit dem ich nach der Schule spielen konnte, und ich bin dankbar.

*

Jocke lebt in einem großen Haus. Ich folge ihm die Treppe hinauf durch die grün gestrichene Holztür mit Milchglasscheibe. Die Dielenböden im Haus haben eine cremeweiße Oberfläche und knarren unter unseren Füßen. In der Diele steht eine breite, mit Schaffellen bezogene Bank, darüber sind zwei Reihen goldfarbener Kleiderhaken angebracht. Ich sehe mich um. In Jockes Haus ist alles schön. An den Wänden hängen große, bunte Ölgemälde von sommerlichen Landschaften, durch die hohen Fenster scheint die Sonne herein. In der Küche steht Jockes Mutter und backt. Im Ofen knistert es, und das ganze Haus duftet nach Kardamom.

»Hast du einen Freund mitgebracht? Wie schön! Wie heißt du?«

»Daniel«, sage ich schüchtern.

»Herzlich willkommen. Ich heiße Diana.« Ihr Lächeln ist

so breit, dass ich ihre strahlend weißen Zähne sehen kann. »Habt ihr Hunger?«

»Wir können einfach ein paar Zimtschnecken mit aufs Zimmer nehmen«, schlägt Jocke vor.

»Dann bring ich euch welche hoch.«

Ich traue meinen Ohren kaum. Frisch gebackene Zimtschnecken auf dem Zimmer, das muss das Paradies sein. Ich staune noch mehr, als wir nach oben in Jockes Reich gehen. Er hat zwei eigene Zimmer, eines mit Schreibtisch, Kleiderschrank und großem Bett und eines mit Flippergerät, Spielzeug, Fernseher und Sofa.

Wir setzen uns auf die Couch, Jocke schaltet seine neue Playstation 3 ein und reicht mir einen Controller. Er hat viele Sport-Games: NFL, NHL und FIFA, aber auch Gran Turismo, das ich schon immer ausprobieren wollte.

Jockes Mutter klopft an die offene Tür und kommt mit einem Tablett herein. Sie stellt eine Schüssel mit herrlich duftenden, in Zucker getunkten Zimtschnecken, eine Kanne Milch und zwei Gläser vor uns auf den Tisch.

Wir spielen stundenlang. Es ist ewig her, dass ich so viel Spaß hatte. Jocke und ich lachen über die gleichen Dinge, und wenn er gewinnt, sagt er, dass es nur daran liegt, dass er einfach mehr geübt hat. Als es Zeit zum Abendessen ist, besteht seine Mutter darauf, dass ich zu Hause anrufe und frage, ob ich zum Essen bleiben darf. Jockes Vater Mats ist noch nicht nach Hause gekommen, also sitzen wir nur zu dritt am Tisch. Ich habe noch nie selbstgemachte Fleischbällchen gegessen und nehme mir mehrmals Nachschlag, aber anstatt gerügt zu werden, lächelt Diana mich an.

»Iss nur so viel du willst«, sagt sie. »Ich freue mich so, dass Jocke einen neuen Freund gefunden hat.«

Sie stellt Fragen über meine Eltern und ich antworte konzentriert, erzähle, dass meine Familie aus Kroatien stammt, wo mein Großvater eines der besten Restaurants in Zagreb besaß, und dass mein Papa vorhat, hier in Malmö sein eigenes Restaurant zu eröffnen. Erkläre, dass Mama als Putzfrau und Papa in einer Fabrik arbeiten, um genug Geld zu sparen, und dass wir ein Haus kaufen wollen, sobald wir genug zusammenhaben.

»Wie spannend! Dann gibt es bei euch zu Hause bestimmt immer richtig leckeres Essen«, sagt Diana.

Ich nicke, obwohl Papa für uns fast nie etwas kocht. Ich bin so glücklich, dass Jocke und ich Freunde geworden sind, dass ich nicht darüber nachdenke und verspreche, dass wir sie zu einem echten kroatischen Abendessen zu uns nach Hause einladen werden. Vor meinem inneren Auge sehe ich unsere Familien um einen gedeckten Tisch versammelt. Mama und Diana sind gut gekleidet und duften nach blumigem Parfüm und unsere Papas scherzen und stoßen miteinander an.

KAPITEL 19

Ich liege auf der Pritsche und starre an die Decke. Sehe die Flecken von altem Snus und denke an Jocke. Ich versuche mir vorzustellen, wie er jetzt aussieht und was er tut. Sicherlich ist er aus Malmö weggezogen, und es macht mich ein bisschen traurig, dass wir uns aus den Augen verloren haben.

Trotz unserer Unterschiede war er ein wichtiges Puzzleteil meiner Kindheit und Jugend. Wir verbrachten fast unsere gesamte Freizeit zusammen, spielten in den Pausen und trafen uns nach der Schule. Wenn wir nicht gerade Videospiele spielten oder auf seinem Trampolin sprangen, schlichen wir uns in das Büro seines Vaters, um mit dem lebensgroßen Plastikskelett zu spielen, das neben dem Schreibtisch stand.

Wenn ich die Augen schließe, sehe ich immer noch das große rote Backsteinhaus in Eriksfält vor mir. Der Kronleuchter im Flur, die kunstvollen Möbel und die kleinen Vasen mit frischen Blumen, die nie zu verwelken schienen. Die Fülle an Spielsachen, Jockes liebevolle Mutter und sein zugeknöpfter, schweigsamer Vater, der meistens bei der Arbeit war.

Im Nachhinein verstehe ich eigentlich nicht, wie wir uns gefunden haben. Jocke und ich kamen aus unterschiedlichen Welten, und doch gab es etwas, das uns verband. Wir brauchten einander. Jocke war eine Tür zu etwas Neuem und Anderem. Er war lustig und einfallsreich, und wenn ihm jemand blöd kam, war ich da. Nach unserer Prügelei auf dem Hügel hatte Chrille beschlossen, dass ich die Mühe nicht wert war. Er und seine Freunde hielten Abstand, und ich war stolz darauf, Jocke vor ihnen beschützen zu können.

Auch unsere Eltern verstanden sich gut, obwohl wir Jockes Familie nie zum Essen nach Hause eingeladen hatten. Nur ab und zu kam es zu Spannungen, etwa als Jockes Mutter fragte, ob ich es auch mit Fußball und Eishockey versuchen wolle. Ich sagte, dass meine Eltern immer bis spät am Abend arbeiteten und mich nicht fahren könnten, aber sie antwortete, dass ich nach der Schule mit Jocke nach Hause fahren könnte und sie uns abholen würde. Ich nahm die Informationszettel mit nach Hause, die sie mir in die Hand drückte, und gab sie meiner Mutter.

»Fußball *und* Eishockey? Das wird ja ein teurer Spaß«, seufzte sie und wechselte einen vielsagenden Blick mit Papa.

»Vielleicht fangen wir erst mal mit Fußball an«, schlug er vor.

Ich erklärte Jockes Mutter diplomatisch, dass meine Eltern dachten, Fußball passe besser zu mir als Eishockey, aber sie fragte trotzdem, ob es an der teuren Ausrüstung läge. »Denn in diesem Fall kannst du Jockes alte Sachen bekommen«, sagte sie freundlich. »Wir haben mehrere Kisten auf dem Dachboden, wahrscheinlich auch Fußballsachen, wenn du welche brauchst.«

Als ich die Nachricht an meine Mutter weitergab, schnaubte sie und sagte, wir bräuchten kein Almosen. Dann sind wir in die Stadt gefahren und haben mir ein Paar neue Fußballschuhe gekauft. Sie waren schwarz mit neongrünen Schnürsenkeln und Stollen, und damit ich nicht zu schnell aus ihnen herauswuchs, nahmen wir ein Paar, das eine Nummer zu groß war. Obwohl ich nie ein guter Fußballer geworden bin, habe ich diese Schuhe geliebt.

Ich richte mich auf der Pritsche auf und spüre eine Schwere in meiner Brust. Sie hat etwas mit diesen Kindheitserinnerungen zu tun, überkommt mich, wenn ich mich selbst von außen betrachte. Jocke war mehrere Jahre lang die wichtigste Person in meinem Leben und manchmal denke ich darüber nach, was passiert wäre, wenn wir Freunde geblieben wären. Hätte mein Leben dann eine andere Wendung genommen?

Damit bezwecke ich nicht, dass die Leute Mitleid mit mir haben sollen. Es gibt viele Kinder, die eine schwierige Kindheit hatten. Für mich wurde es besonders hart, als Mama starb. Es war, als ob die Glut unserer Familie erloschen wäre. Mehrere Monate lang hatten wir gehofft, dass es ihr besser gehen würde. Wir hatten sozusagen mit angehaltenem Atem auf eine positive Nachricht gewartet, und als sie stattdessen starb, war es, als ob die letzte Luft aus uns gewichen wäre. Es war kein Sauerstoff mehr da, alles verdorrte.

Mit Papa konnten wir nicht reden, er verschwand vollkommen. Saß einfach nur in seinem Sessel und starrte in den Fernseher. Ich selbst bewegte mich wie in einem Vakuum.

Ich saß im Unterricht, ohne zuzuhören, nickte, wenn jemand mit mir sprach, obwohl ich gar nicht zuhörte. Der Einzige, den ich treffen wollte, war Jocke, aber ich merkte, dass er anfing, sich zurückzuziehen. Eishockeytraining und Hausaufgaben nahmen immer mehr Zeit in Anspruch. Ein paar Mal schlug Jocke vor, wir könnten ja zusammen lernen, aber ich hatte keinen Bock.

Rückblickend verstehe ich sehr gut, dass es auch für ihn schwierig gewesen sein muss. Was sagt man zu einem Kumpel, der seine Mutter verloren hat? Ich wurde wie ein Aussätziger. Wohin ich auch ging, versuchten die Leute, mir auszuweichen. Als ich ihnen im Schulkorridor entgegenkam, drehten sie sich um. Sogar meine Klassenlehrerin gab sich irgendwann geschlagen und nervte mich schon bald nicht mehr, dass ich meine Hausaufgaben abgeben sollte.

Es klopft an der Tür, das laute Geräusch hallt durch den kahlen Raum. Ich stehe auf und streiche mein Hemd glatt, bleibe aber neben dem Bett stehen. Es ist ein komisches Gefühl, ohne jeglichen menschlichen Kontakt eingesperrt zu sein. Obwohl die Einsamkeit fast unerträglich ist, macht es mich nervös, anderen Menschen zu begegnen, und als ich den Schlüssel im Schloss höre, knete ich meine Hände vor Nervosität.

Einige der Aufseher hier sind wie Roboter. Sie laufen mit neutralem Gesichtsausdruck herum und würdigen mich keines Blickes, aber die meisten Leute sehen mich angewidert an. Sie sehen nicht Daniel Semovic, sondern ein Monster, das Linnea Arvidsson entführt und ermordet hat. Und dafür brauchen sie keinen Beweis. In ihrer Wahrnehmung ist mein Urteil bereits gesprochen. Wegen einem wie mir wünschten sie sich, wir könnten die Todesstrafe wieder einführen.

Da ist diese eine Wärterin, die immer mit dem Imbisswagen vorbeikommt. Sie starrt mich an und fragt, ob ich etwas haben will. Ich mache ein paar Schritte nach vorne und sehe, wie sie zurückweicht. Es macht mich traurig, dass sie Angst vor mir zu haben scheint, und ich gebe mein

Bestes, um nett zu sein. Ich versuche zu zeigen, dass ich nur ein Mensch bin, spreche mit leiser Stimme und lächle, aber es hat keine Wirkung. Wenn überhaupt, sieht sie nur noch misstrauischer aus.

Ich nehme einen Schokoriegel und mache einen Schritt zurück in meine Zelle. Sehe, wie sie auf meine tätowierten Arme starrt, den riesigen Schädel mit Messern, den ich mir mit siebzehn habe stechen lassen, den Tiger mit den gefletschten Zähnen, die hässlichen Spielkarten mit den Pik-Assen darauf und die verschnörkelten Buchstaben *ACAB*.

Sie schließt wieder zu, und ich spüre, wie sich der Klumpen in meinem Magen verhärtet. In solchen Situationen wünschte ich, ich könnte allen sagen, was wirklich passiert ist, aber das geht nicht. Ich muss geduldig sein, ich weiß, dass alles nur noch schlimmer werden kann, wenn ich etwas sage.

Ich setze mich aufs Bett und ziehe das Plastik vom Riegel ab. Beiße in die weiche Schokolade, die Waffel knirscht zwischen meinen Zähnen.

Tausend Gedanken jagen mir durch den Kopf und ich frage mich, was draußen in der realen Welt vor sich geht. Haben die Medien meine Geschichte aufgegriffen? Schreiben sie über mich, und wenn ja, wer hat es gelesen? Jocke? Jockes Mutter? Lydia und Mila?

Vor meinem inneren Auge sehe ich Max und Ellen auf mich zurennen. Sie lärmen und toben, werfen sich auf mich, ich sinke auf die Knie und sie klammern sich an meine Schultern. Ich tolle mit ihnen auf dem Boden herum und kitzle sie, bis sie sich vor Lachen winden.

Die süße Schokolade wächst in meinem Mund zu einem Klumpen. Was passiert, wenn das alles vorbei ist, wird Mila mich ihre Kinder noch sehen lassen oder werde ich sie nie wieder zu Gesicht bekommen? Werde ich dieser seltsame Onkel sein, der einfach verschwunden ist?

Ich knülle das Papier des Schokoriegels in meiner Hand zu einer Kugel. Denke, das hier ist eine Prüfung und ich werde sie bestehen. Es gibt nicht genug Beweise, um mich festzuhalten. Früher oder später muss die Polizei ihre Niederlage akzeptieren. Früher oder später müssen sie mich rauslassen und ich bete insgeheim, dass es nicht mehr lange dauern wird.

KAPITEL 20

Der Sommer nach Mamas Tod ist der längste meines Lebens. In aller Unendlichkeit reihen sich die Tage aneinander und bilden eine undurchdringliche Mauer, die mich einzuschließen scheint. Vielleicht ist sie es, die mich noch zusammenhält, denn manchmal habe ich den Eindruck, dass sich mein Körper gleich auflöst. Ich fühle mich durchsichtig, schaue auf meine Hände und bin mir nicht sicher, ob sie wirklich existieren. Es ist ein unangenehmes Gefühl und es lässt mich nicht los. Woher soll ich wissen, dass ich nicht auch bald sterben werde, so wie Mama.

Ich habe weder Geld noch etwas zu tun, ich laufe eigentlich nur durch die Stadt, mit einem unbändigen Hunger in mir. Wenn Jocke nicht gerade im Trainingslager ist, verreist er mit seiner Familie. Sie machen Urlaub in Frankreich und wohnen in Hotels, und alles, woran ich denken kann, ist, wie ich, mein Vater und meine Schwestern in einer warmen, engen Wohnung gefangen sind, während ihr kühles Haus leer steht.

Trotzdem will ich nicht, dass der Sommer zu Ende geht. Nach den Ferien kommen wir in die Siebte. Die Schule war sowieso schon jeden Tag ein Kampf für mich. Ich habe keinen Bock, sinnlos irgendwelche Themen durchzukauen, die ich weder verstehe noch jemals verwenden werde. Ein neuer Gedanke schleicht sich ein: Ob wohl etwas mit meinem Gehirn nicht stimmt? Egal, wie sehr ich es auch versuche, ich bin immer der Schlechteste. Als könnte ich mir nie merken, was die Lehrer sagen, und ich bin schon so weit im Rückstand, den ich nie wieder aufholen kann.

Aber es gibt ein Licht am Ende des Tunnels. Eines Tages treffe ich Lisa aus der Parallelklasse in Möllan am Kiosk. Sie wartet auf einen Freund, der nie auftaucht, und stattdessen setzen wir uns auf eine Bank und unterhalten uns.

Ich kaufe Pommes von meinem letzten Kleingeld und lasse sie fast alles essen, lache, als sie nach Mayonnaise fragt.

Zuerst reden wir hauptsächlich darüber, wie schade es ist, dass die Sommerferien bald vorbei sind, und über all die Gerüchte, die wir über die Mittelstufe gehört haben. Dass die Mathelehrer Radiergummis nach denen werfen, die die Gleichungen nicht verstehen, und dass Leif, der Lehrer für Werken und Handarbeit, Kleber schnüffelt und jedem, der im Unterricht Nistkästen baut, Bestnoten gibt, weil er selbst Hobbyornithologe ist. Dann starrt Lisa auf den Asphalt und fragt, ob es wahr ist, dass meine Mutter gestorben ist, und als ich mit Ja antworte, sagt sie, dass das *echt scheiße* sei.

Es freut mich, dass sie fragt. Mama ist nun mal tot, ob ich nun darüber spreche oder nicht, und mir gefällt, dass ich Lisa leidtue. Als ich von dem Krebs erzähle, werden ihre Augen ganz feucht und sie umarmt mich, sie ist ganz warm und duftet nach Kaugummi und Apfelblüten.

Wir unterhalten uns eine ganze Stunde, dann muss sie nach Hause. Ich wünschte, die Zeit würde stehen bleiben, damit wir noch einen Moment länger miteinander haben, aber das sage ich natürlich nicht. Als Lisa über den Platz davongeht, denke ich, wenn ich sie hätte, wäre mein Leben so viel besser.

Als der Montag kommt, bin ich so erwartungsvoll wie noch nie zuvor. Ich eile zur Schule und sehe Jocke im Schatten eines Baumes stehen. Abgesehen von einer Postkarte aus Antibes, zu der ihn seine Mutter wohl gezwungen hat, haben wir wochenlang nichts voneinander gehört.

»Jo«, sage ich und wir begrüßen uns mit einem Fistbump. Ich sehe eigentlich sofort, dass irgendetwas nicht stimmt.

»Wie geht's?«

»Gut.«

»Wie war's in Frankreich?«

»Warm«, antwortet Jocke.

»Ah ja. Was habt ihr so gemacht?«

Er verstummt. Starrt auf den Boden und wirft sich den Rucksack über die Schulter.

»Ich glaub, wir müssen jetzt rein«, sagt er und geht auf das Schulgebäude zu.

In der Mittagspause sehe ich Lisa. Sie sitzt am anderen Ende des Speisesaals und lächelt, als ich ihr zuwinke. Als sie aufsteht und ihr Tablett zur Geschirrrücknahme bringt, verlasse ich meinen Platz und laufe ihr hinterher. An der Garderobe hole ich sie ein und versuche, es so aussehen zu lassen, als würden wir uns zufällig begegnen.

»Wie geht's?«

»Gut.«

»Cool«, sage ich und höre im selben Moment, wie dumm ich klinge.

»Und wie geht's dir?«

»Gut. Wir haben Birthe als Klassenlehrerin bekommen.«

»Shit. Ihr Armen. Sie sieht irgendwie fies aus.«

»Ah, passt schon«, murmele ich und starre auf Lisas Pullover. Er ist hellblau mit kleinen rosa Blüten und darunter kann ich die Wölbungen ihrer Brüste erahnen. Mein Herz schlägt so heftig, dass ich meine eigenen Gedanken kaum hören kann.

»Sehen wir uns nach der Schule?«

»Geht nicht. Ich hab gleich noch Turnen«, sagt sie mit bedauernder Stimme und deutet mit einem Kopfnicken Richtung Turnhalle. »Ein andermal.«

»Klar«, erwidere ich und sehe ihr nach, als sie in die Sonne hinausgeht.

Am Nachmittag haben wir eigentlich noch drei Unterrichtsstunden, aber da es der erste Schultag ist, will Birthe ein Quiz mit uns machen. Es fällt mir schwer, mich zu konzentrieren. Lisa ist alles, woran ich denken kann, und ich stelle mir vor, wie es sein wird, wenn wir uns nach der Schule treffen. Vielleicht kann ich ihr mehr Pommes ausgeben, aber dann muss ich irgendwie an Geld kommen.

Ich sehe ihren Mund vor mir und frage mich, wie es sich anfühlen würde, sie zu küssen. Als wir uns letzte Woche gesehen haben, hatte sie Mayonnaise an der Oberlippe und ich war kurz davor, meine Hand auszustrecken und sie wegzuwischen. Es wäre schön gewesen, ihr Gesicht zu berühren, aber ich habe mich nicht getraut, sondern ihr stattdessen eine Serviette gegeben.

Nach der Schule gehe ich neben Jocke Richtung Fahrradständer. Er wirkt abwesend und spricht kaum mit mir, aber da auch meine Gedanken anderswo sind, mach ich mir deswegen keinen Kopf.

»Wollen wir irgendwas unternehmen?«, frage ich. Wir gehen fast immer zu ihm nach Hause, auch wenn er zum Training muss. Manchmal komm ich mit zum Fußballplatz oder zur Eisbahn, manchmal bleibe ich in seinem Zimmer und warte, bis er wiederkommt. Jockes Mutter stört das nicht, sie bringt mir sogar Kuchen hoch.

Aber Jocke sagt nichts, und die Stille ist mir unangenehm.

»Fußballspielen oder so?«, hake ich nach, immerhin weiß ich, dass er das gerne macht.

»Okay«, sagt er schließlich und schließt sein Rad ab.

Als wir gerade gehen wollen, tauchen Chrille und zwei seiner Kumpels hinter uns auf.

»Stimmt es, dass du auf Lisa stehst?«, ruft er, so dass man es über den halben Schulhof schallen hört.

Überrumpelt stehe ich da und spüre das Blut in meinen Ohren rauschen. »Lass mich in Ruhe«, fauche ich.

»Wie ärgerlich«, feixt Chrille, so dass der schwarze Snus unter seiner Lippe zum Vorschein kommt. »Du willst sie also bumsen, aber sie lässt dich nicht ran.«

Ein Blitz zuckt durch meinen Körper. Von all den Dingen, die ich auf dieser Welt hasse, steht Chrille immer noch an Platz eins.

»Nicht, dass es dich irgendetwas angeht, aber wir hängen miteinander rum.«

»Na sicher«, lacht Chrille laut auf. »Niemals würde sich Lisa mit einem wie dir abgeben.«.

Ich weiß nicht, warum mich seine Worte so wütend machen, aber plötzlich steht mein Kopf in Flammen.

»Natürlich will sie das«, entgegne ich.

»Beweis es.«

Ich schaue rüber zur Sporthalle. Wenn ich Lisa bitte, Chrille zu sagen, dass wir uns in Möllan getroffen haben, ruiniere ich wahrscheinlich alle Chancen, dass sie noch mit mir sprechen will, aber ich kann den Gedanken nicht ertragen, dass alle denken, ich wäre ein Lügner.

»Was meinst du, Jocke?«, fragt Chrille. »Der redet doch nur Bullshit, oder?«

Ich werfe Jocke einen hoffnungsvollen Blick zu. Er weiß, wie sehr ich Chrille hasse, und wird mich sicherlich verteidigen, aber Jocke zuckt nur mit den Schultern.

»Keine Ahnung«, sagt er und weicht meinem Blick aus.

»Also lügt er«, grölt Chrille. »Guckt ihn euch doch an, kein Mädel will so einen Fettsack wie den bumsen.«

Seine Worte klingeln in meinem Kopf und plötzlich ist es, als würde in mir eine Sicherung durchbrennen. Ich höre es beinahe knistern, als die Nervenzellen in Gehirn fehlzünden.

»Sie ist gerade beim Turnen, du kannst sie selber fragen«, sage ich und gehe Richtung Sporthalle. »Komm schon. Oder hast du dazu nicht die Eier in der Hose?«

»Lass gut sein«, sagt Chrille, folgt mir aber trotzdem.

Schweigend betreten wir das Foyer der Sporthalle und während Jocke sein Fahrrad draußen abstellt, überlege ich, wie ich aus der Nummer wieder rauskomme. Im besten Fall lassen Chrille und seine Freunde mich in Ruhe und verschwinden.

Aus dem Turnsaal dringt eine männliche Stimme bis ins Foyer, brüllt Anweisungen durch die Gegend, dann höre ich das Trippeln leichter Füße auf der Gummimatte. Ich stelle mir Lisa in einem Turnanzug vor und habe Lust, auf die Tribüne zu gehen und ihr zuzusehen. Vielleicht fühlt sie sich geschmeichelt, mich dort zu sehen, und winkt. Dann hätten Chrille und die anderen gesehen, was sie sehen wollten, und würden die Klappe halten. Doch dann höre ich eine andere Stimme in meinem Kopf, die mir sagt, dass Lisa wütend werden könnte, wenn ich ohne Vorwarnung auftauche. Das zwischen uns ist zerbrechlich, kann jederzeit im Keim erstickt werden.

Wir stehen vor der Tür zur Halle, aber sie ist von innen verschlossen. Der einzige Weg hinein führt durch die Umkleidekabinen.

»Willst du nicht reingehen?«, frage ich Chrille.

Für einen Moment sieht er verwirrt aus, dann schnaubt er aber und streckt sich betont lässig.

»Ich bin nicht derjenige, der hier was zu beweisen hat.«

Jocke ist inzwischen auch dazugestoßen, steht aber etwas abseits von uns. Ich hole tief Luft, dann gehe ich in Richtung der Mädchenumkleide, drücke die Klinke herunter, öffne die Tür einen Spalt breit.

Eine Dunstwolke aus Schweiß und feuchten Handtüchern schlägt mir entgegen und ich suche mit meinen Augen die leere Umkleidekabine ab. Ich sehe nur kleine Kleiderhäufchen auf den vergilbten Holzbänken und Turnbeutel, die an den Haken darüber hängen. Gleich neben der Tür entdecke ich Lisas türkisfarbenen Adidas-Rucksack und es kribbelt in der Magengegend.

Die Umkleide der Mädchen zu betreten hat etwas Verbotenes, aber die anderen warten auf Taten. Es liegt an mir, was als Nächstes passiert. Eigentlich sollte ich einfach kehrtmachen, aber Chrilles überlegenes Grinsen löst ein Brennen in mir aus. Statt wieder zu gehen, schlüpfe ich hinein.

Bis auf ein rhythmisches Tropfen aus einer undichten Duschdrüse ist es still in der Umkleidekabine. Ich habe das gleiche Gefühl wie beim Besuch der Kirche, dass dies ein heiliger Ort ist, an dem ich nichts verloren habe. Lisas Rucksack hängt direkt vor mir und ich schaue auf den ordentlichen Haufen frischer Klamotten, die sie nach dem

Duschen anziehen wird. Unten liegen ihre Jeans, darauf das hellblaue T-Shirt und ihre Unterwäsche. Sogar ihr weißer Schlüpfer ist gefaltet.

Ich berühre den weichen Stoff und verspüre ein überraschendes Verlangen im Zwerchfell pulsieren. Berühre sanft die kleine Seidenrosette am Bündchen. Ohne groß darüber nachzudenken, nehme ich den Slip in die Hand und verlasse die Umkleidekabine.

Die anderen stehen immer noch in der Eingangshalle und warten auf mich. Ausnahmsweise gefällt es mir, dass alle Blicke auf mich gerichtet sind. Ich knülle den Stoff in meiner Faust zusammen, spüre die Kraft, die er mir verleiht.

»Lisa kann gerade nicht rauskommen, aber sie hat mir ihren Slip gegeben.«

Chrilles Blick ist unbezahlbar. Mit offenem Mund starrt er mich an und das Gefühl des Sieges wächst in mir. Sogar Jocke grinst schief und ich denke, in diesem Augenblick ist alles so, wie es sein sollte. Der Triumph dauert etwa drei Sekunden an, dann taucht plötzlich Lutz auf, der gefürchtetste aller Sportlehrer.

»Was hast du da?«, brüllt er.

»Nichts«, sage ich und verstecke die Slip hinter meinem Rücken.

Es herrscht Totenstille. Ich schiele zur Tür und überlege, einfach loszulaufen, aber meine Beine sind wie festgefroren. Ich kann mich nicht bewegen und kurz darauf hat sich Lutz über mir aufgebaut. Er riecht nach Ringelblumensalbe und die bräunliche ledrige Haut glänzt im Schein der Deckenlampen.

»Was treibt ihr hier?«, sagt er, und sein Gesicht ist so dicht vor meinem, dass ich seine Spucke abbekomme.

Chrille starrt auf den Boden, aber ich kann sehen, wie seine Mundwinkel zucken.

»Er hat einen Schlüpper«, raunt er.

»Wie bitte?« Lutz dreht sich zu ihm um.

»Einen Schlüpper«, wiederholt Chrille.

»Zeig mir, was du in der Hand hast«, sagt Lutz und will nach meinem Arm greifen, aber ich schaffe es rechtzeitig, zwei Schritte zurückzuweichen.

»Seine Freundin hat ihm den gegeben«, feixt Chrille. Entweder checkt er den Ernst der Lage nicht, oder ihm fehlt völlig die Impulskontrolle. Auf jeden Fall macht er es einfach nur noch schlimmer, denn Lutz schäumt vor Wut.

»Zeig mir deine Hände!«, brüllt er, packt mich fest am Arm und zieht daran. Ich versuche mich zu wehren und schreie, dass er aufhören soll. In dem Moment, in dem er mich an der Schulter packt und es schafft, meine Hand nach vorn zu drehen, öffnet sich die Tür zur Turnhalle. Mädchen in Trainingsanzügen strömen heraus, und mittendrin Lisa.

Lutz reißt mir den Slip aus der Hand und hält ihn hoch.

»Wem gehört der?«, fragt er.

Die Mädchen starren uns mit großen Augen an. Schließlich reckt Lisa ihre Hand in die Luft.

»Mir«, sagt sie mit schwacher Stimme.

Eine Eiseskälte breitet sich von meinem Nacken aus und zieht über den ganzen Rücken. Ich möchte die Zeit anhalten, die Kontrolle über die Situation gewinnen, bevor mir alles entgleist. Das Band zurückspulen, Lisa und ihre Turnmannschaft zurück in die Halle bugsieren. Aber so funktioniert es nicht. Stattdessen stülpt sich alles vornüber, direkt in den Abgrund. Es geht viel zu schnell und ich habe keine Möglichkeit, die Bremse zu ziehen. Es ist, als würde ich in einem Zug sitzen, der an dem Moment vorbeirast. Ich schaue mir das gesamte Geschehen von außen an, sehe Chrilles aufgeregtes Gesicht, das leise Tuscheln der Mädchen und Lisas traurigen Blick, und erst als Lutz mich anstößt, komme ich zu mir.

»Ihr kommt mit zum Direktor«, sagt er und schiebt uns Richtung Ausgang.

Der Weg nach Hause zu Jocke ist quälend lang. Die Sonne scheint von einem strahlend blauen Himmel und ich spüre, wie sich der Schweiß in meinem Nacken perlt. Wir reden nicht, gehen schweigend nebeneinanderher.

Als wir bei Jocke zu Hause ankommen, steht der silbergraue Mercedes in der Einfahrt. Der Schulleiter hat Jockes Vater angerufen. Die wenigen Male, die Mats zu Hause ist, halte ich mich normalerweise fern. Auch diesmal sage ich zu Jocke, dass ich draußen warte.

Er nickt. »Ich bring nur meine Sachen rein«, sagt er und verschwindet im Haus.

Das T-Shirt klebt an meinem Körper und ich gehe um das Haus herum in den Garten, wo eine Bank im Schatten steht. Das Küchenfenster ist angelehnt und von drinnen höre ich die Stimmen von Jockes Eltern.

»Die Schule hat einen Verweis wegen Demütigung einer Mitschülerin ausgesprochen«, sagt Mats. »Was Daniel getan hat, ist sexuelle Belästigung. Was habt ihr euch eigentlich dabei gedacht?«

Ich warte darauf, dass Jocke erklärt, was passiert ist. Dass alles nur ein Missverständnis ist, aber er sagt nichts.

»Ich habe mit Palle gesprochen. Er sagt, sie haben Platz

für dich«, fährt sein Vater fort. »Du kannst morgen anfangen.«

»Das ist vielleicht besser …« fügt Jockes Mutter hinzu.

»Das glaube ich auch«, sagt Mats. »Es ist an der Zeit, dir neue Freunde zu suchen, dich mit Jungs zu umgeben, die mehr ticken wie du. Die Unterwäsche einer Mitschülerin zu stehlen – das ist doch nicht mehr normal.«

»Daniel tut uns sehr leid«, versichert Diana. »Das mit seiner Mutter ist wirklich schrecklich, aber du musst jetzt an dich selbst denken.«

Eine lange Minute herrscht Schweigen. Dann antwortet Jocke. »Okay.«

»Sehr gut. Ich rufe Palle sofort an.«

Die Dielen knarren, als Mats die Küche verlässt, und ich stelle mir vor, wie Diana den Arm um Jocke legt. Sie ist ein liebevoller Mensch, umarmt andere gern.

»Das war eine gute Entscheidung«, sagt sie mit sanfter Stimme. »Und du brauchst kein schlechtes Gewissen zu haben. Es ist ganz normal, dass man sich mit seinen Freunden aus Grundschulzeiten auseinanderlebt.«

Ich kann es nicht mehr ertragen und schleiche mich vor das Haus zurück. Nach ein paar Minuten kommt Jocke wieder heraus. Er hat Hemd und Schuhe gewechselt und sein roter Fußball klemmt unter seinem Arm.

Wir gehen zum Bolzplatz. Jocke stellt sich ins Tor. »Spiel bis fünf«, sagt er.

Ich nehme den Ball und platziere ihn in angemessener Entfernung. Eigentlich möchte ich etwas sagen, bringe aber kein Wort hervor. Die Stille zwischen uns ist wie ein riesiger Wall, nichts kann durch ihn durchdringen. Stattdessen schieße ich mit aller Kraft. Ich haue Jocke ein paar gepfefferte Bälle in den Kasten, ziele direkt auf ihn und er bekommt ein paar harte Schüsse gegen den Oberkörper, auf die er nicht vorbereitet ist.

Der Schweiß läuft mir über die Brust. Ich habe schon längst fünf Treffer versenkt, aber ich mache trotzdem weiter. Beim nächsten Schuss wirft sich Jocke auf den Ball, um ihn zu stoppen, doch er springt ihm aus den Händen, und ich trete mit voller Wucht zu, ziele mitten in sein Gesicht und es ist reines Glück, dass er noch rechtzeitig seine Hände hochhebt, um sich zu schützen.

Wir wissen beide, was los ist, dass dies das Ende ist. Als ich irgendwann nicht mehr kann und keuchend im gepflegten Gras zusammenbreche, hilft mir Jocke auf und wir trotten zurück.

Am Haus angekommen, stehen wir vor der Garage. Jocke dreht den Ball in seiner Hand und starrt auf den Kies. Ich weiß nicht, wohin ich schauen soll, und schaue hoch zum Wohnzimmerfenster. Sehe, wie Jockes Mutter hinter dem Vorhang hervorlugt und dann rasch dahinter verschwindet.

Ich denke an all die Zeit, die wir hier verbracht haben, an die Stunden, in denen wir Videospiele gezockt und einfach nur geredet haben. Wie schön es war, von zu Hause wegzukommen, als meine Mutter krank war, Teil einer funktionierenden Familie zu sein. Jocke ist schon so lange mein bester Freund, dass ich nicht weiß, wie die Welt ohne ihn aussehen wird.

Ein Teil von mir will nicht, dass es vorbei ist. Solange wir nichts sagen, hat sich nichts geändert, aber ich weiß, dass es unvermeidlich ist. Ich bin nicht stark genug, um es zu stoppen, habe nichts dagegen einzuwenden.

»Ich werd' die Schule wechseln«, sagt Jocke schließlich.

Ich schlucke schwer und lasse seine Worte auf mich wirken, obwohl ich es bereits weiß. Im tiefsten Inneren wünschte ich, es gäbe eine Möglichkeit, die Zeit anzuhalten. Dass ich in der Vergangenheit bleiben könnte, wir beide für immer zusammen. Aber Jocke will nicht mehr und mir bleibt nichts anderes übrig, als das zu respektieren.

»Okay«, sage ich.

Er nickt, trottet die Treppe hinauf. Und dann ist er verschwunden.

Ich halte einen Moment inne und versuche, Platz für die Gefühle zu finden, die in mir kreisen. In nur ein paar Stunden habe ich so viel verloren.

Ich balle die Hand in meiner Tasche zur Faust und drehe mich um. Spüre die Traurigkeit wie tausend spitze Nadeln, als ich zum letzten Mal die Straße entlanggehe.

KAPITEL 21

Wer noch nie ein Gefängnis besucht hat, kann sich wahrscheinlich nur schwer vorstellen, wie wenig sieben Quadratmeter tatsächlich sind. Jede Nacht, wenn es dunkel wird, kommen die Wände näher und der Raum wird, wenn möglich, noch kleiner.

Es gibt nichts Schlimmeres, als die Nächte hier zu verbringen. Eingesperrt und mit dem Wissen, dass man in den nächsten zwölf Stunden keinen anderen Menschen mehr sehen wird. Der einzige Kontakt zur Außenwelt sind die unruhigen Laute der anderen Insassen, Seufzer und Stöhnen, die mich umzingeln. Nicht einmal die Abgehärtesten unter uns können sich dem entziehen.

Gelingt es, einzuschlafen, wird man garantiert geweckt. Aus dem Traum gerissen von jemandem, der zusammenbricht. Der heult und an die Tür hämmert und vor Angst und Entzugserscheinungen schreit.

Für mich spielt es keine große Rolle. Meine Nächte sind immer noch ein ewiger Kampf, in dem ich zwischen Albträumen hin und her geworfen werde. Manchmal bin ich unsicher, wo ich bin, ob ich schlafe oder wach bin.

Ich denke an meine Mutter, die abends in mein Bett gekrochen kam und dort blieb, bis ich eingeschlafen war. Sie roch immer so gut und bohrte ihre Nase in meinen Hals. Flüsterte, dass ich ihr lieber Junge sei und dass sie mich am meisten auf der ganzen Welt liebte. Ich spürte ihren warmen Atem an meiner Haut, das beruhigte mich. Ich frage mich, welchen Unterschied es gemacht hätte, wenn Mama noch am Leben wäre. Wie viele meiner beschissenen Entscheidungen hätte ich vielleicht gar nicht erst getroffen, wenn es ein sichereres Fundament gäbe, auf dem ich hätte stehen können, wenn da jemand gewesen wäre, mit dem ich hätte reden können?

Aber das sind natürlich nur Ausflüchte. Ich habe eine Weile mit einem Buddhisten rumgehangen und er sagte, dass jeder für sein eigenes Schicksal verantwortlich sei. Dass es sinnlos sei, sich darüber Gedanken zu machen, was angeboren oder anerzogen ist, man sollte sich lieber auf die Dinge konzentrieren, auf die man einen Einfluss hat. Immer nach vorne schauen.

Ich fahre mit den Fingern über die abgerundete Bettkante. Denke daran, dass ich irgendwo mal gehört habe, dass sich mehr Menschen in der U-Haft das Leben nehmen als in Gefängnissen. Eingesperrt zu sein ist eine Sache, nicht zu wissen, warum und wie lange, eine andere. Die Ungewissheit bedeutet eine enorme psychische Belastung und deshalb müssen alle Gefängniszellen selbstmordsicher sein. Scharfe Ecken und Kanten werden abgeschliffen, Scharniere und Türrahmen ausgebaut. Es darf nichts geben, woran man Kleider und Laken befestigen kann, aber wer seinem Leben wirklich ein Ende bereiten will, findet immer einen Weg.

Ich höre jemanden atmen, ein langgezogenes Seufzen, und drehe mich zur Wand. Ich muss mich damit abfinden. Bald ist das alles vorbei. Ich werde mich zwar noch eine Weile dafür schämen, was ich verursacht habe, aber immerhin werde ich frei sein. Es ist nur eine Frage der Zeit und unsere Wahrnehmung von Zeit ist subjektiv. Eine Stunde kann sich wie eine Minute anfühlen, eine Minute wie eine Stunde. Aber bald werde ich durch diese Tür hinausgehen und all das hinter mir lassen. Ich muss so lange nur die Fassung bewahren und mich auf mich selbst konzentrieren. Nicht an mich heranlassen, was um mich herum passiert. Wallin von mir fernhalten, alle Risse versiegeln, damit sein Gift nicht eindringen kann. Er kann mich verhören, soviel er will, reden, bis ihm die Zunge blutet. Ich werde trotzdem kein Wort sagen.

KAPITEL 22

Es klingelt zur Pause, und ich verlasse den Schulhof und gehe durch halbleere Straßen Richtung Norden. Ich habe keinen Bock auf die Doppelstunde Gemeinschaftskunde, keinen Bock, die Mittagspause allein zu verbringen.

Seit dieser Sache mit Lisas Slip war jeder einzelne Schultag beschissen. Niemand in der Klasse spricht mit mir. Wenn wir in Biologie Gruppenarbeit machen, bleibt außer mir nur noch Dritan übrig, ein Typ aus Rumänien, der nach Knoblauch stinkt und kaum Schwedisch spricht. Die Mädchen gehen nur noch in Grüppchen zusammen, flüstern hinter meinem Rücken und ziehen angeekelte Grimassen und gestern haben mir ein paar Jungs aus der Neunten nachgeschrien, ich soll mir bei ihnen einen Satz heiße Ohren abholen kommen. Anscheinend sind sie mit Lisas großem Bruder Theo befreundet und haben ihm versprochen, mir für das, was ich getan habe, die Scheiße aus dem Leib zu prügeln.

Papa hat kein Wort über das Gespräch mit dem Direktor verloren und das ist wohl auch besser so. Was soll er auch sagen? *Ich find's nicht gut, dass die aus deiner Schule anrufen und mich dabei stören, mich zu Tode zu saufen.* Lydia hat mich immerhin gefragt, wie es mir geht, aber ich will mit ihr nicht darüber reden, was passiert ist. Sie ist so traurig, seit Mila ausgezogen ist, und ich kann den Gedanken nicht ertragen, es noch schlimmer zu machen.

Ich setze mich auf eine Bank unter einem Baum und hebe ein paar Steine auf. Werfe sie willkürlich nach den vorbeifahrenden Autos.

Auf der anderen Straßenseite steht ein Stapel Kartons vor einer offenen Tür. Ein großer Typ in Trainingsklamotten kämpft mit einem von ihnen, versucht, ihn hineinzuziehen, und es sieht so lustig aus, dass ich lachen muss. Er sieht aus wie ein typischer Araber mit großen Muskeln, seinen Bart und seine Augenbrauen hat er fein säuberlich getrimmt.

»Dann hilf mir halt!«, ruft er mir schließlich über die Straße hinweg zu. Ich drehe mich um, will nachsehen, ob da noch jemand ist, mit dem er vielleicht spricht, aber außer mir ist da niemand.

»Kriegst auch 'ne Cola«, fügt er hinzu und lässt von dem Karton ab.

Weil ich eh nichts anderes vorhabe, gehe ich rüber. Er streckt mir die Hand entgegen.

»Reza.«

»Dani.«

Ich versuche, einen der Kartons anzuheben, und bin überrascht, wie schwer er ist.

»Was ist denn da drin?«

»Ich eröffne ein Fitnessstudio«, sagt Reza mit einer ausladenden Geste. »Malmös bestes. Komm rein und schau's dir an.«

Das Zimmer riecht nach frischer Farbe und der Boden ist mit einem dicken dunkelgrauen Teppich ausgelegt. An den Wänden hängen Spiegel und hier und da stehen in Plastik verpackte Maschinen. Ich sehe mich um und deute mit einem Kopfnicken in Richtung der großen Lautsprecher.

»Nice.«

»Schau mal, hier«, sagt Reza und nimmt mich mit hinter den Empfangstresen. Dort ist ein Computer an einer Stereoanlage angeschlossen. »Der Sound ist so fett«, sagt er und macht *Boom Boom Pow* von den Black Eyed Peas an. Die Musik bringt den ganzen Raum zum Vibrieren.

»Was meinst du, hilfst du mir mit dem Zeug da draußen?«

»Klar, ich hab eh nichts vor gerade.«

Es dauert ewig, bis wir alle Kisten reingeschleppt haben, und als wir endlich fertig sind, ist es bereits ein Uhr. Reza fragt, ob ich eine Falafel zu meiner Cola möchte, und lässt mich das Fitnessstudio bewachen, während er zum Kiosk auf der anderen Straßenseite geht.

Die Falafel ist warm und in weißes Papier gewickelt. Ich esse sie über dem Empfangstresen hängend und frage mit vollem Mund, wann das Fitnessstudio eröffnen soll.

»Am Wochenende«, sagt er stolz. »Die Website ist fertig und für morgen habe ich eine Anzeige in der Zeitung geschaltet. Außerdem ist meine Monatskarte hundert Kronen billiger als bei den üblichen Ketten.«

»Wenn du willst, helfe ich dir«, sage ich und fummele an einem Karton Proteinriegel herum.

»Musst du nicht zur Schule?«

»Schule ist scheiße«, sage ich und senke den Blick.

Reza fährt sich mit der Hand durchs Haar. Es ist ganz steif und glänzt von all der Chemie, die er sich da reingeklatscht hat. Die meisten Mädchen finden wahrscheinlich, dass er gut aussieht.

»Wie alt bist du?«

»Ich werd' bald vierzehn«, lüge ich, ich bin erst vor kurzem dreizehn geworden.

»Du kannst ja nachmittags hierherkommen.«

»Deal.«

Am nächsten Tag gehe ich direkt nach der Schule zu Reza. Die meisten Maschinen sind angeliefert worden, aber sie sind noch immer in Plastik verpackt. Er gibt mir eine Schere und zeigt mir den Container auf der Rückseite, in dem ich den Müll entsorgen kann.

Wir reden nicht viel, aber Reza lässt mich Musik aussuchen, und bevor ich abends nach Hause gehe, gibt er mir einen Proteinriegel und einen Hunderter.

»Wofür ist das?«

»Du hast doch gearbeitet, Sahbi. Dafür kriegt man Geld. Bring dir morgen Wechselklamotten mit, dann zeig ich dir, wie die Maschinen funktionieren.«

Als ich am nächsten Tag aus der Umkleidekabine komme, krümmt Reza sich vor Lachen.

»Also echt mal, Kumpel«, wiehert er. »Du bist, was du trägst. Du musst dir echt was anderes besorgen.«

Ich komm mir vor wie ein Idiot, wie ich da so vor ihm stehe, barfuß und in einem ausgewaschenen T-Shirt und kurzen roten Shorts, die meine Mutter für den Schulsport gekauft hat.

»Warte mal«, sagt er, verschwindet im Lager und kommt mit einer schwarzen Trainingshose und einem Shirt mit neongrünem Aufdruck einer Energy-Drink-Marke zurück.

»Werbegeschenke«, sagt er. »Aber die taugen für's Erste.«

Ich nehme die Klamotten und verschwinde wieder in der Umkleide.

»Stylish«, sagt Reza, als ich wieder rauskomme.

Er führt mich durch das Fitnessstudio, zeigt mir, wie man die verschiedenen Geräte bedient, ohne sich zu verletzen. Danach bin ich verschwitzt und er klopft mir auf die Schulter.

»Willst du am Wochenende dabei sein?«

»Auf jeden Fall.«

»Cool. Dann sehen wir uns um halb zehn.«

Als ich am Samstag ins Fitnessstudio komme, steht draußen auf dem Bürgersteig ein großes Schild mit einem Foto vom breit lächelnden Reza. Das ganze Wochenende über können Besucher kostenlos trainieren und Reza hat einen roten Teppich auf dem Bürgersteig ausgerollt. Er wirkt gestresst, als ich komme, aber ich merke, dass er sich freut, mich zu sehen.

»Kannst du die Proteinriegel auspacken und Musik anmachen?«

Ich tue, worum er mich bittet, dann nehme ich einen Besen und fege den Eingangsbereich. Reza zeigt mir eine Liste auf seinem Computer, in der die Mail-Adressen der Besuchenden registriert werden sollten. Er fragt mich, ob ich dafür verantwortlich sein will, und ich nicke.

»Cool«, sagt er. »Eigentlich habe ich ein Mädel für die Kasse eingestellt, aber sie ist einfach nicht aufgetaucht und ich hab so kurzfristig keinen Ersatz gefunden.«

Schon kurz vor zehn steht eine Gang vor dem Studio und rüttelt an der noch verschlossenen Tür. Reza heißt sie feierlich willkommen und bittet sie, mir ihre Daten zu geben, bevor er sie durch das Lokal führt.

Der Tag vergeht wie im Flug und es fühlt sich gut an, hinter dem Empfangstresen zu stehen. Ich habe richtig was zu tun und die Besuchenden begegnen mir mit Respekt. Sie sehen mir in die Augen und stellen Fragen, als wäre es mein Fitnessstudio. Was für ein Glück ich habe, hier gelandet zu sein – was für ein gutes Team Reza und ich sind.

Kurz bevor wir schließen, kommt ein Typ, den ich kenne. Sein Name ist Jackson, er ist nur ein paar Jahre älter als ich, aber er hat bereits mehrere Tattoos. Er und Reza geben sich die Hand und unterhalten sich ein paar Minuten, bevor Reza telefonieren muss. Auf dem Weg nach draußen geht Jackson an der Kasse vorbei und schnappt sich einen Proteinriegel. Eigentlich soll man dafür bezahlen, aber Jackson legt sich den Finger an den Mund und ich traue mich nicht, etwas zu sagen.

»Wir sehen uns, kleiner Mann«, sagt er und zwinkert mir zu.

Als abends alle Besuchenden das Studio verlassen haben, kommt Reza zu mir. Er sieht müde aus und reibt sich den Nacken.

»Wie sieht's aus, Sahbi?«

»Gut.«

»Ich wollte dich eigentlich schon früher nach Hause schicken, aber es waren so viele Leute da, dass ich mich gar nicht losmachen konnte. Ich hoffe, das war alles okay für dich.«

»Ja, kein Ding.«

»Wenn du morgen auch kommen möchtest, kannst du das gern tun, aber ich verstehe auch, wenn du keine Zeit hast. Du musst ja sicher Hausaufgaben und so was machen, oder?«

»Nein«, erwidere ich schnell. »Ich komm gern.«

»Sicher?«

Ich nicke, und Reza holt seine Brieftasche heraus und gibt mir einen Fünfhundertkronenschein. Ich habe noch nie so viel Geld in der Hand gehalten und weiß nicht, was ich sagen soll.

»Gute Arbeit«, sagt Reza und klopft mir auf die Schulter. »Schade, dass du erst dreizehn bist, sonst hätte ich dich sofort eingestellt.«

Der Herbst kommt und ich verbringe jeden Nachmittag im Fitnessstudio. Reza sagt oft, dass ich einen guten Job mache und dass er ohne mich überhaupt nicht klarkommen würde. Es macht etwas mit mir, gebraucht zu werden. Ich übernehme wichtige Aufgaben im Fitnessstudio und es fühlt sich toll an, etwas gut zu können.

Zuerst weiß ich gar nicht, was ich mit dem Geld anfangen soll, das Reza mir gibt. Ich kaufe ein Paar Nike-Turnschuhe und bewahre die restlichen Geldscheine in einer Schachtel auf. Ich bin wie berauscht, wenn ich an das Vermögen denke, das in meinem Schrank versteckt ist. Schon bald checke ich, wie wunderbar das Leben sein kann, wenn man Bargeld hat. Ich kaufe mir coole Klamotten, mein eigenes Handy, Kopfhörer, von denen ich immer geträumt habe, und eine Uhr von Armani, die zweitausend Tacken kostet. Ich verstecke die Sachen so gut ich kann vor Lydia und setze die Kopfhörer erst auf, wenn ich die Wohnung verlassen habe. Abends fahre ich nach Möllan und lade Leute aus der Schule auf Burger und Cola ein. Manchmal hänge ich mit Jacksons Gang ab. Ich kenne sie nicht sehr gut und versuche, nicht im Mittelpunkt zu stehen, lache, wenn sie etwas Lustiges erzählen, und tue so, als würde ich nicht hören, wenn sie über Geschäfte sprechen.

Eines Tages passen mich die Typen aus der Neunten ab. Die, die mir seit mehreren Wochen Prügel androhen. Jetzt bilden sie einen Kreis um mich.

Wir befinden uns am Rande des Schulhofs, in einer Grauzone, in dem die üblichen Regeln nicht gelten. Sie sind zu fünft und tragen alle die gleichen indigoblauen Jeans und dunklen Kapuzenjacken.

»Wir sollen dir schöne Grüße von Lisas Bruder ausrichten«, sagt einer von ihnen. Er ist lang und drahtig. Presst die geballte Faust in seine Handfläche und starrt mich aus seinen eingefallenen Augen an.

»Jupp«, sagt ein anderer. »Wir können so einen kleinen Perversen wie dich nicht einfach so ungestraft an unserer Schule rumlaufen lassen.«

Sie nähern sich mir, als wären sie miteinander verwachsen, und gleiten über den Asphalt auf mich zu.

»Du hässlicher Scheißkanake«, sagt ein Dritter. Er ist der Größte von ihnen und eigentlich sollte ich Angst haben, da die Chancen eindeutig schlecht für mich stehen. Aber statt Angst wird etwas anderes in mir geweckt. In mir hat sich so viel Unterdrücktes angestaut, und als er noch einen weiteren Schritt auf mich zugeht, ist es, als ob eine Welle des Hasses in mir aufsteigt. Sie drückt gegen meine Brust, ich höre das Blut in meinen Ohren rauschen.

Er hebt die Fäuste, zeigt, dass er bereit ist. Die anderen hinter ihm atmen heftig, ahmen Tiergeräusche nach. Sie glauben wohl, ich sei leichte Beute, dass sie gleich Zeuge davon werden, wie ich fertiggemacht und in tausend blutige Fetzen gerissen werde. Aber sie haben keine Ahnung, was in mir rumort.

Er kommt langsam auf mich zu, nähert sich in Zeitlupe. Ein selbstbewusstes Grinsen klebt ihm im Gesicht, aber hinter diesem Grinsen erkenne ich etwas anderes. In ihm brennt kein Feuer. Hinter der hohen Stirn und den breiten Schultern befindet sich ein kleiner weicher Kern. Er hat etwas zu verlieren und plötzlich wird mir klar, dass das der Schlüssel ist.

Bevor er reagieren kann, stürze ich auf ihn zu. Die Wut in mir bäumt sich auf, als würde in mir ein wildes Tier losgelassen. Ich trete und schlage auf ihn ein, boxe mir den Weg frei und stoße ein tiefes Brüllen aus.

Er ist nicht darauf vorbereitet, taumelt nach hinten und versucht sich zu wehren, aber seine langen Arme verfehlen mich und ich lande einen Volltreffer nach dem anderen.

Es dauert ein paar Sekunden, ehe seine Kumpels aus ihrer Starre erwachen, doch dann stürzen sie nach vorn und reißen mich von ihm los. Drehen mir die Arme auf den Rücken und halten mich fest.

»Was zur Hölle?«, stößt einer von ihnen aus, als es mir beinahe gelingt, mich aus ihrem Griff zu befreien.

Ich bekomme einen Schlag auf die Fresse und meine Lippe pulsiert. Ich ziehe die Rotze hoch und spucke Blut auf den Boden, halte jedoch den Blicken der Typen stand.

Der Lange mit den eingesunkenen Augen sieht jetzt ziemlich verschreckt aus. Die Typen raunen sich irgendwas zu, wissen nicht so recht, was sie jetzt tun sollen. Plötzlich ist ein Brüllen zu hören. Es ist Jackson. Manchmal taucht er auf unserem Pausenhof auf, obwohl er hier gar nicht mehr zur Schule geht.

»Lasst ihn in Ruhe!«

»Misch dich nicht ein«, antwortet jemand, jedoch mit ziemlich leiser Stimme. Trotzdem weichen sie von mir zurück. Niemand hat Bock, sich mit Jackson anzulegen.

»Alles gut«, sagt Jackson. »Wir sind doch alle Freunde.«

»Wir waren hier sowieso fertig«, sagt der Lange und durchbohrt mich noch ein letztes Mal mit seinem Blick, dann ziehen sie ab, verschwinden um die Ecke, genauso schnell, wie sie aufgetaucht waren.

»Was wollten die von dir?«

Ich zucke mit den Schultern.

»Fünf gegen einen. Haben die denn keine Ehre?« Jackson lacht und legt mir seine Hand in den Nacken. »Aber du scheinst das ja allein geregelt zu haben.«

Ich starre auf meine blutverschmierten Hände, dann wische ich sie an meinem Hosenbein ab.

»Wie alt bist du?«

»Bald vierzehn«, flunkere ich.

»Noch nicht mal strafmündig. Shit, Mann. Brauchst du Hilfe?«

»Nee, ich komm schon klar.«

Jackson nickt zufrieden.

»Wie du weißt, hängen wir bei Babas ab. Einer, der mit Fäusten umgehen kann, ist dort immer willkommen«, sagt er grinsend.

*

Ich wasche mich auf der Schultoilette. Ein Auge ist geschwollen und meine rechte Hand schmerzt, aber ich fühle mich ziemlich gut. Das Adrenalin pumpt. Es ist, als wäre ich in einer ganz neuen Welt. Das Gefühl, auf einen anderen Körper einzuschlagen, das Geräusch von knackenden Knochen. Das hier kann ich gut.

Schon in der nächsten Pause merke ich den Unterschied. Mir wird anerkennend zugenickt, in den Korridoren hinterhergerufen und ich sehe Bewunderung in manchen Augen. Die Sache mit Lisas Höschen scheint vergessen zu sein.

Jemand sagt, ich sei ziemlich krass, mich einfach so gegen die aus der Neunten zu wehren, jemand anderes gibt mir ein High Five.

So viele Jahre lang habe ich Scheißkommentare ertragen müssen. Lehrer, die mit den Augen rollten, Klassenkameraden, die sich fragten, wie dumm ich eigentlich sei. Ich habe sie hinter meinem Rücken tuscheln hören und gesehen, wie sie im Vorbeigehen die Nase gerümpft haben. Plötzlich ist alles anders. Plötzlich werde ich gesehen und das ist ein überwältigendes Gefühl.

Am Nachmittag humpele ich zu Reza in den Laden. Als er mich sieht, lässt er alles stehen und liegen und holt mir einen Energy-Drink aus dem Kühlschrank, den ich mir gegen das geschwollene Auge drücken kann.

»Meine Güte, Sahbi. Was ist passiert?«

Ich sage ihm, wie es war, dass eine Gruppe von älteren Typen in der Schule auf mich losgegangen ist. Ich habe lange versucht, Reza zu überreden, dass ich hier bei ihm pumpen kann, aber er hat bisher immer gesagt, ich sei zu jung. Ich hoffe, mein Anblick wird seine Einstellung ändern.

»Ich muss mich schließlich verteidigen können«, füge ich hinzu.

Er mustert mich mit einem prüfenden Blick.

»Okay«, sagt er schließlich. »Ich werde dir ein Trainingsprogramm zusammenstellen.«

Am nächsten Tag stehe ich in meinen neuen Sportklamotten da und mache mein erstes richtiges Workout. Ich höre genau auf Rezas Anweisungen, erhöhe aber die Gewichte, wenn er nicht hinschaut. Ich trainiere fast jeden Tag, und wenn Reza sagt, dass der Körper Erholung braucht, antworte ich, dass ich kein bisschen müde bin.

Die Veränderung kommt schnell, ich merke es schon nach wenigen Wochen. Mein Körper verwandelt sich, bekommt eine neue Form. Zu Hause stehe ich ohne Klamotten vor dem Spiegel und kann nicht aufhören, mich anzusehen. Die Ringe um den Bauch schrumpfen, die Muskeln zeichnen sich sichtbar unter der Haut ab und ich sehe sofort größer aus. Bald muss ich mir eine neue Hose kaufen, und als die Novemberkälte kommt, stelle ich fest, dass die Jacke vom letzten Jahr an den Schultern zu stramm sitzt.

In der Schule werde ich weiterhin von den Leuten gegrüßt. Einige Jungs aus meiner Klasse bieten mir an, mich im Speisesaal zu ihnen zu setzen, und obwohl wir nach der Schule nichts miteinander zu tun haben, fühlt es sich gut an, dazuzugehören. Abends gehe ich zu Babas und hänge mit Jackson und seinen Freunden ab. Ich fühle mich so glücklich wie schon lange nicht mehr. Eins mit der Welt. Als wäre alles, was passiert, vorherbestimmt. Ich hatte ein hartes Jahr, aber jetzt gibt mir das Universum etwas zurück.

Nur manchmal denke ich an Jocke. Ich vermisse es, Zeit mit ihm zu verbringen, aber dann erinnere ich mich, was seine Mutter gesagt hat. Dass es normal ist, dass sich Freunde aus Kindertagen auseinanderleben. Und dann geht es mir gleich besser.

KAPITEL 23

Mein Rücken ist ganz steif nach all den Stunden in der Arrestzelle und ich sinke im Stuhl zusammen. Wallin und John wollen ein weiteres Verhör durchführen. Laut Moberg gibt es keine Regeln, wie lange mich die Polizei vernehmen darf. Aber es spielt keine Rolle, sie können so viele Fragen stellen, wie sie wollen. Je früher sie merken, dass es hier nichts zu holen gibt, desto besser. Sie werden mich nicht knacken können.

Wallin lehnt sich zurück und versucht, entspannt auszusehen, John bietet mir etwas zu trinken an. Dann fragt er, wie die Lage so ist, ob es mir gutgeht. Als ob er mit dieser Masche etwas aus mir hervorlocken könnte. *Alles, wonach er sich sehnte, war jemand, der ihn liebhatte, und sobald die Polizei sich ihm gegenüber wohlgesinnt zeigte, packte er aus. Armer kleiner missverstandener Frauenmörder.*

Ich schnaube leise vor mich hin. Ich habe das alles schon durch, ich weiß, was passiert, wenn man der Polizei vertraut und den Mund aufmacht. Sie werden jedes noch so kleine Wort so verdrehen, dass es in ihre Theorie passt. Ich werde diesen Fehler nicht noch einmal machen, sie können also gleich aufhören so zu tun, als wären sie meine Freunde.

»Okay, Daniel«, sagt Wallin und nimmt ein Foto von Linnea aus seinen Unterlagen. Ich sehe es zum ersten Mal. »Sie hat schon etwas, nicht wahr, Daniel?«

»Diese blonden Haare und die großen Augen. Kann ich gut verstehen«, fügt John hinzu und schiebt mir das Bild zu.

Ich versuche, gar nicht erst hinzusehen, aber es ist unmöglich. Linnea sieht aus dem Foto zu mir auf und sie lächelt auf diese sanfte, mysteriöse Art, als wäre ich die einzige Person auf der ganzen Welt, die ihr etwas bedeutet.

Ich möchte nicht manipuliert werden, kann aber nicht verhindern, dass mir meine Gedanken entgleisen. Vor meinem inneren Auge sehe ich, wie Linnea das Café betritt. Sie schaut sich lange die Speisekarte an, lässt sich Zeit. Ich tue so, als würde ich den Tresen abwischen, aber es fällt mir schwer, meinen Blick von ihr abzuwenden.

Wallin hat recht. Ich fand sie wunderschön, vielleicht eines der schönsten Mädchen, das ich je gesehen habe. Aber das war nicht der Grund, warum ich sie nicht aus dem Kopf bekam.

Das erste Mal, als Linnea mein Café betrat, war an einem kühlen Frühlingstag. Ich hatte in dieser Nacht schlecht geschlafen und war müde und unkonzentriert. Rieb mir ständig die Augen und zählte die Minuten, bis meine Schicht vorbei war. Draußen zerrte der Wind an den erfrorenen Baumknospen und fast alle Kunden stolperten mit hängenden Köpfen und leeren Blicken herein. Aber nicht Linnea. Sie erhellte den ganzen Raum mit ihrem Lächeln.

Ich weiß noch, wie sie auf ihren Fußballen auf und ab wippte, bis sie an der Reihe war, ich weiß noch, was sie bestellt hatte. Einen großen Cappuccino mit extra viel Schaum, den sie mit Zimt bestäubt hatte, bevor sie sich am Tisch in der Ecke niederließ.

Ungefähr eine Stunde blieb sie im Café, und während dieser Stunde konnte ich den Blick kaum von ihr abwenden. Sie saß mit einem aufgeschlagenen Buch auf dem Schoß vor den beschlagenen Fenstern und las ganz konzentriert. Nippte an ihrem Kaffee und fuhr sich mit den Fingern durchs Haar. Es war, als beobachte ich ein exotisches Tier, ich konnte nicht genug bekommen, und als sie schließlich ging, wurde meine Brust von einer Leere gefüllt, die ich noch nie zuvor gefühlt hatte.

Den ganzen Abend dachte ich an sie. Ich hatte ihren Namen auf der Kreditkarte gesehen und sie mehrmals gegoogelt, in der Hoffnung, ein Bild zu finden, aber sosehr ich auch suchte, ich fand nichts. Zum Glück kam sie am nächsten und übernächsten Tag wieder und setzte sich jedes Mal an denselben Tisch und bestellte dasselbe.

Ihr Besuch war immer der Höhepunkt des Tages und ich fing an, die Schicht zu wechseln, um nachmittags dort zu sein. Ich sah Dinge in ihren Augen, flüchtige Blicke, die verrieten, dass unsere kurzen Gespräche mehr waren als nur höflicher Smalltalk. Da war etwas zwischen uns, eine Spannung in der Luft, die fast greifbar war, und ich dachte, sie müsste es auch spüren. Warum sonst würde sie so oft in mein Café kommen?

Langsam begann ich Informationen zu sammeln, stellte unschuldige Fragen über das Wetter und wie ihr Tag gewesen war, während ich ihre Bestellung aufnahm. Manchmal wischte ich die Tische neben ihr ab, um sehen zu können, was sie las. Meistens waren es Bücher über die Umwelt, und als ich einmal einen genaueren Blick darauf erhaschte, sah ich, dass sie sie aus der Universitätsbibliothek ausgeliehen hatte. Als sie auf die Toilette ging, ließ sie ihr Notizbuch aufgeschlagen auf dem Tisch liegen, darin waren Zeichnungen von niedlichen Dackeln. Wahrscheinlich träumte sie davon, sich einen Hund anzuschaffen, denn ich glaubte kaum, dass sie schon einen besaß. In diesem Fall würde sie wahrscheinlich nach Hause gehen, anstatt ihre Nachmittage in einem Café zu verbringen.

Jedes kleine Detail, das ich entdeckte, war ein weiteres Puzzleteil, das ich nach und nach zu einem Bild zusammenfügen konnte. Der Sommer kam und ging und irgendwann beschloss ich, all meinen Mut zusammenzunehmen und sie zu fragen, ob sie mit mir ausgeht. Ich habe es mehrere Wochen geplant. Wiederholte die Frage immer und immer wieder in meinem Kopf und übte verschiedene Reaktionen, je nachdem, was sie antworten würde. Ich wollte sie auf keinen Fall verschrecken, aber je öfter wir uns sahen, desto sicherer wurde ich, dass sie sich genauso fühlte wie ich.

Nach reiflicher Überlegung entschied ich, dass ich am nächsten Dienstag einen Move machen würde. Dienstags war es meist recht leer im Café und die Chancen hoch, dass wir ungestört sprechen konnten. An jenem Morgen duschte ich extra lange, rasierte mich gründlich und zog ein gebügeltes Hemd an. Besser vorbereitet konnte ich nicht sein. Aber an diesem Tag lief nichts so, wie ich es mir vorgestellt hatte.

»Daniel?«

John trommelt mit den Fingern auf die Mappe, die er in der Hand hat, und ich werde aus meinen Gedanken zurück in den Verhörraum gerissen. Ich starre ihn an, versuche dann aber, wieder dichtzumachen. Ich will nicht, dass sie aus meiner Reaktion irgendwelche Schlüsse ziehen, und merke sofort, wie Wallin das frustriert. Er rutscht auf seinem Stuhl umher und eine hartnäckige Stirnfalte zeichnet sich zwischen seinen Augenbrauen ab. Sollte ein Kriminalkommissar seine Gefühle nicht besser verbergen können? Mein Schweigen lässt ihn explodieren. Er schlägt mit den flachen Händen auf den Tisch und ich frage mich, was er in mir sieht. Einen Taugenichts, Abschaum. Der seine schmutzigen Finger auf ihre saubere, weiße Haut gelegt hat.

»Sie haben sich in sie verliebt«, sagt er leise. »Aber sie war nicht interessiert und das hat Sie wütend gemacht. Immer wieder haben Sie sie gefragt, ob sie mit Ihnen ausgeht, aber sie hat Sie abblitzen lassen und es war demütigend, so abgefertigt zu werden.«

»Nein.«

Scheiße. Ich wollte doch nichts sagen. Aber das Wort rutscht mir einfach so raus und das reicht vermutlich, dass Wallin neuen Mut schöpft.

»Was hat Sie am meisten abgefuckt, dass sie sich zu fein für einen wie Sie war oder dass sie schon vergeben war?«, fährt er eifrig fort und die Fragen bilden einen Schraubstock um meine Brust. »Es muss sich doch verdammt scheiße angefühlt haben, dass sie einen reichen Freund hatte. Er konnte ihr alles geben, was sie wollte. Ihnen ist wahrscheinlich der Kragen geplatzt, wenn Sie sie zusammen gesehen haben.«

Ich schlucke schwer, kann es kaum ertragen zu hören, wie er meine Erinnerungen mit seinen Anschuldigungen beschmutzt. Am liebsten möchte ich ihn anschnauzen, dass er nicht weiß, wovon er redet, aber ich kämpfe gegen den Impuls an. Ich kann jetzt nicht nachgeben, gönne ihm diese Genugtuung nicht.

»Wir haben übrigens Ihre Wohnung durchsucht und Ihren Computer beschlagnahmt. In den Tagen vor Linneas Verschwinden haben Sie nach Reisen gegoogelt und Ihre gesamten Ersparnisse von Ihrem Konto abgehoben. Hatten Sie vor, in den Urlaub zu fahren?«

Als er keine Antwort bekommt, räuspert er sich. »Das Seltsame ist, dass Sie Ihren Arbeitgeber nicht um Urlaub gebeten, sondern nur angerufen und sich krank gemeldet haben, und zwar nur wenige Stunden bevor Sie auf den Überwachungskameras im Bahnhof auftauchen. Aber so krank sehen Sie gar nicht aus.«

»Ich verstehe nicht, was das mit den Anschuldigungen gegen meinen Mandanten zu tun hat«, wirft Moberg ein.

»Ist es nicht verwunderlich«, sagt Wallin und streckt sich, »dass Ihr Mandant, der normalerweise keine Auslandsreisen macht, nach englischen Hostels und Zugtickets googelt, und zwar genau einen Tag bevor er neben einer jungen Frau auf dem Video einer Überwachungskamera auftaucht, die daraufhin spurlos verschwindet?«

Ich schüttele den Kopf, denke gar nicht dran, seine Theorien zu bestätigen. Träumen nicht alle mal davon, einfach ihre Sachen zu packen und loszufahren?

»Außerdem ist Ihr Handy nicht auffindbar. In Ihrem Rucksack haben wir nur ein Prepaid-Handy, einen Kulturbeutel und Klamotten gefunden.«

»Alles, was man für einen Spontanurlaub braucht«, erwidert John.

»Wo ist Ihr richtiges Handy, Daniel?«, fährt Wallin mit schroffer Stimme fort.

Ein Teil von mir möchte zurückschnarren, ihn anblaffen, dass das Handy nun mal weg ist, dass ich es irgendwo verloren habe, ob das nun auch ein Verbrechen sei. Aber ich lass es sein, sitze es aus.

John übernimmt, setzt das Verhör fort, immer wieder das gleiche Herumgestocher, aber ich höre gar nicht mehr zu. Ich schalte ab und konzentriere mich darauf, tief in den Bauch zu atmen. Es steht zu viel auf dem Spiel und ich weiß, dass sie es nie verstehen würden.

Irgendwann geben sie auf. Das Verhör ist für dieses Mal beendet, doch obwohl ich nicht mehr als vier kleine Buchstaben von mir gegeben habe, sehen sie so siegessicher aus. Sie tauschen Blicke aus, denken, dass sie mich schon weichkriegen werden, dass ihre Taktik aufgeht. Aber sie liegen falsch. Wallin und John können tun und sagen, was sie wollen, ich werde niemals darüber sprechen, was passiert ist.

KAPITEL 24

Zum ersten Mal denke ich darüber nach, wie es sich wohl anfühlen wird, erwachsen zu werden. Ich habe mir vorher nie darüber den Kopf zerbrochen, aber jetzt sehne ich mich nach der Zukunft, die sich in der Ferne schon abzeichnet. Reza scheint das perfekte Leben zu führen. Er ist sein eigener Chef, macht nur Dinge, die ihm Spaß machen, entscheidet, wann und wie viel er arbeiten möchte, und trotzdem kommt ziemlich viel Kohle dabei rum.

An einem Freitagnachmittag, als das Studio leer ist, sagt Reza, dass er keinen Bock mehr hat, hängt einen Zettel mit der Aufschrift »Wegen Krankheit geschlossen« ins Fenster und lädt mich ins Kino ein. Wir schauen *X-Men Origins: Wolverine*. Die Leute, die uns dort sehen, denken wahrscheinlich, dass er mein großer Bruder ist.

Danach essen wir bei McDonald's, denn laut Reza gibt es dort die besten Burger. Ich necke ihn und frage, ob Muslime Fleisch essen dürfen, und er schlägt mir die Cap vom Kopf und antwortet, dass ich im Unterricht besser hätte aufpassen müssen.

»Du glaubst jetzt, dass Schule nicht wichtig ist«, sagt er, »aber das ist sie. Du wirst es bereuen, wenn du es nicht ernst nimmst.«

Ich hasse es, wenn er mich so belehren will. Welcher Idiot geht Tag für Tag an denselben Ort, wenn er nichts davon hat? Zumindest bin ich zu schlau, um diese Art von Demütigung hinzunehmen, und habe systematisch begonnen, die Themen zu meiden, bei denen ich weiß, dass ich keine Chance habe. Birthe kann Papa so oft mailen, wie sie will, ihre Beschwerden über mich werden trotzdem keine Wirkung haben.

»Du hast doch die Schule auch nicht fertig gemacht, und jetzt schau dich an. Läuft doch bei dir!«

»Sahbi, das ist aber nicht so, *weil* ich meine Schulbildung sabotiert habe, sondern *trotzdem.*«

»Vielleicht wird's bei mir auch *trotzdem* laufen«, sage ich leicht angepisst.

»Wenn du dein eigenes Fitnessstudio haben willst, dann solltest du Mathe können, damit du das ganze Geld zählen kannst«, lacht er und wirft eine Pommes nach mir. »Spar dir doch den ganzen Scheiß, den ich durchgemacht habe, fang mit achtzehn an zu arbeiten, dann bist du Millionär, bevor du dreißig wirst.«

»Bullshit, ich bin Millionär, bevor ich fünfundzwanzig werde, und kaufe das fetteste Haus. Und mein Fitnessstudio wird doppelt so gut sein wie deins. Du kannst einen Job als Putze bekommen, nachdem ich dich Bankrott gemacht habe.«

»Wie nett von dir«, lacht er. »Aber ganz im Ernst, halt dich fern von Leuten, die dich in ihre Scheiße reinziehen wollen.«

Ich stopfe mir den Rest von meinem Hamburger rein und lecke mir das Dressing von den Fingern. Weiß genau, auf wen er damit anspielt. Vor ein paar Tagen war Jackson wieder im Fitnessstudio. Wir unterhielten uns eine Weile. Danach kam Reza zu mir und sagte, ich solle mich vor ihm hüten. Ich fragte, warum, aber er wollte nicht antworten. Meinte nur, Jackson sei kein guter Typ.

Ich bin ja nicht blöd, ich check schon, dass Jackson Sachen macht, die illegal sind. Vielleicht will er Rezas Kunden

Steroide verkaufen, aber Reza ist total gegen diesen ganzen Scheiß. Er selbst hatte früher Probleme mit der Justiz, hat Autos geklaut und ist in den Bau gewandert.

»Jackson war mir gegenüber immer korrekt«, erwidere ich.

»Glaub mir, du willst nicht in seinen Scheiß mit reingezogen werden. Im Gefängnis zu landen ist nicht cool, das ruiniert dein ganzes Leben.«

Ich zucke mit den Schultern. Nur weil Jackson und ich Kumpel sind, heißt das noch lange nicht, dass ich auf die schiefe Bahn gerate.

»Im Ernst, Sahbi«, wiederholt Reza und spricht jetzt mit seiner tiefen Erwachsenenstimme. »Du musst dich von solchen Typen fernhalten.«

Ein paar Wochen später bin ich in Möllan unterwegs, als Jackson auftaucht. Es ist Anfang März und der frostbedeckte Boden glitzert im Licht der Restaurants. Ich bin eigentlich auf dem Weg nach Hause, aber er lädt mich ins Babas ein. Wir sind wahrscheinlich acht, neun Leute am Tisch und das Personal serviert Türkische Pizza, die wir nicht einmal bestellt haben. Nach einer Weile kommen zwei ältere Typen und setzen sich zu uns. Ich habe sie noch nie zuvor gesehen, aber ich merke, dass sogar Jackson nervös wird. Sein Augenlid zuckt und er fährt sich mehrmals mit der Hand über den kahlgeschorenen Schädel, als hätte er einen Tic. Ich unterhalte mich ein wenig mit Adnan, den ich aus der Schule kenne, und fixiere meinen Blick auf ein paar vergessene Weihnachtsdekorationen. Möchte nicht zufällig jemanden falsch ansehen oder zu neugierig wirken.

Die Jungs bleiben nur ein paar Minuten, und als sie gehen, schütteln sie Jackson die Hand. Sobald sie verschwunden sind, ändert sich die Stimmung schlagartig. Jackson ist bester Laune und gibt eine Runde Bier aus. Sogar ich bekomme eins, aber Jackson sagt, ich müsste die Flasche unter dem Tisch verstecken, sobald ein Bulle reinkommen sollte. Ich bin mir nicht sicher, ob es ein Witz ist, aber ich stürze das herbe Getränk herunter, es schmeckt nach Hefe.

Jacksons Handy klingelt. Er antwortet in einer Sprache, die ich nicht erkenne, sagt ein paar knappe Worte, dann steht er auf.

»Geht los.«

Wir anderen stehen auf und folgen ihm hinaus in die Nacht. Jeder Atemstoß wird in der kalten Luft zu einer kleinen Rauchwolke und ich lasse mich zurückfallen. Ich will nach Hause gehen, aber als Jackson das mitbekommt, nickt er mir zu.

»Wo willst du hin?«

»Nach Hause«, antworte ich. »Hab morgen Schule.«

Jackson gibt ein lautes Gackern von sich, als wäre das, was ich gesagt habe, unglaublich lustig. Dann setzt er eine ernste Miene auf. »Du kommst mit«, sagt er und geht los.

Ich zögere einen Moment, weiß nicht so recht, was ich tun soll. Ein Teil von mir will abhauen, ein anderer fühlt sich von Jacksons Aufmerksamkeit geehrt, und als die anderen losgehen, folge ich.

Wir gehen nach Norden, zum St.-Pauli-Friedhof. Er ist geschlossen, aber wir klettern einfach über den schwarzen Zaun.

Hier drinnen ist die Nacht noch dunkler. Ich war nicht mehr auf einem Friedhof, seit meine Mutter beerdigt wurde, und es fühlt sich seltsam an, zwischen den Gräbern herumzulaufen und zu denken, dass unter uns die Toten liegen.

Der Boden ist mit einer Schicht aus verrottendem Laub bedeckt und die Minusgrade der letzten Tage haben den braunen Teppich erstarren lassen. Beim Gehen knirscht es unter den Füßen, eine unheimliche Geräuschkulisse, die alles noch unangenehmer erscheinen lässt.

Ich schaue hinauf zu den kahlen Bäumen, deren schmale Äste sich vom bleigrauen Himmel abzeichnen. Schiebe meine erfrorenen Finger tief in meine Taschen und hoffe, dass, was auch immer wir hier vorhaben, nicht zu lange dauern wird.

Wir halten vor einem kleinen Haus, wohl einer Art Kapelle, und Jackson und zwei andere geben uns ein Zeichen, dass wir warten sollen, während sie um die Ecke verschwinden. Ich ziehe die Schultern hoch und stecke die Nasenspitze in den Jackenkragen, um meine Körperwärme zu speichern, obwohl die kalte Luft erbarmungslos durch die Klamotten dringt. Die anderen laufen angespannt auf und ab. Ich frage Adnan, ob er weiß, worauf wir warten, aber er schüttelt nur den Kopf.

Dann passiert etwas. Ich höre einen lauten Knall und bald kommen Jackson und die anderen beiden angerannt. Sie sehen wütend aus, laufen mit vornübergebeugten Oberkörpern und aufeinandergepressten Kiefern auf uns zu. Kurz darauf kommen fünf andere Typen um die Ecke. Dabei sind auch die aus der Pizzeria. Sie brüllen uns ihre Beleidigungen entgegen. Jackson dreht sich um und geht einige Schritte rückwärts in unsere Richtung.

»So nicht«, sagt er und spuckt vor den anderen auf den Boden.

»Gib uns den Stoff«, blafft einer der anderen Typen.

»Lass erst die Kohle sehen.«

»Was soll das, wir hatten eine Abmachung.«

Die Gang baut sich hinter Jackson auf und bildet eine schützende Mauer. Die Stimmung wird immer angespannter. Ich schaue mich um und entdecke eine Person, die sich an die Wand der Kapelle drückt. Das ist ein Typ aus der Neunten. Er heißt Mustafa und ich bin überrascht, dass er hier ist. Ich hatte keine Ahnung, dass er sich in diesen Kreisen bewegt.

Einer der Jungs von der anderen Gang hat einen Baseballschläger in der Hand.

»Wenn ihr den Stoff nicht dabeihabt, könnt ihr euch verpissen.«

»Verpissen?«, fragt Jackson. »Warum? Das ist ein freies Land.«

»Ey, Arschloch, hörst du nicht, was ich sage?«

Jackson zuckt zusammen, wirft seinen Kopf in den Nacken und stößt ein lautes gekünsteltes Lachen aus, dann zieht er etwas aus seiner Tasche.

Ich sehe das Glänzen der Metallklinge und verspüre ein Ziehen hinter meinem Bauchnabel.

»*Ihr* könnt euch von hier verpissen«, sagt Jackson.

Der Typ mit dem Baseballschläger holt plötzlich aus. Jackson und die anderen werfen sich auf ihn, aber ich will nur noch weg von hier.

Die Dunkelheit wird von lauten Stimmen erfüllt. Sie schreien sich an, treten und schubsen. Irgendjemand landet auf dem Boden und ich sehe, wie die Tritte in seine Rippen treffen, höre ein Krachen und Knacken. Ich möchte wirklich einfach nur weg hier, aber irgendwas hält mich auf. Wie gelähmt stehe ich da und schaue zu, tue nichts, um den anderen zu helfen.

Dann ist ein Schrei zu hören und der Augenblick friert ein. Mustafa liegt am Boden. Er hat einen seltsamen Gesichtsausdruck, eine Mischung aus verängstigt und überrascht. Presst die Hände gegen die Seite. Schwarzes Blut sickert zwischen seinen Fingern hervor.

»So läuft es, wenn man sich mit uns anlegt«, brüllt einer der Typen von der Pizzeria.

Jackson taucht neben mir auf und drückt mir etwas in die Hand. Ich starre auf das zusammengeklappte Messer in meiner Hand.

»Das ist deine Chance, dich zu beweisen«, sagt er. »Nimm es und kümmer dich drum, dass es keiner findet.«

Ich verstehe nicht, was er meint, starre zu Mustafa, der immer blasser wird. Die anderen verschwinden nach und nach in die Schatten. Niemand kümmert sich um ihn.

»Worauf wartest du?«, zischt Jackson.

Ich kapiere, was er von mir will, stecke das Messer in meine Jackentasche. Das Blut bleibt am Futter kleben. Dann schaue ich Mustafa ein letztes Mal an und drehe mich um.

Ich laufe so schnell, dass ich meine Beine kaum spüre. Die eiskalte Luft explodiert in meinen Lungen, aber ich bleibe nicht stehen. Renne den ganzen Weg bis nach Hause und sperre mich im Badezimmer ein.

Erst als ich das Messer aus der Tasche ziehe und ins Waschbecken lege, sehe ich, wie viel Blut an mir klebt. Panisch nehme ich ein schmutziges T-Shirt aus dem Wäschekorb, wickle das Messer ein und werfe es in eine Ecke, bevor ich das Blut von mir abwasche.

Das heiße Wasser kommt dampfend aus dem Wasserhahn, meine Haut brennt. Als ich die Jackentasche umstülpe und den Stoff schrubbe, holen mich die Gedanken ein. Ist Mustafa tot? Und wenn ja, bin ich schuld? Ich hätte ihm helfen können, ich hätte bleiben oder zumindest einen Krankenwagen alarmieren können. Ob er immer noch auf dem Boden liegt und friert? Was, wenn sie ihn nicht finden, bevor es wieder hell wird?

Die Tränen tropfen ins Waschbecken. Was sollte ich jetzt tun? Wenn jemand das Messer findet, bin ich schuld an dem, was Mustafa passiert ist. Wer würde mir glauben, dass ich es nur für Jackson verstecke?

Allein bei dem Gedanken, erwischt zu werden, wird mir kotzübel. Ich spüre die Magensäure in meiner Kehle aufsteigen und versuche sie runterzuschlucken. Ich habe nicht um diesen Test gebeten und wage es kaum, darüber nachzudenken, was passiert, wenn ich ihn nicht bestehe. Was soll ich überhaupt mit dem Messer machen, es verstecken oder wegwerfen? Ich versuche, mich genau daran zu erinnern, was Jackson gesagt hat, aber in meinem Kopf herrscht nur ein großes Durcheinander.

Ich rubbele auf dem Stoff herum, bis meine Finger schmerzen. Warum bin ich mit Jackson mitgegangen? Ich hätte einfach nach Hause gehen, hätte mich von ihm und seiner Gang verabschieden können. Wenn Reza davon erfährt, wird er stinksauer sein.

Lydias Gesicht erscheint plötzlich im Spiegel. Ich verharre mitten in meiner Bewegung, weiß nicht, was ich sagen soll. Erwidere ihren Blick und sehe, dass sie das Blut im Waschbecken bemerkt hat. Ich reiße die Jacke an mich und will alles erklären, aber die Worte kleben aneinander.

Eigentlich möchte ich sie bitten, einfach wieder zu gehen, aber ich fühle mich so unglaublich hilflos. Ich hätte auf Reza hören sollen. Ich hätte mich von Jackson fernhalten sollen.

Lydia geht ein paar entschlossene Schritte auf mich zu und greift nach der Jacke. Untersucht sie und fragt mich, ob ich verletzt bin. Ich antworte Nein und sage, es war nur ein dummer Streit.

»Okay. Mach dir keine Sorgen, das wird wieder rausgehen«, sagt sie und ihre Stimme klingt plötzlich wie Mamas und legt sich wie eine warme Decke um mich.

Sie schiebt mich zur Seite und beginnt den Stoff zu schrubben. Ich folge ihren Bewegungen mit meinem Blick und werde plötzlich schrecklich müde. Meine Lider werden schwer und ich kann mich kaum noch auf den Beinen halten. Lydia wird schon alles in Ordnung bringen, denke ich, und weiß, dass ich ihr vertrauen kann. Und ich weiß, was sie hören will, also murmele ich leise vor mich hin, dass ich einen Fehler gemacht habe und es mir leidtut. Dann schleiche ich mich rückwärts aus dem Bad, hebe das T-Shirt auf, in das das blutige Messer eingewickelt ist, und verstecke es in meinem Zimmer.

Ich lege mich aufs Bett und habe sofort das Gefühl, als würde ich fallen. Ich weiß nicht, was Realität ist. Vielleicht fantasiere ich nur, vielleicht ist das alles ein langer, böser Traum. Der Gedanke beruhigt mich. Wenn ich einfach nur schlafe, wird sich alles besser anfühlen.

Am nächsten Morgen gehe ich Lydia aus dem Weg. Als sie fragt, wie es mir geht, schiebe ich Kopfschmerzen vor und erkläre ihr, dass ich zu Hause bleiben muss. Sie nickt und sagt, dass meine Jacke im Flur zum Trocknen hängt und dass wir uns weiter unterhalten können, wenn sie nach Hause kommt.

Ein paar Mal muss ich an Mustafa denken. Das schlechte Gewissen lässt meinen Puls in die Höhe schnellen. Irgendwann ist es auch in den Nachrichten. Auf einer lokalen Website lese ich, dass ein fünfzehnjähriger Junge niedergestochen wurde. Dass er in der Nacht operiert wurde und dass seine Verletzungen schwer, aber nicht lebensgefährlich sind.

Der Druck auf meiner Brust lässt nach und ich bekomme wieder Luft. Ich feiere die guten Neuigkeiten, indem ich mein Nintendo einschalte und Zelda zocke. Lasse mich von der zweidimensionalen Welt in eine weiche Schicht Zuckerwatte einbetten.

Ich zocke den ganzen Tag, bahne mir meinen Weg durch den Dämmerwald und die geheime Welt von Tabanta, kämpfe gegen Moldorm und den bösen Zauberer Agahnim und vergesse alles um mich herum. Als Lydia am Nachmittag nach Hause kommt, bin ich so ins Spiel versunken, dass ich keine Zeit finde, mit ihr zu reden.

Lydia hat schlechte Laune und faucht mich an, dass ich die Küche in einen Saustall verwandelt habe. Ich beseitige das Chaos, dann gehe ich zurück in mein Zimmer und schließe die Tür hinter mir.

Es ist dunkel geworden, als sie wieder geöffnet wird. Lydia druckst im Türrahmen herum und ich sehe ihr an, dass etwas passiert ist. Mein erster Gedanke ist, dass die Webseite falschlag und Mustafa tot ist.

»Was ist denn los?«

»Dani«, sagt sie und ich kann an ihrem Blick sehen, dass

sie dieses Gespräch am liebsten nicht führen möchte. »Ich hab was Dummes getan.«

»Wovon sprichst du?«

»Ich hab mir Sorgen gemacht«, schluchzt sie. »Aber sie haben mich gebeten, dir nichts zu sagen.«

»Wer?«

»Du warst in letzter Zeit so komisch. Du bist immer unterwegs und hast plötzlich so viel Geld.«

»Weil ich arbeiten gehe.«

»Wie jetzt – arbeiten? Du bist dreizehn. Du sollst zur Schule gehen, aber da tauchst du kaum noch auf. Papa bekommt so viele Anrufe deinetwegen, aber dir ist das alles scheißegal.«

Plötzlich kocht die Wut in mir hoch. Ich verstehe nicht, warum Lydia mich jetzt damit nerven will.

»Warum mischst du dich in mein Leben ein?«

Sie starrt mich mit ihren großen, rotgeränderten Augen an. »Weil ich das Messer gesehen habe«, sagt sie.

Eine kalte Hand legt sich um meine Kehle und drückt zu. Ich gehe zu meinem Schrank und durchwühle die Fächer, reiße alle Klamotten raus und werfe sie auf den Boden, aber das Messer ist nicht mehr da.

»Ich habe es mitgenommen.«

»Was?«

»Ich wollte dir nur helfen.«

»Wo ist das Messer?«, brülle ich – so laut, dass sie vor mir zurückweicht.

»Jonas«, murmelt sie. »Ich habe es Jonas gegeben.«

Meine Beine beginnen zu zittern. Ich taste nach etwas, woran ich mich festhalten kann, und versuche, meine Gedanken zu sortieren.

»Was hast du getan, verdammte Scheiße«, fauche ich.

Lydia bricht in Tränen aus. Sie kullern über ihre Wangen.

»Dani«, fleht sie und legt ihre Hand auf meinen Arm, doch ich stoße sie weg.

»Fass mich nicht an. Ich hasse dich! Du hast mein Leben ruiniert!«

Im selben Moment klingelt es an der Tür. Wir starren uns an, stehen beide wie versteinert da.

»Ich glaube, Jonas hat mit der Polizei gesprochen«, murmelt Lydia.

Ich schaue aus dem Fenster und wünschte, ich könnte fliegen. Vielleicht sollte ich kopfüber hinausspringen und zu einem nassen Fleck auf dem Asphalt werden. Alles wäre besser, als in die Fänge der Polizei zu geraten.

Es klingelt erneut, aber keiner von uns bewegt sich. Aus der Diele hören wir Papas Schlurfen. Er trottet langsam Richtung Tür und schleift die Füße über den Boden.

»Es tut mir leid«, flüstert Lydia, aber ich will es nicht hören. Ich drehe mich von ihr weg, blende alles aus und wappne mich für das, was gleich passieren wird.

KAPITEL 25

Ich sitze auf der Pritsche und schaue aus dem winzigen Sicherheitsfenster. Kann einen Streifen blauen Himmels über den Dächern erahnen. Jeder, der eingesperrt ist, fürchtet sich vor allem vor einem: Einsamkeit. Wenn einem das erst mal so richtig bewusst wird, wird es besonders hart. Draußen in der echten Welt kann man die Angst immer wieder ausblenden, aber hier drinnen gibt es kein Entkommen.

Er sitzt mir gegenüber auf einem Stuhl, so nah, dass es mir unangenehm ist. Aber was haben wir schon für eine Wahl, wir befinden uns schließlich in einer Arrestzelle.

Ich möchte eigentlich nicht mit einem Priester sprechen, aber die Isolation frisst mich innerlich auf und ich weigere mich, einen Gefängnispsychologen aufzusuchen. Das ist also die weniger schlimme Option.

Chase erzählt mir in einer Art Schwenglisch von seiner katholischen Gemeinde in Malmö – vom Chor, vom Kirchenkaffee und von den großen Kinder- und Jugendaktivitäten – als wäre er hier, um mich anzuwerben.

»Kinder sind oft viel spiritueller, als man denkt«, sagt er und setzt sein selbstbewusstes Lächeln auf. »Sie stehen in direktem Kontakt mit Gott.«

Mein Blick flackert, es fällt mir schwer, direkt in die leuchtend blauen Augen zu sehen. Chase hat etwas sehr Entwaffnendes an sich. Er sieht nicht aus wie ein normaler Priester – eher wie ein amerikanischer Schauspieler, der einen Priester spielt, und ich bin überrascht zu sehen, dass er Jeans zu seinem schwarzen Hemd und dem weißen Priesterkragen trägt.

»Ist deine Familie Mitglied irgendeiner Gemeinde?«, fragt er mich.

»Ja, früher. Bevor meine Mutter gestorben ist.«

»Und sie kam aus dem ehemaligen Jugoslawien?«

»Kroatien. Mein Vater auch.«

Ich habe mich danach gesehnt, die Stimme einer anderen Person zu hören, aber jetzt, wo Chase hier ist, weiß ich gar nicht, was ich sagen soll.

»Erzähl mir von deiner Familie«, bittet er mich und sieht sehr interessiert aus. Sollte er den Grund wissen, weswegen ich hier einsitze, so lässt er es sich zumindest nicht anmerken.

»Wir sind zu fünft ... oder wir waren zu fünft. Meine Mutter ist 2009 gestorben und danach endete alles mehr oder weniger im Chaos.«

»Inwiefern?«

Ich lehne mich an die Wand und denke nach. Wie soll ich erklären, was wirklich passiert ist?

»Weiß nicht«, erwidere ich zögerlich. »Alles ist irgendwie zusammengebrochen.«

Chase nickt, als verstünde er ganz genau, was ich meine. »Willst du das näher beschreiben?«

Innerlich verdrehe ich bei dieser Frage die Augen. Ich hab das schon durch, habe Leuten gegenübergesessen, die glaubten, sie könnten mich dazu bringen, mich ihnen gegenüber zu öffnen. Als gäbe es tief in mir ein gut gehütetes Geheimnis, einen Schlüssel zur Wahrheit. Und obwohl ich das alles albern finde, will ich antworten. Tief in mir existiert der Wunsch, alle Karten auf den Tisch zu legen.

Ich versuche, mir den dreizehnjährigen Dani vorzustellen, mir in Erinnerung zu rufen, wie dieses Jahr für ihn war, und plötzlich fällt mir wieder ein, dass ich einmal ausgerechnet habe, ein durchschnittlicher Schwede lebt mehr als siebenhunderttausend Stunden. Ich frage mich, wie viele davon tatsächlich unser Leben definieren. Wir treffen ständig Entscheidungen, ohne wirklich zu wissen, was die Konsequenzen sein werden, aber wie viele davon spielen tatsächlich eine erhebliche Rolle? Welche Entscheidungen haben mich auf die schiefe Bahn geführt? Ist es möglich, einzelne Ereignisse zu identifizieren, die den Lauf meines Lebens beeinträchtigt haben?

Ich denke an den Moment, als mein Vater in mein Zimmer kam. Seit mehr als einem Jahr wussten wir von der Krankheit meiner Mutter. Wir hatten gesehen, wie sie schreckliche Behandlungen durchmachte, sich übergeben musste, ihre Haare verlor und irgendwann nur noch ein Tuch um ihren Kopf trug, weil sie dachte, dass sie mit der kurzen, stoppeligen Frisur hässlich war. An manchen Tagen konnte sie mit uns am Esstisch sitzen und quatschen, an anderen Tagen war sie zu müde, um überhaupt aufzustehen. Am Ende hatte sie einfach keine Kraft mehr, sogar ich konnte es sehen. Das Leben sickerte langsam aus ihr heraus. Sie wurde grau und dünn, wie eine Pflanze, die man vergessen hatte zu gießen. Aber trotz all der monatelangen Vorbereitung wusste Papa nicht, wie er sagen sollte, was passiert war. Er stand nur in der Tür und starrte mich an, brachte es nicht über sich, die Worte auszusprechen. Als Mama verschwand – hat da alles angefangen? War das die große Wende in meinem Leben? Oder war es der Tag, an dem ich Lisas Höschen geklaut habe? Jacksons Arm um meine Schultern nach dem Kampf auf dem Schulhof? Oder der Moment, in dem er mir das Messer zusteckte?

In meinen Gedanken spiele ich die Möglichkeiten durch, was ich anders machen würde, könnte ich die Zeit zurückdrehen, wie ich die Situation für mich als Kind anders gestalten würde. Hätte es einen Unterschied gemacht, wenn ich mir die Unterstützung von Jockes Familie bewahrt hätte oder wenn mein Vater nicht in seiner Trauer versunken gewesen wäre? Wenn er sich zusammengerissen hätte und aufmerksamer und präsenter gewesen wäre, wäre mein Leben dann anders verlaufen?

Chase erzähle ich, dass mich der Tod meiner Mutter unglaublich getroffen hat. Sie sollte nicht verschwinden. Sie sollte mich doch während meiner gesamten Kindheit begleiten, meine Hand halten und mich in die richtige Richtung führen. Ich brauchte ihre Umarmungen und ihre Liebe – aber all das existierte plötzlich nicht mehr.

Lydia hat unsere Kindheit immer romantisiert. Sie erinnert sich an einen anderen Vater, einen mit funkelnden Augen, der uns zu Abenteuern und Unfug anstiftete. Sie war stets der Meinung, er tue sein Bestes. Ich selbst war extrem wütend auf ihn. Ich habe mich im Stich gelassen gefühlt, aber in letzter Zeit habe ich begonnen, mich mit dem Gedanken abzufinden, dass mein Vater wirklich alles versucht hat. Er hätte ganz aufgeben können, hätte uns verlassen können, aber trotz seiner Trauer hat er dafür gesorgt, dass die Miete bezahlt wurde und Geld für Essen da war. Mehr als das hat er vielleicht einfach nicht geschafft.

Lydia ist auch der Meinung, dass wir vor dem Tod unserer Mutter ein blühendes Familienleben geführt haben, aber daran kann ich mich nicht erinnern. Soweit ich mich erinnere, war meine Mutter immer diejenige, die die Dinge möglich gemacht hat. Sie war diejenige, die unsere Wohnung zu einem Zuhause machte und Abendessen zubereitete, sie organisierte Partys, fragte, wie es in der Schule sei, und besorgte uns neue Klamotten. Obwohl sie immer lange bei der Arbeit war, setzte sie sich abends zu uns und half uns bei den Mathehausaufgaben und flickte Löcher in unseren Hosen, während Papa in eines seiner Projekte vertieft war. An den Wänden im Wohnzimmer hatte er große Skizzen von Restauranträumen angebracht, auf dem Sofatisch stapelten sich die Notizblöcke, in denen er seine Ideen sammelte. Jedes Mal, wenn er einen Job verlor, sagte er zu unserer Mutter, dass es ganz gut so sei, weil er jetzt endlich die Gelegenheit hätte, seinen Traum zu verwirklichen und dieses Restaurant auf die Beine zu stellen. Wir waren ihm nur wichtig, wenn er jemanden brauchte, dem er seine Pläne präsentieren konnte.

Ich kann mich nicht erinnern, dass mein Vater und ich je ein einziges längeres Gespräch geführt hätten. Er war nicht neugierig, wer ich war oder wovon ich träumte. Die anderen Jungs in der Klasse sprachen über Angelausflüge, nächtelange Filmmarathons mit Jackie-Chan-Filmen und riesigen LEGO-Bauten. Aber mein Vater hatte nie Zeit für so was, er war in seine eigenen Zukunftspläne vertieft. In den Jahren, in denen ich Fußball gespielt habe, hat er mich nur zu einem meiner Spiele begleitet, weil meine Mutter ihn dazu gezwungen hatte.

Und doch war mir bewusst, dass sein ganzes Leben zusammenbrach, als meine Mutter starb. Sie war sein Sauerstoff und ohne sie konnte er nicht mehr atmen. Wir Kinder kamen so gut zurecht, wie es eben ging, und Mila zog von zu Hause aus, sobald sie die Gelegenheit dazu hatte.

Wir befanden uns in einer prekären Situation, aber es

fällt mir schwer zu verstehen, warum sie mich da rausgenommen haben. Ich war nur ein Kind, das erst vor kurzem seine Mutter verloren hatte, ich brauchte meine Familie. Aber die Sozialarbeiterin war entschlossen, mich woanders hinzuschicken. Sie sagte, es würde mir guttun, von allem wegzukommen, um so meine schlechten Gewohnheiten abzulegen.

Ich habe noch heute Alpträume von dieser Zeit. Ich erinnere mich an Fragmente, kleine Einschnitte, die für immer bleiben. Zerfurchte Gesichter und strenge Stimmen. Ein gleißendes Licht von irgendwo hoch oben, Uniformen und ein blauer Wollpullover, der nach Weichspüler riecht. Manchmal frage ich mich, ob das wirklich alles passiert ist. Durften sie mich so verhören? Immer wieder die gleichen Behauptungen. Die Verärgerung, wenn ich nicht antwortete. Die Einzige, die sich um mich zu kümmern schien, war meine Sozialarbeiterin Ulla-Britt. Sie war groß und schwer und keuchte, wenn sie durch die Gegend watschelte. Sie beschützte mich, als die anderen ungeduldig wurden, und machte ihnen deutlich, wenn ich eine Pause brauchte. Gab mir Kakao in einem dünnen weißen Plastikbecher, der von der Hitze verbeult wurde, und fragte, ob ich in letzter Zeit gute Filme gesehen hätte.

Jedes Mal, wenn sie wissen wollten, was in jener Nacht auf dem Friedhof geschah, durchzuckte meine Hände ein Schmerz, als hätte ich sie in kaltes Wasser getaucht. Das ganze Blut sammelte sich in meinem Kopf, der Rest meines Körpers fühlte sich matt und taub an. Am liebsten wollte ich nur raus da, aber ich konnte nicht sagen, warum ich das Messer hatte, mit dem Mustafa angegriffen wurde.

Ulla-Britt erzählte mir, Mustafa hätte dichtgehalten, er

habe sich geweigert, zu verraten, wer auf dem Friedhof dabei gewesen war. Ich hoffte, die Bullen würden zwischen den Zeilen lesen und eins und eins zusammenzählen, aber sie waren nur an einem schnellen Geständnis interessiert. Sie wollten, dass ich zugebe, dass ich die Messerklinge in Mustafas Bauch gestoßen hatte, und schienen sich nicht im Geringsten darum zu scheren, wer wirklich die Schuld an seinen Verletzungen trug. Ihnen war nur wichtig, all ihre Papiere auszufüllen. Daniel Semovic: schuldig. Der Fall ist abgeschlossen. Am Ende habe ich aufgegeben und es wurde als eine Art Geständnis interpretiert.

»Du warst also unschuldig und bist trotzdem verurteilt worden?«, fragt Chase.

Ich schaue auf und merke erst jetzt, dass ich seit fast einer Stunde ununterbrochen rede. Es ist mir peinlich, aber Chase sieht genauso entspannt aus wie am Anfang.

»Weil ich noch nicht strafmündig war, konnte ich gar nicht verurteilt werden, aber das Gericht entschied trotzdem, dass ich das Verbrechen begangen hatte, und es wurde beschlossen, dass ich in einem Heim untergebracht werden sollte. Also, ja, kann man so sagen.«

»Wie, glaubst du, hat dich das geprägt?«

Eine Wache erscheint und erklärt, dass die Zeit abgelaufen ist. Chase steht auf.

»Ich bin sehr froh, dass du dich mir anvertraut hast. Ich komme gerne wieder«, sagt er. Dann ist er verschwunden.

Die Tür schließt sich hinter ihm und es wird wieder still. Aber ein neues Gefühl macht sich in meiner Brust breit. Es ist nicht so, dass ich den Tod meiner Mutter für alle meine Misserfolge verantwortlich mache, aber zum ersten Mal seit langem erlaube ich mir, Mitleid mit dem kleinen Dani zu haben. Wie schwierig es für ihn war, den richtigen Weg zu gehen, und ich wünschte, ich könnte in der Zeit zurückreisen und mich selbst besuchen. Das Kind in den Arm nehmen und ihm sagen, dass alles gut werden wird. Dass er keine Angst zu haben braucht.

Es ist ein erlösender Gedanke und plötzlich merke ich, dass ich weine. Die Tränen fließen langsam und ich schniefe vor mich hin, wie ich so einsam dasitze. Ich habe versucht, mein Leben in den Griff zu kriegen, alles getan, um ein anderer zu werden, aber ich kann die Vergangenheit nicht ungeschehen machen. Der alte Dani ist immer noch in mir. Ich werde seine Erfahrungen immer in mir tragen, aber ich will nichts lieber als weitermachen, frei sein.

Sobald das hier vorbei ist, fange ich von vorne an. Ich werde an einen Ort ziehen, wo mich niemand kennt, meinen Bart abrasieren, meine Frisur ändern, einen neuen Job und eine neue Wohnung finden. Der Gedanke, dass mein Gesicht in allen Zeitungen zu sehen ist, macht mir Angst, aber wenn der Fall abgeschlossen ist, hoffe ich, dass alles schnell in Vergessenheit gerät. Für Lydia und Mila ist es noch schlimmer. Sie können nicht einfach von hier weg.

Ich kauere mich auf der Pritsche zusammen und verschränke die Arme vor der Brust. Wenn es eine Sache gibt, die ich bereue, dann, wie sich das alles auf meine Schwestern auswirken wird. Ich wünschte aufrichtig, es gäbe einen Weg, sie zu verschonen, aber ich weiß nicht, wie.

KAPITEL 26

Hagagården liegt ganz allein inmitten der Landschaft von Skåne, umgeben von weiten Feldern und kleinen Waldgebieten. Die einzige Verbindung zur Außenwelt ist die Landstraße 13 zwischen Sjöbo und Hörby, auf der man ein paar Mal am Tag aus der Ferne einen gelben Bus vorbeifahren sehen kann.

Ulla-Britt hat mir erzählt, dass sie die weiten Felder mag. Sie geben ihr ein Gefühl von Freiheit, aber ich, der ich an eine überfüllte Stadt gewöhnt bin, fühle mich ziemlich unwohl, mitten im Nirgendwo zu sein.

Wir folgen der kurvenreichen Schotterstraße und sehen den Hof am Horizont immer größer werden. Ich zähle drei größere Häuser – ein Herrenhaus, eine Scheune und einen Stall. Dahinter befindet sich eine graue Baracke, die dem provisorischen Anbau unserer Schule ähnelt. Der Hof ist von riesigen Laubbäumen umgeben. Sie strecken sich gen Himmel und bilden eine dichte Mauer, die an ein Gefängnis erinnert.

Ulla-Britts roter Volvo rollt auf die Kiesauffahrt. In einer Ecke des Hofes zieht ein struppiger Hund so heftig an seiner Kette, dass die dünne Stahlstange, an der sie befestigt ist, sich gen Boden biegt. Er kläfft so aggressiv, der Speichel schäumt um seine gefletschten Zähne.

Ingegärd wartet schon auf uns. Sie trägt Jeans, ein kariertes Hemd und eine grüne Weste und sieht aus wie eine Person, die kein Problem damit hat, ein Huhn zu enthaupten.

»Rambo ist dazu da, um die Einbrecher zu verscheuchen,

aber er ist völlig harmlos«, sagt sie und nickt dem Hund zu, bevor sie meine Hand schüttelt. Ihre Haut ist warm und trocken, auf ihrem Handrücken zeichnen sich sichtbare Blutgefäße ab. »Willkommen in Haga«, sagt sie mit einem Lächeln. »Bengt ist draußen auf dem Feld, du wirst ihn zum Abendessen treffen.«

Ulla-Britt verpasst mir einen sanften Stoß mit dem Ellbogen und sagt, hier sehe es doch schön aus, und ich nicke.

»Bist du schon einmal auf einem Bauernhof gewesen?«, fragt Ingegärd.

»Nein.«

»Dann werde ich dir mal alles zeigen.«

»Als Kind dachte ich, Milch kommt aus der Maschine«, lacht Ulla-Britt herzlich. »Es ist so lehrreich, Zeit auf dem Land zu verbringen.«

Mein Handy summt in meiner Tasche und ich hole es hervor. Es ist eine Nachricht von Jackson. Ich habe seit dieser Nacht auf dem Friedhof jeglichen Kontakt zu ihm vermieden und stecke auch jetzt das Telefon schnell wieder weg.

»Hast du Hunger?«, fragt Ingegärd. »In der Küche gibt es frischgebackene Zimtschnecken.«

Wir durchqueren eine Eingangshalle. Auf dem Boden stapeln sich Unmengen von Schuhen und die überfüllten Wandhaken sind unter tausenden Klamotten kaum sichtbar. Es riecht nach Staub und altem Holz, aber sobald wir die Küche betreten, wird es gemütlicher. Eine große Katze liegt in einem der Fenster und wirft uns im Vorbeigehen einen trägen Blick zu. Ingegärd bedeutet mir mit einem Kopfnicken, mich an den Tisch zu setzen, und ich lasse mich auf einen der Stühle sinken und sehe mich um. Die

Anrichte ist mit tausend Dingen vollgestellt – Konservendosen, Lebensmittelverpackungen, Flyer, aufgerissene Umschläge, Töpfe und ein Werkzeugkasten –, aber trotzdem kommt mir dieser Ort gemütlich vor. Über den Fenstern sind kleine Vorhänge mit Spitzenbordüre angebracht. Auf allen Stühlen liegen Kissen aus weißrotkariertem Stoff, passend zu der Tischdecke auf dem Küchentisch, und es riecht sauber. Wäre da nicht der gelbe Klebestreifen, der von der Decke baumelt, an dem tote schwarze Fliegen kleben, hätte ich mich hier sofort wohlgefühlt.

Wieder merke ich die Vibration des Telefons in meiner Tasche. Jackson und seine Gang versuchen seit Wochen, mich zu erreichen, aber ich will nicht antworten. Er hat bekommen, was er wollte, also warum können sie mich nicht einfach in Ruhe lassen?

Ulla-Britt und Ingegärd unterhalten sich, ich höre nur mit halbem Ohr zu, während ich das Papier von der Zimtschnecke abpule. Als Ingegärd mir Tee anbietet, lehne ich dankend ab und nehme stattdessen ein Glas Milch. Ulla-Britt erklärt mir, dass ich mit dem Bus zu meiner neuen Schule fahren muss. Dann wird ihre Stimme ein wenig lauter, als sie Ingegärd mitteilt, dass mein Vater mich so schnell wie möglich besuchen möchte. Ich weiß, dass das nicht wahr ist, das sagt sie nur, damit ich nicht traurig werde. Papa hat seit dem Abend, an dem die Polizei kam, kein Wort mehr mit mir geredet. Es war, als sei der letzte Glanz in ihm erloschen, als Männer in Uniform unsere Wohnung betraten.

Ingegärd scheint zu merken, wie bedrückt ich bin, also sagt sie, sie habe gehört, dass ich Videospiele mag.

»Wenn du deinen Nintendo dabeihast, finden wir bestimmt einen alten Fernseher, den wir in deinem Zimmer anschließen können«, sagt sie mit einem Lächeln. »Bengt kennt sich mit solchen technischen Sachen aus.«

Ich nicke. Vielleicht ist das hier doch nicht so schlimm. Ingegärd scheint echt lieb zu sein, ich kann mir gut vorstellen, es hier zu ertragen, bis ich wieder nach Hause kann.

Wir winken Ulla-Britt zum Abschied und Ingegärd nimmt eine meiner Taschen und fragt mich, wo wir anfangen wollen.

»Gehen wir zuerst in den Kuhstall, in die Scheune oder zu deinem Zimmer?«

»Zum Zimmer«, antworte ich und erwarte, dass wir zum Herrenhaus zurückkehren, aber Ingegärd steuert auf die alte Baracke zu und stellt meine Tasche auf eine provisorische Treppe aus Betonblöcken.

»Da wollen wir mal sehen«, sagt sie und öffnet die Tür zu einem schmalen Korridor mit sechs Türen. »Dort wohnt Robin, daneben Ali, Casper und Kwame. Du bekommst das Zimmer neben den Toiletten.«

Ich starre auf den blauen Plastikboden. Aus irgendeinem Grund habe ich mir vorgestellt, ich würde alleine bei Bengt und Ingegärd leben.

»Wir haben eine Waschküche im Haus, in der du jede Woche einen Termin buchen kannst, und dort steht auch ein Schrank mit sauberen Handtüchern und Bettwäsche. Du bist selbst dafür verantwortlich, deine Bettwäsche zu waschen und dein Zimmer sauber zu halten«, sagt sie, dann deutet sie mit einer Kopfbewegung Richtung Badezimmer. »Dort findest du Putzsachen. Wir essen um sechs Uhr, aber du musst um fünf Uhr da sein und in der Küche helfen.«

Das Erste, was ich tue, ist, das schmale Bett zu beziehen, das in einer Ecke zwischen einem weißen Sperrholzschrank und einem einfachen Schreibtisch gequetscht steht. Ich finde einen verwaschenen Bettbezug mit hellen Streifen und frage mich, wie viele Menschen vor mir darin geschlafen haben.

Am anderen Ende des Raumes stehen eine Kommode und ein kleines Bücherregal. Alle Möbel scheinen von derselben Discounterkette zu stammen. Ich packe meine Klamotten aus und lege sie in den Schrank, dann stelle ich die wenigen Sachen, die ich dabeihabe, auf das Bücherregal, damit es nicht so leer aussieht. Ich lasse meinen Nintendo in der Tasche und schiebe meine Schachtel mit dem Geld unter die Matratze. Als ich feststelle, dass an der Tür kein Schloss ist, geht mir ein Schauer über den Rücken. Ich frage mich, wer die anderen sind, die in der Baracke leben.

Ingegärd hat gesagt, dass ich mich gern umsehen kann, also gehe ich raus, nachdem ich mich fertig eingerichtet habe. Ich umrunde den Kuhstall und komme an einem Misthaufen vorbei, auf dem Brennnesseln wachsen. Der scharfe Gestank brennt mir in der Nase und ich eile weiter Richtung Scheune. Dort steht ein Traktor neben diversen Maschinenteilen, von denen ich keine Ahnung habe, wofür sie verwendet werden. In einer abgeschirmten Ecke treffe ich auf etwa hundert Hühner. Die meisten sind weiß, aber sie alle haben kahle Stellen am Körper, an denen die Federn abgefallen sind, und sie stehen eingequetscht unter den niedrig hängenden Wärmelampen. Die Küken fiepen ängstlich und stinken fast so übel wie der Misthaufen.

Hinter der Baracke wächst das Gras hoch und dichte Büsche wuchern um die Bäume am Feldrand. Dort entdecke ich zwei abgenutzte Bänke. Ihre rote Farbe ist fast vollständig abgeblättert und unter einer der Bänke steht ein Teller mit abgestoßenem Rand, gefüllt mit Zigarettenstummeln. Eigentlich möchte ich zur Landstraße laufen, um mir ein Bild davon zu machen, wie weit sie vom Hof entfernt ist, aber ich habe Angst, die anderen Jungs zu treffen, wenn sie mit dem Bus von der Schule kommen. Ich weiß nicht, wie ich mich geben soll, wenn ich sie treffe, ob sie nett sind oder ob ich mich von ihnen fernhalten muss, also gehe ich stattdessen zurück in mein Zimmer und lege mich aufs Bett.

Ich kann sie gut hören, als sie wenig später ankommen. Ich überlege, ob ich hinaus in den Flur gehen soll, um sie dort zu treffen, beschließe aber, im Zimmer zu bleiben. Sie machen ganz schön Krach, als sie die Baracke betreten und die Türen zuschlagen, aber nach einer Weile verschwinden sie wieder nach draußen und es wird still.

Um fünf Uhr mache ich mich auf den Weg zum Haupthaus. Ich klopfe an die Tür, aber niemand öffnet, also schleiche ich mich hinein. Die Küche ist leer. Ich sehe mich auch in den anderen Räumen um. Leise gehe ich über den geölten Holzboden in ein Wohnzimmer, wo ein Mädchen in einem kurzen Pullover und mit zu großen Vorderzähnen Kaugummi kaut und fernsieht.

»Hej«, sage ich und versuche zu lächeln, aber sie wendet ihren Blick nicht einmal vom Fernseher ab.

»Du darfst hier nicht reinkommen, das ist privat.«

»Ich bin auf der Suche nach Ingegärd.«

»Mama kommt gleich«, erwidert das Mädchen. »Warte einfach in der Küche.«

Ich gehe zurück in die Küche und setze mich an den Tisch. Mein Blick fällt auf eine Packung Spaghetti und vier Dosen gehackte Tomaten auf der Anrichte. Es ist zwanzig nach fünf, als Ingegärd endlich auftaucht.

»Du hättest ruhig schon anfangen können«, sagt sie lachend.

»Womit denn?«

Sie zeigt auf eine Tafel an der Wand mit der Aufschrift *Menü der Woche.*

»Heute gibt's Spaghetti Bolognese.«

»Ich weiß nicht, wie man so was kocht«, sage ich kleinlaut.

Sie mustert mich eindringlich, als wollte sie prüfen, ob ich die Wahrheit sage, rollt dann mit den Augen und krempelt sich die Ärmel hoch.

Ich gebe mein Bestes in der Küche, versuche, Ingegärds Anweisungen zu befolgen, aber jedes Mal, wenn es schiefgeht, spüre ich ihren Blick im Nacken. Das Hackfleisch ist angebrannt, ich verschütte die Soße auf dem Boden und lege das Besteck anscheinend auf die falsche Seite der Teller, aber als die Uhr sechs schlägt, steht trotzdem etwas zu essen auf dem Tisch.

Wie auf Knopfdruck stürmen die anderen Jungs durch die Tür, setzen sich und füllen sich Essen auf ihre Teller. Sie reden laut durcheinander, klirren mit Besteck und kleckern mit der Hackfleischsoße. Ingegärd bereitet zwei Teller zu und ermahnt uns, etwas ruhiger zu sein, bevor sie im Wohnzimmer verschwindet. Ich setze mich an den Tisch und schaue den anderen zu. Sie haben etwas Wildes an sich, sie sind so sonnengebräunt, dass sie eher schmutzig aussehen, haben etwas zu lange Haare, die ihnen in die Augen hängen, und Schnittwunden an Händen und Armen. Sie scheinen gar nicht zu bemerken, dass ich da bin, rufen weiter durcheinander, bis sich die Tür erneut öffnet.

Das muss Bengt sein, der da in die Küche kommt. Er riecht

nach feuchter Erde, und obwohl er sich unter dem Küchenhahn wäscht, sind seine Hände immer noch ganz schwarz, als er sich am Kopfende des Tisches niederlässt. Die anderen schicken die Schüsseln in seine Richtung und er füllt sich eine große Portion auf und schlingt sie in sich hinein.

Ich traue mich kaum zu essen, nehme nur kleine Bissen, und kaue langsam auf ihnen herum. Nach ein paar Minuten räuspert sich Bengt und sieht mich an.

»Du bist der neue Bursche.«

»Daniel«, sage ich.

»Mhm«, grunzt er unter seinem dunkelgrauen Bart hervor.

Ein paar der anderen Jungs haben bereits aufgegessen, aber sie sitzen immer noch am Tisch und warten mit gebeugten Köpfen. Erst als Bengt fertig ist und die Küche verlässt, stehen sie auf. Ein großer Typ mit roten Haaren und Sommersprossen, den die anderen Casper nennen, grinst mich an.

»Der Neue macht den Abwasch.«

»Ingegärd hat gesagt, wer beim Kochen hilft, muss nicht abwaschen«, protestiere ich, aber er und zwei der anderen sind bereits aus der Küche verschwunden. Nur einer der Jungs ist noch da. Er hat dunkle Augen und Pausbacken und ich nehme an, dass das Ali sein muss. Wortlos beginnt er, die Spülmaschine einzuräumen. Ich räume den Tisch ab und stelle alle Teller zu ihm auf die Anrichte, finde Aufbewahrungsboxen für die Essensreste und wische dann den Tisch ab.

»Danke für deine Hilfe«, sage ich, als wir fertig sind, aber Ali verlässt die Küche, ohne mich auch nur eines Blickes zu würdigen.

Allein gehe ich über den Hof. Ich ziehe mir meine Cap tief in die Stirn. Die Tränen brennen unter den Augenlidern. Ich verstehe nicht, wie ich es ertragen soll, hier zu leben. Das Einzige, woran ich denken kann, ist, irgendwie nach Hause zu kommen. Ich will zurück nach Malmö, in unsere enge Wohnung, in mein unordentliches Zimmer. Ich möchte in meiner Küche essen und in meinem Bett schlafen. Die Wut kocht in mir hoch. Warum bin ich in dieser Nacht mit Jackson mitgegangen und warum habe ich das Messer angenommen? Ich hätte klüger sein sollen, hätte wissen müssen, was passieren wird. Jetzt ist mein ganzes Leben ruiniert. Es wird nie wieder so sein wie früher. Jeder, den ich von nun an treffe, wird denken, dass ich ein Verbrecher bin, dem man nicht trauen kann. Was dort auf dem Friedhof passiert ist, hat sich für immer in meine DNA eingeprägt.

Ein gelber Bus fährt auf der Landstraße vorbei. Ich höre das ferne Motorengeräusch und hätte Lust, ihm nachzulaufen. Meine Sachen zu nehmen und einfach abzuhauen, aber der Gedanke, auf Ingegärd zu treffen, wenn Ulla-Britt mich wieder hier zurückbringt, hält mich davon ab.

Ich denke an Reza, wie sehr ich ihn und das Fitnessstudio vermisse. Nachdem die Polizei eingetroffen war, schrieb ich ihm, dass wir uns eine Weile nicht sehen könnten. Er fragte, ob etwas passiert sei, aber ich brachte es nicht übers Herz, ihn zu enttäuschen, und antwortete nicht. Seitdem haben wir nichts mehr voneinander gehört.

Ich schlurfe durch den Kies und höre die Kiesel an den Schuhen kratzen. Die Kühe muhen unruhig im Stall, Rambo kläfft und reißt an seiner Kette. Er fletscht die Zähne und ich frage mich, was wohl passieren wird, wenn er es eines Tages schafft, sich loszureißen.

Als ich mich der Baracke nähere, schaut Casper hinter einer Ecke hervor. Er winkt mich heran und ich gehe widerwillig auf ihn zu.

»Komm mit«, sagt er.

Wir gehen um das Gebäude herum zu den verfallenen Bänken. »Bester Ort«, grinst er. »Hier gucken sie nie nach uns.«

Ich setze mich hin und spüre, wie die Konstruktion unter mir wackelt. Bürste mir die bröckelnde Farbe von den Fingerspitzen. Casper zieht einen Joint aus seiner Brusttasche.

»Willst du?«

Ich schüttele den Kopf und richte meinen Blick auf die weiten Felder. Jenseits des Ackers erstreckt sich ein dicht bewachsener Laubwald, aber von hier aus kann man nicht sehen, wie groß er ist oder was sich hinter ihm befindet. Links neben uns steht ein Holzschuppen. Das Holz ist morsch und die rostroten Dachziegel sind mit einer dicken Moosschicht bedeckt. Neben dem Weg, der zur Scheune führt, hat jemand einen zerschlissenen gelben Sessel gestellt. Er steht unter einer Hängebirke, halb zerfressen von struppigen Pflanzen, und auf der Rückseite der Rückenlehne ist eine tiefe Kerbe, aus der die Polsterung wie ein grauweißer Schaum herausquillt.

»Wo kommst du her?«

»Malmö.«

»Ich komm aus Solna. Wie lange bleibst du?«

»Bis zu den Ferien.«

Er zündet den Joint an und nimmt einen tiefen Zug. Lacht, während er den Rauch ausstößt.

»Das haben sie mir auch gesagt und jetzt bin ich schon seit zwei Jahren hier. Ich brauch das Zeug hier«, sagt er und wedelt grinsend mit dem Joint. »Das ist der einzige Weg, um das alles auszuhalten.«

»Was auszuhalten?«

»Na alles«, antwortet er. »Bengt und Ingegärd sind wie zwei Gefängniswärter. Solange du dich benimmst und tust, was sie sagen, scheißen sie auf dich, aber wenn du die Regeln brichst oder Probleme machst, machen sie dir die Hölle heiß.«

Er streckt seinen Arm aus und zeigt mir eine rote Narbe, die quer über seine Handfläche verläuft. Ich will gar nicht wissen, woher er die hat. Stattdessen frag ich ihn, wie die Schule so ist.

»Wie Urlaub im Vergleich zu den Aufgaben, die wir hier auf dem Hof haben. Kannst dich schon aufs Wochenende freuen.«

Casper stößt eine kleine Rauchwolke aus und lehnt seinen Kopf gegen die Wand.

»Wie sind die anderen so drauf?«

»Robin und Kwame sind okay, aber Ali ist ein krasser Psycho«, schnaubt er. »Nimm dich vor dem in Acht, der hat einen Typen mit einem Genickschuss hingerichtet. Ihm die Knarre an den Kopf gesetzt und abgedrückt. Das Hirn ist in alle Richtungen gespritzt. Ich hab nur Speed gedealt. Wie bist du hier gelandet?«

»Körperverletzung«, antworte ich ausweichend.

Casper nickt. Bevor ich reagieren kann, zieht er mir die Cap vom Kopf und setzt sie sich auf. Es ist eine Philipp Plein, die ich von Reza zu Weihnachten geschenkt bekommen habe. Ich bereue sofort, sie überhaupt mitgebracht zu haben.

»Schick«, sagt er und dreht sie nach hinten. »Steht mir doch, oder?«

»Klar«, sage ich und nehme sie ihm wieder ab.

»Bist du sicher, dass du nichts willst?«, fragt er und hält mir erneut den Joint hin.

»Ja.«

»Okay, aber wenn du es dir anders überlegst, weißt du ja, wen du fragen kannst.«

Schweigend sitzen wir da, während die Sonne untergeht und die Dunkelheit sich über den Hof senkt. Die Schatten werden länger und ich habe das Gefühl, dass uns jemand beobachtet. Draußen im Feld bewegt sich etwas, ich kann aber nicht genau erkennen, was dort passiert, aber ich spüre die unsichtbaren Blicke, und ich will einfach nur zurück in mein Zimmer.

Als die Mücken anfangen uns um den Kopf zu schwirren, sage ich gute Nacht. Casper erklärt, dass der Bus morgen früh um fünf nach halb acht abfährt und dass ich ihn nicht verpassen soll.

Ich wasche mich auf dem Klo und krieche zwischen die kalten Laken. Jetzt, wo ich mit Casper gesprochen habe, fühlt sich alles etwas besser an und ich denke, dass es vielleicht doch nicht ganz so schlimm wird.

Mein Telefon plingt – eine weitere Nachricht von Jackson. Er fragt, wo ich bin, und schreibt, dass er hofft, dass alles in Ordnung ist. Ich lege das Telefon weg, hänge die Cap an den Bettpfosten und schließe die Augen. Mein ganzer Körper ist erschöpft, aber die Geräusche der anderen, die ich durch die hauchdünnen Wände hören kann, stören mich. Jemand läuft herum und telefoniert, ein anderer dreht die Dusche auf. Die Rohre gurgeln und knallen jedes Mal, wenn das Wasser abgestellt wird.

Ich drehe mich zur Wand und rolle mich zusammen.

Will am liebsten gar nicht darüber nachdenken, was Casper über Ali gesagt hat. Ich versuche sein Alter zu schätzen, aber es ist schwer zu sagen. Vielleicht ist er so alt wie ich, oder auch ein paar Jahre älter. Dann denke ich, dass er, sollte er wirklich jemanden mit einem Genickschuss hingerichtet haben, stattdessen in einer geschlossenen Anstalt gelandet wäre und nicht hier.

Nach einer Weile schlafe ich ein und wache erst am nächsten Morgen um halb sieben wieder auf, als mein Handywecker klingelt. Die Jalousien sind in einem seltsamen Winkel verbogen und auch viel zu kurz für das Fenster und ein schwaches Licht dringt ein. Ich setze mich auf und reibe mir die Augen. Dann schlüpfe ich in meine Jeans und schleiche mich auf die Toilette. Der Linoleumboden ist kalt an meinen nackten Füßen. Nächstes Mal werde ich mir Schuhe anziehen. Ich putze Zähne, wasche mein Gesicht und höre, wie die anderen in ihren Zimmern nach und nach aufwachen. Erst als ich mich anziehe, bemerke ich, dass meine Cap weg ist. Sie hängt nicht mehr über dem Bettpfosten und ich beuge mich hinunter, um auf den Boden zu schauen, aber auch dort ist sie nirgends zu sehen. In meinem Magen bildet sich ein Knoten. Jemand war hier, während ich geschlafen habe. Mein erster Gedanke ist, dass Casper sich einen Scherz mit mir erlaubt, aber mir wird klar, dass es auch einer der anderen gewesen sein könnte, und der Knoten wird größer.

Ich überprüfe, ob das Geld noch unter der Matratze liegt und ob irgendjemand meine Klamotten im Schrank angefasst hat. Frage mich, ob ich Ingegärd etwas sagen soll, aber denke an Caspers Warnung, was passieren wird, wenn man Probleme macht. Trete stattdessen gegen den weißen

Plastikmülleimer, der quer durch den Raum fliegt und gegen die Wand prallt.

Wieder vibriert mein Handy. Ich lasse mich aufs Bett sinken und lese Jacksons Nachricht. *Hej Kumpel, wir fragen uns alle, wo du gelandet bist. Meld dich, wenn du reden willst.*

Noch nie war ich so allein. Hier gibt es niemanden, dem ich vertrauen kann, und es fühlt sich an, als würde ich der Realität entgleiten. Ich betrachte mich von außen, und langsam wird mir klar, wie schrecklich diese nächsten Monate werden.

Eine gefühlte Ewigkeit starre ich auf mein Handy, dann öffne ich ein Antwortfeld. *Bin an einem verdammt beschissenen Ort außerhalb von Sjöbo,* schreibe ich und drücke auf *Senden.*

KAPITEL 27

Chase ist wieder da, aber dieses Mal umgibt ihn eine andere Energie. Mein erster Gedanke ist, dass er mehr darüber erfahren hat, weshalb ich hier sitze, aber als er mir sagt, dass er einen schlechten Tag gehabt hat, entspanne ich mich.

Jemand hat den Katalysator aus seinem Auto gestohlen, was dazu führte, dass er zu spät zu einer Beerdigung kam. Und als er dann das Kirchenfahrrad nahm, um hierher zu fahren, sprang die Kette mitten auf einer Kreuzung ab.

Ich habe Lust, ihn zu fragen, wer beerdigt wurde, aber ich habe so im Gefühl, dass das unangemessen ist. Chase holt tief Luft und schüttelt den Kopf, dann starrt er mich an.

»Worüber möchtest du heute mit mir sprechen?«

Ich zucke mit den Schultern. Als wir uns das letzte Mal sahen, quollen die Worte einfach so aus mir hervor, aber jetzt habe ich keine Ahnung, was ich sagen soll. Trotzdem bin ich froh, dass er hier ist, ich bin überrascht, dass sie einem weiteren Besuch in derselben Woche zugestimmt haben.

»Vielleicht können wir über Schuld sprechen. Hast du Schuldgefühle?«

Normalerweise finde ich Schweigen zwischen Menschen, die sich nicht kennen, unangenehm, aber jetzt weiß ich es zu schätzen, dass Chase sich zurücklehnt und mir die Möglichkeit gibt, nachzudenken.

»Ich habe Dinge getan, für die ich mich schäme«, sage ich schließlich.

»Zum Beispiel?«

»Ich war gegenüber einem anderen Menschen gewalttätig, als ich siebzehn war. Ich wurde zu einer Jugendstrafe verurteilt.«

Chase fährt sich mit der Hand durch das blonde Haar.

»Laut Gesetz hast du damit für dein Verbrechen gesühnt und deine Schuld beglichen. Dennoch schämst du dich?«

»Ja.«

»Hattest du die Möglichkeit, die Person, die du verletzt hast, um Vergebung zu bitten?«

»Ich habe einen Brief geschrieben, aber ich weiß nicht, ob er den bekommen hat.«

»Du weißt also nicht, ob dir vergeben wurde«, stellt er fest. »Schuld und Scham hinterlassen oft Wunden in uns. Das gibt uns das Gefühl, nicht gut genug zu sein.«

»Okay«, sage ich und nicke, warte ab, worauf er hinaus will.

»In der Kirche unterscheiden wir zwischen den Begriffen Schuld und Scham«, fährt Chase fort und legt seine Hände wie zu einer Pyramide aneinander. »Wenn du einen traditionelleren Priester als mich fragst, wird er dir erzählen, dass die Scham vom Teufel kommt, der versucht, den Menschen zu täuschen, indem er ihm das Gefühl gibt, dass ihm nicht vergeben, dass er nicht geliebt werden kann. Scham treibt uns dazu, unsere Fehler zu verbergen, anstatt Versöhnung zu suchen. Schuld hingegen ist göttlich, es geht darum, anzuerkennen, dass der Mensch Fehler hat. Die Schuld bringt uns dazu, unser Fehlverhalten wiedergutzumachen, damit Gott uns daraufhin von der Sünde befreien kann. Die Frage ist also, fühlst du dich schuldig für Dinge, die du getan hast, oder schämst du dich, der zu sein, der du bist?«

Die Sonne, die hinter den betongrauen Wolken hervorlugt, malt ein helles Quadrat an die Wand. Ich glaube, ich schäme mich dafür, wie sich meine Taten auf meine Familie auswirken. Sie haben keine Ahnung, was vor sich geht, sind gezwungen, sich ein Bild zu machen, das auf dem basiert, was ihnen von anderen zu Ohren kommt. Aber vor allem schäme ich mich, dass ich hier bin, dass ich jemand bin, den die Gesellschaft hinter Gittern sehen will. Wenn ich all diese anderen Dinge nicht getan hätte, hätte ich keine Vorstrafen, wäre die Polizei diesen aktuellen Fall bestimmt ganz anders angegangen.

Als ich nicht antworte, beugt Chase sich näher zu mir.

»Wenn du um Vergebung bitten möchtest, solltest du wissen, dass es nie zu spät ist. Gott hört dir zu«, sagt er und lächelt schief. »Schuld und Scham sind im Grunde nichts Schlimmes, sie zu spüren bedeutet nur, dass man merkt, dass man ein Wertesystem gebrochen hat. Was mich beunruhigt, ist, wenn jemand überhaupt nichts spürt. Ich habe einmal mit einem Mann gesprochen, der seinen eigenen Bruder getötet hatte. Sie lebten gemeinsam auf einem Bauernhof, den sie von ihren Eltern geerbt hatten, und als einer der Brüder entdeckte, dass der andere Geld aus der gemeinsamen Kasse geschmuggelt hatte, nahm er einen Hammer und tötete ihn. Obwohl es nur um ein paar hundert Kronen ging, behauptete er nachdrücklich, dass er sich für das, was er getan hatte, nicht schuldig fühlte. Sein Bruder hatte ihn verraten und die verdiente Strafe erhalten. Ich versuchte, ihn dazu zu bringen, seine Position zu überdenken, weil ich Angst hatte, dass ihn die Schuld, die er angeblich nicht fühlte, von innen heraus auffressen würde. Für mich war es offensichtlich, dass er in Verleugnung lebte, die Wahrheit war einfach zu hart. Und leider hatte ich recht – am Todestag seines Bruders nahm er sich das Leben.«

Wieder entsteht ein Schweigen zwischen uns, und ich frage mich, ob es üblich ist, dass Priester mit Insassen einer Arrestzelle über Selbstmord und schwere Verbrechen sprechen. Was will er mir mit seiner Geschichte sagen? Ist es überhaupt wahr oder ist es ein biblisch inspiriertes Beispiel, das er normalerweise benutzt, um eine Reaktion hervorzurufen? Trotz meiner Zurückhaltung, sein Spiel mitzuspielen, beginne ich dennoch, über meine eigenen Schuldgefühle nachzudenken. Ich bin kein skrupelloser Psychopath, ganz im Gegenteil. Ein Großteil meines inneren Schmerzes rührt daher, mit all meinen Unzulänglichkeiten umzugehen.

»Ich schäme mich«, sage ich schließlich. »Für Dinge, die ich getan habe. Und ich habe Angst, dass meine Familie mir das nicht verzeiht.«

»Du hast niemals die Kontrolle über andere Menschen«, fährt Chase fort, »aber du kannst für deine eigenen Handlungen einstehen. Um Vergebung zu bitten zeigt, dass du zur Einsicht gekommen bist und dein Verhalten ändern willst. Du musst bedenken, dass kein Mensch perfekt ist, wir alle machen mal Fehler.«

Obwohl ich normalerweise allergisch auf diese Art von vorgefertigten Lebensweisheiten reagiere, lösen Chase' Worte etwas in mir aus.

»Kann denn alles vergeben werden? Also, auch wenn es etwas richtig Schlimmes ist?«

Diese Frage ist mir noch nie zuvor in den Sinn gekommen, nun warte ich gespannt auf seine Antwort. Chase ändert seine Position und der Stuhl quietscht unter ihm.

»Gott vergibt alles, aber vielleicht trägst du eine Schuld auf deinen Schultern, für die du jemand anderen um Vergebung bitten musst, und in diesem Fall musst du Reue zeigen.«

»Wie denn?«

Zum ersten Mal während unserer Gespräche sehe ich eine gewisse Härte in Chases Blick. Er beugt sich noch näher zu mir, es sieht fast so aus, als würde er gleich vornüberfallen.

»Das, Daniel«, sagt er, »tut man, indem man sich seine Schuld eingesteht.«

KAPITEL 28

Ich gehe Casper und den anderen so gut ich kann aus dem Weg und tue alles, was von mir erwartet wird. Früh aufstehen, mit dem Bus zur Schule fahren, zum Unterricht gehen, nach Hause kommen, meine Hausaufgaben machen und in der Küche helfen. Am Samstagmorgen werde ich von einem Klopfen an der Eingangstür der Baracke geweckt. Draußen steht Bengt in Jeans und hohen grünen Stiefeln. Er sagt, ich solle den Kuhstall ausmisten, und gibt mir fünf Minuten, mich anzuziehen. Von meinem Zimmer aus höre das Stöhnen der anderen, als sie ihre Aufgaben bekommen.

Ich habe noch nie einen Kuhstall ausgemistet und bin überrascht, wie anstrengend das ist. Das feuchte Stroh ist schwer, und wenn ich es auf den Mistkarren lade, dringt mir ein beißender Geruch in Nase und Rachen.

Behutsam arbeite ich mich durch den Gang, passe auf, nicht in die Güllerinne zu treten, und halte Abstand zu den Viechern. Ich habe das Gefühl, sie starren mich mit ihren leeren Blicken an, als wüssten sie ganz genau, dass ich nicht hierher gehöre, und das ist mir unangenehm.

Gegen zehn Uhr bringt mir Ingegärd einen Stapel Butterbrote, die ich im Stehen esse, und als ich kurz vor dem Mittagessen endlich fertig bin, sind meine Handflächen geschwollen und mein Rücken tut so weh, dass ich mich kaum gerade aufrichten kann.

Ingegärd teilt mir mit, dass sie mit Ulla-Britt gesprochen hat. Papa möchte morgen gern vorbeikommen. Ich antworte nonchalant, dass es okay ist, aber innerlich geht mir die Flatter. Allein beim Gedanken, dass Papa mich besuchen kommt, dass ich jemanden von zu Hause sehen darf, wird mir ganz warm. Ich wünschte, Lydia würde auch kommen, aber dann erinnere ich mich an die Worte, die ich ihr an den Kopf geworfen habe. Dass ich sie auf der ganzen Welt am meisten hasse und sie nie wiedersehen möchte.

Als der Sonntagnachmittag endlich kommt, stehe ich am Straßenrand und warte. Ingegärd hat Kaffee gekocht und Zimtschnecken aus der Tiefkühltruhe geholt und ich habe einen Gartentisch abgewischt und ihn an der Giebelseite der Scheune aufgestellt. Von dort aus hat man eine ziemlich schöne Aussicht über die Felder.

Am Horizont taucht der Bus als ein winziger gelber Fleck auf, der immer größer wird. Je näher er kommt, umso aufgeregter werde ich, aber so nervös ich auch bin, Papa zu treffen – die Sehnsucht ist stärker.

Ich laufe an der kleinen Bushaltestelle auf und ab, weiß nicht, was ich mit meinen Händen anfangen soll, schiebe sie schließlich einfach in meine Hosentaschen. Der Busfahrer schaltet seinen Blinker ein und signalisiert, dass er an meiner Haltestelle einbiegen will. Ich trete einen Schritt zurück ins hohe Gras, spähe durch die sich spiegelnden Fenster, um Papa zwischen all den schattigen Gesichtern auszumachen.

Schnaufend kommt der Bus zum Stehen, die Türen öffnen sich. Irgendjemand zwängt sich durch den schmalen Gang, um auszusteigen. Als ich erkenne, dass es eine rothaarige Frau ist, verschwindet das vorfreudige Lächeln von meinem Gesicht. Ich klettere auf die Stufe in der Tür und stecke meinen Kopf zum Bus herein.

»Papa?«

Ich suche den Passagierraum mit meinen Blicken ab,

doch mein Vater ist nirgends zu sehen. Der Busfahrer wird ungeduldig, er will weiter.

»Willst du nun mitfahren oder nicht?«, fragt er. Ich schüttele den Kopf und springe zurück auf die Straße.

Ingegärd kommt mir auf dem Hof entgegen, mit der Nachricht, Ulla-Britt hätte angerufen und ihr mitgeteilt, dass Papa leider verhindert sei, aber es gerne nächstes Wochenende nochmal probieren will.

Zweimal geb' ich mir das noch, runter an die Straße zu gehen, dann scheiß ich drauf und warte nicht mehr auf den Bus. Als Ulla-Britt zum vierten Mal sagt, dass Papa kommt, gehe ich wortlos in mein Zimmer, lege mich aufs Bett und höre Musik. Ein Schmerz strammt um meinen Kopf, als hätte mir jemand einen viel zu kleinen Helm draufgedrückt. Ich ziehe die zerbeulten Jalousien herunter.

Gegen vier bringt Ingegärd mir einen Teller Zimtschnecken vorbei. Sie sagt, es falle vielen Eltern schwer, sich daran zu gewöhnen, dass ihre Kinder woanders leben. Dass die meisten von ihnen Schuldgefühle haben, mit denen sie nicht umzugehen wissen.

Abends klingelt mein Handy. Unsere Nummer von zu Hause leuchtet auf dem Display auf. Ich starre auf die neun Ziffern. Ich habe mit meinem Vater nicht mehr gesprochen, seit ich hierher gezogen bin. Eigentlich habe ich nicht mehr wirklich mit ihm gesprochen, seit Mama krank wurde.

Das Klingeln gellt in den Ohren, aber ich lasse es über mich ergehen, bis mein Handy irgendwann verstummt. Dann drücke ich meinen Kopf so fest in die Matratze, dass es schmerzt.

Ich mache mich sowohl in der Schule als auch auf dem Hof so gut es geht unsichtbar und spreche mit niemandem, es sei denn, es ist absolut notwendig. Nach ein paar Wochen stehen die Bäume auf dem Hof in voller Blüte.

An einem dieser Frühlingstage – es ist sengend heiß und die Atriumhöfe der Schule werden in der Sonne zu einem Schnellkochtopf – stehe ich hinten in einer Ecke im Schatten, als ich einen schwarzen BMW mit getönten Scheiben anrollen sehe. Irgendwie kommt mir das Auto bekannt vor. Im nächsten Augenblick traue ich meinen Augen kaum. Jackson steigt aus. Er nickt und kommt mit großen Schritten auf mich zu. Mit seinen Designerklamotten und seiner Attitüde passt er überhaupt nicht hierher.

»Hey, kleiner Mann«, sagt er und schüttelt mir dir Hand.

»Was machst du hier?«, frage ich ungläubig.

»Nur mal nachsehen, ob alles okay ist.«

»Woher wusstest du, wo ich bin?«

»Sjöbo ist jetzt nicht so riesig«, sagt er grinsend. »Komm, wir hauen ab und suchen uns was zu essen.«

»Ich hab in zehn Minuten Unterricht.«

»Scheiß drauf, deine Freunde aus der Heimat sind hier. Du wirst ja wohl eine Stunde ausfallen lassen können. Gibt's hier 'nen Mäcces in der Gegend?«

»Nee.«

»Okay, dann eben Döner. Komm schon.«

Ich steige ins Auto und begrüße die anderen Jungs. Sie scheinen sich alle zu freuen, mich zu sehen. Sagen *Hey Mann* und klopfen mir auf die Schulter, obwohl ich nicht einmal ihre Namen weiß. Der Einzige, den ich erkenne, ist Adnan.

Wir gehen in eine Pizzeria im Zentrum und Jackson gibt

allen einen Dönerteller aus. Es dauert nicht lange, bis ich mich wie ein Teil der Gang fühle und die nagende Angst davor, was passieren wird, wenn Bengt und Ingegärd erfahren, dass ich die Schule geschwänzt habe, ignoriere. Wir lachen und trinken Cola und niemand erwähnt Mustafa oder die Messerstecherei auf dem Friedhof. Durch die Fenster scheint die Sonne herein und der Pizzabäcker lächelt uns zu.

Mir wird plötzlich bewusst, wie lange es her ist, dass ich mich so gut gefühlt habe. Obwohl ich beschlossen habe, den Kontakt zu Jackson abzubrechen, macht es mich trotzdem ziemlich froh, dass er und die anderen den ganzen Weg hierher gefahren sind, um mich zu sehen. Dass ich nicht nur jemand bin, dem sie die Schuld in die Schuhe schieben konnten, dass es ihnen nicht egal ist, wie's mir geht.

Wir fahren zurück, damit ich pünktlich zur letzten Stunde wieder in der Schule bin. Aus dem Auto vibrieren die Basstöne, und als ich aussteige, rufen sie mir nach, dass wir uns bald wiedersehen.

Auf dem Weg zum Schulgebäude begegne ich Casper.

»Meine Kumpels«, sage ich, als ich seinen Blick auf den BMW bemerke.

Casper nickt. Ich sehe etwas Neues in seinem Blick, eine Unterwürfigkeit, die mir ein überlegenes Gefühl gibt. Ich weiß, wie respekteinflößend Jackson und seine Freunde wirken können.

»Wie cool, dass sie vorbeikommen«, sagt Casper.

»Das sind meine Brüder«, erwidere ich und schlage mir mit der Hand auf die Brust.

Casper sitzt nicht im regulären Bus zurück nach Haga,

aber als ich später mein Zimmer betrete, hängt meine Philipp-Plein-Cap wieder am Bettpfosten und etwas später am Abend, gerade als ich ins Bett gehen will, klopft Kwame an Tür.

»Komm mit, ich will dir was zeigen.«

Ich ziehe eine Jacke über und folge Kwame aus der Baracke. Ein dünner Nebel liegt über den Feldern und die untergehende Sonne taucht den Himmel in warme Gelbtöne. Ich habe noch nie so etwas Schönes gesehen und wünschte, Lydia wäre hier, damit wir diesen Moment miteinander teilen könnten.

»Was hast du vor?«, frage ich, aber Kwame antwortet nicht und ich sehe nur seinen Rücken vor mir, breit wie ein Schrank.

Wir gehen einen holprigen Pfad entlang, der sich zwischen den Feldern windet, und je weiter wir uns vom Hof entfernen, desto mehr bedauere ich, nichts mitgenommen zu haben, womit ich mich notfalls verteidigen könnte. Was würde ich tun, wenn Kwame und die anderen plötzlich über mich herfielen? Im nächsten Moment denke ich, dass sowieso alles egal ist. Meinetwegen können sie alles aus mir herausprügeln.

Wir schlagen uns durch das Unterholz eines kleinen Wäldchens. Der feuchte Dunst wabert zwischen den Laubbäumen hindurch. In der Dämmerung wirkt alles so verschwommen und ich frage mich, wie ich den Weg zurück zum Hof finden soll, sollte Kwame mich allein zurücklassen. Das Moos unter den Füßen ist weich und ich lausche, ob irgendwo Stimmen sind. Irgendwann höre ich etwas. Auf einer Lichtung flackert ein Feuer und drum herum sitzen die anderen auf verrottenden Baumstämmen.

»Was geht?«, fragt Casper und hebt die Hand zum Gruß.

Kwame und ich lassen uns neben den anderen nieder und Casper reicht uns einen Rucksack voller Bierdosen. Kwame gibt mir eine Dose, ich öffne sie und trinke einen Schluck.

»Du kennst also ein paar Leute?«, fragt Robin. Sein blondes, strähniges Haar hängt ihm ins Gesicht.

»Robin kommt auch aus Malmö«, erklärt Casper.

»Du meinst Jackson?«, antworte ich auf Robins Frage und strecke die Beine aus. »Ja, wir sind Bros.«

»Vertickst du für ihn?«, fragt Robin.

»Mm.«

Er nickt, zündet einen Joint an und nimmt einen Zug, dann reicht er ihn weiter an mich.

»Warum bist du hier?«

»Körperverletzung.«

»Schwere?«, fragt Casper.

Ich schiebe mir den Joint zwischen die Lippen und inhaliere den Rauch, halte ihn so lange wie möglich, dann blase ich ihn wieder aus.

»Hab jemanden niedergestochen«, sage ich und reiche den Joint an Ali weiter, aber der schüttelt nur mit dem Kopf.

»Du bist also ein kleines hartes Arschloch. Gefällt mir«, sagt Robin grinsend und holt eine Flasche mit gepanschtem Wodka hervor. »Aus welchem Viertel kommst du?«

»Sorgenfri.«

Um uns bricht die Dunkelheit herein und es wird so stockfinster, wie ich es noch nie zuvor erlebt habe. Casper und Robin haben die Beine von sich gestreckt. Ich weiß, dass die beiden in Sjöbo am Gymnasium sind, in der zwölften, aber sie sehen älter aus.

»Die Leute hier wissen nicht, wie gut es ihnen geht«, sagt Kwame und verzieht das Gesicht. Er hat einen besonderen Akzent und stolpert über die Konsonanten. »Sie haben keine Ahnung, wie es ist, wirklich arm zu sein.«

»Kwame ist den ganzen Weg aus Nigeria gekommen, um Autos zu klauen«, feixt Casper.

»Ist doch win-win«, sagt Kwame grinsend. »Ich krieg Cash, die kriegen dicke Summen von ihrer Versicherung.«

»Wo ist deine Familie?«, frage ich.

Kwame verstummt. Nimmt einen Stock vom Boden und stochert damit in der Glut herum.

»Die sind immer noch in dem Dorf, in dem er aufgewachsen ist«, erklärt Casper. »Die wohnen da in einer Hütte.«

»Halt die Fresse«, faucht Kwame.

Eine unangenehme Stille breitet sich aus und ich starre ins Feuer. Die großen Flammen lodern. Jedes Mal, wenn Kwame den Stock bewegt, wirbeln kleine leuchtende Glühwürmchen aus dem Steinbett auf.

Die Flasche geht herum und ich trinke ein paar ordentliche Schlucke. Der Einzige, der nicht trinkt, ist Ali. Er sitzt mit verschränkten Armen da und starrt auf den Boden. Ich frage mich, warum er überhaupt mitgekommen ist, aber wenn er wirklich so verrückt ist, wie Casper behauptet, wollen die anderen ihn wahrscheinlich im Auge behalten.

»Du hast echt Glück, dass du hier gelandet bist«, sagt Robin schließlich. »Bengt und Ingegärd sind in Ordnung und in einer abgefuckten Welt wie dieser sind sie unsere einzige Chance.«

»Wie meinst du das?«, frage ich und nehme einen weiteren großzügigen Schluck Wodka, dass es mir fast wieder hochkommt.

»Unser Schicksal ist vorbestimmt«, sagt er schulterzuckend. »Die einen werden in Reichtum geboren, andere landen schon von Geburt an in der Gosse. So ist es nun mal. Glaubst du, unsere Gesellschaft würde funktionieren, wenn wir alle Banker oder Unternehmensgründer wären?«

Ich schüttele den Kopf.

»Die brauchen solchen Abschaum wie uns.«

»Genau. Wer soll ihnen denn sonst Stoff klarmachen?«, feixt Casper.

»Aber zwischendurch muss man sie dran erinnern, dass sie ohne uns nicht können«, fügt Robin hinzu. »Ich hatte mal einen Kunden – der hat jedes Wochenende bei mir gekauft. Steinreicher Wichser und übelst geizig. Dachte, er wäre schlauer als ich, und wollte jedes Mal den Preis runterhandeln. Irgendwann hatte ich die Schnauze voll und hab ihm unreines Zeug verkauft. Der Typ hatte 'ne allergische Reaktion und ist auf der Intensiv gelandet.«

Kwames und Caspers Gelächter hallt zwischen den Bäumen wider und ihre Gesichter verzerren sich im flackernden Schein des Feuers. Mir wird ein neuer Joint gereicht und diesmal nehme ich einen längeren Zug. Spüre, wie sich mein Körper entspannt, und denke an all die schlimmen Dinge, vor denen ich laut Ulla-Britt bewahrt wurde, indem sie mich hierher geschickt hat. Ich frage mich, was sie wohl sagen würde, könnte sie mich jetzt sehen.

Robin setzt sein Verhör fort und will wissen, wen ich in Malmö kenne. Ich tue mein Bestes, spiele sein Spiel mit und hoffe, dass er es mir abkauft. Ich hatte nie etwas mit Jacksons Drogenhandel zu tun, aber jetzt, wo ich den Respekt der anderen gewonnen habe, will ich dieses Image wahren.

Wir sitzen so lange am Feuer, dass ich total das Gefühl für die Zeit verliere. Irgendwann glimmt es nur noch vor sich hin, alles, was von den großen Baumstämmen übrig ist, sind grauweiße Skelette. Die Luft ist jetzt viel kühler. Unter den Klamotten bekomme ich eine Gänsehaut und ich verschränke die Arme vor der Brust, um mich warm zu halten. Robin kippt Wasser über die Glut, es faucht und klingt dabei fast mechanisch, als hätte jemand einen Motor aufgedreht. Dicker Rauch steigt auf.

Ich stehe auf, merke plötzlich, wie unsicher ich auf den Beinen bin. Versuche, meinen Blick zu stabilisieren, aber der Wald schwankt und ich kann mich nur mit Mühe aufrecht halten.

Casper taucht wie aus dem Nichts an meiner Seite auf und legt den Arm um mich, hängt wie ein nasser Sack an meiner Schulter.

»Danke, dass ich mir deine Cap ausleihen durfte.«

Ich nicke und wende mich ab, um dem stechenden Geruch von Schweiß und Rauch zu entgehen, kann aber die Übelkeit nicht aufhalten, die gegen die Rippen drückt. Mir ist klar, dass ich nicht mehr rechtzeitig von den Jungs wegkomme, aber ich schaffe es, ein paar Schritte wegzuschwanken, bevor ich auf die Knie falle und über das Laub vom letzten Jahr kotze.

Auf allen vieren entleere ich meinen kompletten Mageninhalt. Ich spüre die ganze Zeit Caspers Anwesenheit. Er umkreist mich und wartet auf den richtigen Moment.

»Glaubst du echt, du kannst uns erzählen, dass du Jacksons Zeug vertickst? Sieht doch jeder, dass du nur sein kleiner Handlanger bist.«

Als ich mir gerade den Mund mit dem Ärmel abwische,

stellt er mir seinen schweren Stiefel in den Rücken. Vom Feuer her ist leises Gelächter zu hören.

»Wenn du das nächste Mal auf die Idee kommst, uns anzulügen, solltest du überlegen, ob es das wert ist.«

Sie verschwinden. Plötzlich gibt es nur noch mich und den Wald. Um mich herum flüstern die Bäume. Die Äste kratzen aneinander und wieder fühle ich mich beobachtet. Ich krieche ein Stück zur Seite und sinke dann in das feuchte Moos. Unterdrücke den Würgereflex und blicke hinauf in den unendlichen Sternenhimmel, der sich über mir wölbt. Die Einsamkeit macht mich völlig wehrlos. Ich will zurück, kann aber nicht aufstehen. Ich habe nichts, woran ich mich festhalten könnte, heiße Tränen laufen über meine Wange. Es gibt keine einzige Person, die ich um Hilfe bitten könnte, niemand ist auf meiner Seite. Nicht einmal Lydia mag mich mehr. Ich denke an all die schrecklichen Dinge, die ich zu ihr gesagt habe, bevor ich gegangen bin – es ist meine Schuld, dass wir uns verloren haben. Würde es überhaupt jemanden interessieren, wenn ich sterbe? Wenn ich nie zurückkäme, vom Wald verschlungen würde, wäre das nicht die reinste Befreiung?

Ich kauere mich zusammen, kann genauso gut hier liegen bleiben und erfrieren. Doch dann höre ich plötzlich ein Geräusch. Meine Sinne schärfen sich. Aufmerksam schaue ich mich um. Mein Herz schlägt bis in den Hals, und als ich ihn zwischen den Bäumen ausmachen kann, ist es, als würde mich ein harter Schlag auf die Brust treffen.

Ali steht neben einer Fichte und sieht mich an. Er ist im Dunkeln kaum zu erkennen, nur ein formloser Schatten, und ich muss an Caspers Worte denken, dass Ali ein Psychopath ist, der jemanden hingerichtet hat. Ich zittere am ganzen Körper und mir wird plötzlich klar, dass ich doch noch gar nicht bereit bin zu sterben.

Ich lege meine Hände um einen Baumstamm und ziehe mich auf die Füße, zwinge meinen Körper dazu, aufrecht zu bleiben. Ali sagt kein Wort. Er geht einfach auf mich zu und packt mich am Arm. Legt ihn sich um die Schultern und stützt mich.

Ich frage mich, was er wohl vorhat. Bilder ziehen vor meinem inneren Auge vorbei, ich sehe das Blut aus Mustafas Bauch spritzen, die verängstigten Augen und das Aufblitzen der Messerklinge, und ich denke, was auch immer passiert, so geschieht es mir recht.

Ali ist stark, er schleppt mich durch den Wald. Ich versuche mich zu wehren, gebe aber bald auf. Stolpere über ein paar scharfkantige Steine und knochige Wurzeln und stoße mich immer wieder an den Füßen. Erst als wir den Hof erreichen, bleibt Ali stehen. Ich frage mich, ob die anderen auf uns warten und ob sie Waffen haben. Vielleicht haben sie das Geld unter meiner Matratze gefunden und wollen mehr haben.

Die Tränen steigen wieder auf und ich schlucke schwer, schließe die Augen und denke an Mama. Mir tut alles so leid, mir tut leid, was passiert ist, mir tut es leid, dass ich hier gelandet bin.

Ali macht sich von mir frei und lässt mich an die Barackenwand gelehnt liegen. Ich klammere mich an ihr fest und starre in die Dunkelheit. Lausche meinen eigenen heftigen Atemzügen und sehe ihm nach, als er durch die Tür nach drinnen verschwindet. Jetzt holt er die anderen, denke ich, jetzt kommen sie gleich, aber nichts passiert.

Irgendwo in der Ferne knurrt Rambo. Ein leises Rasseln.

Er läuft wohl auf und ab, zieht seine Kette hinter sich her. Kurz darauf verschwindet er in seiner Hütte.

So leise ich kann, komme ich auf die Beine, taumele zur Tür und schaffe es, unbemerkt in mein Zimmer zu gelangen. Dann falle ich aufs Bett und schlafe ein, ohne vorher meine Klamotten auszuziehen.

KAPITEL 29

Der Sommer kommt und Haga wird in ein üppiges Grün gekleidet. Die Baumkronen explodieren im Sonnenlicht und bunte Blumen sprießen an jeder Ecke. Ingegärd verbringt fast die ganze Zeit zusammen mit ihrer Tochter Melissa in einer Hängematte hinter dem Gutshaus und Bengt erntet Kartoffeln und Rüben.

Wenn ich keine Arbeitsaufträge habe, bleibe ich meistens für mich. Obwohl ich wahrscheinlich hundertmal nachgefragt habe, Ulla-Britt will noch keine Entscheidung darüber treffen, wann ich zurück nach Malmö ziehen kann, aber Bengt hat zumindest einen alten Fernseher angeschleppt, auf dem ich Nintendo spielen kann, und so fällt es mir ein bisschen leichter, die anderen zu meiden.

Manchmal klopft Kwame an meine Tür und fragt, ob ich mit zum Feuer kommen möchte, aber ich sage immer Nein. Mein Gras kaufe ich direkt bei Robin und rauche es allein beim Zelda-Spielen, während draußen die Abendsonne die umliegenden Felder in goldenes Licht taucht.

Eines Nachmittags hat Casper schlechte Laune. Ich weiß nicht, was passiert ist, sehe nur wie er vor dem Hühnerstall mit Robin und Kwame in Streit gerät. Ich bin gerade mit dem Kuhstall fertig und bleibe im Schatten des Eingangs stehen.

»Was glotzt du so?«, fährt Casper mich an, als er mich dort entdeckt. Ich zucke mit den Schultern, weiß aber genau, dass er nicht lockerlassen wird. Er kommt auf mich zu und baut sich vor mir auf.

Rambo springt auf und zerrt an seiner Kette. Ein Knurren dringt tief aus seiner Kehle. Er hatte sich gerade noch im Kies gewälzt und der Staub wirbelt um ihn herum, als er sich schüttelt.

»Lass ihn«, murmelt Robin, aber Casper hört nicht darauf, verpasst mir einen harten Stoß, so dass ich das Gleichgewicht verliere.

»Verpiss dich von hier.«

Ich spüre die Augen der anderen auf mir, bin es langsam leid, so behandelt zu werden.

»Du hast mir gar nichts zu sagen«, erwidere ich trotzig.

Kwame lacht laut auf und ich sehe, wie die Wut in Caspers Augen aufblitzt. Er scheint seinen Ohren nicht zu trauen.

»Halt einfach die Fresse, du kleine Schwuchtel.«

Er wirft sich in die Brust, macht sich größer, glaubt wohl, dass er mir damit Angst einflößt. Geht davon aus, dass ich gegen ihn ohnehin keine Chance habe, dass er mir überlegen ist und mich jeden Augenblick dem Erdboden gleichmachen kann.

In mir wächst die Wut. Ich trage so viel Scheiß mit mir rum, aber diese Wut ist irgendwie befreiend. Sie fühlt sich vertraut an.

»Halt doch selbst die Fresse.«

Er wirft einen flüchtigen Blick zu den anderen und spannt seine Muskeln an. Weiß ganz genau, dass er aus der Nummer nicht mehr rauskommt. Jetzt gibt es kein Zurück mehr.

Bevor er Zeit hat, eine Entscheidung zu treffen, stürze ich auf ihn zu. Meine Faust trifft seinen Wangenknochen und ich donnere in ihn hinein, aber ich habe seine Kraft falsch eingeschätzt. Caspers Blick verdunkelt sich. Er packt mich, reißt mich von sich los. Dann zieht er mich wieder an sich heran und nimmt mich in den Schwitzkasten. Alles geht so schnell, dass ich keine Zeit habe zu reagieren. Mein Kopf wird unter seinem Arm eingeschlossen und er drückt so fest zu, dass ich kaum Luft bekomme.

Ich trete um mich, doch meine Füße verfehlen ihr Ziel. Fuchtele wie wild mit den Händen in dem Versuch, mich aus seinem Griff zu befreien.

»Hast du echt gedacht, du kannst mir was? Hä? Wie bescheuert bist du eigentlich?«

Er packt fester zu und mir wird die Luft abgeschnürt.

»Du solltest erst mal lernen, was Respekt ist, verstanden?«, zischt er, packt meine fuchtelnde Hand und dreht sie so auf den Rücken, dass der Schmerz durch meinen gesamten Arm zuckt. Doch obwohl ich so in seinem Griff gefangen bin und nicht loskomme, obwohl mir gleich ganz schwarz vor Augen wird, habe ich keine Angst. Stattdessen durchströmt mich ein anderes Gefühl. Ein angenehmes, eine Befreiung der Seele. Ich bin im Hier und Jetzt und spüre jede Zelle meines Körpers.

Schwarze Flecken tanzen vor meinen Augen und ein fader Geschmack legt sich auf meine Zunge. Ich sehe Kwames und Robins Schuhe, aber sie sagen kein Wort.

Plötzlich geht alles ganz schnell. Ich höre ein lautes Rufen und spüre, wie sich Caspers Griff augenblicklich löst, bevor er mich zu Boden drückt. Ich komme sofort wieder auf die Beine und drehe mich mit geballten Fäusten zu ihm um, aber Casper sieht mich nicht einmal an. Sein Blick ist auf jemand anderen gerichtet.

Bengt kommt mit schnellen Schritten auf uns zu. Er hält etwas in seinen Händen, ein Maschinenteil, das er mit einem fleckigen Tuch abreibt.

»Lasst den Jungen in Frieden!«

»Ist alles nur Spaß«, sagt Casper.

»Aber jetzt ist der Spaß vorbei.«

Casper wirft mir einen Blick zu, seine Augen sind hasserfüllt.

»Wir sehen uns noch«, raunt er mir zu und geht lässig davon, die anderen folgen ihm.

Bengt hebt das Maschinenteil vor die Augen, um die Sonne abzuschirmen, und blinzelt.

»Halt dich von Typen fern, die nur Ärger anrichten, vor allem, wenn sie größer sind als du«, sagt er.

Ich lehne mich an die Wand und hole tief Luft. In meiner Schulter pulsiert der Schmerz.

»Ich muss mich doch verteidigen!«

»Ja, das ist wohl wahr.«

Ich frage mich, wohin ich jetzt gehen soll. Zurück zur Baracke kann ich erst, wenn Casper sich beruhigt hat.

Bengt fummelt weiter an dem Ding herum und murmelt etwas vor sich hin, bevor er mich nachdenklich ansieht. »Komm mal mit«, sagt er schließlich.

Die Hütte liegt nur einen Steinwurf vom Hof entfernt und ist fast vollständig von Gestrüpp verdeckt. Ich habe sie erst gar nicht bemerkt, aber meine Neugierde ist geweckt, als ich sehe, dass die Tür neben der üblichen Schließvorrichtung zusätzlich mit einem starken Vorhängeschloss an einem schmiedeeisernen Riegel verschlossen ist. Bengt sperrt auf und geht hinein, schaltet das Licht an, das kurz aufflackert. Ich folge ihm, spüre einen kalten Lufthauch im Gesicht. Hier drinnen riecht es seltsam, ein metallischer Geruch, der sich mit etwas anderem vermischt. Verdorbenes Essen.

»Ich war auch andauernd in irgendwelche Schlägereien verwickelt, als ich in deinem Alter war«, sagt Bengt. »Kam immer mit zerrissenen Klamotten nach Hause. Einmal wurden mir zwei Zähne ausgeschlagen.«

Instinktiv lege ich mir die Hand vor den Mund und fixiere meinen Blick auf eine Werkbank. Über ihr hängen glänzende Sägeblätter, eine Axt und eine Reihe Messer mit groben Griffen. Dann entdecke ich den Baumstumpf auf dem Boden. Die dunklen Flecken, die sich über die Ränder des Stumpfes ausgebreitet haben.

»Irgendwann wird man süchtig«, fährt er fort. »Es ist der Adrenalinschub, den man immer und immer wieder haben will, der Rausch, der dem Gefühl entspringt, dass es um Leben und Tod geht. Diesen Rausch muss man mit etwas anderem ersetzen.«

Ich sehe mich um und entdecke einen Waffenschrank, entdecke die Haken an der Decke in der hintersten Ecke der Hütte. Das Licht reicht nicht bis dorthin, aber ich meine, zwei Hasen zu erkennen, sie hängen nebeneinander, jeder mit einer Schnur um den Hals. Sie sind größer, als ich mir Hasen immer vorgestellt habe. Ihre Bäuche sind aufgeschlitzt, das Fell ist blutig. Ihre langen Beine baumeln über dem Boden. Sie starren mich aus ihren leeren Augen an und ich taumele rückwärts und falle beinahe in Bengt hinein, der mich auffängt und mir Halt gibt.

»Musst keine Angst haben, Junge, die sind schon tot. Die hängen da nur, damit das Fleisch schön mürbe wird.«

»Ich hab keine Angst«, erwidere ich, vielleicht eine Spur zu schnell.

Er schließt den Schrank auf und nimmt ein Gewehr heraus, wiegt es in der Hand, bevor er es mir überreicht.

»Hast du so eine schon mal gehalten?«

»Nein.«

»Versuch's mal«, sagt er und hilft mir, sie richtig anzulegen.

Ich lege meinen Finger auf den Auslöser und schaue durch das Visier. Bengt hat zwar gesagt, das Gewehr sei ungeladen, trotzdem habe ich Angst, dass ein Schuss losgeht. Ich habe noch nie eine Schusswaffe in der Hand gehalten und merke selbst die Kraft, die sie mir verleiht. Ich könnte damit jedem das Leben nehmen – das macht mir Angst und gleichzeitig verspüre ich ein Gefühl von Aufregung.

»Wie fühlt sich das an?«

»Gut«, sage ich, nicke und drehe mich um, so dass der Lauf des Gewehrs zum Fenster zeigt. Ich stelle mir Casper da draußen vor, seinen Blick, wenn er mich mit dem Gewehr über der Schulter auf sich zukommen sieht.

»Keiner der anderen Jungs hatte Interesse, aber wenn du willst, kann ich dir das Jagen beibringen. Wir haben hier in der Gegend schöne Jagdreviere.«

Mir wird ganz warm und ich freue mich extrem über das Angebot.

»Okay.«

»Schön«, sagt Bengt, nimmt mir die Waffe wieder ab und schließt sie im Schrank ein. »Als Jäger trägt man eine große Verantwortung, ich muss mich also auf dich verlassen können.«

»Jawohl.«

»Hier gibt es jegliches Wild von Rehen und Füchsen bis hin zu Wildschweinen, aber die Jagd ist reguliert. Im Moment dürfen wir nur Tiere schießen, die unserem Hof und unserer Ernte schaden.«

»Wie Hasen«, sage ich.

»Genau. Ich bin nicht weit von hier auf einem Bauernhof aufgewachsen, war einer von acht Geschwistern. Es gab viele Mäuler zu stopfen, also brachte mein Vater mir und meinen Brüdern das Jagen bei. Hast du schon mal Hase gegessen?«

Ich schüttele den Kopf.

»Schmeckt besser, als du jetzt vielleicht denkst. Lässt man sie vierzehn Tage wohltemperiert abhängen und brät sie dann bei schwacher Hitze, wird das Fleisch richtig saftig. Ich kann dir zeigen, wie man ihnen das Fell über die Ohren zieht und sie am besten zubereitet.«

Allein der Gedanke, die toten Tiere zu essen, die von der Decke baumeln, ist widerlich, aber ich nicke. Ich bin gern mit Bengt unterwegs, und mir ist klar, dass Casper mir nichts kann, solange ich bei ihm bin.

Bengt zeigt mir den Wald. Er erklärt, dass die Pflanzen sich gegenseitig Sonnenlicht und Nährstoffe stehlen. Er bringt mir bei, wie man sie beschneidet, was entfernt werden muss, damit andere Bäume und Sträucher so gut wie möglich wachsen können. Alles, was er sagt, kommt mir wichtig vor und ich höre ihm aufmerksam zu. Dieses Wissen, denke ich, kann man nicht in einem Buch nachlesen, das hat Bengt sicherlich von seiner Familie gelernt und hätte es an seine Söhne weitergegeben, hätte er welche gehabt.

Ich reiße dicke Sträucher und meterhohe Triebe aus, ziehe lange Wurzeln aus dem Boden, an denen dicke Erdbrocken kleben, und habe das Gefühl, dass sie sich mit aller Macht gegen mich auflehnen, dass sie um jeden Preis bleiben wollen. An manchen Stellen muss ich mit einer Säge durch dünnes Geäst schneiden, mich durch die zähe Rinde bohren, bis ich ins Innere des Stammes komme, das weich und buttergelb ist.

Bengt bringt mir den Umgang mit der Kettensäge bei und zeigt mir, wie man einen Baum fällt. Alles ist viel aufregender, als ich es mir jemals hätte vorstellen können. Wir fällen eine dreißig Meter hohe Birke und mich durchzuckt eine wilde Freude, als der Baum fällt und der Boden bebt.

Wenn ich nicht im Wald bin, sehne ich mich nach ihm. Ich, der ich mich dort immer wie ein Fremder gefühlt habe, der ich die dicht beieinanderstehenden Stämme als etwas Bedrohliches empfunden habe, gehe mit entschlossenem Schritt über Lichtungen und herabgefallene Äste und lerne, wo ich meine Füße hinsetzen muss, um nicht auf die falsche Seite zu treten. Bald laufe ich abseits des Pfades zwischen den Bäumen hindurch, bahne mir meine eigenen Wege und weiß genau, wo ich bin. Der Wald ist weich und formbar, er umschließt mich sanft. Er ist eine ganze Welt, in der ich Frieden finde.

Ich bin gerne mit Bengt unterwegs, fühle mich ruhig in seiner Gegenwart. Er redet nicht viel, aber was er erzählt, regt oft zum Nachdenken an und ich frage mich, wie es sich wohl angefühlt hätte, ihn als Vater zu haben. Er ist groß und lieb, jemand, an den man sich anlehnen kann. Wenn er sagt, dass wir uns treffen, kann ich mich immer darauf verlassen, dass er kommt. Ich frage mich, ob Melissa weiß, was für ein Glück sie hat.

Wir brechen früh auf, noch vor der Dämmerung, und legen Schlachtabfälle im Wald aus, um einen Fuchs anzulocken. In den letzten Wochen ist er immer wieder um die Scheune herumscharwenzelt. Bei Einbruch der Dunkelheit taucht er auf und versucht, an die Hühner ranzukommen. Eines Morgens liegen zwei von ihnen gerissen auf dem Kies vorm Haus. Rambo, der seelenruhig in seiner Hütte gepennt hat, gibt ein paar peinlich berührte Laute von sich und verkriecht sich beschämt hinterm Zwinger.

Der Morgennebel liegt über den Feldern. Bengt nippt an dem Kaffee aus seiner Thermoskanne. Ich muss dringend pinkeln, aber traue mich nicht zu fragen. Stattdessen sitzen wir eine Stunde lang schweigend da und warten, bis wir den Fuchs schließlich zu Gesicht bekommen.

Er schleicht am Feldrand entlang. Seine Augen funkeln, sein Maul steht offen. Er hat ganz offensichtlich die Fleischabfälle gewittert. Dennoch ist er auf der Hut, bewegt sich wachsam und vorsichtig.

Bengt legt das Gewehr an und entsichert. Es fällt mir schwer, still zu sitzen, ich bin der Meinung, er müsse sich beeilen. Er müsse schießen, bevor der Fuchs wieder verschwindet. Aber Bengt nimmt sich alle Zeit der Welt.

Das Tier nähert sich der Beute und schnüffelt am Fleisch. Mein Herz schlägt so heftig, dass ich kaum atmen kann. Bengts Finger liegt am Abzug, schmiegt sich ganz sachte an das Metall. Dann feuert der Schuss los. Ich zucke zusammen, es ist lauter, als ich dachte. Sehe den Fuchs fallen. Warte darauf, dass Bengt etwas sagt, dass er seine Freude irgendwie zum Ausdruck bringt, aber er steht einfach nur auf. Legt sich das Gewehr über die Schulter und geht auf das gefallene Tier zu.

Ich folge ihm, aufgeregt auf eine Weise, wie ich es noch nie zuvor erlebt habe. Das Jagen weckt etwas in mir, eine Art Hunger. Einerseits ist mir das unangenehm, andererseits will ich mehr. Ich betrachte den schlaffen Fuchskörper, die Zunge, die aus dem Maul hängt, und empfinde eine Art Zufriedenheit. Frage mich, ob das normal ist.

Bengt legt dem Tier eine Schlinge um den Hals und hebt es hoch. Untersucht es und erklärt mir, dass man Füchse nicht essen, aber das Fell verwenden kann. Ich zwinge mich dazu, den Blick abzuwenden und meine Gefühle unter Kontrolle zu bringen. Der Rausch, der gerade in meinem Körper anschwillt, ist derselbe wie beim Kämpfen, nur noch stärker.

»Hätten wir das erledigt«, erzählt Bengt Ingegärd, als wir zurück zum Hof kommen.

»Sehr gut. Hast du ihn erlegt?«, fragt sie mich.

»Beim nächsten Mal«, antwortet Bengt. »Er muss noch ein bisschen üben, bevor ich ihn an die Büchse lasse.«

Ich entschuldige mich, gehe auf die Toilette, spüle mein Gesicht mit kaltem Wasser ab und betrachte mich im Spiegel. Meine Haare sind schon länger nicht mehr geschnitten, ich bin sonnengebräunt und habe Mückenstiche auf der Stirn. Und dann ist da noch etwas in meinem Blick. Ein anderer Ausdruck, etwas Wildes, und ich frage mich, ob ich durch die Veränderung, die ich hier auf dem Hof durchgemacht habe, mehr oder weniger zu meinem wahren Ich gefunden habe. Hat man überhaupt in der Hand, wer man wird? Wenn man mit einer Dunkelheit in sich geboren wird, wenn etwas nicht stimmt – kann man überhaupt geheilt werden?

Ich denke an den schlaffen Fuchskörper und spüre ein Verlangen danach, es selbst zu tun. Ich möchte das Gewehr halten, ich möchte derjenige sein, der schießt.

Es klopft an der Tür.

»Beeil dich«, ruft Casper von draußen.

Meine Schultern verkrampfen. Ich stelle mir vor, wie es wäre, jetzt das Gewehr bei mir zu tragen. Wie ich aus dem Bad komme, den Lauf auf ihn gerichtet. Ob er wohl auf die Knie geht und um sein Leben fleht?

»Ich brauch noch einen Moment«, sage ich, bereue es aber sofort. Jetzt weiß Casper, dass ich es bin.

»Die kleine Schwuchtel hat sich auf dem Klo eingesperrt«, johlt er und rüttelt an der Türklinke. »Was er da drin wohl macht?«

Ich schließe auf und drängele mich an ihm vorbei. Casper grinst mich an, seine Worte schmerzen wie eine Brandwunde. Ich möchte ihn anschreien, dass er die Klappe halten soll, aber ich weiß, dass es dann nur noch schlimmer wird, stattdessen starre ich auf den Boden und mache, dass ich davonkomme.

Ein paar Stunden später bin ich auf dem Weg zum Stall, um neues Stroh abzuladen, als ich etwas entdecke. Im hohen Gras vor dem Eingang liegt Bengts Schlüsselbund. Er muss ihn fallen gelassen haben, bevor er aufs Feld gegangen ist. Ich schaue mich um und hebe ihn schnell auf. Bengt wird eine Weile nicht zurück sein, aber Ingegärd ist zu Hause. Ich sollte ihr den Schlüsselbund bringen. Dann kommt mir eine andere Idee. Ali ist zum Einkaufen ins Dorf gefahren und Robin und Kwame sind mit Bengt unterwegs, aber Casper ist noch auf dem Hof. Er soll dem Holzschuppen einen neuen Anstrich verpassen und kratzt gerade die alte Farbe ab. Ich könnte das Gewehr holen und ihn erschrecken. Ihm zeigen, dass er nicht ständig auf mich losgehen kann, ohne irgendwann die Konsequenzen zu spüren.

Mir ist klar, dass das wahrscheinlich keine gute Idee ist, aber jetzt, da ich sie mir einmal in den Kopf gesetzt habe, kann ich nicht mehr davon ablassen. Ich sehe Caspers Gesicht vor mir, wenn ich die Waffe auf ihn richte. Ich sehe ihn zu Boden sinken und vor Angst zittern, und das Bild erfüllt mich mit Genugtuung. Das Ganze muss nicht länger als ein paar Minuten dauern. Ich will ihm nur ein bisschen Angst machen, ihm zeigen, wozu ich fähig bin. Ihn dazu bringen, sich bei mir zu entschuldigen und zu versprechen, dass er mich nie wieder eine Schwuchtel nennen wird.

Mein Herz schlägt mir bis zum Hals, als ich auf Bengts Jagdhütte zugehe. In der Ferne sehe ich Casper die alte Farbe von der Wand des Holzschuppens abspachteln. Das ist meine Chance, deutlich zu machen, dass ich kein kleines Kind mehr bin, dass ich seinen Respekt verdiene.

Ich öffne das Vorhängeschloss und schiebe den Riegel auf, dann stecke ich den Schlüssel ins Schloss. Meine Hände zittern vor Aufregung, ich schüttele sie, um sie unter Kontrolle zu kriegen.

Die Hütte ist von hohen Bäumen umgeben, und obwohl es mitten am Tag ist, dringt nur schwaches Licht durch die Baumkronen. Trotzdem will ich die Lampe nicht einschalten, sondern gehe direkt zum Waffenschrank. Es dauert ein paar Augenblicke, den richtigen Schlüssel zu finden. Die Tür knarrt, als ich sie öffne. Ich starre auf die drei Gewehre, die vor mir hängen, und versuche mich zu erinnern, womit Bengt heute früh geschossen hat. Am Ende entscheide ich mich für die Büchse ganz rechts und hebe sie vorsichtig heraus.

Die Waffe ist schwerer, als ich sie in Erinnerung habe, und fühlt sich in meinen Händen ungewohnt an. Ich fahre mit den Fingern über den Lauf, spüre den kalten Stahl und frage mich, ob sie schon geladen ist oder ob Bengt die Patronen herausgenommen hat. Mir wird schlagartig bewusst, wie wenig ich mich an seine Anweisungen erinnere und dass ich überhaupt keine Kontrolle über die Situation habe. Was, wenn sich nun aus Versehen ein Schuss löst, wenn ich auf Casper ziele?

Aus dem Augenwinkel sehe ich den Fuchs an demselben Haken baumeln, an dem zuvor einer der Hasen hing. Sein Maul ist offen und die Zunge hängt heraus. Ein Schauer jagt mir durch den Körper. Es ist noch nicht zu spät, es sich anders zu überlegen. Ich kann das Gewehr zurückstellen, den Waffenschrank und die Hütte abschließen und Ingegärd die Schlüssel geben, ohne dass irgendjemand mitbekommt, was ich getan habe. Aber wie bringe ich Casper dazu, mich in Ruhe zu lassen? Das ist meine Chance, ihm eine Lektion zu erteilen. Ich kann jetzt nicht den Schwanz einziehen.

Ich hebe das Gewehr an meine Schulter, so wie Bengt es mir gezeigt hat, lege den Finger an den Abzug. Der heftige Geruch von Tierkadavern steigt mir in die Nase und ich verlasse die Hütte. Lege das Gewehr an und ziele auf eine Krähe, die auf einem Ast sitzt. Ich muss es jetzt tun, ich darf nicht zögern.

Mein Herz pocht laut, ich weiß nicht, ob ich jemals so krassen Puls hatte. Ich versuche, gleichmäßig zu atmen. Mein Blick wandert zum Holzschuppen. Dort steht Casper. Ich höre ihn fluchen, als er mit dem Schaber abrutscht. Ich richte die Flinte auf ihn und will gerade einen Schritt nach vorn machen.

»Leg sofort die Büchse nieder.«

Bengts Stimme dröhnt hinter mir und ich erstarre. Langsam lasse ich die Waffe sinken, lege sie vor mir auf den Boden, dann drehe ich mich um.

»Was tust du da, verdammt noch mal?«

»Ich wollte nicht …«, murmele ich.

»Meine Schlüssel«, donnert Bengt.

Ich grabe in meiner Tasche nach dem Schlüsselbund und lege ihn in Bengts ausgestreckte Hand.

»Es tut mir leid. Er lag im Gras und ich wollte nur nachsehen, ob alles abgeschlossen ist.«

Bengts Miene verhärtet sich. Er sieht mich nicht an. Während ich ihm dabei zusehe, wie er das Gewehr aufhebt, wieder in den Schrank stellt und die Tür zur Jagdhütte abschließt, suche ich nach einer besseren Erklärung, aber mir fällt nichts ein. Hoffe stattdessen, dass Bengt noch etwas tut, dass er mich anbrüllt. Mir sagt, wie wütend und enttäuscht er ist. Aber er schweigt und ich kann die Stille kaum ertragen.

Dies ist das letzte Mal, dass wir miteinander über etwas anderes als den Kuhstall sprechen. Wenn Bengt das nächste Mal in den Wald geht, darf ich nicht mitkommen. Ich setze nie wieder einen Fuß in die Jagdhütte.

KAPITEL 30

Mehr als zwei Jahre verbringe ich auf dem Hagagården. Erst im letzten Halbjahr der neunten Klasse finde ich bei Ulla-Britt Gehör, als ich ihr zum hundertsten Mal erkläre, dass ich in Malmö aufs Gymnasium gehen will und bereit bin, wieder nach Hause zu ziehen.

Im ersten Halbjahr habe ich mich echt zusammengerissen und alle Fächer bestanden, außer Chemie, aber das liegt nur daran, dass der Lehrer ein alter Sack ist und keine meiner Fragen beantworten konnte. Auch Bengt und Ingegärd haben nichts zu meckern. Sie haben mir die komplette Verantwortung für den Kuhstall übertragen. Jeden Tag nach der Schule sorge ich dafür, dass die Boxen gereinigt werden und die Kühe neues Stroh bekommen.

Ulla-Britt ist beeindruckt, wie sehr ich an meinen Aufgaben auf dem Hof gewachsen bin. Seltsamerweise macht es mich ziemlich stolz, als sie das sagt. Als ob Mist schaufeln etwas wäre, womit man prahlen könnte. Ein paar Tage nach ihrem letzten Besuch ruft sie an und sagt, sie habe sowohl mit Papa als auch mit Ingegärd gesprochen und alle seien damit einverstanden, dass ich nach dem Sommer nach Hause ziehen kann, wenn ich denn möchte.

Ich kann meine Freude kaum verbergen, laufe den ganzen Tag grinsend durch die Gegend. Erst in der Nacht werde ich von anderen Gedanken heimgesucht. Ich schlafe schlecht und wälze mich in meinen abgenutzten Laken hin und her. Kwames Schnarchen auf der anderen Seite der Wand und das kalte Mondlicht, das durch die verbogenen Jalousien fällt, lassen mich nicht zur Ruhe kommen.

Obwohl ich mich so danach sehne, hier rauszukommen, keimt gleichzeitig eine Sorge in mir auf. Die Zeit auf Hagagården hat mich verändert, etwas Neues aus mir hervorgelockt. Was ist, wenn ich in Malmö nicht mehr dazugehöre? Wenn die Leute zu Hause mich komisch finden?

Ulla-Britt holt mich an einem Dienstag Anfang August vom Hagagården ab. Ich sage den anderen nichts, aber bevor ich die Baracke verlasse, lege ich meine Philipp-Plein-Cap auf Alis Bett.

Draußen auf dem Hof wartet Ulla-Britt mit Bengt und Ingegärd, und ich bin erstaunt, wie traurig sie wirken. Ingegärd nimmt mich fest in den Arm und sagt, dass ich immer willkommen bin, und Bengt schüttelt mir die Hand. Ich wage es nicht, ihm in die Augen zu sehen, steige schnell in denselben roten Volvo, in dem ich hergekommen bin, und werfe einen letzten Blick auf Hagagården, dann fahren wir ab.

Der Weg nach Malmö fühlt sich ewig an. Ulla-Britt hat das Autoradio angestellt, wir zuckeln durch die sonnige Landschaft. Sie fragt, ob mein Vater wie versprochen angerufen hat, und ich lüge und sage Ja. Irgendwann kommt der Wagen vor unserem Haus zum Stehen, Ulla-Britt lächelt mich an und sagt, dass ich ruhig allein reingehen kann, dass sie in ein paar Tagen von mir hören will und dass ich jederzeit anrufen kann, wenn es etwas gibt.

Es fühlt sich seltsam an, das Haus zu betreten, in dem ich aufgewachsen bin. Alles ist wie immer. Als wäre das Gebäude während meiner Abwesenheit abgesperrt und nicht betreten worden. Im Treppenhaus leuchtet dasselbe diffuse Licht, liegt derselbe schwache Rauchgeruch, und auf dem

Fensterbrett im zweiten Stock hängt ein vergessener Fäustling.

Ich gehe schnell die Treppe hinauf. Nehme jede zweite Stufe, ein Bewegungsmuster, das sich in das Muskelgedächtnis eingeprägt hat. Ich bin so oft diese Treppe hinaufgerannt, habe meine Hände an genau die gleichen Stellen am Geländer gelegt. Doch vor der Wohnungstür bleibe ich abrupt stehen. Ich habe keine Ahnung, was hier zu Hause passiert ist, seit ich weg war, oder wie es sich anfühlen wird, zurück zu sein.

Lydia wartet im Flur auf mich. Wir haben uns in den letzten beiden Jahren nur ab und an mal gesehen, wenn Ulla-Britt eine Besuchszeit einrichten konnte, und ich weiß nicht, ob sie immer noch sauer auf mich ist, wegen all der beschissenen Dinge, die ich zu ihr gesagt habe. Aber sie nimmt mich in den Arm und hält mich lange fest, und sofort fühle ich mich besser.

Papa sitzt wie immer in seinem Sessel. Ich lasse mich ins Sofa sinken, habe keine Ahnung, wie er reagieren wird.

»Willkommen zu Hause«, sagt er tonlos und streckt die Hand aus. Ich schaffe es gerade so, seinen Händedruck zu erwidern, da wendet er seinen Blick schon wieder dem Fernseher zu.

Schweigen breitet sich zwischen uns aus. Zu hören sind nur die Stimmen der Moderatoren. Ich frage mich, ob Papa böse auf mich ist, ob er enttäuscht ist. Denn meiner Meinung nach sollte es eher umgekehrt sein.

Ich mustere seine blassen Wangen, den ungleichmäßigen Bartwuchs, die müden Augen. Ein Lichtstrahl fällt durch das Fenster auf die Ringe, die die Bierdosen auf der Tischplatte hinterlassen haben. Im Lichtkegel wirbelt der

Staub. Ich möchte wirklich etwas sagen, aber sosehr mein Hirn auch rattert, ich bringe kein Wort hervor. Weiß nicht, was ich sagen soll. Dann denke ich, dass das vielleicht auch reicht, einfach nur hier zu sitzen. Ich werde schon wieder ein Teil der Familie werden.

Lydia hat Abendessen gemacht und um Punkt sechs sitzen wir am Tisch und essen. Irgendwie ist es schon wie früher: Wir sind drei Menschen, die nach einer Katastrophe orientierungslos umherirren. Überlebende, die ihr Bestes geben, Fuß zu fassen und wieder miteinander in Beziehung zu treten. Und doch hat sich etwas verändert. Ich kann nicht mit Worten beschreiben, was, ich kann es nur fühlen.

Nach dem Essen gehe ich spazieren. Die Sonne steht noch immer hoch am Himmel und die Luft ist schwül. In meiner Hosentasche vibriert mein Handy, aber ich weiß schon, wer es ist, und gehe gar nicht erst ran. In einem schwachen Moment habe ich Jackson gesagt, dass ich wieder nach Hause komme. Jetzt will er, dass wir uns sehen, aber ich habe mir geschworen, mich von ihm fernzuhalten.

Ingegärd hat mir bei meinem Antrag für die Fachoberschule geholfen, und ich wurde an einem Berufsgymnasium mit dem Schwerpunkt Bautechnik und -planung aufgenommen. Eigentlich interessiere ich mich nicht besonders für Zimmerei und Maurerarbeit, aber sie sagt, ich hätte die Begabung dafür. Dass ich in diesen Fächern schnell lernen werde und dass es viele Jobmöglichkeiten gibt. Ich finde es gut, eine klare Richtung vorgegeben zu bekommen. Das wird mir helfen, die schwierigen Gedanken in Schach zu halten.

Ich spüre das Blut durch meine Adern pumpen, als ich durch Möllan gehe. Ich bin jetzt wieder zu Hause, kann tun und lassen, was ich will. Hier gibt es so vieles, was ich vermisst habe. Doch die Freiheit birgt auch ein Risiko. Ich möchte nicht noch einmal am selben Ort landen, keine Probleme mit der Polizei haben, mir Ulla-Britts besorgte Fragen anhören oder Papas traurige Augen sehen. Das mach ich nicht noch einmal mit.

*

In der ersten Schulwoche bleibe ich für mich. Ich setze mich in eine der hintersten Reihen, höre genau zu und tippe alle Infos in mein Handy. Fast alle in meiner Klasse sind dunkelhaarig, unsere Lehrer nicht. Unser Klassenlehrer Göran hat einen wirren weißen Schopf. Er kratzt sich unter seinem Strickpullover, starrt uns durch seine fettigen Brillengläser an und brüllt, dass wir uns anständig benehmen sollen, sonst könnten wir uns gleich verpissen. Sachen aus der Werkstatt zu klauen sei ein Verbrechen, und wenn der Laptop, den wir von der Schule leihen, kaputtgeht, müssen wir selbst einen neuen bezahlen.

Wir dürfen uns an verschiedenen Werkzeugen ausprobieren: Fuchsschwanz, Dekupiersäge, Kuhfuß, Spanhobel und Präzisionsraspel. Wir arbeiten mit Bohrmaschinen, Bandschleifern und an Drechselbänken. Ein schlaksiger Typ namens Hassan eilt zwischen den verschiedenen Stationen hin und her und scheint seine Hände nicht stillhalten zu können. Jedes Mal, wenn ich seinem Blick begegne, reißt er die Augen auf und grinst mich breit an. Ich halte Abstand zu ihm und sage nicht einmal einen Mucks, als er irgendwann rückwärts in mich hineinstößt.

Als ich an der Reihe bin, die Holzbandsäge auszuprobieren, sehe ich, dass jemand ein übergroßes Holzstück so zugeführt hat, dass es sich verkeilt hat. Ich ziehe vorsichtig daran, nicht sicher, was ich tun soll. Hassan beobachtet mich, dann zeigt er mit dem Finger auf mich.

»Er hat die Säge kaputtgemacht!«

Göran, der gerade jemand anderem die Benutzung einer Maschine erklärt, winkt ab, damit Hassan die Klappe hält, aber ohne Erfolg.

»Schau doch mal«, fährt er fröhlich fort. »Er hat die ganze Maschine geschrottet.«

Alle Augen sind auf mich gerichtet und meine Wangen glühen. Ich weiß nicht, was ich tun soll. Göran murmelt etwas Unverständliches auf der anderen Seite der Werkhalle.

»Klappe«, raune ich Hassan zu, der anscheinend nicht still stehen kann. Er trägt eine hässliche Hose und ein Polyesterhemd, das aussieht, als hätte er es in einem Discounter gekauft.

»Göran!«, ruft er. »Komm mal her! Der hier hat die Maschine kaputt gemacht!«

»Halt die Fresse!«, zische ich.

Hassans Lachen gefriert.

»So redest du nicht mit mir.«

Ich sehe, wie sich die anderen fast unmerklich zu uns umdrehen und näher kommen. Sie scheinen zu wittern, was gleich passieren wird.

»Ich rede mit dir, wie ich will.«

»Wenn das so ist«, erwidert Hassan, legt sich Zeige- und Mittelfinger an den Mund und steckt seine Zunge hindurch, »fick ich deine Mutter.«

Die Wut schießt wie ein Blitz durch meinen Körper und

in wenigen Sekunden pulsiert das Blut in meinem Kopf. Es ist, als würde etwas zerbersten. Ich stürze mich auf Hassan und reiße ihn zu Boden.

Hassans Blick ist voller Angst. Ich spüre den schmalen Körper unter mir, fühle mich dadurch noch einmal mehr überlegen, jeder Schlag sitzt. Das Knacken meiner Faust gegen sein Gesicht hallt zwischen den Wänden wider, bis Göran mich an den Schultern packt und von ihm wegzieht.

Erst jetzt merke ich, wie sehr meine Hand schmerzt. Ich reibe sie und sehe zu, wie einige der anderen Hassan auf die Beine helfen. Mit gesenktem Kopf steht er da. Seine Wange ist geschwollen und ein dünner Blutstrahl sickert aus der aufgesprungenen Augenbraue.

Göran sagt etwas zu mir, aber seine Stimme klingt weit entfernt. Ich weiß, was jetzt kommt, das muss mir keiner mehr erklären. Ich schüttle ihn ab und verlasse die Werkstatt. Durchquere mit eiligen Schritten die Garderobe und gehe hinaus auf die Straße.

Ich werde von dem starken Sonnenlicht geblendet, aber ich renne trotzdem einfach weiter. Laufe ziellos durch die Gegend, mit pochendem Herzen. Jetzt könnte ich gut etwas zum Rauchen gebrauchen, etwas, das meine Nerven beruhigt.

Ich sehe Ulla-Britts Miene vor mir, wie sie ihre ohnehin schon faltige Stirn runzelt und den Kopf schüttelt. Sehe die Enttäuschung in ihren Augen. Dass du dir diese Chance schon in der ersten Woche verspielen würdest, hätte ich nicht von dir gedacht. Ich will ihr erklären, dass es nicht meine Schuld war. Dass Hassan angefangen hat, aber ich weiß, dass ich mit Worten nichts mehr gutmachen kann. Die Nummer ist gelaufen.

Nach einer halben Stunde biege ich in eine mir bekannte Straße ein. Etwas weiter unten liegt Rezas Studio. Ich bleibe in einigen Metern Abstand davor stehen und beobachte den Eingang. Obwohl ich seit mehr als zwei Jahren nicht mehr hier war, ist alles beim Alten. Ich hoffe, dass ich zumindest Reza immer an meiner Seite habe. Er ist mein Freund, und wenn ich jetzt von der Schule fliege, darf ich vielleicht für ihn arbeiten. Arbeiten und Geld sparen, bis ich mir eine eigene Wohnung leisten kann und mich von allen freimachen kann, die über meinen Kopf hinweg Entscheidungen treffen. Reza wird mir bestimmt helfen, wenn er hört, was passiert ist.

Es kribbelt im gesamten Körper, als ich durch die Tür trete. Zwei Typen in hellen Klamotten stemmen Hanteln vor einer Spiegelwand, ansonsten ist das Fitnessstudio leer. Mir wird ganz warm ums Herz, weil ich wieder hier bin, ich spüre, wie alle Anspannung von mir abfällt. Dieser Ort beruhigt mich und jetzt tut es mir leid, dass ich mich so lange nicht bei Reza gemeldet habe.

Als ich ihn sehe, habe ich richtig Schmetterlinge im Bauch. Ich habe ihn so sehr vermisst, dass es wehtut, aber ich habe absolut keine Ahnung, ob er sauer auf mich ist, weil ich einfach so von der Bildfläche verschwunden bin. Glücklicherweise macht Reza es mir leicht. Er streckt seine Arme aus und umarmt mich.

»Der verlorene Sohn kehrt zurück«, scherzt er.

Ich kann mein breites Grinsen nicht mehr verbergen.

»Wie geht's?«

»Gut.«

»Wie laufen die Geschäfte?«

»Hör dich mal an, Sahbi. Klingst ja wie der schlimmste

Businessmann«, sagt er und wuschelt mir durchs Haar, automatisch weiche ich einen Schritt zurück. »Ja, ja, es geht alles seinen Gang. Und wie läuft's bei dir?«

»Alles ein bisschen chaotisch, aber langsam wird's besser«, lüge ich.

Wir sehen uns an und ich weiß, dass er mich versteht.

»Hab dich vermisst«, sagt er und seine Worte sprechen mir Mut zu.

»Du, ich wollte dich was fragen.«

»Nur zu.« Reza nickt. »Was immer du brauchst.«

»Kann ich wieder bei dir arbeiten?«

Einen Moment lang herrscht Schweigen. Vielleicht ist es nur Einbildung, aber ich meine, Rezas Blick sieht irgendwie traurig aus.

Ein Typ mit dunklen, kurzrasierten Haaren kommt ins Studio. Er trägt einen Karton, geht hinter den Tresen und beginnt, Proteinriegel auszupacken.

»Wer ist das?«, frage ich mit einem Kopfnicken in seine Richtung.

»Malik. Er packt ordentlich an. Ist nicht so schnell wie du, aber er wird es nach und nach schon lernen.« Reza greift sich mit der Hand in den Nacken, seine Augen werden zu schmalen Schlitzen. »Ich würde dir wirklich gern helfen, aber ich kann niemanden anstellen, der Ärger mit der Polizei hat.«

»Es ist ja nicht so, wie du glaubst«, sage ich, der Rest der Worte bleibt mir im Hals stecken. Ein Riss tut sich in meiner Brust auf.

»Sahbi«, sagt Reza und seine Stimme ist so schwer, dass sich in mir alles zusammenzieht. »Ich hab dir doch gesagt, du sollst dich von diesen Typen fernhalten.«

Es fällt mir plötzlich schwer zu atmen. Als wäre aller Sauerstoff aus der Luft gewichen. Ich muss hier raus.

»Klar. Ruf mich an, wenn du es dir anders überlegst«, murmele ich und schiebe die Tür auf.

»Pass auf dich auf!«, ruft Reza mir nach.

Draußen ist es kalt. Ich friere an den Armen, laufe aber erst um die nächste Ecke, bevor ich anhalte und mir etwas überziehe. Mein ganzer Körper bebt. Ich bin so ein Idiot. Ulla-Britt hat mir gesagt, dass ich aufhören soll, mein eigener schlimmster Feind zu sein, aber ich weiß nicht, wie ich das anstellen soll. Ich weiß nur, dass gerade alles einfach scheiße ist. Egal, was ich tue, ich komme nicht weiter. Ich bin ein Problem, und Bengt, Ingegärd und Ulla-Britt werden dafür bezahlt, dieses Problem zu lösen. Ich bin so am Arsch.

Mein Handy klingelt. Es ist Ulla-Britt, aber ich habe keinen Bock zu antworten. Natürlich wird Göran sie kontaktiert und ihr erzählt haben, was in der Werkstatt vorgefallen ist, und jetzt will sie ein ernstes Wörtchen mit mir reden. Ich bin wahrscheinlich von der Schule suspendiert und muss wieder umziehen, und dieses Mal setzen sie mich sicherlich auf einem Bauernhof in Norrbotten ab.

Ich öffne die letzte Nachricht von Jackson. Er und die Gang treffen sich bei Babas und ich hab Bock, einfach mal abzuschalten und nicht an die ganze Scheiße zu denken. Menschen zu treffen, die in mir nicht den letzten Versager sehen. Außerdem brauche ich wirklich was zu rauchen. Die Panik kriecht unter meine Haut, ich scheine sie nicht abschütteln zu können.

Ich laufe die Straßen entlang, die ich in- und auswendig kenne, vorbei an Hochhäusern und Industrievierteln. Der

Verkehrslärm brüllt so laut, es ist ein nicht abreißender Krach. Die Gedanken kreisen, ich habe das Gefühl, ich bin ein von Grund auf schlechter Mensch, ich muss wohl so geboren worden sein, und alle Versuche, mich zu ändern, sind sinnlos. Vielleicht weiß es schon jeder. Jockes Eltern, all die Lehrer, die stöhnend die Augen verdreht haben, Ingegärd und Ulla-Britt.

Ich stelle mir mein Herz vor, einen harten schwarzen Klumpen. Ulla-Britt hat gesagt, dass es schlimm enden kann, wenn man sich mit den falschen Leuten abgibt, und auch wenn sie nicht genau erklärt hat, was sie meint, verstehe ich das. Eines Tages ende ich auch mit einem Messer im Bauch, genau wie Mustafa.

Ich eile durch die Straßen, bis ich den Platz erreiche. Mein Blick fällt auf die Statue, die nackten, blaugrünen Arbeiter, die den riesigen Granitblock auf ihren Schultern tragen. In der Schule habe ich gelernt, dass dieses Denkmal *Arbetets ära* heißt, *Ehre der Arbeiter*. Und plötzlich schießen mir all diese Gedanken durch den Kopf. Es ist so ungerecht, dass meine Mutter gestorben ist. Warum konnte sie nicht eine von denen sein, die wieder gesund wurden? War sie nach all den Jahren, in denen sie sich um uns gekümmert hat, zu müde zum Kämpfen? Was wäre passiert, wenn Papa die Extraschichten gearbeitet hätte, damit Mama sich ausruhen konnte, oder wenn ich zu Hause mehr geholfen hätte? Wenn ich hinter mir aufgeräumt hätte, keine schmutzigen Klamotten auf den Boden geworfen und mich nicht über Kleinigkeiten aufgeregt hätte – hätte es einen Unterschied gemacht? Hat sie wirklich die besten Medikamente bekommen? Wenn wir so reich gewesen wären wie der König von Schweden oder wenn Papa besser verstanden hätte, was im Krankenhaus vor sich ging, hätte sie dann größere Überlebenschancen gehabt?

Ich will gar nicht über diese Fragen nachdenken, aber sie kommen, ohne dass ich sie aufhalten kann, und in meinen Augen brennen die Tränen. Verlegen presse ich meine Hände an mein Gesicht, als plötzlich jemand meinen Arm berührt.

Jackson steht hinter mir. Ich reibe mir die Augen und bereite mich darauf vor, dass er einen dummen Spruch bringt, weil ich hier stehe und rumheule, aber er sieht einfach nur besorgt aus.

»Alles klar?«

»Ja, passt schon«, schniefe ich und schlucke den Kloß im Hals runter.

»Scheißtag gehabt?«

»Ja. Hab mich mit 'nem Typen in der Schule angelegt.«

»Verstehe.« Jackson legt seinen Arm um meine Schultern. »Nicht alle sind in diesem Land willkommen und die wollen, dass wir glauben, es sei unsere eigene Schuld, dass wir hier nicht reinpassen. Aber so ist es nicht.«

»Wie meinst du das?«

Jackson grinst. Schon ein komisches Gefühl, dass er so dicht neben mir steht.

»Du kannst selbst bestimmen, wie du dein Leben lebst, und erst, wenn du das kapiert hast, bist du wirklich frei.«

Obwohl ich das nicht ganz kapiere, nicke ich.

»Irgendwas läuft gewaltig falsch in dieser Welt«, fährt er mit ernster Stimme fort. »Du wurdest, wie alle, in die Sklaverei hineingeboren und lebst in einem Gefängnis. *Matrix*«, sagt er und knufft mich in die Seite. »Den hast du doch gesehen, oder?«

»Klar.«

Jackson lässt mich los.

»Aber jetzt mal im Ernst. Die Welt ist völlig am Arsch, aber solange du bei mir bist, musst du dir keine Sorgen machen. Scheiß auf Schule und den ganzen Rest, du arbeitest für mich und verdienst gutes Geld.«

Er holt ein braun kariertes Portemonnaie mit goldenem Emblem hervor, nimmt zwei glatte Tausender heraus und gibt sie mir.

»Dafür, dass du die Klappe gehalten hast.«

Ich nehme die Scheine und starre sie an.

»Die haben doch bereits entschieden, wer du bist«, fährt er fort und deutet auf einige vorbeieilende Passanten. »Du kannst den Rest deines Lebens damit verbringen, sie vom Gegenteil zu überzeugen, in irgendeinem beschissenen Lager rumstehen und für einen Mindestlohn Kisten stapeln, oder du nimmst dein Leben selbst in die Hand.«

Ich falte das Geld zusammen und stecke es in meine Tasche. Weiß nicht, was ich sagen soll. Sollte besser nach Hause gehen, aber ich habe keine Ahnung, was mich dort erwartet. Vielleicht hat Ulla-Britt schon mit meinem Vater telefoniert, oder sie steht sogar bei uns vor der Tür. Ich habe jedenfalls keinen Bock, einem von beiden zu begegnen, und denke, selbst wenn ich nicht für Jackson arbeite, kann ich ja zumindest zu Babas gehen.

Jacksons Augen leuchten und es fühlt sich fast so an, als wüsste er, was ich denke.

»Du musst dich nicht sofort entscheiden, aber ich darf dich doch bestimmt trotzdem auf eine Pizza einladen?«

Ich schaue die Straße hinunter, die nach Hause führt, weiß, was ich tun sollte, doch ich habe das Gefühl, dass

Jackson mein wahres Ich erkennt. Dass er mehr über mich weiß als ich selbst und deswegen alles schiefgeht, weil ich ständig versuche mich dagegen zu wehren. Aber ich bin es leid, ein Versager zu sein, und ich spüre, wie sich das Kribbeln im ganzen Körper ausbreitet. Wie es wächst und gedeiht.

»Hast du was zu rauchen?«, frage ich ihn schließlich.

»Klar«, sagt Jackson und setzt ein schiefes Grinsen auf. »Du musst einfach nur mitkommen.«

KAPITEL 31

Ich habe diese Nacht echt beschissen geschlafen, habe mich hin- und hergewälzt und bin mehrmals aus dem Schlaf geschreckt, weil irgendein Irrer so lange geschrien hat, bis sie ihn weggebracht haben. Mein Schädel ächzt und ich habe keinen Bock, mich wieder ins Verhörzimmer zu setzen, aber ich kann natürlich nichts dagegen ausrichten. Als die Wache kommt, bleibt mir nichts anderes übrig, als aufzustehen und ihr zu folgen.

Es geht mir tierisch auf den Sack, dass sie mich immer noch festhalten, obwohl es keine Beweise gegen mich gibt. Meine Geduld ist am Ende. Ich kann hier nicht mehr rumhocken und mir einen Kopf machen, was außerhalb der Gefängnismauern vor sich geht. Wenn bald nichts passiert, muss ich meine Taktik ändern.

Wallin und John stehen in einer Ecke des Verhörraums und sprechen mit leisen Stimmen miteinander. Ich frage mich, welche Tricks sie heute versuchen werden. Die Verzweiflung in ihren Augen ist ihnen schon aus der Ferne anzusehen und ich hoffe sehr, dass dies unser letztes Gespräch sein wird. Ich will endlich auf freien Fuß kommen, will dieses Land verlassen, in einem richtig guten Hotelbett pennen und mir zehn Burger mit Pommes aufs Zimmer bestellen.

Wallin und John setzen sich. Die Stühle scharren auf dem Boden und die beiden blicken mit ernsten Mienen drein.

»Sagt Ihnen der Name Farid Ghali etwas?«, fragt Wallin.

Ich schüttele den Kopf.

»Nicht? Okay. Wissen Sie, wer Richard Bofors ist?« Als

ich nicht gleich antworte, fügt er hinzu: »Linneas Lebensgefährte. Ein Börsenmakler, der im letzten Jahr über zwei Millionen verdient hat. Das ist viel Geld.«

John nickt zustimmend.

»Ich kann mir gar nicht vorstellen, wie es sich anfühlt, ein solches Vermögen zu besitzen. Und da Richard ein großzügiger Mensch ist, hat er Linnea viele Geschenke gemacht.«

John holt eine Reihe Fotografien hervor, die verschiedene Schmuckstücke zeigen. Ich werfe einen Blick auf die Bilder, dann schaue ich wieder weg.

»Hier hätten wir zum Beispiel ein Paar Diamantohrringe von je einem halben Karat, eine Halskette mit eingefasstem Rubin und eine Uhr von Cartier im Wert von über zwanzigtausend Kronen.«

»Welche Relevanz hat das?«, wirft mein Anwalt Moberg ein.

Johns Mundwinkel zuckt, eine kaum merkliche Regung, und trotzdem bekomme ich eine Gänsehaut.

»Daniel wurde am Tag von Linnea Arvidssons Verschwinden mit der Vermissten am Hauptbahnhof gesehen, aber wir konnten uns bisher die Zusammenhänge nicht erschließen. Bis wir das hier in die Hände bekommen haben«, sagt er und holt ein weiteres Blatt Papier hervor.

Moberg beugt sich über den Tisch und widerwillig wird auch mein Blick auf die vergrößerte Kopie einer handschriftlichen Quittung gelenkt. Als ich die verschnörkelten Buchstaben in schwarzer Tinte lese, versetzt es mir einen Stich. Ich wollte um jeden Preis vermeiden, dass diese Quittung in die Hände der Ermittler gerät.

Wallin starrt mich an und ich bemühe mich, unbeeindruckt auszusehen, aber es ist zu spät. Sie haben den Riss in meiner Fassade bemerkt, und egal wie sehr ich versuche, die Kontrolle über die Gesichtsmuskeln zu behalten, es gelingt mir nicht.

»Richard Bofors wurde auf das Fehlen einiger Schmuckstücke, die er Linnea geschenkt hat, aufmerksam, und am Tag ihres Verschwindens verkaufte jemand eine identische Cartier-Uhr an ein Pfandhaus ein paar Straßen vom Hauptbahnhof entfernt. Leider gibt es dort keine Videoüberwachung, aber Farid Ghali, der Besitzer des Pfandhauses, erinnert sich, wie der Mann aussah, der sie ihm verkauft hat, und er hat Sie bei der Gegenüberstellung wiedererkannt.«

Moberg beginnt sofort zu protestieren. Er fragt, wann diese Gegenüberstellung stattgefunden haben soll, bei der Ghali mich wiedererkannt haben will, aber Wallin ist unerbittlich. Sein Blick durchbohrt mich.

»Sie haben Linnea mehrere Wochen lang beobachtet. Als Sie endlich den Mut aufbrachten, sie anzusprechen, hat sie Sie zurückgewiesen. Sie war bereits in einer festen Beziehung und war an jemandem wie Ihnen nicht interessiert. Das hat Sie wütend gemacht. Sie begannen, ihr regelmäßig zu folgen, Sie stellten fest, wie sehr Ihre Leben sich voneinander unterschieden, dass Linnea und ihr Partner in einer großen Neubauwohnung mit Meerblick leben, dass sie ein Luxusauto fahren und ihnen die Welt zu Füßen liegt. Jemand wie Sie, aufgewachsen mit einem Vater, der von Sozialhilfe lebt, kein Schulabschluss, erste Straffälligkeiten als Dreizehnjähriger, hätte nie eine Chance bei einer Frau wie Linnea Arvidsson, und das hat Sie angepisst. Vielleicht war es nur die Uhr, die dazu geführt hat, dass bei Ihnen die Sicherungen durchbrannten. Warum sollte eine zweiundzwanzigjährige Studentin eine Uhr besitzen, die viel mehr wert ist als das, was Sie monatlich verdienen?«

Moberg schweigt und Wallin sieht zufrieden aus. Ich weiß, dass er mich nur provozieren will, aber die Worte sind trotzdem verletzend.

»Ich vermute, Sie haben den Diebstahl der Uhr gut vorbereitet«, fährt er unbeirrt fort, »aber irgendwas lief nicht nach Plan. Vielleicht wurde Linnea Arvidsson verletzt, vielleicht hat Sie jemand erkannt, oder es hat Ihnen plötzlich einfach nicht mehr gereicht, sie nur auszurauben. Ihre Zurückweisung hat Sie daran erinnert, was für ein Versager Sie sind, und dafür wollten Sie sie bestrafen. Deshalb haben Sie Linnea Arvidsson zum Bahnhof gebracht und sind gemeinsam mit ihr in diesen Zug gestiegen. Sie wollten sie an einen Ort bringen, an dem Sie mit ihr allein sein können.«

Eine Welle der Scham überkommt mich. Ich will nicht, dass sie sehen, wie sehr diese Worte mich treffen, aber ich kann meine Reaktion nicht kontrollieren. Meine Kiefer sind aufeinandergepresst, meine Hände zittern. Ich dachte, ich könnte damit umgehen, dachte, ich könnte es aushalten, aber jetzt fühlt es sich an, als würde ich gleich explodieren. Ich möchte sie anschreien, ihnen sagen, dass sie falschliegen, dass sie keine verdammte Ahnung davon haben, wie es ist, ich zu sein, aber ich zwinge mich dazu, nicht aufzusehen, starre einfach nur auf den Tisch. Balle die Hände zu Fäusten und beiße die Zähne zusammen.

Wallin erinnert mich daran, dass ich die aktuellen Erkenntnisse nicht kommentieren müsse, er habe bereits genug Information, um weitermachen zu können. Er und John erheben sich und verschwinden. Moberg blättert in seinen Unterlagen. Er ist sichtlich mitgenommen von den neuen Erkenntnissen, verspricht aber, dass er herausfinden wird, ob bei der sogenannten Gegenüberstellung alles mit rechten Dingen zugegangen sei.

»Machen Sie sich keine Sorgen«, sagt er, als ich zurück in meine Zelle gebracht werde.

Erst als ich wieder alleine bin, überkommt mich die Panik mit voller Wucht. Dass die Polizei von der Uhr erfährt, habe ich nicht erwartet. Wie unfassbar nachlässig von mir. Ich laufe in dem kleinen Loch auf und ab. Bei dem Gedanken an Wallins überlegenen Blick wird mir kotzübel. Sie wollen mich drankriegen, koste es, was es wolle.

Ich lege meine Hände an die Tür. Ich muss hier raus. Spüre, wie die Verzweiflung in mir wächst. Ich kann nicht mehr lange hierbleiben, aber was sind meine Optionen? Es gibt keinen Ausweg, ich stecke fest.

Ein Wärter, den ich noch nie zuvor gesehen habe, erscheint und bittet mich, ihm zu folgen.

»Wohin?«, frage ich schlaftrunken.

»Kommen Sie schon«, sagt er. »Und nehmen Sie Ihre Sachen mit.«

Wir gehen durch den Gefängniskorridor, an all den verschlossenen Türen vorbei. Die Deckenlampen spiegeln sich im glänzenden Boden. Verzweifelt überlege ich, was passiert sein könnte. Hat Wallin noch etwas entdeckt, was ich nicht erwartet hatte, und wenn ja, wohin werden sie mich jetzt bringen? Verschiedene Szenarien schwirren durch meinen Kopf, während mir mein Herz fast Löcher in die Brust schlägt. Es ist ein schrecklich ungutes Gefühl, keine Kontrolle über die Geschehnisse zu haben. Der

Schweiß perlt sich an meinem Nacken und ich muss mich ermahnen zu atmen. Ich gebe mein Bestes, fokussiert zu bleiben, aber es ist gar nicht so leicht, wenn alles zusammenzubrechen scheint.

Plötzlich kommt es mir so vor, als hätte jemand das Bild scharf gestellt, und der Gedanke trifft mich wie der Schlag. Ich will ihn noch abschütteln, aber es ist zu spät. Es hat sich schon festgesetzt, sich an mir festgebissen.

Ich schlucke schwer, weiß nicht, wohin mit mir. Die Synapsen brennen durch, mein ganzer Körper rebelliert. Bilder, die ich absolut nicht vor mir aufflimmern sehen möchte.

Ich halte den Atem an und spüre, wie sich meine Lungen gegen die Rippen pressen. Schließe die Augen.

Ob es passiert ist?

Ob jetzt alles vorbei ist?

Ob sie Linnea gefunden haben?

LINNEA

KAPITEL 32

Ich werde vom Klang der Stimmen geweckt. Sie dringen von irgendwo aus der Ferne zu mir herein, ein schwaches Flüstern, und ich weiß erst gar nicht, ob sie ein Teil des Traumes waren, aus dem ich gerade aufwache, denn als ich die Augen aufschlage, sind sie verstummt.

Die Uhr neben dem Bett zeigt halb zehn. Ich habe über zwölf Stunden geschlafen. Vorsichtig drehe ich mich um und lasse meinen Blick durch den Raum gleiten. Lausche. Ob er wieder zurück ist? Aber in der Hütte ist alles ruhig und ich ziehe die Decke enger um mich.

Dann höre ich es wieder tuscheln und jetzt bin ich mir sicher, dass die Stimmen echt sind. Ich werde sofort misstrauisch, habe das Gefühl, dass es sich um einen Eindringling handelt. Als würde ich etwas bewachen, ein Geheimnis, das jemand enthüllen will. Im nächsten Moment denke ich, dass ich verrückt geworden bin, dass alles, was hier passiert, mich in den Wahnsinn treiben wird.

So leise ich kann, rutsche ich auf den Boden und bleibe einen Moment dort liegen, dann robbe ich Richtung Fenster.

Die Fichten strecken ihre spitzen Wipfel einem stahlgrauen Himmel entgegen. Sie schließen die Hütte in einem Ring ein und schirmen sie vom Rest der Welt ab. Vermutlich hat er mich deshalb hierher gebracht. An einen Ort tief im weglosen Gelände, vor den Augen anderer verborgen. Ein abgelegener Ort, jenseits der Realität.

Sobald ich sie sehe, ducke ich mich. Keine Ahnung, warum ich solche Angst bekomme. Ich kann meinen eigenen

Atem hören, er sitzt hoch oben im Hals, ein kurzatmiges Keuchen, meine Brust senkt sich auf und ab. Haben sie mich gesehen, und wenn ja, was werden sie tun? Eine Minute, die sich wie eine halbe Ewigkeit anfühlt, warte ich darauf, dass etwas passiert. Dann wage ich es, meinen Hals wieder zu strecken.

Ich spähe durch die Gardine. Es ist seltsam, plötzlich andere Leute hier zu sehen. Sie stehen etwa dreißig Meter entfernt, beide grün gekleidet und mit hohen Stiefeln, verschmelzen so gut mit der Umgebung, dass sie völlig in ihr verschwinden könnten, wenn sie wollten. Der Mann trägt einen Hut, die Frau ein Kopftuch und an ihrem Arm hängt einen Korb. Also nur Pilzsammler.

Sie stehen da wie auf einem Gemälde, Mann und Frau beim Waldspaziergang. Die Bäume sind mit breiten Pinselstrichen gemalt und ich frage mich, ob sie lieb zueinander sind. Hört er ihr zu, ist er sanft und respektvoll? Seltsame Gedanken vielleicht, aber ich lasse ihnen freien Lauf.

Das perfekte Bild versetzt mich in Trance. Ich träume mich in ihre Geschichte hinein. Sie stehen direkt vor mir, so nah und doch so unendlich weit entfernt. Ich lege meine Fingerspitzen an das Glas und spüre die Kälte auf der Haut. Mein Blick ruht auf ihnen, bis sich etwas anderes in das perfekte Bild drängt. Ein matschiggrauer verschwommener Fleck, der die Harmonie zerstört und mir Angst macht.

Es zittert im Dickicht, in der nächsten Sekunde springt der Hund aus dem Gebüsch. Er tänzelt um seine Herrin herum und wedelt mit dem Schwanz, weicht aber keck zurück, als sie ihn streicheln will.

Ich lehne mich ein Stück nach hinten, kann aber den Hund nicht aus den Augen lassen. Muss einfach hinsehen, solange er da draußen ist. Starre wie gebannt durch die kleine Glasscheibe, bis er sich umdreht und zurückschaut. Im Blick des Tieres sehe ich, dass es mich entdeckt hat. Der Hund hebt die Nase, wittert und bellt einmal laut auf.

Sofort werfe ich mich auf den Boden, kauere mich zusammen und spüre meinen Puls hämmern. Verdammte Scheiße. Was mache ich, wenn sie näher zur Hütte kommen? Wenn sie an die Tür klopfen, was soll ich dann tun? Mich hinter der Couch verstecken und so tun, als würde ich nicht existieren?

Ein Windstoß zieht unterm Dach durch die Hütte. Ich habe mich in einer ganz merkwürdigen Position zusammengerollt. Der Bretterboden drückt gegen den Hüftknochen, aber ich traue mich nicht, mich zu bewegen. Liege ganz still da und warte.

Eine ganze Weile bleibe ich so liegen, irgendwann richte ich mich wieder auf und schaue vorsichtig hinaus. Sie sind weg. In dem Moment, in dem ich merke, dass ich wieder allein bin, bricht etwas in mir zusammen. Ich schiele zur Tür, überlege, ob ich ihnen nachlaufen soll. Vielleicht wäre das meine Chance, aber wie soll ich ihnen erklären, was ich hier mache? Und worum soll ich sie bitten? Sie können mir nicht helfen, niemand kann mir helfen. Außerdem darf ich diesen Ort nicht verlassen. Ich habe schreckliche Angst, dass er kommt, Angst davor, was dann passieren wird.

Ich sehe mich in der Hütte um. Sie scheint in den letzten Tagen irgendwie kleiner geworden zu sein. Die vier Wände sind näher zusammengerückt, die abgenutzten Möbel angeschwollen. Ich passe hier bald nicht mehr rein, fühle mich eingeengt.

Ich lege meine Arme um meinen Oberkörper, umschlinge

mich fest. Die Tränen steigen mir in die Augen. Warum kann ich nicht klar denken? Ich weiß nicht, was der nächste Schritt ist, wie ich von hier wegkomme. Jedes Mal, wenn ich versuche, einen Plan zu schmieden, wird mein Gehirn ganz nebelig. Ich stecke in einer Falle und es ist unmöglich zu entscheiden, was das Beste ist – zu fliehen oder zu bleiben.

Das Einzige, was ich sicher weiß, ist, was passieren wird, wenn wir uns wiedersehen. Und das möchte ich um jeden Preis vermeiden.

KAPITEL 33

Ich habe mich immer für eine gute Menschenkennerin gehalten. Ich glaube, ich bin gut darin, andere zu lesen, dass ich hinter ihre Fassade blicken kann. Ihre Schwächen erahnen, womit sie zu kämpfen haben.

Aus irgendeinem Grund habe ich mich oft zu Menschen hingezogen gefühlt, die Narben mit sich tragen, denen es im Leben schlimmer ergangen ist als anderen. Ich weiß ehrlich gesagt nicht, warum das so ist. Vielleicht liegt es an meiner Kindheit. Ich identifiziere mich mit Menschen, die benachteiligt sind, und fühle mich denen verbunden, die ebenfalls Schwierigkeiten haben, irgendwo dazuzugehören.

Als ich Daniel zum ersten Mal getroffen habe, fand ich, er wirkte sehr nett. Sicherlich gibt es Menschen, die sich vor seinem Äußeren gefürchtet hätten – die dunklen Augen, der intensive Blick und die großflächigen Tätowierungen. Aber ich sah etwas anderes, jemanden, der viel durchgemacht hatte und dennoch ein guter Mensch war.

Er arbeitete in dem Café, das ich meistens auf dem Heimweg von meinen Vorlesungen aufsuche, und wir kamen einfach ins Gespräch. Zuerst wechselten wir nur hier und da ein paar Worte miteinander. Er fragte, wie es mir ginge, und ich erkundigte mich, ob er einen guten Tag gehabt habe. Unschuldiger Smalltalk, nette kleine Gespräche, die mit der Zeit immer länger und tiefgründiger wurden.

Eines Tages, als es regnete und ich ohne Regenschirm ins Café kam, gab er mir eine Decke, in die ich mich einwickeln konnte. An einem anderen Tag schenkte er mir einen Kaffee, weil er bei einer Bestellung einen Fehler gemacht hatte. Wenn ich jetzt so darüber nachdenke, hat er mir öfter mal was ausgegeben, kleine Törtchen, bei denen der Rand zerbröselt war, oder ein Stück Kuchen mit zu viel Zuckerguss. Ich habe damals nicht verstanden, dass das etwas zu bedeuten habe. Als die anderen Gäste gegangen waren, kam er zu mir an den Tisch und unterhielt sich mit mir. Er war neugierig, wollte wissen, wer ich war, und ich erzählte ihm von mir.

Im Nachhinein betrachtet, habe ich ihm vielleicht die falschen Signale gesendet. Ich habe nie erwähnt, dass ich einen Freund habe, habe ihm nur erzählt, dass ich in der Nähe wohne. Ich schätze, es ging um mein Bedürfnis, wahrgenommen zu werden.

In Grängesberg, wo ich aufgewachsen bin, bin ich nie besonders aus der Masse hervorgestochen. Von den Lehrern wurde mir immer vermittelt, dass ich schüchtern sei. *Sicher, Linnea macht ihre Arbeit gut, aber sie sollte sich mehr am Unterricht beteiligen. Sich öfter melden und sich bei Diskussionen einbringen.* Zum Glück hat mich meine Mutter deswegen nie gescholten. Sie sagte nur: *Du bist, wer du bist.* Es ist ja nicht so, dass ich Angst davor habe, mit Menschen zu sprechen. Ich mag es einfach nicht, im Mittelpunkt zu stehen, obwohl ich seit meinem Umzug nach Malmö besser damit umgehen kann.

Meine Mutter war besorgt, dass es schwierig für mich sein würde, an einem Ort zu leben, an dem ich niemanden kenne, aber ich war eigentlich recht entspannt. Ich bin es gewohnt, allein zu sein. Ellinor, meine einzige echte Freundin, zog im Sommer vor der Oberstufe mit ihrer Familie nach London, und seitdem war ich meistens allein. Und anfangs war das auch voll okay. Ich verbrachte manchmal Zeit mit einem Mädchen namens My aus meinem Seminar, aber dann wurden Richard und ich ein Paar und es blieb kaum noch Zeit für andere.

Als ich Daniel letzten Frühling kennenlernte, machte ich gerade eine Krise durch. Ich weiß nicht genau, warum, aber es fühlte sich so an, als würde mir alles über den Kopf wachsen. Ich war rastlos, hatte keine Ahnung, ob ich meinen Platz im Leben gefunden hatte. Mein Studium war interessant und passte zu mir, aber ich war mir mit meiner Beziehung zu Richard nicht mehr sicher. Er kam aus einer ganz anderen Welt. Er stand mitten im Leben, ein richtiger Karrieretyp, war viel gereist und sprach mehrere Sprachen, ging gerne fein essen, wusste, wie man in Luxushotels den besten Service bekommt und wie man den richtigen Wein auswählt. Er hatte das Talent, mit allen möglichen Leuten reden zu können, und hatte überall Freunde, und ich, die ich noch nie in meinem Leben Schweden verlassen hatte, fühlte mich an seiner Seite unzulänglich. Ich nehme an, dass er deshalb manchmal hart zu mir war, er wollte mir nur helfen, ein Teil seiner Welt zu werden. In seinen Augen war ich naiv und desorientiert, jemand, die er behüten musste.

Ich bewunderte Richard und war dankbar, dass er sich für mich entschieden hatte, aber ich wurde das Gefühl nicht los, dass unsere Beziehung nicht von Dauer sein würde. Dass er eines Tages entdecken würde, dass ich nicht das gewisse Etwas habe, und es beenden würde, und dieser Gedanke tat weh.

Als ich mit meiner Mutter über unsere Probleme sprach,

tat sie meine Bedenken ab und sagte, ich dürfe nicht zulassen, dass meine inneren Dämonen unsere Beziehung ruinierten. Richard sei ein fantastischer Mann und ich würde es bereuen, wenn ich nicht alles dafür geben würde, damit es funktionierte. Beziehungen seien nie einfach, betonte sie. *Du weißt, wie sehr ich am Boden zerstört war, als dein Vater mich verließ.*

Auch wenn meine Mutter manchmal sehr direkt war, wusste ich tief im Inneren, dass sie recht hatte. Vielleicht war die Sache ganz einfach: Mit Richard hatte ich jemanden an meiner Seite, der ein wachsames Auge auf mich hatte, weil ich es brauchte.

Ich dachte viel darüber nach, wie Richard mich haben wollte, bemühte mich, die Seiten zu verbergen, die er nicht mochte. Das wusste er zu schätzen, das konnte ich spüren. Richard ist der Typ Mann, von dem viele Frauen träumen, und meine Mutter war so stolz, dass wir bereits zusammenlebten. Dass ich es geschafft hatte, einen Partner zu finden, der sowohl gutaussehend als auch erfolgreich war, und dass ich ein ganz anderes Leben führen würde als sie. Aber sosehr ich auch versuchte, meine innere Unsicherheit zu unterdrücken, sie war immer noch da, und in all dieser Unsicherheit sah mich Daniel. Er war fürsorglich und interessierte sich für die echte Linnea, und durch die Art, wie er mich ansah, wurde ich daran erinnert, wer ich wirklich war.

Vielleicht ist es peinlich, wie dringend ich Aufmerksamkeit brauchte. Wie sehr ich es genoss, von einem Anderen gesehen und begehrt zu werden, obwohl ich schon einen Mann an meiner Seite hatte. Aber ich hätte mir in meinen kühnsten Träumen nie vorstellen können, dass es so weit kommen würde. Dass diese harmlosen Gespräche zu dieser Situation führen würden, in der ich mich jetzt befand.

Hätte ich gewusst, wie sehr diese Begegnung mein ganzes Leben auf den Kopf stellen würde – dann wäre ich viel vorsichtiger gewesen.

KAPITEL 34

Langsam ziehen die Sekunden dahin. Die tickende Uhr ist meine einzige Gesellschaft. Wenn sie nicht dort an der Wand hängen würde – ich wüsste nicht, was ich getan hätte. Ich trete ans Fenster und halte Ausschau nach den beiden Pilzsammlern, kann sie jedoch nirgendwo entdecken. Irgendwann beschließe ich, dass ich nicht länger warten kann. Ich muss hier raus.

In der Kochnische gibt es noch etwas zu essen. Auf der abgenutzten Linoleumplatte, in die sich ringförmige Abdrücke von einem Kochtopf eingebrannt haben, finde ich Knäckebrot, Garnelencreme aus der Tube, eine Packung Kekse, ein paar Konservendosen und zwei Flaschen Wasser. Ich stopfe eine der Wasserflaschen und die Kekse in den Rucksack. Den Rest lasse ich stehen.

Das Herz schlägt mir bis zum Hals. Die letzten Tage habe ich alles getan, um die Panik zu unterdrücken. Einsamkeit an sich hat mir noch nie Angst gemacht, meine Fantasie geht vielmehr wegen der Ungewissheit mit mir durch. Je mehr Zeit verstreicht, desto extremer werden die Szenarien, die sich in meinem Kopf abspielen, und nachts träume ich, dass er da draußen auf mich wartet. Dass er will, dass ich die Hütte verlasse und in seine Falle tappe, damit er mich bestrafen kann. Diese absurden Gedanken sind natürlich nur Dämonen in meinem Unbewussten. Sie dürfen auf keinen Fall die Überhand gewinnen.

Ich raffe meine restlichen Sachen zusammen. Die Hütte muss einmal ein gemütlicher Ort gewesen sein. Irgendjemand hat irgendwann mal diese gerade noch mit Klebestreifen zusammengehaltenen Brettspiele unter dem Fernsehtisch und die rotgestreifte Sofagruppe gekauft und sie vor dem Kamin angeordnet, in der Hoffnung auf lange schöne Herbstabende. Doch die Jahre haben an dem verlassenen Häuschen gezehrt und jetzt ist kaum noch etwas von dem Leben, das sich hier einmal abgespielt haben muss, zu erkennen. Die Ecken sind so verdreckt, dass man sie gar nicht mehr sauber kriegt, die Luft ist muffig, und die wenigen Lampen, die noch funktionieren, tauchen die Zimmer in schummriges Licht.

Als ich fertig gepackt habe, schnüre ich meine Schuhe, knöpfe meine Jacke zu, dann schiebe ich die Tür sachte auf und spähe durch den schmalen Spalt. Ich sehe mich vorsichtig um, ob auch ja niemand auf mich wartet, dann trete ich hinaus ins Freie.

Die schwüle Luft schlägt mir sofort entgegen. Seit gestern Abend hat es durchgeregnet, für den Moment hat es aufgehört und ich bete, dass das Wetter sich so hält.

Ich überlege, welchen Weg ich nehmen soll. Die Bushaltestelle, an der wir ausgestiegen sind, ist ein paar Kilometer entfernt, aber ich wage es nicht, dem Schotterweg zu folgen. Stattdessen versuche ich mich zwischen den Bäumen zu orientieren, aber sie sehen alle gleich aus. Am Ende folge ich meinem Bauchgefühl, schlage eine Richtung ein und laufe los.

Je weiter ich mich von der Hütte entferne, desto größer wird die Angst. Sie verzweigt sich in meinem Körper, packt mich mit ihrem festen Griff, als täte ich etwas Verbotenes. Ich drehe mich um und sehe das Häuschen zwischen den Fichten verschwinden. War das die falsche Entscheidung? Sollte ich zurückkehren? Wenn er mich hier findet, habe ich keine Chance. Aber ich halte es nicht mehr aus, ich kann hier nicht bleiben.

Ich gebe mir größte Mühe, meine Gedanken abzuschalten, ich versuche, mich ganz leise durch den Wald zu schleichen, obwohl es fast unmöglich ist. Zapfen und Zweige knacken unter meinen Füßen, und zweimal stolpere ich über einen Ast. Alle meine Sinne sind geschärft. Ein Knacken und Rauschen – ich zucke zusammen. Nur ein großer Vogel an der Spitze eines Baumes, der seine Flügel ausbreitet und davongleitet.

Ich muss an die Worte meiner Mutter denken, die mir immer wieder gesagt hat, ich sei viel zu leichtgläubig. Dass ich immer nur an das Gute im Menschen glaube und mich so leicht täuschen lasse. Einmal, als ich elf Jahre alt und allein zu Hause war, klopfte eine Frau an unsere Tür. Sie sagte, sie sei spazieren gegangen, sei aber von der plötzlichen Hitze überrascht worden und habe sich gefragt, ob sie wohl etwas Wasser von mir bekommen könne. Natürlich ließ ich sie in die Wohnung und holte ihr etwas zu trinken, aber als ich zurückkam, war sie weg. Und mit ihr auch das Glas mit Kleingeld, das immer auf dem Flurtischchen stand.

Als meine Mutter nach Hause kam und entdeckte, dass das Glas verschwunden war, kochte sie vor Wut. Sie konnte es nicht fassen, wie ich eine Fremde in unser Haus lassen konnte. Natürlich schämte ich mich und versprach ihr hoch und heilig, nie wieder denselben Fehler zu machen. Trotzdem wurde ich das Gefühl nicht los, doch das Richtige getan zu haben. Wenn die Frau wirklich durstig war, wäre es nicht noch schlimmer gewesen, ihr das Wasser zu verweigern? Ich war in einem Alter, in dem ich auf meine eigene Art begonnen hatte, die Welt der Erwachsenen immer mehr zu hinterfragen. Ich habe mir viele Gedanken darüber gemacht, welchen Einfluss ich auf mein Umfeld habe, und stets von einer Welt geträumt, in der alle lieb zueinander sind. Ich bin dieser Denkweise treu geblieben und hatte bis vor kurzem keinen Grund, sie in Frage zu stellen.

Der Rucksack ist schwer. Ich rücke ihn auf meinen Schultern zurecht. Ich weiß, dass mich keine Schuld trifft, dass ich mir keine Vorwürfe machen sollte, und trotzdem drehen sich meine Gedanken immer wieder nur darum. Was auch immer passiert, ich bin der gemeinsame Nenner, ich habe alles in Bewegung gesetzt.

Der Wald kommt mir unendlich vor. Ich schaue mich um. Weit und breit dieselben hohen Bäume, so weit das Auge reicht. Sie rauschen im Wind, flüstern und wiegen sich. Alles sieht gleich aus, und ich zweifle langsam, ob ich mich in die richtige Richtung bewege. Was ist, wenn ich mich verirre, wenn ich im Kreis laufe? Würde ich hier draußen eine Nacht überleben? Ich habe nur eine dünne Jacke, und wenn es wieder anfängt zu regnen, bin ich bestimmt bald durchgefroren.

Ich versuche, mich an der Sonne zu orientieren. Sie hat sich gerade hinter einer Wolkenwand versteckt, aber ich spüre ihre Wärme und das Gefühl der Hoffnungslosigkeit schwindet. Ich werde hier rauskommen. Alles wird gut.

Mein Mund ist trocken, ich hole die Wasserflasche aus dem Rucksack und trinke einen Schluck. Es ist etwa eine Stunde her, seit ich die Hütte verlassen habe, und die panischen Gedanken nehmen wieder Fahrt auf. Sollte der Wald sich nicht bald lichten? Ich nehme noch einen Schluck, beschließe aber, den Rest aufzubewahren. Bewege mich weiter durch das unwegsame Gelände, klettere über zwei

Steinhaufen und überquere einen zugewachsenen Traktorweg. Dann, endlich, tut sich ein Umriss am Horizont auf. Einen Steinwurf entfernt steht ein weißes Haus, dahinter vermute ich noch mehr Gebäude.

Der Anblick gibt mir neue Kraft. Ich gehe schneller, springe über einen Graben, laufe einen Schotterweg hinauf. Spüre die Erleichterung, die sich wie Wärme in mir ausbreitet, als das Dorf mit der Bushaltestelle vor mir erscheint. Jetzt ist es nicht mehr weit.

Die Läden entlang der Hauptstraße sind verbarrikadiert. Auf den Eingangstüren sind Plakate angebracht worden, auf ihnen steht mit schwarzem Edding *Bis auf Weiteres geschlossen*, die Fenster sind mit Wellpappe verklebt. An der Straße parken ein paar Autos, ein Schild über dem Eingang eines Lebensmittelgeschäfts leuchtet rot, aber ansonsten wirkt die kleine Gemeinde verlassen.

Ich gehe auf die Wendeschleife zu, wo die Busse halten. Dort steht schon jemand. Ein großer Typ mit blondem, nach hinten gekämmtem Haar. Er erinnert mich ein wenig an Richard.

Unsere erste Begegnung war auch an einer Bushaltestelle. Das ist erst ein knappes Jahr her und mir wird ganz schwindelig bei dem Gedanken, was seither alles passiert ist.

Ich denke an diese Zeit zurück, daran, wie viele Möglichkeiten vor mir lagen, als ich von zu Hause auszog und in den Zug nach Malmö stieg. Es war mein erstes richtiges Abenteuer, und ich hatte mich nach der Freiheit gesehnt, die damit einherging, alles hinter mir zu lassen.

Damals hätte ich nie gedacht, dass sich die Dinge so schnell ändern können und alles so kompliziert wird. Das musste ich erst auf die harte Tour lernen.

KAPITEL 35

Es ist meine erste Woche in Malmö. Ich bin in eine WG in Slottsstaden gezogen, die ich mir mit zwei anderen teile. Mein Zimmer ist nicht sehr groß, aber es gibt ein Bett, einen Tisch und einen kleinen Kleiderschrank. Annelie, deren Tante die Wohnung gehört, bewohnt das zweite Zimmer, Bashir, ein Medizinstudent, das dritte.

An einem der ersten Tage in meinem neuen Zuhause fahre ich mit dem Bus zu Ikea und fülle zwei große Papiertüten mit Geschirr, Vorhängen und flauschigen Kissen. Ich kann zum ersten Mal in meinem Leben eine Wohnung selbst einrichten und bin voller Vorfreude. Auf dem Rückweg zur Bushaltestelle kommt es zu einem Wolkenbruch. Mit meinen Tüten in der Hand und einer großen Yucca-Palme auf dem Arm renne ich los, zwischen hochgezogenen Kapuzen und Regenschirmen hindurch, aber ich komme nur langsam vorwärts. Beim Bushäuschen angekommen, bin ich vollkommen durchnässt, der Topf rutscht mir fast aus dem Arm und der Henkel einer der Tüten ist bereits durchgerissen.

Vollkommen damit beschäftigt, meine Sachen irgendwie zu sortieren, bemerke ich das schwarze Auto nicht sofort, das vor mir hält. Erst als der Fahrer das Fenster herunterlässt und mir zuwinkt, wird mir klar, dass er etwas von mir will.

»Alles okay?«

»Passt schon.«

»Du bist ziemlich nass.«

Ich werfe ihm einen halbernst gemeinten verächtlichen

Blick zu und hole eines der neugekauften Handtücher aus der kaputten Tüte, um das Regenwasser abzuwischen, das mir über den Hals läuft.

»Tut mir leid«, sagt er. »Du sahst gerade nur so lustig aus.«

»Mm.«

Er wirft einen Blick über seine Schulter, um nachzusehen, ob der Bus hinter ihm angerollt kommt, doch der ist noch nicht zu sehen. Dann lehnt er sich vor.

»Soll ich dich mitnehmen?«

»Was?«, frage ich und wische mir mit dem Handtuch den Nacken trocken.

»Ich kann dich fahren, wenn du willst. Wo musst du denn hin?«

»Ich steig doch nicht einfach zu einem Fremden ins Auto«, protestiere ich.

»Ich heiße Richard Bofors«, sagt er und lächelt mir zu. »Ich bin achtundzwanzig Jahre alt und Börsenmakler bei der Öresundbank im Büro in Västra Hamnen. Und ich wohne in der Sundspromenade. So, jetzt bin ich kein Fremder mehr.«

Schweigend mustere ich ihn. Der dunkelgraue, enganliegende Anzug ist ziemlich langweilig, aber er trägt eine schöne blaugestreifte Krawatte, die eine verspielte Art suggeriert. Seine Augen funkeln lebendig.

Eine Dame mit geblümtem Mantel und durchsichtiger Plastikhaube über dem voluminösen braunen Haar nickt mir aufmunternd zu.

»Er sieht nett aus«, sagt sie, klingt dabei irgendwie erwartungsvoll, als träume sie sich in ihre eigene Jugend zurück, als sie selbst noch von fremden Männern angesprochen wurde.

»Ich bin nett«, versichert er. »Ein Prinz in einem schwarzen Tesla, der Jungfrauen in Nöten hilft. Aber du musst dich jetzt schon entscheiden, ich habe in einer Dreiviertelstunde ein Meeting.«

»Was ist, wenn ich zu weit weg wohne und du dein Meeting verpasst?«

»Du hast ja keine Ahnung, wie schnell die Karre hier fährt«, erwidert er und streichelt das Lenkrad.

Ich verdrehe die Augen, finde seine Sprüche ziemlich albern. Aber es wäre schon toll, aus den nassen Klamotten rauszukommen und mit der kaputten Tüte nicht drei Mal umsteigen zu müssen. Außerdem sieht er wirklich nett aus und es täte mir sicher gut, neue Freundschaften zu knüpfen.

»Okay.«

Er hilft mir, meine Sachen in den Kofferraum zu packen, und gibt dann meine Adresse in das Display in der Mitte des Armaturenbretts ein. Ich trockne mich weiter mit dem Handtuch ab, während Richard mir ganz begeistert von seinem Auto erzählt. Es ist ziemlich schick und gepflegt, und ich verstehe nicht, warum er eine ihm unbekannte Person einsteigen lässt, die noch dazu total durchnässt ist. Ich frage mich, ob es eine Art Einladung sein könnte, verwerfe den Gedanken aber sofort. Warum sollte jemand wie er an jemandem wie mir interessiert sein?

Nach etwa fünfzehn Minuten biegen wir in meine Straße ein. Richard öffnet die Heckklappe, ich nehme meine Sachen und hoffe, dass er etwas sagt, mich fragt, ob wir mal was trinken gehen oder mich um meine Nummer bittet, aber er lächelt nur.

»Den Rest schaffst du selbst?«

»Klar.«

»Gut. War schön, dich zu treffen …«

Er sieht mich an.

»Linnea.«

»Ja, stimmt. War schön, dich zu treffen, Linnea.«

Er zwinkert mir zu, dann steigt er in den Wagen und fährt davon. Ich stehe da wie eine Idiotin, mit einer völlig durchgeweichten Tüte im Arm, und wünschte, ich hätte mir während unseres kurzen Gesprächs mehr Mühe gegeben. Vielleicht ist Richard auch nur ein barmherziger Samariter, der gerne Mitmenschen in Not hilft. Auf jeden Fall hat er mich neugierig gemacht, und sobald ich die Wohnung betreten und mir ein paar trockene Klamotten angezogen habe, schaue ich online nach der Öresundsbank. Und dort, unter dem Reiter, unter dem die Mitarbeiter der Bank aufgeführt sind, finde ich ein Bild von ihm mit der gleichen gestreiften Krawatte und dem breiten Lächeln.

KAPITEL 36

Laut Fahrplan kommt der Bus nach Helsingborg alle dreißig Minuten. Es ist ewig her, dass ich mich an so einem analogen Fahrplan orientieren musste, aber ich gehe davon aus, dass er zuverlässig ist, und stoße einen erleichterten Seufzer aus, als ich die Abfahrtszeiten sehe.

Im Wartehäuschen steht ein Fahrkartenautomat. Ich will ein Ticket nach Malmö lösen, doch als ich bezahlen soll, merke ich, dass der Automat kein Bargeld nimmt und ich meine Visa-Karte nicht verwenden kann.

Der blonde Typ steht ein paar Meter von mir entfernt und hat Kopfhörer auf.

»Entschuldigung«, sage ich.

»Ja?«, antwortet er und schiebt sich einen der Kopfhörer vom Ohr.

»Weißt du, wie ich ohne Visakarte ein Ticket lösen kann?«

»Du kannst mit dem Handy zahlen.«

»Ein Handy hab ich auch nicht dabei.«

Er sieht mich skeptisch an.

»Mir wurde die Handtasche geklaut«, füge ich hinzu.

Er schaut sich den Ticketautomaten genauer an.

»Geld hab ich dabei«, sage ich und halte ihm zwei Hunderter hin. »Könntest du mir vielleicht ein Ticket kaufen, und ich gebe dir das Geld in bar?«

Er scheint misstrauisch, vielleicht denkt er, ich will ihn abziehen. Ich setze mein charmantestes Lächeln auf. Sage mit meiner freundlichsten Stimme: »Das wäre echt lieb von dir.«

Der Typ seufzt und holt sein Portemonnaie aus der Gesäßtasche seiner Jeans.

»Wohin willst du?«

»Malmö.«

Er gibt mein Wunschziel ein, bezahlt mein Ticket und nimmt mir dann das Geld aus der Hand.

»Vergiss nicht, Anzeige zu erstatten.«

»Was?«

»Wegen der geklauten Handtasche.«

»Ach so, ja, auf jeden Fall. Danke für deine Hilfe«, erwidere ich, ziehe das Ticket aus dem Automaten und setze mich auf die abgenutzte Holzbank im Wartehäuschen.

Gegenüber der Bushaltestelle steht ein verlassenes Haus, das an die Gebäude in meinem Heimatdorf Grängesberg erinnert. Als das Bergwerk Ende der achtziger Jahre geschlossen wurde, zogen viele aus dem Dorf weg, und etwa zwanzig Wohnhäuser wurden ihrem Schicksal überlassen. Ich habe mich schon immer vor diesen Gebäuden gefürchtet, mit ihren vernagelten Fenstern, den großen Rissen im hellgelben Putz und den verwilderten Gärten.

Ich starre auf einen Papierkorb aus grünem Plastik, den anscheinend mal jemand angezündet hat. Schwarze Schatten zeichnen sich an seinen Seiten ab, und unter dem Papierkorb liegt der Müll, der von hungrigen Vögeln herausgerissen wurde. In die Holzbank sind Schimpfwörter in eckigen Großbuchstaben eingeritzt, und ich denke an den Fahrstuhl bei uns zu Hause. Sehe das fette Graffito und den schiefen Spiegel vor mir, in dem sich mein Gesicht verzerrt, und ich erinnere mich an all die Male, die ich mit einem Kloß in der Brust in den sechsten Stock hinaufgezuckelt bin.

Wenn ich von der Schule nach Hause kam, wusste ich nie wirklich, was mich erwartet. Manchmal war meine Mutter gut gelaunt und briet in der Küche Pfannkuchen, mit Joni Mitchell auf höchster Lautstärke und ihrem neuesten Kunstprojekt auf dem Tisch ausgebreitet. Es konnte alles Mögliche sein, ein Fotoalbum mit Kinderbildern von mir, wunderschöne Illustrationen, mit Muscheln beklebte Rahmen oder auch eine alte Gardine, die sie zu einem Kleid umgenäht hatte. Wenn ich an einem solchen Tag über die Schwelle trat, stieß sie einen Freudenschrei aus und kam auf mich zugerannt, um mich zu umarmen, als ob wir uns seit Jahren nicht gesehen hätten. Dann saßen wir die halbe Nacht zusammen, hörten Musik und redeten über das Leben. Und wenn Greta aus der Nachbarwohnung an die Wand klopfte, weil sie bei dem Krach nicht schlafen konnte, drehte Mama die Lautstärke nur noch mehr auf.

Aber es gab auch andere Tage, Tage, an denen es meiner Mutter nicht gutging. Ich habe es oft schon vorher gespürt, noch bevor ich zur Tür hereingekommen bin. Es war, als sickerte ihre Melancholie durch den Briefkastenschlitz, und ich eilte in die Wohnung, weil ich mir immer Sorgen machte, dass ihr etwas zugestoßen war. Meistens fand ich sie im Schlafzimmer, noch im Schlafanzug und mit zerzausten Haaren, aber manchmal hatte sie auch schon den Weg zum Sofa gefunden. Die Jalousien waren heruntergelassen und sie lag völlig still im Halbdunkel und starrte an die Wand. Dann kroch ich zu ihr unter die Decke und hielt sie fest, während sie schluchzte und mich um Verzeihung bat.

»Dein Papa ist schuld, dass ich so krank bin«, hatte sie

dann immer gesagt. »Seinetwegen bin ich so geworden.« Und ich tröstete sie, sagte ihr, es sei gar nicht schlimm, sie sei eine ganz wunderbare Mama.

»Und du bist die beste Tochter der Welt«, erwiderte sie. »Dass dein Vater uns einfach so verlassen hat. Und er sich weigert, uns auch eine einzige Krone zu zahlen, obwohl ich ihm immer wieder sage, was du alles brauchst.«

Ich bekam immer schlechte Laune, wenn sie über Papa sprach. Ich selbst hatte seit seinem Auszug, als ich fünf gewesen war, keinen Kontakt mehr zu ihm. Ich habe nur schwache Erinnerungen an das Leben davor und ein einziges Bild von uns zusammen, wie wir vor unserem Haus stehen. Jedes Jahr zu meinem Geburtstag schickte er mir eine Karte mit der Aufschrift »Herzlichen Glückwunsch von Papa«, aber er hörte damit auf, als ich fünfzehn wurde, und seitdem habe ich nie wieder von ihm gehört.

Obwohl es immer ziemlich heftig war, konnte ich nie wütend auf meine Mutter sein, wenn sie ihre schlechten Phasen hatte. Ich verstand ihre Trauer, und außerdem war sie alles, was ich hatte. Ich brauchte sie genauso sehr, wie sie mich brauchte, und normalerweise vergingen diese kleinen Episoden, wie sie sie nannte, nach wenigen Tagen.

Manchmal denke ich, es ist ihre Schuld, dass ich mich in meiner Beziehung zu Richard so unsicher fühle. Dass ihre schlechten Erfahrungen auf mich abgefärbt haben. Aber vielleicht irre ich mich auch.

Ich habe es immer so gesehen, dass Richard mich ausgewählt hat, aber jetzt, wo ich darüber nachdenke, frage ich mich, ob es nicht umgekehrt war. Vielleicht fühlte ich mich gerade deshalb zu ihm hingezogen, weil ich wusste, dass er der Typ Mann war, den meine Mutter an meiner Seite sehen wollte. Eine selbstbewusste Person mit stabilen Finanzen, auf die man sich verlassen kann. Jemand, der immer für mich da sein wird – das komplette Gegenteil von Papa.

Oder vielleicht war es nur ein Zufall.

KAPITEL 37

An einem Freitagabend einige Wochen später gehe ich zum ersten Mal in Malmö aus. Annelie und ich steuern das *Centiliter & Gram* in der Innenstadt an. Eigentlich habe ich keine große Lust, feiern zu gehen, aber Annelie jammert mir die Ohren voll, dass wir einen Mädelsabend brauchen, und irgendwann gebe ich nach.

Der Bartresen ist wie eine beleuchtete Insel mitten im Lokal. Die Musik vibriert durch den Raum. Annelie und ich stehen an der Bar, aber wir sind noch gar nicht dazu gekommen, zu bestellen, als ihr Freund Edwin auftaucht. Er sieht schlecht gelaunt aus, spricht mit lauter Stimme und sagt, sie müssten mal miteinander reden. Ich sehe, wie Annelie sauer wird, aber sie folgt ihm trotzdem und setzt sich mit ihm in eine Ecke.

Ich habe Edwin nur ein paar Mal getroffen, aber er scheint der Typ zu sein, der denkt, wenn man sich schon ausspricht, dann muss man es auch sehr genau machen, und ich sehe ein, dass unser Mädelsabend wahrscheinlich gelaufen ist. Aber da ich nun schon mal hier bin und mich ausnahmsweise mal richtig schick gemacht habe, beschließe ich, mir einen Drink zu bestellen. Doch beim Anblick der Preisliste für Cocktails bekomme ich einen Schock und entscheide mich stattdessen für einen Cider.

Ich sitze eine Weile so da, nippe an meinem Getränk und beobachte die anderen Gäste, als ich eine bekannte Stimme höre:

»So siehst du also aus, wenn du nicht klitschnass bist!«

Richard steht neben mir an der Bar. Er ist wieder in einen dunklen Anzug gekleidet, diesmal ohne Krawatte, die obersten Knöpfe seines Hemdes sind offen.

»Bist du ganz allein hier?«

Ich schüttele den Kopf und deute auf den Tisch in der Ecke.

»Ich bin mit den beiden da. Aber sie müssen sich kurz *aussprechen.*«

»Klingt nicht so gut.«

»Nope«, sage ich und schüttele den Kopf. »Und du?«

»Ich bin mit ein paar Kollegen hier«, sagt er und zeigt zu einer Gruppe von Männern, die ein paar Meter weiter weg stehen. Sie tragen alle ähnliche Anzüge und haben die Haare zurückgekämmt.

Ich rutsche auf meinem Barhocker umher und drehe mich zu ihm um. Werfe mir das Haar über die Schultern und fummele an meinem dünnen Goldkettchen herum. Gerade als ich etwas sagen will, stellt der Barkeeper eine Menge Shotgläser vor uns auf den Tresen.

»Zehn Alabama Slammers.«

Die müssen für Richard und seine Freunde sein, und ich spüre einen leichten Stich der Enttäuschung. Ich hatte gehofft, dass er bleiben und mir Gesellschaft leisten würde.

»Ich muss zurück zu den anderen«, sagt er mit betretener Miene.

»Na klar.«

»Hab einen schönen Abend.«

Ich leere mein Cider und sehe zu Annelie rüber, aber sie ist so in ihr Gespräch mit Edwin vertieft, dass sie mich nicht einmal bemerkt, und ich beschließe, nach Hause zu gehen. Es ist natürlich ein enttäuschendes Ende meiner ersten Ausgehnacht in Malmö, andererseits habe ich vermutlich ein ganzes Vermögen gespart, das ich sonst für Drinks hingeblättert hätte.

Als ich gerade aufstehen will, taucht Richard wieder auf. Er lässt sich auf den Stuhl neben mir sinken und lehnt sich mit dem Ellbogen auf den Tresen.

»Wie geht's?«

Inzwischen hat er sein Jackett ausgezogen und die Hemdsärmel hochgekrempelt, mein Blick bleibt an seiner sonnengebräunten Haut hängen.

»Gut, aber ich werde wohl aufbrechen.«

»Ist doch erst elf.«

Ich werfe den Kopf in den Nacken und hänge mir meine Tasche über die Schulter.

»Willst du nicht noch ein bisschen bleiben?« Seine Augen leuchten und er lächelt selbstsicher. »Bitte«, fährt er fort. »Ich versprech dir, das wird noch ein schöner Abend. Darf ich dich auf einen Drink einladen?«

Ich tue so, als müsste ich nachdenken, dann nicke ich. Richard winkt den Barkeeper zu sich heran.

»Was darf's sein?«

»Ich weiß nicht«, sage ich.

»Magst du Champagner?«, fragt Richard.

»Klar.«

»Schön. Dann nehmen wir eine Flasche Gosset Grand Millesime von 2006.«

Ich weiß nicht, wie spät es ist, als ich endlich die Treppe hinauf und in die Wohnung stolpere, aber wahrscheinlich habe ich das ein oder andere Glas Champagner zu viel getrunken. Meine innere Stimme fragt sich, ob ich mich blamiert habe, aber sosehr ich mich auch anstrenge, ich kann mich nicht erinnern, etwas Unangemessenes gesagt oder getan zu haben. Wir blieben einfach an der Bar sitzen, bestellten noch mehr Champagner und unterhielten uns, bis so viele Leute im Raum waren, dass wir unser eigenes Wort nicht mehr verstanden. Dann brachte Richard mich zu einem Taxi, das er bezahlte.

Als ich aufwache, habe ich eine SMS von Richard auf meinem Handy. Er fragt, ob ich bei *Kitchen & Table* brunchen möchte. Ich bin etwas perplex, dass er mich so schnell wiedersehen will, fühle mich aber auch geschmeichelt. Richard scheint ein viel aufregenderes Leben zu führen als ich. Außerdem fühle ich mich zu ihm hingezogen.

Zwei Stunden später sitze ich im höchsten Turm des Clarion-Hotels und beantworte detaillierte Fragen zu meiner Kindheit. Während ich auf den Sund schaue und pochierte Eier mit Speck und Sauce Hollandaise esse, erzähle ich ihm, dass mein Vater seit meinem fünften Lebensjahr keine Rolle in meinem Leben mehr spielt, dass ich und meine Mutter uns aber gut ohne ihn zurechtgefunden haben. Obwohl ich mich bemühe, unsentimental zu klingen, legt Richard seine Hand auf meine und sagt mit Bedauern in der Stimme, dass es für uns beide schwer gewesen sein muss. Seine Fürsorge rührt mich tatsächlich ein wenig.

Nach dem Essen schlägt Richard einen Ausflug nach Kopenhagen vor, und ich sage Ja. Ich habe die Öresundbrücke noch nie überquert und bin von der gewaltigen Stahlkonstruktion und der Aussicht über den Sund total angetan. Das Meer glitzert in der Septembersonne, und hier und da sind Segelboote als kleine weiße Punkte auf den Wassermassen zu sehen.

Am Nyhavn setzen wir uns auf eine Außenterrasse vor

eines der bunten Altstadthäuser. Richard bestellt eine Meeresfrüchteplatte, und nach dem Essen schlendern wir quer durch Kopenhagen, lassen uns einfach nur treiben, kaufen Gebäck und Obst, wenn wir zwischendurch Hunger bekommen. Ich bin so in den Moment vertieft, dass ich völlig die Zeit vergesse und überrascht bin, als es langsam dämmert.

Vor dem wunderschön beleuchteten Königlichen Theater zieht Richard sein Jackett aus und hängt es mir über die Schultern. Dann legt er sanft seine Hand an meine Wange, zieht mich mit der anderen ganz nah zu sich heran und küsst mich.

In mir überschlagen sich die Glücksgefühle. Ich komme mir vor wie in einem Film, als wäre nichts von dem, was hier gerade passiert, real. Als wir nach Malmö zurückkehren, nimmt Richard mich mit in seine Wohnung. Ab diesem Moment verbringen wir unsere gesamte Freizeit miteinander. Und als Annelie ein paar Wochen später verkündet, dass sie und Edwin zusammenziehen und die Wohnung für sich alleine brauchen, ist es für mich die selbstverständlichste Sache der Welt, als Richard vorschlägt, dass ich bei ihm einziehen kann.

KAPITEL 38

Der Bus hat ein paar Minuten Verspätung. Als er endlich da ist, steige ich ein und setze mich in die hinterste Reihe. Es ist ein komisches Gefühl, wieder unter anderen Menschen zu sein, nach all dem, was ich durchgemacht habe. Daran erinnert zu werden, dass das Leben wie gewohnt weitergeht und andere mich nur als jemanden sehen, die auf dem Weg von A nach B ist.

Der Fahrer startet den Motor und der Bus ruckelt davon. Ich schaue aus dem Fenster und muss an ein Ereignis denken, das sich in meiner Kindheit zugetragen hat. Ich schließe meine Augen und sehe es vor mir. Mama und ich sitzen im Bus. Ich weiß nicht, wo wir waren oder wohin wir unterwegs sind, aber sie sitzt neben mir und telefoniert. Sie ist aufgewühlt und hat Schwierigkeiten, still zu sitzen. Auf meinem Schoß liegt eine Tüte Süßigkeiten. Ich spucke ein Stück in meine Hand, klebe es gegen die Lehne des Sitzes vor mir. Das hellrote Bonbon klebt am Polster, aber Mama bekommt davon nichts mit. Sie redet nur in ihr Handy, und als der Bus hält, steht sie abrupt auf und steigt aus. Ich sitze reglos da, bin mir nicht sicher, was hier gerade vor sich geht. Der Bus fährt wieder an, und ich sehe sie in der Ferne verschwinden. Ich weiß nicht mehr genau, was dann passiert ist, ob ich traurig war oder wie lange wir gefahren sind, aber irgendwann hält der Bus an einer Haltestelle, und Papa steigt ein. Er eilt auf mich zu und nimmt mich in den Arm, hält mich ganz fest, dann steigen wir zusammen aus. Es ist eine flüchtige Erinnerung, ich bin mir nicht einmal sicher, wie alt ich war, aber das Gefühl, vergessen zu werden, hat sich sehr stark in mein Gedächtnis eingebrannt. Es hat sich tief in mich hineingebohrt, und ich habe mich oft gefragt, wie Papa mich bei Mama lassen konnte, obwohl er wusste, wie krank sie war.

Ein älterer Mann in einem grünen Mantel starrt mich an. Ich sinke tiefer in meinen Sitz. Verhalte ich mich komplett falsch? Vielleicht sollte ich um Hilfe rufen, schreien, dass etwas Schreckliches passiert ist und dass jemand die Polizei rufen muss, aber es macht mir Angst, die Kontrolle über die Situation zu verlieren. Außerdem bin ich mir ziemlich sicher, dass ich unter Schock stehe. Es fühlt sich so an, als befände ich mich in einer Blase. Solange ich hier drin bin, die Außenwelt auf Distanz halte, kann mir nichts passieren, aber sobald sich etwas ändern sollte und die Blase platzt, weiß ich nicht, wie ich reagieren werde.

Ich denke darüber nach, wie ich hier gelandet bin, welche Ereignisse zu diesem besonderen Moment geführt haben und was davon meine Schuld ist, aber ich habe keine Antwort. Das Einzige, was ich weiß, ist, dass ich versucht habe, das Richtige zu tun, meinem Herzen zu folgen.

Vielleicht war das mein größter Fehler.

KAPITEL 39

Ich ziehe bei Richard ein, und von einem Tag auf den anderen ändert sich mein ganzes Leben. Ich, die ich nie genug Geld hatte, lebe plötzlich im Überfluss. Richard bezahlt unseren ganzen Lebensunterhalt, und ich nehme alles dankend an, unter dem Vorwand, dass ich es zurückzahle, sobald ich einen Job habe und nicht mehr nur von meinem Studiendarlehen leben muss.

Mein Plan ist es, mir einen Nebenjob zu suchen, den ich mit meinem Studium kombinieren kann, aber Richard sagt, er würde viel lieber seine Freizeit nur mit mir verbringen. *Du bist die beste Investition meines Lebens,* scherzt er, und wir haben eine tolle Zeit zusammen in seiner neuen Eigentumswohnung mit vier Zimmern und Meerblick.

Dreimal die Woche kommt eine Reinigungskraft, Richard kocht nie selbst, und seine Wäsche wird abgeholt, gebügelt und nach teurem Weichspüler duftend zurückgebracht. Obwohl ich anfangs ungern meine schmutzigen Klamotten an eine unbekannte Person abgeben möchte, gewöhne ich mich schnell an den Luxus, jedes einzelne Kleidungsstück sorgfältig zusammengelegt oder an einem mit Samt bezogenen Bügel zurückzubekommen. Und ohne schmutzige Küche oder unbezahlte Rechnungen, über die man sich in die Haare kriegen könnte, ist es unglaublich, wie harmonisch eine Beziehung sein kann.

Natürlich gibt es Dinge, die mich stutzig machen. Es kommt vor, dass ich Richard am Telefon schreien und toben höre. Einmal habe ich beobachtet, wie er in seinem Arbeitszimmer eine Schreibtischschublade abgeschlossen hat, aber ich weiß ja auch, dass sein Job enormen Druck mit sich bringt. Er investiert das Geld wohlhabender Leute und übernimmt Verantwortung für enorme Summen. Das würde jeden unter Stress setzen.

Nach einigen Monaten bietet er mir an, ein Konto bei seiner Bank zu eröffnen, mit einem besseren Zinssatz als bei meiner alten. Ich sage Ja, schließe mein altes Konto und überführe mein Studiendarlehen auf das neue. Zu diesem Zeitpunkt wird mir bewusst, wie stark sein Bedürfnis nach Kontrolle ist. Er will alles über meine Einkäufe wissen, geht meine Kontoauszüge durch und ärgert sich, wenn er sieht, dass ich nach der Uni Coffee to go gekauft habe. *Wir haben zu Hause eine mindestens genauso gute Kaffeemaschine,* wirft er mir dann vor, obwohl er selbst Tausende von Kronen für Dinge ausgibt, die er eigentlich nicht braucht. Aber er ist der Meinung, dass sei nicht dasselbe, da er einfach mehr Geld zur Verfügung hat. Außerdem hat er eine Überwachungskamera im Flur. Anfangs finde ich es etwas unangenehm, aber bald gewöhne ich mich daran. Jedes Mal, wenn ich nach Hause komme, winke ich in die Kamera, und wenn Richard nicht beschäftigt ist, antwortet er mit einer SMS.

Unser erstes gemeinsames Weihnachtsfest verbringen wir bei mir daheim in Grängesberg. Mama ist natürlich hin und weg von Richard. Sie betont unablässig, wie gut aussehend und nett er ist, und sobald er außer Hörweite ist, redet sie auf mich ein, dass ich ihn auf keinen Fall gehen lassen darf. Ich hatte vorgeschlagen, dass wir ihr als Weihnachtsgeschenk eine Teekanne bei Åhléns kaufen, aber Richard bestand darauf, dass das viel zu wenig ist, und bestellte eine Tischdecke und zwei Kerzenhalter von einem luxuriösen Design-Kollektiv. Natürlich ist dieses Geschenk der absolute Hit, ich weiß nicht, ob ich meine Mutter jemals so glücklich gesehen habe.

Aber obwohl alles gut ist, rumort diese Unsicherheit in mir. Wenn ich einen schlechten Tag habe, frage ich mich, was ein so selbstbewusster und erfolgreicher Mensch wie Richard in mir sieht. Er hat schon so viel im Leben erreicht, während ich gerade erst angefangen habe. Er sagt, er liebt meine blonden Haare, meinen Körper und mein Lächeln. Trotzdem herrscht ein Ungleichgewicht zwischen uns, und manchmal habe ich das Gefühl, an Bord eines Schiffes zu sein, ohne zu wissen, wohin wir steuern, und dass Richard, der Kapitän, sich weigert, mich mitreden zu lassen.

Wir unternehmen Wochenendtrips nach Prag und Barcelona, besuchen exklusive Spa-Hotels und essen in Fünf-Sterne-Restaurants. Die Welt liegt uns zu Füßen. Wenn mein Selbstwertgefühl am Boden ist, denke ich, dass ich das alles nicht verdient habe. Dass ich nur ein junges Mädchen ohne Zukunftsaussichten bin, dass Richard drauf abfährt, mir die Welt zu zeigen, und er mich schon bald gegen eine andere eintauschen wird, wenn er keine Lust mehr auf mich hat.

Ein paar Mal versuche ich, mehr über seine Vergangenheit herauszufinden, über frühere Beziehungen, wie er aufgewachsen ist, aber er will nicht darüber reden. Er sagt nur, dass seine Eltern nicht mehr leben und er lieber nach vorne schaut, und ich habe das Gefühl, dass er versucht, bestimmte Teile seines Lebens vor mir geheim zu halten.

An Silvester sind wir zu Richards Kollegen Pär und dessen Frau Natasha in ihre Villa in Bellevue Sjösida eingeladen.

Bevor wir gehen, ist Richard ungewöhnlich gut gelaunt. Er steht im Smoking in der Küche, pfeift vor sich hin und mixt Getränke.

»Ist irgendetwas passiert?«, frage ich ihn, als er mir ein Glas reicht.

»Ich habe in ein Unternehmen namens SCM investiert, und heute hat sich der Wert ihrer Aktien verzehnfacht.«

»Gratuliere! Das ist ja großartig! Dass du auch immer weißt, welche Aktien du kaufen musst.«

»Ich bin gut in dem, was ich tue«, sagt er und nimmt einen Schluck von seinem Gin Tonic. »Und ich habe ein Gerücht gehört, dass sie vorhaben, Beton ohne fossile Brennstoffe herzustellen, und das hat sich als wahr herausgestellt.«

»Ja, davon hab ich in der Zeitung gelesen! Ich glaube, es war ein Interview mit diesem Anwalt, Mårten Hultén. War das nicht der Typ, mit dem du gesprochen hast, als wir beim Konzert des Sinfonieorchesters waren?«

Richard runzelt die Stirn.

»Kann sein, ich treffe immer so viele Menschen, da verliere ich schon mal den Überblick.«

»Auf jeden Fall finde ich das, was du machst, unglaublich beeindruckend«, sage ich schmeichelnd, denn ich höre, wie genervt er plötzlich klingt. »Kannst du nicht auch für mich investieren?«

»Von welchem Geld?«

»Nein, nicht sofort, ich dachte eher in Zukunft.«

Er zuckt mit den Schultern und deutet dann mit einem Kopfnicken auf das dunkelviolette Seidenkleid, das er für mich gekauft hat und das ich heute trage. »Steht dir.«

»Danke.« Ich drehe mich einmal um die eigene Achse und nehme seine Hand.

»In Tanzlaune, wie ich sehe?«

»Es ist schließlich Silvester.«

»Klar«, erwidert er und macht sich von mir los. »Vergiss nicht, dass wir bei einem meiner Kollegen sind, also benimm dich bitte.«

Obwohl er mich so mürrisch angeraunt hat, freue ich mich auf den Abend. Dies ist das erste Mal, dass ich die Leute von seiner Arbeit treffe. Bisher weiß ich nur, wie sehr er Pär bewundert. Er ist ein paar Jahre älter als Richard und hat mit seiner Frau zwei Kinder, eine achtjährige Tochter und einen fünfjährigen Sohn, für die ich – auf Richards Rat hin – jeweils ein Geschenk gekauft habe.

Die weiß getünchte Zwanzigerjahrevilla thront auf einem Hügel über den umliegenden Häusern. Durch die vielen Fenster dringt warmes Licht. Pär erwartet uns an der Tür und führt uns durch eine prächtige Eingangshalle, von der aus eine große Treppe aus dunklem Holz über dem Parkettboden zu schweben scheint.

»Wie schön, dich endlich kennenzulernen, Linnea«, sagt er und umarmt mich zur Begrüßung.

Im Salon werden wir von Natasha empfangen. Sie trägt ein glänzendes Tablett mit Begrüßungsdrinks und ist so unglaublich elegant in ihrem grünen Samtgewand. Das Haar hat sie sich zu einem hohen Knoten zusammengebunden. Ich stelle mich vor und fummele dezent am Ausschnitt meines Kleides, der mir jetzt viel zu tief vorkommt. Ärgere mich, mir nicht auch die Haare hochgesteckt zu haben. Nervös nehme ich einen großen Schluck von meinem Champagnercocktail, obwohl Richard mir einen warnenden Blick zuwirft.

Die Kinder sind natürlich bezaubernd. Felicia trägt ein hellrosa Kleid und hat dasselbe lockige Haar wie ihre Mutter, Tim trägt ein Hemd und eine Fliege.

Ich konnte noch nie gut mit Kindern. Ich habe irgendwie nie einen Draht zu ihnen. Trotzdem gebe ich mein Bestes, interessiert zu wirken, als ich die Geschenke überreiche. Bei der Auswahl der Bücher wurde ich im Buchladen in der Stadt beraten. Ich gehe in die Hocke, um Tim beim Auspacken seines Päckchens zu helfen, und sehe Richards zufriedenes Lächeln.

Pär und Natasha sind ein wunderbares Gastgeberpaar und geben sich alle Mühe, mich an der Unterhaltung teilhaben zu lassen. Sie stellen Fragen und erklären geduldig jedes Mal, wenn sie über Insiderwitze lachen, die ich nicht verstehe. Trotzdem fühle ich mich fehl am Platz. Es ist so offensichtlich, dass ich nicht dazugehöre.

Pär ist viel offener als Richard und erzählt, was in der Bank alles passiert: Transaktionen, die schieflaufen, verärgerte Kunden, die glauben, sie hätten Geld verloren, obwohl sie in Wirklichkeit einen Gewinn erzielt haben, und riskante Investitionen, die jedem im Büro das Herz höher schlagen lassen. Pär spricht über Dinge, die Richard normalerweise zu verbergen versucht, und ich bin total überrascht.

Zum Essen wird Wein serviert. Ich klammere mich an mein Glas und trinke fast zwanghaft, um das Gefühl der Unzulänglichkeit zu dämpfen, das mit jeder Minute wächst. Erst zum Hauptgang entspanne ich langsam. Ich lasse mir das gebratene Rinderfilet schmecken, das mit in Butter gewendeten Pfifferlingen und cremigem Wirsing gereicht wird.

»Kannst du dich für die Börse begeistern, Linnea?«, fragt Pär mit freundlicher Neugier.

»Ich habe ehrlich gesagt nicht so viel Ahnung«, gebe ich zu. »Aber ich habe schon Interesse zu lernen.«

»Na, da bist du ja bei Richard an der richtigen Adresse. Er ist der Beste von uns. Alle Kunden wollen ihn als Investor, und er sagt zu niemandem Nein.«

»Ich finde nicht, dass man einen Unterschied zwischen den einen und den anderen machen sollte«, erwidert Richard. »Solange sie ein gewisses Kapital mit einbringen, helfe ich ihnen.«

»Deswegen bist du auch so erfolgreich«, sagt Pär und erhebt sein Glas. »Deine Investition in SCM war der Jackpot. Das war wirklich mutig von dir, so viel in ein Unternehmen zu stecken, dass eine so lange Durststrecke durchgemacht hat.«

»Er hat einen Tipp über ihre Herstellung von fossilfreiem Beton bekommen«, sage ich voller Stolz, doch sofort sehe ich, wie sich etwas in Richards Gesicht verändert.

»Ich habe keinen Tipp bekommen«, sagt er hastig. »Es war nur ein Gerücht. Und als das Unternehmen auf die alte Zementfabrik in Segevång geboten hat, habe ich eins und eins zusammengezählt.

»Absolut«, lenkt Pär ein.

Es wird still um den Tisch, und Natasha steht auf.

»Will jemand Kaffee zum Dessert?«

»Gern«, sagt Richard.

»Linnea?«

Ich will gerade dankend ablehnen, als Richard mir ins Wort fällt.

»Wir nehmen zwei, danke.«

Pär und Natasha verschwinden in der Küche, und ich versuche, Richards Blick einzufangen, aber er starrt nur aus dem Fenster.

»Du«, sage ich. »Tut mir leid, ich wusste nicht, dass ich das mit dem Tipp besser nicht erwähnen sollte.«

»Es war kein Tipp«, faucht er.

»Nein, natürlich nicht. Das habe ich bestimmt falsch verstanden.«

Richard lehnt sich über den Tisch und sieht mich mit furchteinflößendem Blick an.

»Ich muss mich auf dich verlassen können.«

»Das kannst du auch.«

»Und trotzdem sitzt du hier und machst Andeutungen, ich würde Insiderhandel betreiben.«

»Das tu ich nicht. Ich gebe mir lediglich Mühe, deine Welt zu verstehen und mich an der Konversation zu beteiligen.«

»Wie viel hast du überhaupt getrunken?«

Ich schüttele den Kopf, verstehe nicht, was er von mir will, aber als ich aufstehe, um auf die Toilette zu gehen, merke ich, wie meine Beine unter mir nachgeben. Richard springt auf und packt mich am Arm.

»Komm mit«, herrscht er mich an und zieht mich hinaus in die Eingangshalle. »Wenn du dich nicht benehmen kannst, müssen wir wohl nach Hause fahren.«

»Okay«, erwidere ich. »Das ist ohnehin die langweiligste Silvesterparty, auf der ich je war.«

»Sschhh!«, raunt er. »Bist du noch ganz dicht? Sie können dich doch hören!«

»Welch Katastrophe.«

Richard packt mich und drückt mich gegen die Wand. Er seufzt.

»Du bleibst hier«, raunt er und verschwindet.

Kurz darauf höre ich seine Stimme aus der Küche. Richard erklärt unseren Gastgebern, dass ich mich nicht gut fühle und wir gehen müssten. Er entschuldigt sich mehrmals, obwohl Pär ihm versichert, dass es gar nicht schlimm sei.

Als er zu mir zurückkehrt, ist seine Miene wie versteinert.

»Wir gehen jetzt, bitte sei höflich«, sagt er und hilft mir in den Mantel.

Pär und Natasha kommen hinaus in die Eingangshalle.

»Richard hat uns eben erzählt, dass es dir nicht so gut geht«, sagt Natasha und legt den Kopf schief.

»Stimmt«, erwidere ich und lege mir die Hand an die Stirn.

»Wie schade! Ich hoffe, es geht dir bald wieder besser.«

»Vielen Dank für den schönen Abend«, sagt Richard und schüttelt Pär die Hand. »Fantastisches Essen – es tut uns wirklich leid, dass wir gehen müssen.«

»Macht euch keine Gedanken.«

»Wir müssen das bald wiederholen«, fährt Richard fort.

»Unbedingt, ihr seid immer herzlich willkommen«, erwidert Natasha und schenkt mir ein warmes Lächeln.

Auf dem gesamten Heimweg sitzt Richard still neben mir im Taxi, aber sobald wir durch die Wohnungstür kommen, explodiert er.

»War es wirklich nötig, uns den Abend zu versauen?«

»Was heißt denn versauen, ich habe nur versucht, Interesse an euren Gesprächen zu zeigen.«

»Bullshit. Du hast Pär gegenüber Dinge angedeutet, die ich dir im Vertrauen erzählt habe.«

»Woher sollte ich denn wissen, dass das ein Geheimnis war?«, protestiere ich und ziehe mir die viel zu hohen Schuhe aus, die inzwischen an den Zehen drücken.

»Alles, was ich dir von der Arbeit erzähle, ist streng vertraulich! Da geht es um Hunderte von Millionen, checkst du das nicht?«

»Entschuldige bitte, ich hatte vergessen, dass Geld das Einzige ist, was dir wichtig ist.«

»Das Einzige, was *mir* wichtig ist? Du wirkst jetzt nicht gerade enttäuscht von unserem Lebensstil«, entgegnet er und breitet resolut die Arme aus.

»Ich habe dich nie um irgendetwas von alldem hier gebeten. Ich war ganz zufrieden mit meinem Leben, bevor ich dich getroffen hab.«

»Dann kannst du ja zu deinem alten Leben zurückkehren, wenn dir das nichts bedeutet.«

Ich starre ihn an. Darauf habe ich gewartet, auf den Moment, in dem er merkt, dass ich nicht die Richtige für ihn bin. Draußen werden die ersten Raketen in die Luft geschossen und glitzernde Explosionen erhellen den Nachthimmel aus.

»Meinst du das ernst?«

»Weiß ich nicht«, antwortet er mit leiser Stimme.

Ich gehe ins Wohnzimmer, setze mich auf die Couch und schaue hinaus in die Nacht. Jetzt habe ich es also geschafft, meine erste richtige Beziehung zu sabotieren. Der Gedanke, dass Richard und ich nicht mehr zusammen sein werden, fühlt sich an, als würde mir jemand ein Messer in die Brust rammen. Ich will nicht verlassen werden, ich will weiter mit ihm leben.

Je näher wir auf Mitternacht zugehen, desto bunter

leuchtet der Himmel, und das bunte Feuerwerk spiegelt sich im Fensterglas.

Nach einer Weile kommt Richard und setzt sich neben mich.

»So habe ich mir den Abend nicht vorgestellt«, murmelt er.

Ich möchte etwas sagen, mich entschuldigen und erklären, dass ich mein Verhalten bereue, aber ich kann nicht. Die Worte kommen nicht über meine Lippen, ich schäme mich zu sehr.

Ich warte darauf, dass er sagt, dass es vorbei ist, mich bittet, meine Sachen zu packen und zu verschwinden. So wird es vermutlich immer laufen. Mich kann man nicht wirklich lieben, ich habe zu viele schlechte Seiten. Nicht einmal mein eigener Vater wollte mich.

Aber Richard sagt es nicht. Stattdessen rutscht er näher an mich heran und lehnt seinen Kopf an meine Schulter.

»Verzeih mir«, flüstert er.

In mir flackert die Hoffnung auf. Vielleicht ist es noch nicht zu spät.

»Ich möchte dich auch um Entschuldigung bitten, ich hätte nicht so viel trinken dürfen. Pär und Natasha denken sicher, ich bin nicht ganz dicht.«

»Nein, nein«, erwidert er. »Ich kann dich verstehen. Das war ein ziemlich öder Abend.«

Ich muss laut auflachen. Richard legt seinen Arm um mich.

»Es war dumm von mir, das zu sagen. Es ist nur so, dass du nie über deine Arbeit sprichst«, flüstere ich. »Ich komme mir vor wie eine Idiotin, wenn die Leute fragen, was du machst, und ich kann nicht antworten.«

»Okay, ich werde versuchen, besser zu kommunizieren.«

»Gut. Ich will dich wirklich richtig kennenlernen, aber das ist schwer, wenn du nie was von dir preisgibst. Ich weiß kaum etwas über dich oder deine Familie.«

Richard lockert seine Fliege und öffnet die obersten Knöpfe seines Hemds.

»Da gibt's nicht viel zu erzählen«, seufzt er. »Ich bin nicht weit von hier aufgewachsen. Mit meiner Mutter Maj und meinem Vater Gösta. Sie haben beide von Frührente gelebt und sind vor ein paar Jahren gestorben.

»Das tut mir leid«, sage ich, und obwohl Richard plötzlich ziemlich traurig aussieht, bin ich froh, dass er sich mir gegenüber öffnet. »Wart ihr euch sehr nah?«

»Nicht wirklich. Sie sind sehr spät Eltern geworden, waren also schon alt. Papa wurde in dem Jahr, in dem ich Abi gemacht hab, fünfundsechzig, und ich hatte immer das Gefühl, dass sie mich nicht wirklich gesehen haben. Ich war einfach nur da. In der Schule war es genauso, ich war nie gut genug, um von jemandem bemerkt zu werden.«

»Aber jetzt wirst du gesehen«, sage ich lächelnd. »Hattest du irgendwelche längeren Beziehungen?«

Richard dreht den Kopf und schaut zu mir auf. Seine Augen glänzen, und ich weiß nicht recht, wie ich seinen Blick deuten soll.

»Das ist kompliziert.«

»Inwiefern?«

»Ich glaube, ich habe noch nie jemanden getroffen, der so stur ist wie du«, haucht er und zieht die Augenbrauen hoch. »Aber okay, dann erzähl ich dir davon. Ich war mit einem Mädchen namens Alicia zusammen, aber es endete nicht gut.«

»Warum nicht?«

Er zuckt mit den Schultern

»Es hat einfach nicht funktioniert, und als ich mit ihr Schluss machen wollte, ist sie total durchgedreht. Sie weigerte sich zu akzeptieren, dass die Beziehung vorbei war, fing an, mich zu stalken und Hunderte von Nachrichten zu schicken. Hat mich angebettelt, es noch mal mit ihr zu versuchen. Als sie ihren Willen nicht bekam, ging sie zur Polizei und hat mich wegen ziemlich krasser Sachen angezeigt. Zum Glück habe ich Freunde auf dem Präsidium, daher wurde das Ermittlungsverfahren am Ende eingestellt, aber es war eine sehr schwierige Zeit.«

»Das klingt ja schrecklich.«

»Das war es auch. Aber jetzt habe ich ja dich.« Richard nickt und nimmt meine Hand. »Wenn meine Kunden mich bitten, in sie zu investieren, kaufen sie nicht nur meine Dienstleistungen, sondern mein ganzes Image als erfolgreicher Investor, und ich fände es schön, wenn du ein Teil davon sein willst. Gemeinsam können wir alles erreichen – wenn du immer noch dazu bereit bist, versteht sich.«

»Natürlich.«

»Wie schön«, sagt er. »Ich glaube nicht, dass ich ohne dich leben kann.«

Ich krieche in seinen Arm, spüre seine Wärme, seinen Herzschlag. Das ist das Beste, was jemals irgendwer zu mir gesagt hat.

Das Feuerwerk donnert immer noch über dem dunklen Meer, und ich mache mir bewusst, was für ein unglaubliches Glück ich habe, genau hier zu sein. Richard ist ein fantastischer Mensch, und mir wird klar, dass ich mich noch mehr anstrengen muss, um ihn in meinem Leben zu behalten. Ich muss eine noch bessere Version meiner selbst werden, eine Frau, die wirklich in Richards Leben passt. Er ist alles, was ich je wollte, und wenn ich das jetzt zerstöre, werde ich mir niemals vergeben können.

KAPITEL 40

In den kommenden Wochen sind wir wie frisch verliebt. Während der ersten frostigen Tage des neuen Jahres sperren wir uns in die Wohnung ein, bestellen Pekingente und Pizza mit Kaviar und schauen uns alte Filme an. Als der Zeitpunkt kommt, an dem wir wieder zur Arbeit und zur Uni gehen müssen, wirkt Richard viel entspannter. Er lächelt und scherzt und ist überhaupt nicht so gestresst wie sonst.

Doch schon wenige Tage später sollte alles anders werden. Ich bin gerade auf dem Weg zur Uni, als zwei Typen auf einem Motorrad hinter mir herfahren. Zunächst bemerke ich sie gar nicht. Erst als sie direkt neben mir herrollen und mir das Motorengeräusch ins Ohr dröhnt, nehme ich sie so richtig wahr, aber dann ist es schon zu spät. Innerhalb weniger Sekunden hat der Typ, der hintendrauf sitzt, sich meine Tasche geschnappt. Bevor ich reagieren kann, verschwinden sie um die Ecke, und ich bleibe fassungslos stehen.

Ich brauche eine Weile, bis ich wieder handlungsfähig bin. Alles befindet sich in dieser Tasche – mein Portemonnaie, meine Schlüssel und mein Handy –, zum Glück trage ich nichts von dem Schmuck, den Richard mir geschenkt hat. Er ist fast übertrieben großzügig und kauft jedes Mal Geschenke, wenn es etwas zu feiern gibt. Zu unserem Dreimonatigen bekomme ich ein Paar Diamantohrringe und zu Weihnachten eine Uhr von Cartier. Als ich die rote Schachtel öffne, rufe ich, dass das ein viel zu teures Geschenk sei, doch er lächelt nur und antwortet, ich hätte es verdient.

Das sind die Worte, die Richard oft verwendet, wenn wir extravagante Dinge tun – im Privatjet nach Paris fliegen, in eine Suite im *Le Meurice* mit Blick auf die ganze Stadt einchecken und ein Taxi zur Avenue Montaigne nehmen, um Designerklamotten für Zehntausende von Kronen zu kaufen, oder nach Mailand reisen, um unsere eigene Loge in der Scala zu buchen. Dann legt er seinen Arm um meine Taille und sagt: »Das haben wir uns verdient«, und ich gewöhne mich immer mehr an den Gedanken, dass er damit recht hat.

Die teuren Klamotten und Parfüms trage ich gern, aber den Schmuck wage ich fast nicht anzurühren. Ich lege ihn nur an, wenn wir zusammen ausgehen. Zum Glück, denn ich hätte nicht gewusst, was ich getan hätte, wenn der Mann auf dem Motorrad versucht hätte, mir auch noch eine Kette oder eine Uhr abzureißen.

Nachdem ich ein paar Minuten umhergeirrt bin, beschließe ich, zu Richards Büro zu gehen, das nur ein paar Blocks von dem Ort entfernt ist, an dem ich überfallen worden bin. Es erstaunt mich, wie aufgebracht er ist. Als ich ihm von dem Motorrad erzähle, verfinstert sich sein Blick und er ballt die Hände zu Fäusten.

Ich wollte ihn eigentlich nur bitten, mir seinen Schlüssel zu leihen, doch nun sitze ich hier und warte, während er herumtelefoniert, um meine Bankkarte zu sperren und einen Schlosser zu finden, der das Schloss der Wohnung auswechseln kann. Als das geregelt ist, bittet er seine Sekretärin, alle weiteren Besprechungen des Tages abzusagen, und sagt dann an mich gewandt, dass wir nach Hause gehen sollten. Ich erzähle ihm von der wichtigen Vorlesung, die ich nicht verpassen möchte, aber Richard besteht darauf. Ich hätte schließlich eine traumatisierende Erfahrung gemacht und sollte es jetzt ruhig angehen lassen.

Zu Hause angekommen, bestellt er Essen und platziert mich auf der Couch, dann folgen weitere Telefonate. Seine Stimme wird schon ganz heiser, während er mit dem Handy ans Ohr gepresst auf und ab läuft. Ich habe Richard schon lange nicht mehr so außer sich gesehen. Er spricht mit seiner Security-Firma und bestellt ein neues Handy für mich – das allerneuste iPhone-Modell, das von einem Kurier gebracht wird.

Ungefähr eine Stunde nach dem Mittagessen taucht ein Polizist auf. Er hat einen durchtrainierten Körper, seine Uniform spannt über seinen breiten Schultern.

»Oliver Martinez«, sagt er und gibt mir die Hand zur Begrüßung.

»Oliver und ich sind alte Bekannte«, erklärt Richard.

Wir setzen uns an den Küchentisch, und Oliver bittet mich, ihm zu erzählen, was passiert ist. Richard serviert uns Kaffee. Ich finde es peinlich, Olivers Zeit mit so einem Überfall zu verschwenden, aber er nimmt die Situation sehr ernst, stellt detaillierte Fragen und macht sich viele Notizen. Er will wissen, wie die Männer auf dem Motorrad aussahen und ob mir etwas Besonderes aufgefallen sei. Dann verspricht er mir, meine Anzeige an die entsprechende Stelle weiterzuleiten. Nach einer Viertelstunde ist alles vorbei, doch bevor Oliver geht, passiert etwas Seltsames. Richard zieht ihn beiseite und sieht ihn ernst an.

»Wenn diese Typen noch mal auftauchen, was tun wir dann?«

Ich verstehe seine Frage nicht. Warum sollten wir den Dieben noch ein weiteres Mal begegnen?

»Da könnt ihr leider nicht viel tun«, erwidert Oliver und wendet sich dann an mich. »Halte dich am besten nirgendwo allein auf. Suche Orte auf, an denen andere Menschen unterwegs sind und geh nach Einbruch der Dunkelheit nicht mehr allein raus.«

»Sie ist nachts nie ohne mich unterwegs«, wirft Richard ein, bevor ich darauf antworten kann.

»Ihr solltet über die Anschaffung eines Überfallalarms nachdenken«, fährt Oliver fort.

»Schon bestellt.«

»Gut.«

Sie geben sich die Hand. Richard begleitet Oliver zur Tür.

Den Rest des Nachmittags arbeitet Richard im Homeoffice. Ich spüre immer noch, wie angespannt er ist. Als der Schlosser auftaucht, herrscht er ihn an, warum er nicht schneller sei. Die Reinigungskraft schickt er nach Hause, obwohl die Spüle voller Geschirr steht. Ich sehe ihn an diesem Tag nur ein einziges Mal lächeln, nämlich als er mir das fertig installierte Handy überreicht.

Ich gehe ins Schlafzimmer, setze mich aufs Bett, um für die anstehende Prüfung zu lernen. Doch ich schlafe über meinen Aufzeichnungen ein. Wache erst wieder auf, als es draußen dunkel ist, und merke, dass Richard nicht neben mir im Bett liegt. Mein Magen knurrt, ich habe seit dem Mittagessen nichts mehr gegessen. Leise schleiche ich mich in die Küche und mache mir ein Sandwich. Dann höre ich Geräusche aus Richards Büro. Er telefoniert, seine Stimme klingt anders als sonst.

»Ich bin doch nicht bescheuert! Du weißt doch ganz genau, was ich meine. Es ist eine risikoreiche Investition, das habe ich von Anfang an gesagt.«

Sein Atem klingt angestrengt, als stiege er gerade auf einen Berg.

»So ein Versprechen habe ich nie gemacht!«

Ich räume die Küche hinter mir auf, will nichts mehr hören. Doch auf dem Weg zurück ins Schlafzimmer bleibe ich trotzdem vor seinem Arbeitszimmer stehen. Richard klingt so wütend, dass sich mir die Nackenhaare sträuben, und ein Teil von mir will wissen, worum es in diesem Gespräch geht. Langsam nähere ich mich der Tür. Ich höre ihn vor sich hin murmeln, dann scheint plötzlich alles still zu stehen. Er holt noch einmal Luft, wie um all seine Kraft zu sammeln.

»Da scheiß ich drauf!«, brüllt er in den Hörer. »Nein, du hörst mir zu. Wenn das noch einmal passiert, wenn du noch einmal einen Menschen angreifst, der mir nahesteht, werde ich dich fertigmachen.«

KAPITEL 41

In den kommenden Wochen kann ich das Haus nicht verlassen, ohne jede Minute über die Schulter zu schauen. Von Richard habe ich einen Überfallalarm bekommen, den ich in meiner Tasche mit mir trage, aber ich habe keine Ahnung, wie ich ihn benutzen soll, wenn ich noch einmal in die gleiche Situation komme.

Richard ist ängstlicher als sonst. Er will stets über jeden meiner Schritte informiert sein, behält meinen Stundenplan genau im Auge und ermahnt mich, den direkten Weg zwischen Wohnung und Universität zu nehmen. Eines Tages schlägt er sogar vor, dass er mich die kurze Strecke fährt, aber das lehne ich vehement ab. Seine überfürsorgliche Art geht mir immer mehr auf die Nerven, und wie ein trotziger Teenager fange ich an, von meinen Plänen abzuweichen, Orte zu besuchen, an denen ich noch nie war, und neue Wege nach Hause einzuschlagen.

Ein paar Mal frage ich Richard, ob er weiß, wer die Männer auf dem Motorrad sind, aber dann sieht er mich nur seltsam an.

»Nein, woher sollte ich das wissen?«

Ich will nicht wahrhaben, dass er mich anlügt, weiß jedoch auch nicht, was ich noch glauben soll, nachdem ich den Anruf neulich Nacht belauscht habe. Wurden die Männer von jemandem geschickt, den Richard kennt? Zu welchem Zweck? Als Warnung oder um sich zu rächen? Ich denke an Pärs Worte vom Silvesterabend, dass Richard alle möglichen Kunden annimmt. Bedeutet das etwa, dass auch Kriminelle darunter sind?

Im Frühling verschlechtert sich die Stimmung in unserer Beziehung zusehends. Richard wirkt verändert, und vieles von dem, was ich an ihm mag, seine spontane Art und lebhafte Persönlichkeit, ist wie weggeblasen. Er arbeitet ständig, und wenn wir essen gehen oder verreisen, reibt er mir jedes Mal unter die Nase, er hätte eigentlich überhaupt keine Zeit und täte es nur aus Pflichtgefühl.

Ich verbringe mehr Zeit mit meiner Kommilitonin My. Eines Nachmittags lade ich sie zu uns nach Hause ein, damit wir zusammen lernen können.

»Wow! Du hast mir nie erzählt, dass du reich bist«, scherzt sie.

»Das ist nicht meine Wohnung, sie gehört Richard.«

»Trotzdem. Krasse Aussicht! Sag mir Bescheid, wenn ihr euch trennt.«

My hat einen ziemlich makaberen Humor. Das mag ich so sehr an ihr, aber ich weiß genau, dass Richard ihn verabscheuen würde, sollten die beiden jemals aufeinandertreffen.

Selbstsicher schlendert sie vom einen Raum zum nächsten und begutachtet das Interieur. Es ist ein aufregendes Gefühl, unser Zuhause durch die Perspektive einer anderen zu sehen, auch wenn Richard den Großteil der Wohnung schon eingerichtet hatte, bevor ich in sein Leben getreten bin. In der Wohnung dominieren Grautöne und gerade Linien. Das Einzige, was ich beigesteuert habe, ist eine Lampe für die Küche, die wir angeschafft haben, als die alte kaputt war. Richard hat jedoch vorgeschlagen, dass wir gemeinsam neue Textilien für das Wohnzimmer auswählen sollten, sobald es bei seiner Arbeit wieder etwas ruhiger wird.

Im Flur entdeckt My einen Preis, den Richard gewonnen hat. Es ist ein Zylinder aus Glas, angebracht auf einem Marmorfuß. Auf einem kleinen Messingschild steht »Newcomer des Jahres«

»Woher hat er den denn?«

»Von seiner Bank, nehme ich an.«

»Als ob Banker noch ein weiteres Phallus-Symbol bräuchten.« Sie lacht. »Ich frage mich, was er wohl gemacht hat, um den hier zu gewinnen.«

Ich schiele hinauf zur Überwachungskamera, nehme ihr den Preis aus der Hand und stelle ihn zurück auf das Flurtischchen.

»Willst du einen Kaffee?«

Wir schaffen es gerade so, uns zu setzen und eine halbe Tasse zu trinken, bevor Richards erste SMS eintrudelt. Er will wissen, wen ich da mit nach Hause genommen habe.

My, meine Kommilitonin, von der ich dir erzählt habe. Wir lernen für eine Prüfung, schreibe ich.

Das nächste Mal kannst du wohl fragen, bevor du eine Fremde mit nach Hause schleppst, bekomme ich als Antwort.

Da ich am Ton von Richards Nachricht merke, dass er schlecht gelaunt ist, beschließe ich, My so schnell wie möglich nach Hause zu schicken. Ich will nicht riskieren, dass sie noch da ist, wenn Richard von der Arbeit kommt.

Ein anderes Mal, als wir zu einem After Work Drink in seinem Büro eingeladen werden, ist Richard ungewöhnlich schlecht gelaunt. Es ist Ende Mai, ich trage ein Sommerkleid aus weißem Leinen. Ich sehe in Richards Augen sofort, dass er das für unpassend hält.

»Soll ich mich noch mal umziehen?«

Er schaut auf die Uhr.

»Ich glaube, das schaffst du nicht mehr.«

»Okay, dann lass ich es an, es ist ja auch eine Sommerparty.«

Richard seufzt.

»Ja, aber wir werden trotzdem meine Kunden treffen. Was sollen sie von dir denken, wenn du so dort aufkreuzt?« Er schüttelt den Kopf. »Nimm das grüne Kleid«, sagt er dann. »Und die Diamantohrringe und das Parfüm von Tom Ford. Und beeil dich bitte.«

Es ist nicht das erste Mal, dass er mir vorgibt, was ich anziehen soll, aber er hat es noch nie in diesem Ton gesagt. Ich weiß, dass er unter Strom steht. Vor ein paar Tagen hat er einen großen Deal verloren, und als ich versucht habe, ihn zu trösten und ihm zu sagen, dass es sicher nicht so schlimm ist, wie er denkt, hat er mich angesehen, als wäre ich ein Idiot.

»Nicht so schlimm?«, hat er gefaucht. »Ich habe gerade zweiundzwanzig Millionen Kronen verloren, und du sagst, es sei nicht so schlimm?«

Ich tue, was er sagt, ziehe das grüne Kleid an, trage die Diamantohrringe und das Tom-Ford-Parfüm. Laufe lächelnd durch die Gegend und unterhalte mich mit so vielen Leuten wie möglich. Aber den ganzen Abend über habe ich einen dicken Klumpen im Magen, und als wir nach Hause kommen und Richard direkt in sein Arbeitszimmer geht, krieche ich ins Bett und weine.

KAPITEL 42

Die Busfahrt dauert eine gefühlte Ewigkeit. In gleichmäßigem Tempo tuckern wir die Autobahn entlang. Nur gelegentlich hält der Bus, um in einem der vereinzelten Dörfer, die wie kleine Inseln zwischen den Feldern liegen, jemanden abzuholen oder aussteigen zu lassen.

Als wir schließlich in Helsingborg ankommen und die lange Abfahrt am Öresundsparken hinunterfahren, weiß ich endlich wieder, wo wir sind. Ich rutsche auf meinem Sitz herum und schaue erwartungsvoll Richtung Zentralbahnhof. Dort steige ich aus und finde einen Zug, der mich zurück nach Malmö bringt.

Es ist erst ein paar Wochen her, seit ich das letzte Mal hier war. Mitte August nahmen Richard und ich die Fähre nach Helsingör – einer von vielen Versuchen, unserer bröckelnden Beziehung neues Leben einzuhauchen.

Während der Ferien wurde die Stimmung zwischen uns tatsächlich etwas besser. Richard hatte drei Wochen frei, und eine davon verbrachten wir in einem entzückenden kleinen Hotel am Comer See. Tagsüber fuhren wir in einem Motorboot herum, das Richard gemietet hatte, hielten an kleinen Buchten und machten Picknick, fanden einsame Strände, an denen wir in Ruhe schwimmen konnten, und aßen unglaubliche Abendessen in niedlichen Tavernen. Der gesamte Urlaub fühlte sich an wie eine Pause von der Realität, als könnten wir endlich wir selbst sein.

Aber sobald wir zurückkamen und Richard wieder anfing zu arbeiten, wurde alles wie immer. Das war ungefähr der Zeitpunkt, zu dem die Telefonate begannen. Mitten in der Nacht klingelte sein Handy und es hörte nicht auf zu klingeln, bis er abnahm, aber dann war niemand am anderen Ende der Leitung. Als es das erste Mal passierte, konnte ich ihm eine gewisse Panik ansehen. Er hat mir nie anvertraut, was ihm Angst machte, fand nur eine schlechte Ausrede, dass es ein Kollege in den USA gewesen sein muss, der nicht an die Zeitverschiebung gedacht habe. Aber diese nächtlichen Anrufe hörten einfach nicht auf, und Richard wurde immer unruhiger. Er wollte jede wache Sekunde wissen, wo ich war, und die totale Kontrolle über meine Aktivitäten haben.

Eines Tages zu Beginn des neuen Semesters fiel eine Vorlesung aus und einige meiner Kommilitonen und ich beschlossen, in ein Sushi-Restaurant zu gehen. Als ich nach Hause kam, fragte Richard, ob ich tagsüber etwas Besonderes gemacht hätte. Ich sagte Nein, weil ich vermeiden wollte, zu erklären, warum ich den Campus verlassen und mit wem ich meine Zeit verbracht hatte. Eigentlich, dachte ich, könnte es ihm ja egal sein, wo ich gewesen war, aber in dem Moment, in dem ich antwortete, zog ein dunkler Schatten über sein Gesicht.

»Was willst du zum Abendessen?«, sagte er daraufhin und durchbohrte mich mit seinem Blick. »Ich persönlich hätte Lust auf Sushi.«

In diesem Moment wurde mir klar, dass er eine Art Tracking-Software auf meinem Handy installiert haben musste und damit jede meiner Bewegungen überwachte. Mir war natürlich klar, dass er sich Sorgen um mich machte, aber ich hasste die Vorstellung, so kontrolliert zu werden. Ich überlegte, das Problem mit ihm zu besprechen, entschied mich aber stattdessen dafür, eine App herunterzuladen, die

Tracking-Software blockiert und in der ich falsche GPS-Koordinaten einstellen konnte, so dass es aussah, als wäre ich auf dem Campus, obwohl ich in Wirklichkeit ganz woanders war.

Natürlich war nicht alles in der Beziehung schlecht. Wir hatten auch immer noch schöne Momente zusammen. Richard konnte lustig und liebevoll sein, aber je mehr er sich in seine Arbeit vertiefte, desto einsamer fühlte ich mich. Ich begann darüber nachzudenken, was ich tun würde, falls wir uns trennten. Ich hatte kein Geld und wusste, wie enttäuscht meine Mutter sein würde, wenn ich mein Studium abbrechen und zurück nach Grängesberg ziehen würde.

Der Gedanke machte mich traurig, und ich hoffte aufrichtig, dass alles besser werden würde, wenn sich die Dinge bei Richards Job beruhigten. Mehrmals sagte ich ihm, dass er gerne mit mir darüber sprechen könne, aber er wich mir aus, sagte, er würde nicht verstehen, was ich damit meinte. Stattdessen fing er an, seinen Computer und seinen Papierkram zu verstecken, und langsam, aber sicher entfernten wir uns immer weiter voneinander.

KAPITEL 43

Es ist Ende August. Richard ist nach Frankfurt gereist, um einen Kunden zu treffen. Ich sitze allein auf dem Sofa bei einem Glas Wein, als mir eine Idee kommt. Es ist offensichtlich, dass Richard etwas vor mir verbirgt, und wenn ich es schaffe, herauszufinden, was überhaupt vor sich geht, gelingt es mir vielleicht auch, dass er sich mir gegenüber öffnet und über seine Sorgen spricht.

Ich stehe in der Tür zu Richards Büro und suche mit den Augen nach einer Überwachungskamera, kann aber nichts entdecken. In meiner Hand habe ich einen Staubwedel; falls Richard aus irgendeinem Grund herausfindet, dass ich hier drin war, kann ich einfach behaupten, ich hätte die Wohnung geputzt. Es ist eine harmlose Lüge, auf die er sicher niemals hereinfallen würde, dennoch fühlt es sich besser an, als gar keine Ausrede zu haben.

Ich arbeite mich durch den Raum, staube Wände und Möbel ab. Hier drin gibt es nicht viel. Vor dem Fenster thront sein Schreibtisch, an einer Wand ein Regal mit ein paar Ordnern und Büchern und einigen halbleeren Dokumentenhaltern. Auf dem Schreibtisch steht ein Stiftehalter und ein gerahmtes Foto von uns, das wir bei einem professionellen Fotografen haben machen lassen, weil Richard es für die Bank brauchte. Wenn man eine stabile Beziehung hat, wirkte man in den Augen der Kunden zuverlässiger, erklärte er mir.

Schweigend betrachte ich mich in dem dunklen langen Kleid und mit den hochgesteckten Haaren. Ich habe mich noch nie gerne fotografieren lassen, und auf diesem Bild schaue ich ziemlich steif direkt in die Kamera. Richard hingegen sieht viel freier aus. Er hat seinen Armen um meine Taille gelegt und lächelt, als würde ihm die ganze Welt gehören.

Ich ziehe den Staubwedel über den Schreibtisch und blättere schnell durch ein paar Tabellenkalkulationen, aber sie sagen mir nichts. Dann bücke ich mich und betaste die Schubladen. Zwei können geöffnet werden, enthalten aber nur eine Laptoptasche und in Schachteln sortiertes Büromaterial. Die dritte Schublade hingegen ist verschlossen. Ich ziehe vorsichtig daran, aber sie rührt sich nicht von der Stelle.

Nachdenklich sehe ich mich um. Wo wird Richard den Schlüssel versteckt haben?

Ich wühle in den anderen Schubladen herum, schaue unter der Laptoptasche und in die Schachteln mit Büromaterial. Öffne eine nach der anderen, und in der letzten, versteckt zwischen den Büroklammern, entdecke ich einen kleinen Schlüssel.

Meine Herzfrequenz erhöht sich, als ich ihn in das Schloss stecke. Mit einer sanften Bewegung drehe ich ihn um und höre das leise Klicken, dann ziehe ich die Schublade auf.

Wie alles andere, was Richard gehört, sind die Sachen in der Schublade sorgfältig arrangiert. Darin steht eine Schachtel ohne Deckel, in ihr liegt mein Pass, eine Schachtel mit Deckel, die einen dicken Stapel Geldscheine enthält, und eine mit einem schwarzen Notizbuch.

Vorsichtig hebe ich das Notizbuch hoch und schlage die erste Seite auf. Dort stehen Namen von mir unbekannten Personen und Firmen, Daten, Summen und lange Zahlenkombinationen.

Verwundert lege ich das Buch beiseite und ziehe von ganz hinten eine Metallbox hervor, die wie ein kleiner Tresor aussieht. Sie ist nicht verriegelt, aber die Scharniere klemmen und ich muss mich ziemlich anstrengen, die Box aufzuklappen. Als der Deckel endlich nachgibt, schrecke ich zurück. Auf schwarzen Samt gebettet liegt eine Pistole.

Ich keuche. Es kommt mir plötzlich so vor, als würde der gesamte Sauerstoff aus dem Raum gesogen, ich bekomme kaum noch Luft. So schnell ich kann, stelle ich die Kiste mit der Waffe zurück, schiebe die Schreibtischschublade zu und schließe sie ab. Dann schnappe ich mir den Staubwedel und verlasse eilig den Raum.

Die Gedanken drehen sich in meinem Kopf. Warum hat Richard eine Waffe? Hat er sie wegen der Typen auf dem Motorrad gekauft oder hatte er sie schon immer besessen? Weiß er überhaupt, wie man sie benutzt?

Eisige Kälte breitet sich entlang der Wirbelsäule aus. Ich versuche das ungute Gefühl abzuschütteln, aber es klappt nicht.

KAPITEL 44

Am Zentralen Busbahnhof in Helsingborg steige ich aus. Auf dem Weg zu meinem Zug komme ich an einem Kiosk vorbei. Mein Blick fällt auf ein gelbes Faltblatt [über dem Zeitungsständer]. Meine eigenen Augen starren mich an. Ich halte inne, trete näher. Das kann doch nicht sein. Habe ich denn langsam den Verstand verloren? Ich kann meinen Blick nicht abwenden, und in mir wächst das Gefühl des Unbehagens. Ich sehe mich um, will schnell weiter, überlege es mir dann aber anders. Kaufe eine Zeitung, bezahle mit Bargeld und eile zu den Bahngleisen.

Fieberhaft blättere ich durch die dünne Zeitung, mein Herz schlägt mir bis zum Hals. Dann entdecke ich es. Ein Foto von mir. Ein Passfoto, das ich vor ein paar Monaten gemacht habe. Ich kann meinen Augen kaum trauen. *Vermisst: Linnea, zweiundzwanzig Jahre,* steht da groß in schwarzen Lettern.

Ich überfliege den Text. Die Journalistin schreibt, ich sei seit vierzehn Tagen vermisst, eine umfangreiche Suche sei in vollem Gange. Dann fällt mein Blick auf den Absatz direkt darunter. Ich muss mehrmals lesen, aber die Worte prallen irgendwie an mir ab. Die Übelkeit überkommt mich, und ich muss mich an eine Wand lehnen. Plötzlich holt mich alles ein. Die Angst legt sich wie ein Netz um meinen Körper und mir kommt das Frühstück hoch.

Ist dies das Ende? Kann ein einziger Fehler so viel verändern? Ein ganzes Leben verändern? Ich muss mich beeilen, wenn ich auch nur die geringste Chance haben will, alles richtigzustellen. Bevor es zu spät ist.

KAPITEL 45

Ich habe schlecht geschlafen. Als ich endlich aus dem Bett komme, sitzt Richard bereits in der Küche und arbeitet.

»Ausgeschlafen, wie ich sehe«, sagt er und grinst schief.

Ich nicke und gieße mir einen Kaffee ein.

»Was hast du heute vor?«

»Ich hab Vorlesungen.«

»Den ganzen Tag?«

Ich puste in das heiße Getränk, nippe vorsichtig daran.

»Glaub schon. Warum?«

»Ich will es nur wissen«, sagt er und lehnt sich in seinem Stuhl zurück.

»Ja, den ganzen Tag.«

»Triffst du dich mit deiner Projektgruppe?«

»Vielleicht«, seufze ich.

»Wie, vielleicht? Entweder du triffst sie oder du triffst sie nicht.«

»Du musst langsam mal damit aufhören«, erwidere ich.

»Womit? Damit, mich nach dir zu erkundigen?«

»Ich fühle mich irgendwie eingesperrt, wenn du immer alles so genau wissen willst.«

Er lacht.

»Ziemlich guter Ort, um eingesperrt zu sein.«

Ich sehe ihm an, dass er gereizt ist, und trotzdem kann ich es nicht sein lassen.

»Hör schon auf.«

Richard lässt von seinen Dokumenten ab.

»Nein, du hörst auf. Weißt du eigentlich, wie undankbar du klingst?«

»Undankbar, weil ich dir nicht haarklein Bericht erstatte über jede Minute, die wir nicht gemeinsam verbringen?«

»Das nennt man eine Beziehung zwischen Erwachsenen.«

»Nein, das nennt man Kontrolle über eine andere Person ausüben.«

Er steht auf, langsam. Starrt mich mit seinen hellen Augen an.

»Dass du es wagst, nach allem, was ich für dich getan habe. Weißt du, wie viele Frauen gerne mit dir tauschen würden? Was andere dafür tun würden, um in einer solchen Wohnung zu leben, Luxusurlaub zu machen und Klamotten und Schmuck für Hunderttausende von Kronen zu tragen?«

»Glaubst du, ich bin deswegen mit dir zusammen? Wenn ja, dann bist du wirklich ein bisschen dumm.«

»So redest du nicht mit mir. Du hast ja keine Ahnung, wie viel Druck auf meinen Schultern lastet.«

»Ich rede mit dir, wie ich will.«

»Nicht in meinem Haus.«

»In deinem Haus? Ich dachte, wir leben hier zusammen? Du tickst doch nicht ganz richtig. Ich tue und lasse, was ich will, und ich treffe mich, mit wem ich will.«

»Kapierst du nicht, dass ich mir Sorgen um dich mache?«

»Doch, das kapiere ich, aber ich kapiere nicht, warum. Wirst du von jemandem bedroht?«

»Nein«, erwidert er, aber ich merke, wie sich sein ganzer Körper anspannt.

»Anscheinend ja doch. Du hast irgendetwas ausgefressen und jetzt hast du Schiss, dass sich jemand an dir rächt, indem derjenige mir etwas antut«, sage ich und sehe, wie sein Blick zu flackern beginnt. »Warum gehst du nicht zur Polizei?«

»Ich kann damit nicht zur Polizei.«

»Warum nicht?«

»Weil ich es sage.«

»Dann gehe ich eben zur Polizei.«

»Das tust du nicht«, schreit er, und ehe ich mich's versehe, versetzt er mir einen Stoß. Ich weiß nicht, ob es Absicht ist, dass er mich so doll schubst, aber ich werde gegen die Wand geschleudert. Es knackt laut, als mein Rücken gegen den Beton knallt. Der Schmerz zuckt durch meinen Körper.

Ich keuche und blicke auf. Richard steht wie angewurzelt vor mir und sieht mich an.

»Oh Gott, bitte entschuldige«, ruft er. »Alles okay?«

Ich fasse mir an den Rücken, weiß nicht, was ich darauf antworten soll.

»Das war keine Absicht«, fährt er fort, seine Stimme klingt angestrengt. »Ich weiß nicht, wie das passieren konnte. Komm, ich helfe dir.«

Er reicht mir die Hand. Widerwillig nehme ich sie an, und er führt mich zum Sofa.

Dann wirft er einen gehetzten Blick auf die Uhr.

»Ich habe ein Meeting, das ich auf keinen Fall verpassen darf, aber es tut mir wirklich leid. Kommst du klar? Soll ich Eis holen?«

»Nee, geht schon«, bekomme ich hervor.

»Okay. Lass uns heute Abend sprechen«, sagt er, legt seine Hand auf meine Schulter und drückt sanft zu, dann verschwindet er.

Ich bleibe auf der Couch sitzen, unfähig, mich zu bewegen. Was sollte ich jetzt tun? Mein Rücken schmerzt und ich versuche meine Gedanken zu sortieren. Soll ich ihn verlassen, meine Sachen packen und gehen? Richard hat sich entschuldigt und gesagt, es sei keine Absicht gewesen, aber man schubst nicht zufällig jemanden auf diese Weise gegen eine Wand.

Ich denke an die Waffe in seiner Metallbox, und Tränen steigen mir in die Augen. Was ist hier wirklich los? Das Gefühl von absoluter Demütigung macht sich in mir breit. Ein Teil von mir möchte Richard zeigen, dass er eine Grenze überschritten hat, dass er das nicht tun darf, ein anderer will nur, dass alles wieder gut wird. Wo er auch immer drinsteckt, er sollte das Problem schnellstmöglich lösen, damit wir zu unserem vorherigen Leben zurückkehren können. Richard ist gerade nicht er selbst, er kann nichts dafür, was der Druck mit ihm macht.

Ich gehe ins Badezimmer und drehe die Dusche auf, ziehe mich aus und lasse das dampfende Wasser über meinen Körper strömen. Nach der Dusche betrachte ich mich im Spiegel. Ich sehe den roten Bereich auf meinem Rücken, der immer noch schmerzt, und wieder überkommt mich die Scham. Ich muss mit jemandem darüber reden, was passiert ist. Ich überlege, Mama anzurufen, aber ich weiß vorher schon, wie sie reagieren wird, also wähle ich stattdessen Ellinors Nummer. Wir sprechen nicht mehr so oft miteinander, seit sie nach England gezogen ist, aber ich weiß, dass sie immer für mich da ist, wenn ich sie brauche.

Es ertönen drei Freizeichen, bevor ihre Stimme erklingt und sich die Spannungen in meinem Nacken langsam lösen.

»Hej, Linnea! Wie schön, dass du anrufst. Wie geht's?«

»Hej. Tja, also …«, sage ich, doch verstumme schlagartig.

Ellinors Ton verändert sich sofort.

»Ist was passiert?«

»Ja, aber ich weiß nicht, ob ich da eine größere Sache draus mache, als es eigentlich ist.«

Ich erzähle so sachlich wie möglich von unserem Streit und betone, welche Rolle ich dabei gespielt habe. Dass ich ihn provoziert und ihm widersprochen habe, obwohl ich weiß, wie gestresst Richard gerade ist. Ellinor hört zu, bis ich fertig bin.

»Es ist total egal, was du getan hast«, sagt sie. »Dieses Verhalten von ihm ist nicht in Ordnung.«

Beim Klang ihrer Stimme fühle ich mich sicher und aufgehoben. Zum ersten Mal wage ich es, die Gefühle zuzulassen, die sich gegen meine Brust pressen.

»Ich weiß nicht, was ich tun soll«, schluchze ich.

»Du musst zur Polizei gehen.«

»Nein, das kann ich nicht.«

»Warum nicht? Glaubst du, er hat das Recht, dich zu schlagen?«

»Nein, aber meinst du, ich sollte ihn gleich anzeigen? Wie funktioniert das überhaupt?«

»Ich verstehe, dass das nicht so einfach ist«, seufzt Ellinor. »Aber du kannst zumindest dorthin gehen und um Rat bitten. Du bist nicht die erste Person, der so etwas widerfährt.«

Ich hole tief Luft. Tief im Inneren weiß ich, dass Ellinor recht hat, auch wenn es sich schrecklich anfühlt, zur Polizei zu gehen. Aber ich muss etwas tun, denn mein Körper droht vor Angst zu zerbersten. Vielleicht kann ich einfach aufs Revier gehen und Fragen stellen, herausfinden, was eine Anzeige dieser Art für Folgen hätte und ob ich mir irgendwo Hilfe holen kann. Richard könnte vielleicht mit jemandem sprechen, um zu lernen, wie man mit Wut umgeht.

Ich verspreche Ellinor, zurückzurufen, dann ziehe ich mich an und verlasse die Wohnung. Den ganzen Weg bis zum Polizeirevier laufen mir Tränen über die Wangen. Ist jetzt alles vorbei, weil innerhalb weniger Sekunden etwas passiert ist, das vielleicht nur ein Ausrutscher war? Ich möchte nicht, dass unsere Beziehung so endet, ich möchte nicht alles wegwerfen wegen eines Impulses, dem nicht rechtzeitig Einhalt geboten wurde. Gleichzeitig brennt eine Wut in mir. Wieso sollte ich mich so behandeln lassen, und woher soll ich wissen, dass Richard mir nicht noch einmal wehtun wird?

Als ich vor dem Präsidium ankomme, halte ich kurz inne und wische mir die Tränen ab. Ich habe die Tracking-App so manipuliert, dass es aussieht, als wäre ich an der Uni. Obwohl ich den ganzen Weg hierher gegangen bin, zögere ich immer noch.

Es ist viel los auf dem Präsidium. Einige Leute stehen Schlange, um Pässe abzuholen, andere, um Verbrechen anzuzeigen. Ich setze mich auf eine Bank in der Wartehalle und versuche meine Gedanken zu sortieren. Ich weiß nicht genau, was ich sagen soll, wenn ich an der Reihe bin, oder ob ich überhaupt ein Wort rausbekommen werde. Es drückt an den Schläfen, und ich stelle mir vor, wie Richard reagieren wird, wenn er erfährt, dass ich hierher gegangen bin. Aber ich muss etwas unternehmen, ich kann so nicht weitermachen.

Schräg hinter dem Automaten, an dem man die Wartenummern zieht, ist eine Glastür, durch die man uniformierte Polizisten bei der Arbeit beobachten kann. Ein breitschultriger Mann steht mit dem Rücken zu mir. Etwas an ihm kommt mir bekannt vor, aber ich weiß nicht wirklich was, bis er sich umdreht und unsere Blicke sich kreuzen.

Ich erstarre und blicke zum Ausgang, aber mir wird klar, dass es zu spät ist. Er hat mich schon entdeckt.

Oliver Martinez kommt in die Wartehalle und geht direkt auf mich zu.

»Linnea!«

»Hej.«

»Was machst du denn hier?«, fragt er mich mit einem breiten Lächeln.

Mein Herz schlägt mir bis zum Hals. Es pocht so hart, dass ich kaum meine eigenen Gedanken hören kann. Soll ich ihm alles sagen? Er und Richard sind Freunde und vielleicht kann er uns helfen, aber dann wird mir klar, wie naiv das ist. Ich schaue mich um und sehe eine Frau in meinem Alter mit einem anderen Polizisten sprechen.

»Ich begleite eine Kommilitonin«, sage ich und deute mit einem Kopfnicken in ihre Richtung. »Jemand hat ihr Fahrrad geklaut«, füge ich hinzu und warte gespannt ab, ob er mir die Lüge abkauft.

»Diese verfluchten Fahrraddiebe«, seufzt Oliver. »Sag ihr, sie muss sich so eine richtig schwere Kette kaufen. Wie geht's dir sonst?«

»Ja, gut.«

»Schön. Grüß Richard!«

»Mach ich.«

Ich sehe ihm nach, als er durch die Glastür zurückkehrt. Nachdem er verschwunden ist, eile ich aus dem Präsidium.

Sobald ich draußen bin, atme ich ein paar Mal tief ein und wieder aus. Panik steigt in mir auf. Was mache ich, wenn

Oliver Richard erzählt, dass er mich auf dem Präsidium gesehen hat? Es wird nicht so einfach sein, ihn anzulügen.

Vollkommen planlos irre ich durch die Stadt, die Tränen brennen in meinen Augen. Ich kann meine Gedanken nicht ordnen, weiß nicht, was die richtige Entscheidung ist. Ich habe immer noch Gefühle für Richard, wir leben seit fast einem Jahr zusammen und er ist die einzige Konstante in meinem Leben. Ich will einfach nicht wahrhaben, dass er mir absichtlich wehgetan hat. Aber allein bei dem Gedanken, einfach weiterzumachen, als ob nichts gewesen wäre, protestiert mein gesamter Körper.

»Hej, Linnea!«

Die freundliche Stimme kommt aus dem Nichts. Ich schaue auf und sehe Daniel, den Typen aus dem Café, in dem ich manchmal die Nachmittage verbringe.

»Hej«, sage ich und wische mir die Augen trocken, bin dabei aber offenbar nicht diskret genug.

»Ist alles in Ordnung?«

»Schon gut.«

»Sicher? Sieht nicht so aus.«

Ich weiß nicht, ob es an der Sanftheit seiner Stimme liegt oder einfach nur daran, dass jemand zum ersten Mal seit langem fragt, wie es mir geht, und es tatsächlich ernst zu meinen scheint, aber plötzlich brechen alle Dämme. Ich kann die Tränen nicht mehr zurückhalten.

»Komm«, sagt er und bringt mich zu einer Bank. »Setzen wir uns für einen Moment.«

»Tut mir leid«, schluchze ich ein paar Minuten später, als ich mich etwas gefangen habe. »Das ist echt peinlich.«

»Ganz und gar nicht. Was ist denn passiert?«, fragt er und reicht mir ein Taschentuch.

Ich wische mir die Tränen von den Wangen, weiß nicht, wie viel ich ihm anvertrauen soll. Richard hat mir eingebläut, Fremden gegenüber vorsichtig zu sein. Er sagt, dass er wegen seines Jobs angreifbar sei, dass es viele Menschen auf ihn abgesehen haben. *Wenn du nur wüsstest, was manche bereit sind zu tun – nur für Geld.*

»Es ist kompliziert.«

»Okay. Du musst mir nichts erzählen. Aber manchmal tut es gut, sich die Dinge von der Seele zu reden, und ich bin ein guter Zuhörer.«

Ich seufze und sinke in mich zusammen. In Daniels Gegenwart fällt es mir so leicht, mich zu entspannen.

»Ich habe einen Freund und wir kommen zurzeit nicht besonders gut miteinander aus.«

»Wohnt ihr zusammen?«

»Ja. In seiner Wohnung.«

»Dann kann ich verstehen, dass es nicht so einfach ist.« Daniel nickt.

»Ich glaube, ich muss ihn verlassen«, flüstere ich. »Aber ich weiß nicht, wie.«

»Kann ich dir irgendwie helfen?«

Ich verstumme, vergrabe mein Gesicht in den Händen. Kann es kaum fassen, dass ich die Worte gerade ausgesprochen habe.

»Es kommt mir alles so hoffnungslos vor.«

Sanft streichelt Daniel meinen Arm. Wir haben uns bisher nur im Café gesehen, aber dort haben wir ziemlich viel miteinander geredet und ich fühle mich wohl in seiner Nähe. Er hat eine warme Ausstrahlung, und trotz seiner rauen Erscheinung bin ich mir sicher, dass er ein guter Mensch ist. Richard hätte es gehasst, mich mit jemandem zu sehen, der abgetragene Jeans, ausgewaschene T-Shirts und eine Lederjacke trägt. Er hätte seine Nase über Daniels unrasierte Wangen und seine Tattoos gerümpft.

Ich lehne mich an Daniels Schulter. Es fühlt sich gut an, jemandem nah zu sein, der nur mein Bestes will.

»Du«, sagt er nach einer Weile. »Es gibt da eine Sache, die ich dir sagen möchte.«

Ich sehe auf. Unsere Blicke kreuzen sich. Seine braunen Augen schauen ganz ernst drein.

»Ja?«

»Ich weiß, das ist jetzt nicht der beste Zeitpunkt, aber es fühlt sich auch falsch an, jetzt nichts zu sagen.«

»Was denn?«

Er lächelt verlegen.

»Seit du zum ersten Mal ins Café gekommen bist und wir angefangen haben zu quatschen, finde ich dich toll.«

»Ich mag dich auch.«

»Nein«, sagt er und greift sich verlegen in den Nacken. »Also ich mag dich wirklich gern. So richtig.«

Seine Worte gehen runter wie warmes Öl. Ich mag Daniel auch sehr gern, er hat etwas Besonderes. Er wirkt so offen, und ich fühle mich von seiner Fürsorge angezogen.

Als Daniel so nah bei mir sitzt und mir direkt in die Augen sieht, fühlt es sich natürlich an, ihn zu umarmen. Das habe ich absolut nicht geplant, und sobald ich merke, wie es interpretiert werden kann, lasse ich los.

»Entschuldige«, sage ich und fummele an meiner Tasche herum. »Ich muss jetzt gehen.«

»Okay. Aber darf ich dir meine Nummer geben? Du kannst mich jederzeit anrufen.«

Er lächelt, und ich spüre ein Kribbeln im Magen.

Ich ziehe mein Handy aus der Tasche und speichere seine Nummer unter *Emma Gruppenarbeit* ein.

Als ich abends nach Hause komme, wartet Richard in der Küche. Er hat den Tisch mit den handbemalten Tellern von Royal Copenhagen gedeckt, Weingläser poliert, Servietten gefaltet und Kerzen angezündet.

»Willkommen zu Hause!«

»Was ist denn los?«

»Dinner, natürlich! Ich habe das Menu der Saison bei Vollmers bestellt«, sagt er und richtet sein Jackett.

»Okay. Ich geh mich nur eben umziehen.«

»Brauchst du nicht. Du bist schön, genauso wie du bist.«

»Okay«, erwidere ich verwundert und setze mich.

»Dein Lieblingswein«, sagt Richard und präsentiert mir den Rioja von 2012.

Wir essen schweigend, und mir fällt auf, dass Richard sich zum ersten Mal seit langer Zeit um meinetwillen bemüht hat. Er hat Essen bestellt, von dem er weiß, dass ich es mag, hat den Tisch schön gedeckt. Aber er wirkt auch nervös. Jedes Mal, wenn ich ihn ansehe, flackert sein Blick und der Schweiß perlt am Haaransatz.

Als wir mit dem Essen fertig sind, hat er immer noch einen besorgten Ausdruck um seine Augen.

»Du«, sagt er mit Nachdruck. »Ich möchte mich für das entschuldigen, was heute Morgen passiert ist. Ich war nicht ich selbst. Die Arbeit war in letzter Zeit so stressig und ich habe die Kontrolle verloren. Das ist unverzeihlich, und ich verspreche dir, dass es nie wieder passiert.«

Ich starre auf meine Knie, weiß nicht so recht, wie ich darauf reagieren soll.

»Okay«, sage ich schließlich, weil mir einfach nichts Besseres einfällt.

»Ja?«

»Solange so etwas nie wieder passiert?«

»Auf gar keinen Fall.«

Er sieht erleichtert aus und zieht etwas aus seiner Jackentasche. Es ist eine kleine dunkelblaue Schatulle.

»Mach auf«, sagt er und schiebt mir die Schatulle zu.

Ich öffne das Zierschloss und hebe den Deckel hoch. Auf einem cremeweißen Seidenkissen liegt eine Halskette mit einem großen roten Stein.

»Ein geschliffener Rubin, mit Diamanten besetzt«, erklärt er eifrig. »Komm, ich helfe dir!«

Er nimmt die Kette, streicht mir das Haar über die Schultern. Dann legt er mir die Kette um.

»Danke«, sage ich.

Richard beugt sich vor und umarmt mich von hinten. Ich spüre seinen Atem direkt neben meinem Ohr.

»Gefällt sie dir?«

»Ja, sie ist wunderschön.«

»Gut«, sagt er. »Was ich vorhin gesagt habe, ist wirklich so gemeint. Ich liebe dich über alles. Bitte verzeih mir.«

Ich schlucke den Kloß in meinem Hals herunter.

»Ich verzeih dir.«

»Danke. Ich weiß nicht, was ich tun würde, wenn du mich verlässt. Das wird für keinen von uns erfreulich«, sagt er und drückt mir einen Kuss auf den Kopf, dann umrundet er den Tisch und setzt sich wieder auf seinen Platz.

Richard lächelt und schenkt uns Wein ein, aber ich sitze regungslos da. Ein unbehagliches Gefühl durchfährt meinen Körper, und ich ziehe meine Strickjacke fester um mich.

Er spricht über etwas, das er in der Zeitung gelesen hat, aber ich höre nicht zu, weil mir nur die Worte durch den Kopf gehen, die er gerade gesagt hat.

KAPITEL 46

Richard ist bei der Arbeit in ein größeres Projekt eingebunden und ist kaum in der Wohnung zu sehen. Die wenigen Male, die er zu Hause ist, telefoniert er entweder oder hat die Augen auf den Computerbildschirm geheftet.

Ich habe beschlossen, Daniel erst einmal nicht anzurufen, aber eines Nachmittags ist meine Angst so groß, dass ich nicht weiß, wohin ich gehen soll. Ich brauche jemanden zum Reden, und er ist neben Ellinor der Einzige, der von meinen Problemen weiß.

Wir treffen uns am Schloss und machen einen Spaziergang durch den Kungsparken. Ich freue mich, ihn zu sehen, und fühle mich sofort entspannter.

Wir gehen unter den Laubbäumen am Kanal entlang, und ich bitte Daniel, mir von seiner Familie zu erzählen. Er spricht von seinen Schwestern, Lydia und Mila. Mila hat zwei Kinder, die er so oft wie möglich in ihrem Haus in Oxie trifft. Ellen liebt Tanzen und Fußball, und Max zeichnet gern und ist ein richtiger Lego-Pro.

»Aber Lydia stand mir schon immer am nächsten«, sagt er und lächelt. »Hast du Geschwister?«

»Nein, ich bin Einzelkind.«

»Okay, und wie ist das so?«

»Einsam. Obwohl es vielleicht eher daran liegt, dass mein Vater uns verlassen hat, als ich klein war. Also es gab immer nur mich und Mama.«

»Meine Mama ist gestorben, als ich zwölf war«, sagt Daniel und schaut hinaus aufs Wasser.

»Das muss ja furchtbar gewesen sein.«

»Ja. Mein Papa ist gar nicht damit klargekommen. Im Nachhinein habe ich realisiert, dass er eine schwere Depression hatte, aber als Kind wusste ich nicht, was mit ihm los war. Er saß nur zu Hause und hat sich kaum noch gerührt. Es hat lange gedauert, bis ich ihm das verzeihen konnte.«

»Wie ist eure Beziehung jetzt?«

»Okay, obwohl er leider nicht ganz gesund ist«, sagt Daniel und schiebt die Hände in die Hosentaschen. »Er hatte im Januar einen Schlaganfall und hatte schon vorher Gedächtnisprobleme. Lydia glaubt, dass er sich in der ersten Phase der Demenz befindet und die Gehirnblutung die Dinge nicht unbedingt besser macht. Wie ist dein Verhältnis zu deiner Mutter?«

Ich starre auf den Kiesboden. Diese Frage ist mir wahrscheinlich noch nie gestellt worden. Ich brauche einen Augenblick, bevor ich antworten kann.

»Es ist kompliziert«, sage ich schließlich. »Meiner Mutter ging es zeitweise ziemlich schlecht. Das Leben mit ihr ist wie eine Achterbahnfahrt, in einem Moment ist sie voller Energie und Freude, im nächsten total down. Sie hat nie Hilfe in Anspruch genommen, aber natürlich habe ich ihre Symptome viele Male gegoogelt, und ich vermute, dass sie bipolar sein könnte.«

»Oje! Wieso sucht sie sich keine Hilfe?«

»Ich weiß nicht«, erwidere ich und sehe auf. Blicke geradewegs in Daniels Augen. »Ich glaube, sie hat Angst, die Kontrolle abzugeben. Dass sie Medizin bekommt, durch die sie sich selbst nicht mehr wiedererkennt.«

»Wie ging es dir damit, von zu Hause auszuziehen?«

»Ich hab mir natürlich Sorgen gemacht, wie sie sich

schlagen würde, aber es scheint gut zu laufen. Größtenteils geht es ihr prima, und sie möchte, dass ich mein eigenes Leben lebe.«

Daniel nickt und schenkt mir ein weiteres kleines Lächeln. Ich weiß nicht, woran es liegt, aber es ist so einfach, mit ihm zu reden. In der letzten Stunde habe ich ihm mehr über mich und meine Kindheit erzählt, als ich in den letzten zwölf Monaten je gegenüber Richard erwähnt habe.

»Und jetzt lebst du also hier und studierst Umweltingenieurwesen. Willst du in Malmö bleiben?«

»Weiß ich nicht. Du?«

Daniel fährt sich mit der Hand durchs Haar.

»Ich hab mir immer vorgestellt, dass ich mal woanders hinziehe, in eine größere Stadt. In Malmö erinnert mich so vieles an die Vergangenheit, und ich denke, es ist einfacher, herauszufinden, wer man ist, wenn man weggeht. Ich habe einen Freund, Ibrahim, der nach Polen gegangen ist, um Zahnmedizin zu studieren, und dem sozusagen ein ganz neues Leben geschenkt wurde.«

»Willst du Zahnarzt werden?«, frage ich verblüfft.

»Nein.« Er lacht. »Am liebsten möchte ich eine Ausbildung zum Koch machen. Ich habe schon immer gerne gekocht und es wäre toll, als Lehrling in einem richtig tollen Restaurant anzufangen.«

»Spannend«, sage ich. »Zu Beginn des Semesters besuchte uns ein Mädchen in der Vorlesung, das im letzten Jahr die gleiche Ausbildung wie wir absolvierte, aber von der Uni Malmö an die Queen Mary University in London gewechselt ist. Unsere Fakultäten haben eine Art Zusammenarbeit, und es schien ihr unglaublich gut zu gefallen in London. Sie hat uns Bilder gezeigt, und ich habe am ganzen

Körper gespürt, dass ich alles tun würde, um mit ihr zu tauschen.«

»Warum machst du's dann nicht?«

»Was, nach London ziehen?«

»Ja.«

»Ich hab tatsächlich eine Freundin in London. Mein Bestie vom Gymnasium ist irgendwann dort hingezogen«, sage ich und verstumme sogleich.

»Ist es übrigens besser geworden?«, fragt Daniel, und obwohl er nicht genau sagt, worauf er hinauswill, weiß ich sofort, was er meint.

Ein Stück entfernt spielen Kinder auf einer Wiese. Ich sehe ihnen zu, wie sie sich jagen.

»Nein.«

»Aber ihr seid noch zusammen?«

»Ja.«

Wir bleiben an einer Parkbank mit Blick auf den Kanal stehen und sehen zwei Frauen in Kajaks vorbeipaddeln.

»Ich kann dir nicht sagen, was du tun sollst, aber als wir uns das letzte Mal gesehen haben, warst du sehr traurig«, sagt Daniel.

»Ich weiß«, seufze ich und weiche seinem Blick aus. »Aber es ist nicht so einfach.«

»Das kann ich verstehen. Ich möchte nur, dass du weißt, dass ich hier bin. Ich helfe dir bei allem. Du musst nur Bescheid sagen, wenn du etwas brauchst.«

»Okay. Danke.«

Er berührt meine Hand, streichelt sie leicht, und die Berührung löst eine Welle von Wärme in mir aus. Ich möchte mich an ihn lehnen, möchte seinen Körper an meinem spüren, und diese plötzliche Sehnsucht überrascht mich.

Aber es wäre Daniel gegenüber nicht fair, etwas mit ihm anzufangen, bevor ich nicht alles mit Richard geklärt habe. Zuerst muss ich einen Schritt zurückgehen und eine Entscheidung über die Zukunft meiner Beziehung treffen. Also beschließe ich, Daniel nicht wiederzusehen, bis ich sicher bin, dass es mit Richard vorbei ist.

KAPITEL 47

Zwei Tage halte ich durch, dann kann ich nicht widerstehen und rufe Daniel noch mal an. Wir treffen uns am Gustav-Adolf-Platz und er nimmt mich mit nach Hause in seine Wohnung, ich stelle die Tracking-App aber wie immer so ein, dass sie die Uni als meinen derzeitigen Standort anzeigt.

Es ist eine wunderbare Realitätsflucht, mit Daniel zusammen zu sein. Ich bin total aufgeregt, wenn ich ihn sehe, und für einen Moment vergesse ich alle meine Sorgen.

Wir sitzen auf seiner Couch und quatschen stundenlang, und es erstaunt mich, wie viel wir gemeinsam haben. Wir unterhalten uns über Essen und Musik, darüber, welche TV-Serien wir mögen, und über Orte, von denen wir träumen, bevor wir uns ernsteren Themen zuwenden.

»Nach Mamas Tod hat einfach gar nichts mehr funktioniert«, erzählt Daniel, und in seinen Augen kann ich eine tiefe Trauer sehen. »Ich hatte niemanden zum Reden, verlor völlig den Halt und fing an, mit den falschen Leuten abzuhängen. Ich habe viele dumme Sachen gemacht, gestohlen, Drogen vertickt. Damals fühlte es sich nicht so an, als hätte ich eine Wahl, die Jungs, mit denen ich rumhing, wurden meine Familie. Ich landete mit dreizehn Jahren in einem Heim und wurde zweimal zu Jugendhaft verurteilt, bevor ich wieder zu mir zurückfand.«

»Oh. Wofür wurdest du verurteilt?«, frage ich überrascht und ziehe meine Beine unter mir auf dem Sofa hoch.

»Drogenbesitz und Körperverletzung. Ich habe einen Typen niedergeschlagen, weil er sich in unserem Viertel rumtrieb und Stress gemacht hat. Hab ihm mehrere Rippen gebrochen. Ich schäme mich immer noch dafür«, sagt er und reibt sich die Stirn.

»Ich schäme mich auch für vieles, besonders für Dinge, die meine Mutter getan hat. In ihren manischen Phasen stritt sie sich oft mit den Nachbarn. Sie schrieb wütend Zettel, die sie im Treppenhaus aufhängte, und warf Fahrräder um, wenn sie irgendwo falsch standen. Einmal habe ich beobachtet, wie sie Müll durch einen Briefkasten schob. Jemand hatte seine Tetrapacks in die falsche Tonne geworfen.«

Erstaunt sieht Daniel mich an.

»Hat euch nie jemand unterstützt?«

»Nein. Ich hatte Angst, dass jemand herausfinden würde, wie krank sie wirklich ist, und uns voneinander trennen würde, also habe ich im Grunde alles getan, um zu verbergen, dass sie sich seltsam benahm, und habe die Schuld oft auf mich genommen. Habe den Nachbarn erzählt, ich hätte die Tetrapacks in den Briefkasten geschoben und die Fahrräder umgeworfen, und mich dann auch entschuldigt.«

»Krass.«

»Ja. Aber sie war sich des Problems zumindest bewusst und größtenteils ging es uns eigentlich gut.«

Daniel lächelt mich an, und ich spüre ein warmes Kribbeln in mir. Seit so vielen Jahren schäme ich mich für meine Kindheit, und es fühlt sich gut an, diese Dinge jemandem erzählen zu können, der mich versteht.

Wir essen Börek mit Hackfleisch, die Daniel selbst zubereitet hat. Als es für mich Zeit ist, zu gehen, bringt er mich noch zur Tür. Ich ziehe meine Schuhe an, verliere aber kurz das Gleichgewicht und falle ihm geradewegs in die Arme. Unsere Blicke treffen sich, und Daniels Hände umschließen meine. Die Berührung ist intim, aber ich weiche nicht zurück. Seine Hände sind warm, seine Augen tiefbraun. Dann beugt er sich vor und küsst mich.

Alles geht so schnell, dass ich kaum Zeit habe zu reagieren, aber der Kuss macht etwas mit mir. Ich murmele einen Abschiedsgruß und eile auf die Straße hinaus, kann nicht aufhören zu grinsen, und den ganzen Weg nach Hause kribbelt es in meinem ganzen Körper.

Am nächsten Tag sage ich My, dass ich krank bin und nicht zur Uni komme. Ich bitte sie, Notizen für mich zu machen, dann manipuliere ich die Tracking-App und gehe auf direktem Weg zu Daniel. Wir fallen uns in die Arme, küssen uns und sitzen eine halbe Ewigkeit einfach nur ineinander verschlungen da, bis der Rest der Welt um uns verschwindet. Zum Mittagessen kocht er Vojvodjanska, eine Hühnersuppe. Sie schmeckt wunderbar und brennt auf der Zunge.

Mir wird bewusst, dass ich geradewegs dabei bin, mich zu verlieben. Daniel ist wie eine Droge, wenn ich bei ihm bin, kann ich an nichts anderes denken. Vielleicht trägt das Verbotene in unserer Beziehung dazu bei, dass meine Gefühle so schnell wachsen, aber ich denke ehrlich, ich hätte ihn genauso sehr gemocht, wenn wir uns unter anderen Umständen getroffen hätten.

Am vierten Tag, an dem wir uns treffen, erzähle ich ihm mehr über meine und Richards Beziehung, die Probleme, die wir haben, und warum ich Angst habe, mich von ihm zu trennen.

»Vielleicht sollten wir Malmö verlassen«, schlägt Daniel vor. »Einfach woanders hingehen und von vorne anfangen.«

Ich lache und beiße von dem Sandwich ab, das er für mich zubereitet hat.

»Meinst du das ernst?«

»Ja, klar.«

Die Sonne fällt durch das Fenster herein und erhellt seine dunklen Augen. Ich weiß, dass wir uns gerade erst kennengelernt haben, aber im Moment fühle ich mich Daniel näher als jedem anderen Menschen auf der Welt, und der Vorschlag, gemeinsam wegzugehen, lässt mein Herz doppelt so schnell schlagen.

Ich sehe es vor mir, wir beide in einer ganz neuen Stadt. Wie schön es wäre, aus Malmö wegzugehen, dem Alltag zu entfliehen – und nicht zuletzt Richard. Aber egal, was passiert, ich muss ihm zuerst sagen, dass ich Schluss machen will, und ich habe große Angst davor, wie er es aufnehmen wird.

»Und wohin gehen wir dann?«

»Wie wäre es mit London?« Daniel lächelt.

»Willst du das, jetzt im Ernst?«

»Ja, warum nicht?«

Ich schiebe ein Stück Käse zurück, das kurz davor ist, vom Sandwich zu rutschen.

»Sobald ich mit meiner Hausarbeit fertig bin, muss ich nur noch die Bachelorarbeit schreiben, und das kann ich ja von überall machen. Ich könnte sogar fragen, ob es eine Möglichkeit gibt, nächstes Semester an der Queen Mary zu studieren.«

»Auf jeden Fall versuchst du das! Und ich suche mir einen Job in einem Restaurant.«

Ich lache, immer noch unsicher, ob er das alles nur zum Spaß sagt.

»Das klingt alles so toll, aber wir können doch nicht einfach losziehen, oder? Wo sollen wir denn wohnen?«

»Was ist mit deiner Freundin in London?«

»Ellinors Familie lebt ein gutes Stück außerhalb der Stadt, und sie selbst mietet nur ein Zimmer in Finsbury Park.«

»Wir finden schon was«, sagt Daniel. »Wenn das nicht klappt, können wir immer noch zurückgehen.«

Ich rutsche auf dem Stuhl herum, erwidere seinen Blick. Tausend Gedanken gehen mir durch den Kopf. Kann ich das wirklich tun, alles hier zurücklassen für das große Unbekannte?

»Ich bin dabei« sage ich schließlich. »Aber ich mache mir Sorgen darüber, wie Richard reagieren wird. Er wird immer so wütend, wenn er sich ungerecht behandelt fühlt. Wenn er herausfindet, dass ich mich von ihm trennen will, weil ich dich kennengelernt habe, weiß ich nicht, wozu er in der Lage wäre. Außerdem hat er die Kontrolle über all meine Sachen: mein Bankkonto, mein Handy und meinen Pass.«

»Was? Warum?«

»Er hat diese Sachen alle für mich organisiert. Er hat mir ein neues Telefon gekauft, als mein altes gestohlen wurde, und ein Konto bei seiner Bank eröffnet, und ich weiß, dass er meine Transaktionen im Auge behält.«

»Wow. Das klingt ja nicht gerade ...« Er sucht nach den richtigen Worten. »... nicht gerade gesund.«

»Nein«, murmele ich. »Das ist es wirklich nicht. Und ich bin mir ziemlich sicher, dass er ein Tracking-Programm auf meinem Handy installiert hat.«

»Das ist doch krank!«

Ich nicke und merke, dass sich alles noch viel schlimmer anhört, wenn ich jemand anderem davon erzähle.

»Er sagt, er tut das alles, weil er sich um mich sorgt. Angeblich hat er Angst, dass mir etwas zustößt.«

Daniel schüttelt den Kopf.

»Was meinst du damit, wenn er wütend wird? Hast du Angst vor ihm?«

Ich denke an das, was in den letzten Wochen passiert ist, die Waffe, die ich gefunden habe, Richards Stimmungsschwankungen und die Bemerkung, dass es für keinen von uns besonders erfreulich sein wird, wenn ich ihn verlasse. Dann fällt mir ein, was er mir an Silvester erzählt hat, wie schlimm die Sache mit seiner Ex-Freundin ausging.

»Vielleicht ein bisschen.«

»In diesem Fall finde ich, solltest du ihn sofort verlassen. Ich kann dich gern begleiten, wenn du deine Sachen abholst.«

Ich sehe etwas Wildes in Daniels Augen und schäme mich ein wenig dafür, wie ich Richard darstelle. Vielleicht hat er ja auch gar nicht vor, mich am Gehen zu hindern.

»Nein«, entgegne ich und schüttele den Kopf. »Ich krieg das schon hin.«

»Okay. Aber sei vorsichtig. Den Rest schaffen wir zusammen.«

»Wie meinst du das?«

»Ich kriege in zehn Tagen meinen Lohn, dann können wir gleich abhauen. Ein neues Handy ist leicht zu besorgen, und wenn du dir Sorgen machst, dass Richard über dein Konto verfügt und dich nicht darauf zugreifen lässt, könntest du es einfach leerräumen.«

Ich senke den Blick und hole tief Luft.

»Okay«, sage ich. »Aber ich brauche ein paar Tage, um alles vorzubereiten. Ich kann zu einer anderen Bank gehen und sofort ein neues Konto eröffnen, auf das er keinen Zugriff hat, damit ich an mein Studiendarlehen komme, aber ich möchte auf die richtige Gelegenheit warten, um in Ruhe mit Richard zu sprechen.«

Daniel legt seinen Arm um mich.

»Na klar«, sagt er. »Wir machen es genau so, wie es sich für dich gut anfühlt.«

Ich schließe meine Augen und lächle, denke an London. Die Gefühle überschlagen sich in mir, ich kann mein Glück kaum fassen.

Aber irgendwo tief in mir keimt auch ein kleiner Zweifel auf. Ich denke an all die Male, als Richard mich vor Leuten gewarnt hat, die über mich Zugang zu ihm haben wollen, die bereit sind, für Geld alles zu tun. Kenne ich Daniel gut genug, um mich auf ihn einzulassen? Kann ich ihm vertrauen?

Doch diesen Gedanken verwerfe ich sofort wieder.

KAPITEL 48

Als ich von der Bank nach Hause komme, wartet Richard schon auf mich. In letzter Zeit hat er bis weit nach Mitternacht gearbeitet, also bin ich überrascht, ihn so früh zu sehen.

»Schön, dass du hier bist«, sagt er. »Heute Abend gibt's was zu feiern.«

»Okay«, antworte ich verunsichert. Eigentlich habe ich keine Lust mehr, so zu tun, als ob, aber ich muss noch mehrere Dinge regeln, bevor ich bereit bin, die Wohnung zu verlassen, und ich möchte alles erledigt haben, bevor ich Richard meine Entscheidung mitteile.

»Champagner«, sagt er und reicht mir ein Glas. »Derselbe, den wir an dem Abend getrunken haben, als wir uns das erste Mal begegnet sind.«

Ich spüre einen Klumpen im Magen.

»Was gibt es denn zu feiern?«, frage ich.

»Ich wurde befördert«, sagt er stolz.

»Wie toll! Gratuliere.«

Wir stoßen an und setzen uns an den Tisch, und ich spüre Richards Augen auf mir. Irgendetwas an seinem Blick bereitet mir Unbehagen.

»Wie schön du bist.«

»Danke«, sage ich und nehme einen Bissen von der Vorspeise.

Richard legt sein Besteck ab und nimmt meine Hand in seine.

»Wir haben es doch gut zusammen, nicht wahr?«

Ich weiß nicht, was ich antworten soll, fühle einfach,

wie die Entenleber in meinem Mund zu einem großen Klumpen wird.

»Ich meine, schau dich doch nur um«, sagt er und zeigt auf das Meer vor unserem Fenster.

»Definitiv.«

»Dass ich dir all das bieten kann«, fährt er fort. »Dieses Leben, das wir gemeinsam leben.«

»Mm.«

»Übrigens hat Pär erwähnt, dass eine der Villen in ihrer Gegend zum Verkauf steht. Was denkst du?«

»Worüber?«

»Ob wir uns ein Haus kaufen sollten, natürlich!«

»Hier ist es doch auch schön?«, sage ich schließlich.

»Ja, aber irgendwann brauchen wir mehr Platz. Wenn die Kinder kommen.«

»Ich bin erst zweiundzwanzig«, protestiere ich. Jetzt ist der Zeitpunkt gekommen, es ihm zu sagen. Aber ich traue mich einfach nicht.

»Man kann doch schon ein bisschen im Voraus planen, oder? Natasha war fünfundzwanzig, als sie Felicia bekam. Es ist viel besser für den Körper, jung Mutter zu werden, dann ist er schneller wieder in seiner vorherigen Form.«

Richard lässt meine Hand los und schneidet ein großes Stück Gewürzbrot ab, das er sich in den Mund steckt.

»Schmeckt's?«, fragt er, während er darauf herumkaut.

»Ja, sehr.«

»Schön. Du, übrigens, ich habe heute von einem Freund gehört, er habe dich in der Stadt mit irgendeinem heruntergekommenen Typen gesehen.«

Ich erstarre und spüre, wie mir das Blut ins Gehirn schießt. Ich versuche mich zu erinnern, wo Daniel und ich gewesen sind. Ob wir uns berührt, Händchen gehalten oder umarmt haben. Aber nein, wir waren sehr vorsichtig.

Richard sieht mich an und ich versuche seinen Gesichtsausdruck zu interpretieren. Ist er wütend? Neidisch? Oder war das nur ein gleichgültiger Kommentar, wie nebenbei erwähnt?

»Nur ein Kommilitone.«

»Er hatte offenbar ein ziemlich großes Tattoo am Hals – das klingt für mich eher nicht nach einem Studenten. Wie heißt er?«

»Alex«, stammele ich hervor. »An seinen Nachnamen erinnere ich mich nicht. Wir wurden von unserer Seminarleiterin in Gruppen eingeteilt, das konnten wir uns nicht selber aussuchen.«

»Okay. Aber du musst vielleicht nicht mit ihm durch die Stadt laufen?«

»Nein, natürlich nicht. Aber das Ladegerät seines Laptops ist kaputt gegangen, wir haben also nur einen Elektroladen gesucht«, lüge ich und stelle fest, dass er mitbekommen haben muss, dass das Ortungsprogramm auf meinem Handy nicht mehr wie vorgesehen funktioniert.

Richard seufzt.

»Du weißt, dass ich alles für dich tue. Du bekommst alles, was du willst, aber ich muss wissen, dass ich dir vertrauen kann.«

Ich spüre, wie sich die Muskeln in seinem Nacken versteifen, aber ich zwinge mich, seinem Blick standzuhalten.«

»Klar kannst du das.«

»Ich finde, ich bin ein guter Lebensgefährte«, sagt er. »Großzügig und liebevoll. Aber du musst verstehen, dass mein Job bedeutet, dass ich angreifbar bin. Wir müssen vorsichtig sein, wen wir in unser Leben lassen. Du bist noch so unerfahren, du weißt nicht, wozu einige Leute bereit sind, um zu bekommen, was sie wollen. Wenn du hinter meinem Rücken fremde Menschen triffst, kann es für uns beide böse enden. Verstehst du?«

Ich nicke.

Richard steht auf und kommt zu mir. Er beugt sich vor und atmet den Duft meiner Haare ein. »Es tut mir leid, dass ich in letzter Zeit so viel zu tun hatte, aber jetzt können wir endlich die Früchte all meiner Arbeit ernten.«

Ich schließe meine Augen und spüre, wie seine Finger über meinen Hals fahren. Dann ertönt das Klingeln seines Handys. Richard hält inne, wartet, bis es wieder verstummt, aber das tut es nicht, und schließlich stöhnt er auf und nimmt den Anruf entgegen.

»Ja, hallo? Was? Bist du sicher? So soll das definitiv nicht laufen!«

Er dreht sich zu mir um und macht ein entschuldigendes Gesicht, dann verschwindet er in seinem Büro.

Ich bleibe wie eingefroren sitzen. Was meint er nur damit, dass die Dinge böse enden können? Ich spüre, wie die Panik wieder überhandnimmt, will nur noch hier raus. Mit dem Handy schließe ich mich im Badezimmer ein und drehe den Wasserhahn auf. Dann setze ich mich in eine Ecke und rufe Daniel an.

Er geht nach dem ersten Freizeichen ran, und ich berichte ihm, was vorgefallen ist. Dass uns jemand gesehen hat und dass hier zu Hause dicke Luft herrscht.

»Ich komme und hol dich ab.«

»Nein, das geht nicht. Er bringt dich noch um.«

Für einen Moment bleibt es still in der Leitung.

»Ich besorge mir eine Waffe«, sagt er plötzlich.

»Nein, das tust du nicht!«

»Nur als Sicherheit, falls er dich bedroht.«

»Ich will das nicht.«

»Kannst du denn nicht einfach gehen?«, fragt er, seine Stimme klingt jetzt ungehalten.

»Aber dann kann ich nichts von meinen Sachen mitnehmen. Außerdem wird Richard checken, was passiert ist, und herausfinden, wer du bist. Was machen wir, wenn er vor deiner Wohnung auftaucht? Oder wenn er jemanden bezahlt, der uns etwas antut?«

»Ich kenne einen Ort, an den wir gehen können«, sagt Daniel. »Er ist nur ein paar Stunden von hier entfernt, und wir können so lange wie nötig bleiben, auf mein Gehalt warten und Pläne schmieden.«

»Und wenn er uns dort auch ausfindig macht?«

»Das kann er gar nicht, wenn wir alle Spuren verwischen. Ich hebe jetzt alles ab, was ich auf dem Konto habe, und kaufe uns Prepaid-Handys. Wenn du noch Bargeld hast, bring es mit.«

»Okay. Aber ich brauche meinen Pass, also warte ich noch, bis er morgen zur Arbeit geht. Dann hätten wir auch gleich ein paar Stunden Vorsprung.«

»Bist du sicher? Das mit dem Pass kriegen wir auch irgendwie anders hin. Das kostet zwar ein bisschen Geld, aber ich kenn einen Typen, der uns sicher einen guten Preis macht.«

Sein Kommentar macht mich nervös. Erst eine Waffe und dann ein gefälschter Pass – kenne ich Daniel gut genug, um mich auf ihn einzulassen?«

»Ich dachte, du hast all diese Kontakte gekappt?«

»Hab ich auch. Aber das ist eine Notsituation, dann kann ich da was drehen.«

»Aber das brauchst du nicht. Ich muss erst einmal in Ruhe packen.«

»Okay«, seufzt er. »Versprich mir, dass du mich anrufst, wenn irgendwas ist. Ich lasse das Handy die ganze Nacht an. Wann sehen wir uns?«

»Sagen wir um zehn am U-Bahnhof Triangeln?«

»Gut. Und wenn du nicht da sein solltest, komme ich und suche nach dir.«

Ich beende den Anruf und lösche ihn aus der Liste. Versuche mich zu beruhigen. Ich muss mich so verhalten wie immer, damit Richard nicht noch misstrauischer wird, als er es ohnehin schon ist.

Ich räume die Küche auf und dusche schnell, und als ich das Badezimmer verlasse, höre ich, dass Richard immer noch in seinem Büro ist. Im Schlafzimmer ziehe ich meinen Pyjama an, mache das Licht aus und krieche ins Bett. Ich möchte einfach nur einschlafen, um vor alldem zu fliehen, aber mein Verstand dreht sich im Kreis und hält mich wach.

Ein paar Stunden später erscheint Richard in der Tür. Er setzt sich ans Fußende des Bettes und streichelt meine Beine durch die Bettdecke.

»Liebes, bist du wach?«

Ich tue so, als würde ich schlafen, und nach ein paar Minuten kehrt er zu seinen Telefongesprächen zurück. Irgendwann muss ich wirklich eingeschlafen sein, denn als ich wieder aufwache, ist es Morgen. Das Licht zieht einen dünnen, gleißenden Rahmen um den Verdunkelungsvorhang, und ich drehe mich um und entdecke, dass Richards Seite des Bettes noch immer leer ist.

KAPITEL 49

Richard sitzt vor seinem Laptop an der Kücheninsel und trinkt einen Espresso. Die Gefühle zerreißen mich. Einerseits bin ich erleichtert, ihn zu sehen. Andererseits bin ich enttäuscht, dass er noch nicht bei der Arbeit ist. Vielleicht sollte ich jetzt einfach sagen, wie es ist, aber nach dem gestrigen Gespräch fühlt es sich zu riskant an.

»Guten Morgen, meine Schlafmütze«, sagt er heiter. »Du warst ja richtig müde gestern.«

»Ja, das war ich wohl.«

»Es gibt frischen Kaffee.« Mit einem Kopfnicken deutet er auf den silbergrauen Mocca Master.

»Danke, wie lieb von dir. Hast du diese Nacht gar nicht geschlafen?«

Richard schüttelt den Kopf.

»Nein, bei der Bank ist das totale Chaos ausgebrochen. Der Dow Jones ist um fast sechs Prozent gefallen.«

»Ach herrje! Willst du Frühstück?«

»Ich muss leider los«, sagt er und klappt den Laptop zu. »Aber vielleicht können wir am Wochenende was Schönes unternehmen. Wir könnten nach Kopenhagen fahren, ins Nobis einchecken und ins Casino gehen. Was hältst du davon?«

»Klingt gut«, murmele ich und hoffe, er kann mir nicht anhören, dass ich es überhaupt nicht so meine. Richard ist mir trotz allem immer noch irgendwo wichtig, und ich möchte ihn nicht mehr als nötig verletzen.

»Okay.« Er schiebt den Laptop in seine Aktentasche, gibt mir einen Kuss auf die Wange und verlässt die Wohnung.

»Wir sehen uns später«, ruft er mir noch aus dem Hausflur zu und lässt die Tür hinter sich ins Schloss fallen.

Das ist meine Chance, ich muss hier raus.

Ich verzichte auf das Frühstück, gehe stattdessen direkt ins Schlafzimmer und fange an zu packen. Hole meinen großen Rucksack aus dem Schrank und stopfe meine Klamotten hinein. Pullover, Jeans und T-Shirts kommen mit, all die teuren Kleider lasse ich hier.

Ich habe bereits einen Kulturbeutel mit den wichtigsten Dingen bestückt, packe ihn zusammen mit meinem Laptop und meinen Kursmaterialien ein. Dann gehe ich in Richards Büro. Zielstrebig nehme ich den kleinen silbernen Schlüssel aus seinem Versteck. Das Schloss hakt, und ich muss ein bisschen darin herumstochern, doch schließlich gleitet die Schublade auf.

Mein Pass ist nicht mehr da. Reiße die anderen Schachteln auf, aber auch das Geld und die Waffe fehlen. Nur das schwarze Notizbuch liegt an seinem Platz.

Ich sinke auf den Boden. Warum ist mein Pass nicht hier? Weiß Richard, dass ich seine geheime Schublade geöffnet habe? Hat er sie deshalb ausgeräumt?

Daniel sagte, er könne einen Pass organisieren, aber das würde viel kosten, und ich frage mich, was das bedeutet. Reden wir hier von fünftausend oder fünfzigtausend Kronen, und woher sollen wir das Geld nehmen? Außerdem ist es illegal, aber welche Wahl habe ich schon? Ohne Pass können wir nicht ins Ausland gehen. Es beunruhigt mich noch mehr, dass die Waffe weg ist. Was hat Richard damit vor? Läuft er etwa damit durch die Gegend?

Alles in mir zieht sich zusammen, wenn ich daran denke, welchem Risiko Daniel meinetwegen ausgesetzt ist. Dann erinnere ich mich daran, dass die Zeit läuft und ich mich beeilen muss.

Ich will gerade die Schublade wieder schließen, da kommt mir plötzlich eine Idee. Ich habe zwar keine Ahnung, was die Informationen im Notizbuch bedeuten, aber offensichtlich sind sie wichtig genug, um weggeschlossen zu werden, also nehme ich das Buch und packe es in meine Tasche.

In der Küche liegt ein Stück Papier. Ich nehme einen Stift, drehe es um und überlege, ob ich Richard eine Nachricht schreiben soll. Ich schäme mich, dass ich so feige bin, dass ich mich nicht traue, von Angesicht zu Angesicht mit ihm Schluss zu machen. Aber eine Nachricht ist wohl besser als gar nichts. Aber sosehr ich mir auch das Hirn zermartere, ich weiß nicht, was ich schreiben soll. Schließlich setze ich den Kugelschreiber an die leere Rückseite des Flyers und schreibe *Tut mir leid.* Dann lasse ich Stift und Zettel so auf der Kücheninsel liegen.

Als ich das Schlafzimmer zum letzten Mal betrete, bleibt mein Blick an der Schmuckschatulle hängen. Ich öffne den Deckel, meine Finger gleiten über die Rubinkette, die Diamantohrringe und die Cartier-Uhr. Das alles hat Richard für mich gekauft. Auch wenn es sich bei dem Schmuck um Geschenke handelt, fühlt es sich falsch an, ihn mitzunehmen. Obwohl ein Teil von mir findet, dass er mir zusteht, zumindest als Entschädigung für den verschwundenen Pass. Und ohne Geld wird es für mich und Daniel viel schwerer, die Stadt zu verlassen.

Ich fasse einen schnellen Entschluss, suche mir ein paar Sachen raus, stecke sie in einen Samtbeutel und lasse ihn in meine Jackentasche gleiten. Dann gehe ich in den Flur hinaus, ziehe meine Schuhe an und öffne die Haustür. Den

Rucksack klemme ich mir zwischen die Knie, hoffe, dass er nicht auf der Überwachungskamera zu sehen ist, und verlasse die Wohnung.

Daniel wartet wie verabredet auf dem Platz vor dem Eingang zur U-Bahnstation.

»Schön, dich zu sehen, ich hab mir schon Sorgen gemacht. Lief alles gut?«

Ich nicke.

»Wenn wir Glück haben, entdeckt er erst heute Abend, wenn er von der Arbeit kommt, dass ich nicht mehr da bin. Aber er hat meinen Pass versteckt.«

»Okay, wir besorgen dir einen neuen.«

Ich winde mich. Im Idealfall hätte ich das vermieden, aber nachdem ich mich auf der Website der Polizei informiert habe, weiß ich, dass ein vorläufiger Pass keine Option ist.

»Dauert so etwas lange?«

»Ich frag mal nach.«

Daniel greift zum Telefon und schreibt eine Nachricht. Nach ein paar Minuten kommt eine Antwort.

»Er kann mich nach zwölf treffen. Es dauert etwa zehn Tage, bis er den Pass bekommt. Aber er will eine Anzahlung von fünftausend.«

»Ich habe nur dreitausend.«

»Ich kann den Rest dazulegen«, sagt Daniel.

»Okay, aber was machen wir dann? Wir brauchen auch Geld für Tickets und Unterkunft, und was ist, wenn es schwieriger ist, einen Job zu finden, als wir denken?«

Er nimmt meine Hand in seine, sie ist ganz warm.

»Mach dir keine Sorgen. Das wird schon alles.«

»Ich habe noch was«, sage ich und krame in meiner Tasche nach dem Samtbeutel. »Richard hat mir immer wieder Schmuck geschenkt. Vielleicht können wir den verkaufen.«

»Das brauchen wir nicht«, protestiert er.

»Doch, ich denke schon. Wie viel soll der Pass denn insgesamt kosten?«

»Noch zehntausend nach der Anzahlung.«

»Siehst du. Dann lass uns das so schnell wie möglich erledigen«, fahre ich fort und zeige ihm den Inhalt des Beutels. »Ehe Richard den Schmuck als gestohlen meldet.«

»Wow, das ist ja ein Vermögen. Ist das alles echt?«

»Ja.«

»Ich denke, wir sollten heute nur eines der Schmuckstücke verkaufen. Es gibt ein Pfandhaus in der Nähe des Zentrums, wo sie es mit Ausweisen nicht so genau nehmen. Den Rest können wir bei Bedarf in London verkaufen. Es ist nicht so schlau, mit zu viel Bargeld zu reisen.«

»Okay. Ich habe noch etwas mitgenommen.«

Ich reiche ihm das schwarze Notizbuch. Daniel schlägt es auf.

»Woher hast du das?«

»Es lag in Richards Arbeitszimmer. Hast du eine Ahnung, was das alles bedeuten könnte?«

»Sieht aus wie Kontonummern«, sagt er und schlägt das Buch wieder zu. »Brauchen wir noch irgendetwas?«

»Nein. Aber ich hab noch nicht gefrühstückt.«

»Na dann«, sagt Daniel und lächelt, »finde ich, wir sollten eine richtig gute letzte Mahlzeit zu uns nehmen.«

KAPITEL 50

Unauffällig schlüpfen wir durch die Türen eines asiatischen Restaurants und setzen uns an einen von der Straße nicht einsehbaren Tisch. Daniel erzählt mir, dass er ein bezahlbares Hostel in Südlondon gefunden hat, wo wir übernachten können, und wie viel die Tickets ungefähr kosten. Da ich keinen richtigen Pass haben werde, ist es klüger, den Zug nach Paris zu nehmen und von dort aus mit der Fähre nach England einzureisen. Er hat sich von seiner Arbeit krankgemeldet, und sobald unser Plan steht, wird er um Urlaub bitten. Wenn ihm das nicht genehmigt wird, will er kündigen.

Sobald Daniel seinen Kontakt wegen des Passes getroffen hat, wollen wir zu einer kleinen Hütte im Norden von Skåne fahren und dort die nächsten Nächte verbringen. Wenn wir unsere Handys ausschalten und unsere Kreditkarten nicht verwenden, kann uns niemand orten. Und dann, wenn der Pass fertig ist, können wir direkt zum Hauptbahnhof nach Kopenhagen und von dort weiter nach Süden fahren.

Das alles klingt nach einem guten Plan. Ich nehme Daniels Hand unter dem Tisch. Ich bin so froh, dass ich hier bei ihm sitze, dass wir dieses Abenteuer gemeinsam angehen, auch wenn ich noch ein paar Sorgen mit mir herumschleppe. Ist es naiv zu glauben, dass wir, die wir uns eigentlich noch nicht so lange kennen, das gemeinsam durchziehen können? Dass wir in ein anderes Land gehen und neu anfangen? Aber es reicht schon, ihn anzusehen, und alle Zweifel verschwinden. Andererseits werde ich das schlechte Gewissen nicht los. Es fühlt sich nicht richtig an, Richard auf diese Weise zu verlassen – ohne auch nur ein Wort zu sagen. Immerhin haben wir seit über einem Jahr zusammengelebt.

Ich sage Daniel, dass ich Richard anrufen und ihm alles erklären möchte, aber er schüttelt den Kopf und erinnert mich an Richards Worte. Dass er sich bedrohlich verhalten hat und eine Waffe besitzt.

»Ich habe viele solcher Typen getroffen«, sagt er. »Sie kommen nicht damit klar, etwas zu verlieren, würden alles tun, um es zurückzugewinnen. Dieses Risiko kannst du nicht eingehen.«

Tief im Inneren weiß ich, dass er recht hat. Ich habe keine Ahnung, wozu Richard fähig wäre, sollten wir uns jetzt über den Weg laufen.

Nach dem Essen geht Daniel allein, denn er will nicht, dass ich seine Kontaktperson treffe. Es macht mir nichts aus, dass Daniel solche Bekanntschaften hat. Das Wichtigste ist, dass er dieses Leben hinter sich gelassen hat, und obwohl mich die Dinge, die er als Teenager getan hat, sehr überrascht haben, schätze ich seine Ehrlichkeit. Alle Menschen verdienen eine zweite Chance, besonders diejenigen, die eine schwierige Kindheit hinter sich haben. Doch ich höre Richards Stimme in mir. *Verstehst du nicht, dass er nur versucht, dich zu täuschen, weil er nur an mein Geld ranwill?*

Eine knappe Stunde später ist Daniel endlich wieder im Restaurant.

»Das wäre erledigt«, sagt er und lächelt.

Wir treten hinaus in die Herbstsonne, in aufgeregter Erwartung all der Dinge, die vor uns liegen. Daniel hat zu

Hause etwas vergessen, und da es erst Viertel vor zwei ist, haben wir viel Zeit. Es kribbelt in mir, als er meine Hand nimmt, und ich sehne mich danach, mit ihm allein zu sein, damit wir uns berühren können, uns gegenseitig spüren können. Daniel ist der Mensch, mit dem ich den Rest meines Lebens teilen möchte. Es spielt keine Rolle, in was für einer Wohnung wir in London hausen oder ob wir jeden Cent umdrehen müssen, solange wir zusammen sind.

Wir treten durch die Haustür ein und gehen die Treppe hinauf. Wie angewurzelt bleiben wir stehen, als wir feststellen, dass jemand vor Daniels Tür wartet. Den Mantel erkenne ich sofort wieder. Als Richard sich zu uns umdreht, ist es, als würde eine eisige Welle über mich hinwegspülen.

»Ich habe dich gesucht«, sagt er, und ich kann an seiner Stimme nicht heraushören, ob er sauer ist oder nur besorgt.

Die Überraschung, Richard hier zu sehen, macht mich stumm. Ich verstehe nicht, wie er uns so schnell finden konnte.

Daniel geht an Richard vorbei zur Wohnungstür und schließt auf.

»Komm«, sagt er, doch Richard stellt sich ihm in den Weg.

»Ich weiß nicht, was du hier tust, aber du kannst diesem Typen nicht vertrauen. Auf meine Bitte hat Oliver ihn sich mal genauer angesehen.«

»Was soll das heißen?«, bricht es aus mir hervor.

»Mein Bekannter hat ein Foto von euch gemacht.«

Richards Augen sind ernst und er streckt mir eine Hand entgegen.

»Oliver hat ihn sofort wiedererkannt. Er ist kein Student,

er ist ein Krimineller. Was auch immer zwischen euch läuft, ich muss dich bitten, jetzt mitzukommen.«

Ich spüre einen festen Klumpen in meiner Brust, weiß nicht, was ich antworten soll.

»Linnea«, sagt Daniel und deutet mit einem Kopfnicken in seine Wohnung.

Richard dreht sich zu ihm um.

»Sie wird nicht mit dir mitgehen.«

»Das bestimmst du nicht.«

»Wir gehen jetzt«, sagt Richard und packt mich am Arm.

»Nein, ich will nicht«, presse ich hervor.

Er starrt mich an, und das Unbehagen breitet sich in meinem Körper aus. Ich versuche, mich loszureißen, aber sein Griff umklammert mich fest.

»Was soll das heißen? Der Typ ist gefährlich!«

»Lass sie los«, sagt Daniel und legt seine Hand auf meine Schulter.

»Misch dich da nicht ein«, faucht Richard ihn an und zieht mich an sich.

Ich bin so geschockt von dem, was passiert, dass ich nicht weiß, was ich tun soll. Als Richard endlich von mir ablässt, eile ich in die Wohnung.

»Wir wollen keinen Stress. Geh bitte einfach«, sagt Daniel und geht einige Schritte rückwärts in seine Wohnung hinein, aber Richard folgt ihm und schubst ihn, dass er beinahe das Gleichgewicht verliert.

»Lass meine Freundin gehen, sofort!«, schreit er aufgebracht.

Er versetzt Daniel einen weiteren Stoß, der stürzt in die Flurkommode, so dass alles zu Boden fällt.

»Sie will aber hierbleiben«, sagt Daniel, richtet sich auf

und stemmt sein gesamtes Körpergewicht gegen Richard, um ihn aus der Wohnung zu bekommen, aber Richard wehrt sich.

Sie straucheln durch den engen Flur, werfen das Schuhregal um, reißen die Jacken von der Wand, bis Daniel einen Schritt zurücktritt, ausholt und Richard einen harten Faustschlag gegen das Kinn verpasst.

Blut quillt aus seinem Mund hervor. Richard taumelt, sein Blick ist finster, sein Nacken angespannt.

»Er will dich nur verarschen, kapierst du das nicht«, ruft er. Seine Stimme bricht. Daniel schiebt ihn aus der Wohnung und schließt die Tür.

Ich habe vergessen zu atmen und lege mir die Hand auf die Brust, zittere am ganzen Körper. Mir ist immer noch nicht begreiflich, was hier gerade geschehen ist. Richard tritt mit voller Wucht von außen gegen die Tür, dass es nur so knallt. Ich kann ihn brüllen hören.

»Ich mach dich fertig. Ich werde dein ganzes beschissenes Leben ruinieren!«

Beschämt schaue ich Daniel an, der sein Handgelenk untersucht. Es ist meine Schuld, dass er in die Sache reingezogen wurde.

»Was ist mit deiner Hand?«

»Alles okay, glaube ich.«

Als ich die Sachen aufhebe, die zu Boden gefallen sind, fällt mein Blick auf die Blutspritzer an der Wand.

»Scheiße«, stöhnt Daniel. »Ich hätte ihn nicht schlagen dürfen.«

»Wir sollten vielleicht die Polizei rufen?«

»Was meinst du, wem die glauben – einem Typen, der im Jugendknast saß, oder einem Banker?«

Mein Magen dreht sich um. Obwohl ich es nicht zugeben möchte, fürchte ich, Daniel hat recht. Richard wird mich nie loslassen, er wird alles tun, um sich an Daniel zu rächen.

»Also, was sollen wir tun?«

»Auf jeden Fall gehen wir nicht zur Polizei«, sagt Daniel. »Die glauben so einem wie mir niemals.«

»Nicht mal, wenn wir genau schildern, was vorgefallen ist?«

»Wir können nicht wissen, wie sie die Sache bewerten. Am besten, wir hauen ab.«

Mir fällt wieder ein, was Richard mir über seine Ex-Freundin erzählt hat. Sie hat ihn angezeigt, aber das Ermittlungsverfahren wurde eingestellt.

»Okay«, erwidere ich.

Daniel nimmt seinen Rucksack und sucht etwas im Schrank. Ich gieße uns beiden ein Glas Wasser ein und trinke ein paar Schlucke, aber Daniel will nichts, also stelle ich sein Glas auf den Sofatisch.

Wir müssen so schnell wie möglich hier raus«, sagt er und späht durch den Spion in der Wohnungstür.

»Ist er noch da?«

»Ich kann ihn nicht sehen.«

Ich nicke. Noch nie zuvor hat mein Herz so laut geschlagen wie jetzt, und ich kann es immer noch kaum fassen, dass Richard uns so heftig angegangen ist.

»Du«, sagt Daniel und zieht mich an sich heran. Seine Augen sind voller Sorge, und ich fühle einen Stich schlechten Gewissens.

»Tut mir leid«, flüstere ich.

»Was denn? Das ist doch nicht deine Schuld«, sagt er. »Jetzt machen wir, was wir uns vorgenommen haben, nehmen den Bus zum Hauptbahnhof, verkaufen die Uhr und fahren zur Hütte auf dem Land.«

»Und wenn er nun unten auf uns wartet?«

Daniel nimmt mich in den Arm, und ich lehne mich an ihn.

»Wir können auch in den Keller gehen und durch die Hintertür raus. Dann sieht er uns nicht.«

»Ich hab Angst«, flüstere ich.

Ich spüre Daniels Lippen auf meiner Stirn und höre meinen eigenen Herzschlag. Obwohl ich noch ganz außer mir bin, ist ein Teil von mir auch erleichtert, dass ich den Schritt gewagt habe. Ich habe Richard verlassen, und angesichts dessen, was gerade passiert ist, war es offensichtlich die richtige Entscheidung. Ich bin frei, aber auch eine Gefangene.

»Alles wird gut«, sagt Daniel mit warmer Stimme. »Mach dir keine Sorgen, wir kriegen das alles hin. Ich werde alles tun, um dich vor ihm zu beschützen.«

Lange stehen wir ganz still, dann schließen wir die Tür auf und eilen hinunter in den Keller des Hauses.

KAPITEL 51

Ich steige am Hauptbahnhof von Malmö aus dem Zug, werde eins mit der Menge und folge dem Menschenstrom zum Ausgang Petribrunnen. Die Leute um mich herum tragen dünne Strickmützen und Mäntel zum Schutz gegen den kalten Wind. Das Wasser kräuselt sich auf der Oberfläche des Kanals.

Ich schaue über meine Schulter, bereit, Richard jeden Augenblick zu begegnen. Es war schön, mit Daniel in der Hütte zu sein. Die Realität hinter uns zu lassen. An einen sicheren Ort zu flüchten und die Welt für eine Weile zu vergessen, aber wir konnten uns nicht für immer verstecken. Daniel hatte Dinge zu erledigen. Er musste mit seinem Arbeitgeber sprechen, einen Typen treffen, der vielleicht seine Wohnung untermieten möchte, während wir weg sind, und sich von seiner Familie verabschieden. Er bot an, dass ich ihn begleiten könne, aber ich wollte lieber in der Hütte warten und meine Hausarbeit fertig schreiben. Es gab keinen Grund für mich, nach Malmö zu fahren und zu riskieren, Richard zu begegnen. Stattdessen wollte ich auf Daniels Signal warten. Sobald er alles erledigt hatte und mein Pass fertig war, würden wir gemeinsam aufbrechen.

Mama wollte ich von unterwegs anrufen. Sie wird bestimmt enttäuscht sein, wenn sie hört, dass es zwischen mir und Richard vorbei ist, aber sie wird darüber hinwegkommen.

Ich gehe an einem Kiosk vorbei, an dessen Aushang ein Flugblatt mit meinem Gesicht gepinnt ist, und schlage den Kragen meiner Jacke hoch. Ich will immer noch nicht wahrhaben, dass das hier gerade wirklich passiert. Dass ich als vermisst gemeldet wurde, dass nach Daniel gefahndet wurde und er nun in Haft sitzt. Ob Richard dahintersteckt, ob das sein Versuch ist, uns zu bestrafen?

Seit wir Malmö verlassen haben, haben wir unsere Handys ausgeschaltet und nur noch mit den Prepaid-Telefonen kommuniziert, damit Richard uns nicht orten kann. Wir haben den Kontakt mit der Außenwelt vermieden und wirklich alles verpasst, was vor sich ging, aber dass so etwas passiert, hätte ich mir nie vorstellen können.

Eigentlich sollte ich in der Hütte warten, bis Daniel alles erledigt hat. Wir hatten verabredet, dass Daniel jeden Abend um acht Uhr mit dem Prepaid-Handy anrufen würde, aber das letzte Mal, dass ich von ihm hörte, war am Montagabend, am selben Tag, an dem er nach Malmö zurückkehrte. Am Dienstag saß ich zwei Stunden lang da und starrte auf mein Handy, bis ich die Hoffnung aufgab. Ich versuchte mir einzureden, dass Daniels Akku leer war oder er mit seiner Familie zu Abend gegessen und die Uhrzeit vergessen hatte, aber tief in mir schlug die Angst ihre Wurzeln. Hatte Daniel es sich anders überlegt, oder hatte ich nichts mehr von ihm gehört, weil er Richard in die Falle getappt war, der nun versuchte, aus ihm herauszubekommen, wo ich mich aufhielt? Die Gedanken machten mir schreckliche Angst. Ich habe extra noch zweieinhalb Tage gewartet, bis ich die Hütte schließlich verlassen habe. Und jetzt wird mir alles klar – nicht Richard hat Daniel in seiner Gewalt, sondern die Polizei.

Allein die Vorstellung lässt mich am ganzen Körper zittern. Ich frage mich, wie Daniel sich fühlt, weiß, dass er den Behörden nicht vertraut. Er hatte seit seiner Jugend das

Gefühl, dass sie ihm nicht glauben – und er will mich auch beschützen. Er hat wahrscheinlich Angst, dass Richards Kontakte bei der Polizei durchsickern lassen, wo ich bin, wenn er ihnen die Wahrheit sagt. Es ist so unglaublich ungerecht, dass alle davon ausgehen, er hätte irgendein Verbrechen begangen.

Ich überquere die Straße und werfe einen Blick auf Västra Hamnen. Hinter dem Börsengebäude befindet sich das neu errichtete Viertel Malmö Live, das früher ein Fischereihafen war. Bunte Gebäude ragen zwischen den alten auf, polierter Stahl, Beton und Glasflächen funkeln in der Sonne. Dort habe ich zum ersten Mal mit Richard gefrühstückt, dort sind wir normalerweise zum Abendessen und zu Konzerten gegangen.

Mein Mund wird ganz trocken. Ich gehe in Richtung Polizeipräsidium und merke, dass ich keine andere Wahl habe. Ich muss denen sagen, dass sie sich irren, dass Daniel mich überhaupt nicht entführt hat. Aber ich weiß trotzdem nicht, wie viel ich verraten werde. Was ist, wenn Daniel auch noch wegen etwas anderem beschuldigt wird, wenn Richards Kontakte ihm Dinge anhängen wollen, die er nicht getan hat?

Die Erinnerungen an mein letztes Treffen mit Richard verfolgen mich weiterhin. Was auch immer passiert ist, es ist nun mal ein Fakt, dass ich ihn hintergangen habe. Er hat mir vertraut, und ich habe ihn im Stich gelassen. Ich bekomme seine Worte nicht aus dem Kopf, dass Daniel mich nur benutzen will, aber ich weiß, dass das nicht stimmt. Wenn Daniel nur hinter Richards Geld her gewesen wäre, hätte er mir den Beutel mit dem Schmuck abnehmen können und wäre längst über alle Berge.

Ich folge der Djäknegata nach Süden, überquere einen weiteren Kanal, bis ich vorm Präsidium stehe. Es befindet sich im Erdgeschoss eines dreistöckigen Hauses aus grauem Beton mit Lüftungsschächten aus silbrigem Blech.

Beim Anblick des Gebäudes dreht sich mir der Magen um. Die Gedanken kreisen in meinem Kopf. Ich wünschte, ich wüsste, was zu tun sei. Was ich sagen sollte, damit Daniel freigelassen wird, damit wir unsere Sachen nehmen und direkt nach London fahren können, weit weg von Malmö. Dann denke ich an Oliver, der wahrscheinlich irgendwo im Haus ist, und ich ziehe meinen Kragen noch höher, um mein Gesicht zu verbergen.

Vielleicht sind wir diese ganze Situation falsch angegangen. Vielleicht ist es doch die einzige Lösung, dass ich mit Richard rede und mich entschuldige, ihm erkläre, warum ich die Beziehung beenden wollte, und mich dafür entschuldige, wie ich es getan habe. Vielleicht kann er nur so damit abschließen.

Aber zuerst muss ich der Polizei sagen, dass ich überhaupt nicht entführt wurde. Denn allein der Gedanke, dass Daniel wegen mir eingesperrt wurde, ist unerträglich.

LYDIA

KAPITEL 52

Betty92 – oder Alicia, wie sie eigentlich heißt – rührt mit dem Löffel in ihrem Kaffee. Sie hat das aschblonde Haar zu einem hohen Pferdeschwanz zusammengebunden, trägt eine perfekt gebügelte Bluse, kleine Perlenohrringe, hat manikürte Nägel und porzellanweiße Haut. Doch trotz ihrer makellosen Erscheinung strahlt sie etwas Ängstliches aus, und es ist nur zu deutlich, dass sie mich mit gemischten Gefühlen trifft.

Wir sitzen in einem Café, das ich vorgeschlagen habe. Der Herbst hat mittlerweile alles fest im Griff. Die ersten gelben Blätter wirbeln durch die Luft, und die Menschen, die draußen vorübergehen, haben ihre Jackenkragen aufgestellt.

»Sie waren also mit Richard Bofors zusammen?«, frage ich vorsichtig.

Alicia hält den Blick gesenkt.

»Ja«, antwortet sie leise.

»Wie lange ist das jetzt her?«

»Wir haben uns vorletztes Jahr an Weihnachten getrennt«, sagt sie und lässt den Löffel los.

Ich nicke, möchte sie nicht bedrängen, aber gleichzeitig bin ich ungeduldig. Dani sitzt jetzt seit vier Tagen in Haft, und ich bin die Einzige, die ihm zu helfen versucht.

»Und … das war also nicht so besonders schön?«

Sie richtet den Oberkörper auf und presst die Lippen aufeinander.

»Ich verstehe, was Sie wollen«, sagt sie. »Aber ich weiß nicht, ob ich Ihnen weiterhelfen kann.«

»Wieso?«

»Weil ich nichts mehr mit ihm zu tun haben will.«

»Mit Richard?«

»Ja. Ich glaube, das Ganze hier war ein Fehler. Tut mir leid.«

Sie nimmt ihre Tasche und will aufstehen, doch da lege ich ihr eine Hand auf den Arm.

»Bitte«, sage ich. »Sie brauchen ja nicht mit der Polizei zu reden, nur mit mir.«

»Ich weiß nicht, ob ich das schaffe«, seufzt sie.

»Denken Sie an Linnea«, entgegne ich schnell. »Falls er ihr etwas angetan hat, dann sollte das doch ans Licht kommen, finden Sie nicht?«

Alicia windet sich auf ihrem Stuhl. Ich spüre einen Anflug von schlechtem Gewissen, ihr solche Qualen zu bereiten, aber ich muss herausfinden, was sie weiß. »Okay«, sagt sie schließlich. »Ich erzähle es Ihnen, aber niemandem sonst.«

»Danke. Sie waren also zusammen?«

»Ja, zwei Jahre lang, und am Anfang war auch alles noch super. Er wirkte so reif, hat mir recht früh seine Liebe gestanden und gesagt, ich könnte bei ihm einziehen. Ich war gerade frisch getrennt und hatte keine Lust mehr auf Männer, die sich nicht festlegen wollen, da erschien mir Richard fast zu gut, um wahr zu sein. Er war alles, wovon ich immer geträumt hatte: interessiert, großzügig und gewissenhaft. Und ich habe ihm einfach komplett aus der Hand gefressen.«

»Was ist dann passiert?«

»Schwer zu erklären. Er hat sich irgendwie verändert«, sagt sie und streicht nachdenklich mit den Fingerspitzen über die Tischkante. »Aber es kam schleichend, deshalb habe ich es zunächst nicht so richtig bemerkt.«

»Haben Sie ein Beispiel?«

Alicias Blick wandert zur Decke, und sie denkt einen Moment nach. Ihr Gesicht ist süß, fast puppenhaft.

»Manchmal, wenn er sauer wurde, hat er einfach losgebrüllt und ziemlich krasse Sachen gesagt. Ich dachte zuerst, er wäre gestresst wegen der Arbeit, und habe es nicht so ernst genommen. Aber dann fing er auch an, mich über alles Mögliche auszufragen. Er wollte wissen, wo ich hinging und mit wem ich zusammen war, und hat sich aufgeregt, wenn ich mal Verabredungen mit anderen hatte. Sobald ich was mit Freunden machen wollte, hieß es, genau an dem Abend wollte er eigentlich mit mir essen gehen und wäre total enttäuscht, wenn ich nicht mitkäme. Anfangs habe ich das noch für puren Zufall gehalten«, fährt sie fort und nimmt ihre dünne Halskette zwischen die Finger. »Als mein Vater Geburtstag hatte, hat Richard mich mit einem Wochenendtrip nach Berlin überrascht, und an dem Abend, als ich zu einer Feier mit Kollegen wollte, hat er behauptet, er hätte Opernkarten. Erst nach ein paar Monaten wurde mir klar, dass ich meine Freunde und Familie kaum noch gesehen hatte, seit wir zusammen waren.«

»Er hat Sie also isoliert?«

»Ja, kann man so sagen. Und er wollte Kontrolle. Er hat mir ein neues Handy gekauft, worüber ich mich zunächst auch gefreut habe, aber dann bin ich dahintergekommen, dass er mich damit auf Schritt und Tritt verfolgen konnte.«

»Wie unangenehm.«

»Ja«, sagt sie nickend. »Und er war eifersüchtig, hat mir unterstellt, ich hätte was mit einem Kollegen. Seitdem hat er mich regelmäßig von der Arbeit abgeholt und wollte, dass ich mich in eine andere Abteilung versetzen lasse. Aber das war noch nicht alles.«

»Was denn noch?«

Alicia zögert und presst die Lippen einen Moment aufeinander, bevor sie weitererzählt: »Er hatte einen Arbeitskollegen, Igor, mit dem er sich verkracht hat. Ich glaube, Igor hat versucht, ihm einen Kunden auszuspannen, oder so was in der Art. Jedenfalls war Richard ziemlich sauer und hat die ganze Zeit darüber geschimpft, was für ein Abschaum Igor wäre und dass er noch dafür büßen würde, was er getan hatte. Eines Tages kam er dann außergewöhnlich gut gelaunt nach Hause. Er hatte Champagner und russischen Kaviar dabei. Als ich wissen wollte, was los sei, erzählte er, dass Igor einen Autounfall hatte und endlich seine wohlverdiente Strafe bekommen habe.« Alicia zieht die Schultern hoch und schüttelt den Kopf. »Ich konnte ja verstehen, dass Richard wegen der Sache mit dem Kunden sauer war, aber zu feiern, dass ein Arbeitskollege auf der Intensivstation gelandet war, kam mir einfach nur furchtbar vor. Richard schien überhaupt nicht zu begreifen, was da passiert war. Es ließ ihn vollkommen kalt, und an dem Punkt wurde mir klar, dass ich mich von ihm trennen musste.«

Ich nicke, versuche, nicht zu eifrig zu wirken.

»Und wie verlief die Trennung?«

Alicia faltet ihre schmalen Finger um die Kaffeetasse. Ich merke, wie schwer es ihr fällt, davon zu erzählen.

»Es war schrecklich«, bringt sie schließlich hervor. »Er ist fuchsteufelswild geworden, hat rumgeschrien und mit Sachen um sich geworfen, und er hat mich als manipulative

Hure beschimpft, die ihn nur über den Tisch ziehen wollte. Richard hasst es, wenn er nicht seinen Willen bekommt. Er konnte sich schon über Lappalien aufregen, wie zum Beispiel, dass sein Lieblingstisch im Restaurant besetzt war oder dass er beim Roulette verlor. Jeder noch so kleine Verlust war für ihn eine persönliche Kränkung.«

»Was genau ist passiert?«

»Ich glaube, ich hatte in meinem ganzen Leben noch nie solche Angst«, sagt Alicia leise. »Ich habe einfach alle meine Sachen in der Wohnung gelassen, bin nur schnell da raus. Als ich ein paar Tage später mit einem Kumpel zurückkam, war nichts mehr davon da. Mein Teil des Kleiderschranks war leer, und alles, was ich besessen hatte – Bücher, Schmuck, Fotoalben –, war verschwunden. Ich weiß immer noch nicht, was damit passiert ist, aber ich bin heilfroh, dass ich mit dem Leben davongekommen bin.«

»Sie glauben also, er hätte Ihnen ernsthaft was antun können?«

»Ja«, sagt sie nickend. »Er hat mich zwar nicht geschlagen, aber wenn er aufgebracht war, konnte er ganz schön ruppig werden. Ein paar Mal hat er mich geschubst und mich so fest am Arm gezogen, dass ich blaue Flecken bekam. Hinterher hat es ihm immer leidgetan. Er hat sich entschuldigt, hat mir teure Geschenke gekauft und versprochen, dass es nie wieder vorkommt.«

»Und Sie sind nie zur Polizei gegangen?«

»Doch, einmal, aber das Verfahren wurde eingestellt. Er hat behauptet, ich wäre psychisch labil und hätte mich nur dafür rächen wollen, dass er mich verlassen wollte. Es war furchtbar demütigend.«

»Wie schrecklich.«

»Richard hat überall Kontakte. Man kommt nicht gegen ihn an.«

Ich trinke einen Schluck Kaffee und seufze innerlich. Ich kann gut verstehen, dass Alicia die Sache mit Richard nicht noch mal aufrollen will, aber gleichzeitig werde ich das Gefühl nicht los, dass dies der Schlüssel zu Linnea Arvidssons Verschwinden sein könnte.

»Was, glauben Sie, ist mit Linnea passiert?«

»Ich weiß es nicht«, sagt sie mit einem resignierten Schulterzucken.

»Aber Sie haben von ihrem Verschwinden gelesen, oder?«

»Mir wird schlecht, wenn ich die Interviews mit ihm sehe, und ich muss die ganze Zeit daran denken, was er wohl mit ihr gemacht hat, aber ich kann nichts tun. Ich hätte längst etwas sagen sollen, hätte hartnäckig bleiben und noch mal Anzeige erstatten sollen, aber ich hatte zu viel Angst.«

Alicia sinkt in sich zusammen und tut mir plötzlich wahnsinnig leid. Sie kann nicht die Verantwortung für Richards Taten übernehmen, genauso wenig wie ich für Danis.

»Was auch passiert ist, es ist nicht Ihre Schuld«, sage ich. »Falls Ihnen noch etwas einfällt, können Sie sich ja vielleicht melden.«

Ich trinke meinen Kaffee aus und stehe auf, doch als ich gerade gehen will, hält Alicia mich zurück.

»Da ist noch etwas«, sagt sie mit bebender Stimme. »Ich habe mal eine Dokumentation über einen Amerikaner gesehen, der seine Frau ermordet und die Leiche im Meer versenkt hatte.«

»Okay?«, antworte ich, ohne so recht zu verstehen, worauf sie hinauswill.

»Als wir zusammen waren, hatte Richard ein Motorboot, und ich glaube kaum, dass er es verkauft hat.« Alicia blickt mich mit schimmernden Augen an. »Es fühlt sich schrecklich an, so eine Verdächtigung auszusprechen, allein der Gedanke ist ungeheuerlich, aber vielleicht sollte die Polizei mal nach dem Boot suchen.«

Mir wird kalt, ich spüre, wie ich förmlich versteinere.

»In Ordnung«, sage ich und lege ihr eine Hand auf die Schulter. »Haben Sie vielen Dank für Ihre Offenheit.«

KAPITEL 53

Im Anschluss an dieses Treffen rufe ich als Erstes Micke an. Wenn er erfährt, was ich herausgefunden habe, wird er mir ganz bestimmt helfen. Aber er geht nicht ran, wahrscheinlich ist er gerade im Dienst. Nachdem ich es dreimal vergeblich versucht habe, beschließe ich, mich aufs Fahrrad zu schwingen und zur Polizeiwache zu fahren.

In der Wartehalle ist es nicht so voll wie sonst, und an der Rezeption bitte ich um ein Gespräch mit Micke. Der Mann am Schalter will wissen, worum es geht, und verzieht das Gesicht, als ich nicht darauf antworte.

Ich nehme Platz und warte. Links von mir sitzt eine Mutter mit zwei kleinen Kindern, die auf den Bänken herumklettern, rechts ein älteres Pärchen in voller Wintermontur, obwohl gerade erst Oktober ist. In einer Ecke des Raumes kauert eine junge Frau. Sie hat die Jacke bis über die Nasenspitze gezogen, so dass nur ihre Augen zu sehen sind, trotzdem kommt sie mir irgendwie bekannt vor.

Hinter der Glastür zum Korridor erscheint Micke. Er wechselt ein paar Worte mit einem uniformierten Beamten, der den Blick in die Wartehalle gerichtet hat. Als Micke mich sieht, hält er inne. Ich stehe auf und lächle angestrengt.

»Hallo«, sage ich erleichtert.

Micke steht breitbeinig da und verschränkt die Arme vor der Brust.

»Was machst du denn hier?«

»Ich muss nur mal kurz mit dir reden.«

»Kann das nicht bis heute Abend warten? Ich habe gleich eine Besprechung.«

»Bitte«, sage ich und neige den Kopf. »Es dauert auch nicht lange.«

Er seufzt und sieht sich um. Dann geht er mit mir in einen Teil der Wartehalle, wo sonst niemand sitzt. »Okay, worum geht es?«

Ich überlege, wie ich es am besten sagen soll, weiß genau, wie verärgert er sein wird, wenn er hört, warum ich hier bin. Aber die Polizei muss erfahren, was Alicia mir anvertraut hat.

»Also«, sage ich und senke die Stimme, »ich habe gerade eine Ex-Freundin von Richard Bofors getroffen, und sie hat mir erzählt, dass er ein ziemlich aufbrausender Mensch ist und auch schon gewalttätig war. Sie glaubt, er könnte Linnea etwas angetan haben.«

»Ach so?«

»Ja, du musst das ans Ermittlungsteam weitergeben. Verstehst du nicht, Dani ist unschuldig!«

»Glaubst du, ich bin der Richtige, um diese Information ins Spiel zu bringen?«, seufzt er.

»Mit wem soll ich denn sonst reden? Dieser Christian Wallin war von Anfang an überzeugt davon, dass Dani dahintersteckt.«

Micke reibt sich die Stirn. »Lydia, ich kann mich nicht in die Ermittlungen anderer reinhängen. Wenn Richard Bofors was mit der Sache zu tun hat, dann kommt das auch heraus. Man muss die Mühlen der Justiz in Ruhe mahlen lassen.«

»Aber Dani sitzt hinter Gittern, verdammt noch mal!«, sage ich etwas zu laut, so dass das ältere Pärchen zu mir herüberschielt.

»Und er kommt auch wieder raus, wenn es keine Beweise gegen ihn gibt.«

»Richard Bofors hat ein Motorboot«, fahre ich fort und schaue Micke eindringlich an.

»Aha. Und ist das ein Verbrechen?«

»Er könnte Linneas Leiche im Meer versenkt haben.«

Micke fasst mich am Arm und zieht mich zu sich.

»Schluss jetzt«, flüstert er. »So geht das nicht. Du solltest dich mal reden hören!«

»Wieso? Ich versuche nur, meinem Bruder zu helfen. Ihr müsst der Sache nachgehen«, sage ich und spüre, wie mich der Mut verlässt. Ich liebe Micke immer noch, aber wenn er jetzt nicht auf mich hört, weiß ich nicht, ob ich ihm jemals verzeihen kann.

»Okay«, sagt er und hält abwehrend die Hände hoch. »Ich rede mit Wallin.«

»Versprochen?«

»Versprochen«, sagt er. Dann brummt sein Handy, und er holt es hervor. »Einen Moment, ich muss nur schnell diese Nachricht beantworten.«

Aus dem Augenwinkel sehe ich, wie die junge Frau in der Ecke aufsteht, als der Beamte in Uniform auf sie zukommt. Er lächelt und streckt ihr eine Hand entgegen, doch anstatt sein Lächeln zu erwidern, weicht sie zurück und presst den Rücken an die Wand. Sie unterhalten sich einen Moment, dann geht die Eingangstür auf, und Richard Bofors kommt herein. Er trägt einen marineblauen Mantel über dem Anzug und ein schwarzes Halstuch, dessen Ende er lässig über die Schulter geworfen hat.

»Linnea«, ruft er und geht eilig auf die junge Frau zu. Er nimmt sie fest in den Arm und flüstert ihr etwas ins Ohr.

Ein Murmeln geht durch den Wartesaal. Sämtliche Blicke richten sich auf die beiden, und es wird eifrig getuschelt.

»Da ist sie!«, sage ich. »Das ist das vermisste Mädchen. Sie haben sie gefunden!«

Ich starre zu Linnea hinüber, und zu Richard Bofors, der schützend den Arm um seine Freundin legt.

»Mein Gott, was habe ich mir Sorgen gemacht«, sagt er, laut genug, dass alle es hören. »Wo bist du gewesen?«

Linnea antwortet nicht, ihr Blick ist leer.

»Was für ein Glück, dass Oliver dich hier entdeckt hat«, fährt er fort und schüttelt dem uniformierten Polizisten die Hand. »Danke für den Anruf.«

»Kein Problem«, antwortet der Beamte. »Ich glaube, das Ermittlungsteam würde gern noch mit Linnea sprechen.« Damit deutet er auf die Glastür, aber Richard Bofors schüttelt den Kopf.

»Du siehst ja, wie mitgenommen sie ist. Linnea muss sich erst mal ausruhen. Das Wichtigste ist doch, dass sie wohlbehalten wieder da ist, oder etwa nicht?«

»Was meinst du, Linnea?«, fragt der Polizist. »Kannst du noch mit dem Leiter der Voruntersuchung sprechen? Wallin ist gerade nicht da, aber ich habe ihn schon angerufen und hergebeten.«

»Ach komm schon, Oliver. Verstehst du nicht, dass sie erst mal nach Hause will?«, sagt Richard Bofors. »Eure Fragen können ja wohl warten.«

»Es tut mir leid, aber ich kann euch nicht gehen lassen, ohne mit Linnea zu reden.«

Richard Bofors stößt einen resignierten Seufzer aus. Sein Missmut über die Situation ist nur zu deutlich, doch schließlich begleitet er Linnea und den Polizisten in den Bürotrakt hinter der Wartehalle.

Meine Erleichterung, die junge Frau zu sehen, ist enorm.

Auch wenn ich nie ernsthaft geglaubt habe, dass mein Bruder etwas mit der Sache zu tun hat, ist es gut zu wissen, dass die Polizei ihn nun nicht mehr verdächtigen kann.

»Sieh an«, sagt Micke und steckt sich das Handy in die Gesäßtasche. »Linnea Arvidsson ist wieder da.«

»Ja, aber das ist doch irgendwie komisch, oder? Wo war sie die ganze Zeit, und warum hat sie nichts von sich hören lassen?«, sage ich, während ich Linnea mit dem Blick folge, bis sie hinter einer Tür verschwindet. Irgendetwas an ihrer Körpersprache gibt mir ein ungutes Gefühl. »Kannst du nicht mal mit ihr reden?«

»Wieso?«

»Um herauszufinden, was passiert ist. Sie scheint ja völlig durch den Wind zu sein.«

»Ich habe dir doch gesagt, dass ich mich da nicht einmischen kann. Vielleicht ist Linnea ja spontan irgendwo hingefahren, wo sie nicht erreichbar war, und hat einfach vergessen, ihrem Typen vorher Bescheid zu sagen. Aber es geht ihr ja offenbar gut.«

»Irgendwas stimmt da nicht«, entgegne ich.

»Jetzt hör endlich auf«, seufzt Micke. »Das ist wirklich nicht deine Sache. Sie ist am Leben, niemand hat sie irgendwo im Meer versenkt.«

Ich schnaube, und zum ersten Mal lächelt er.

»Warte hier einen Moment, ich höre mal nach, wie es mit Dani weitergeht. Er sollte doch hoffentlich jetzt freigelassen werden.«

Damit verschwindet er, und ich setze mich auf eine Bank. Was soeben passiert ist, lässt mir keine Ruhe. Sosehr ich es auch drehe und wende, es ergibt einfach keinen Sinn für mich. Nach einer Weile kommen Richard Bofors und

Linnea zurück. Er hat den Arm um ihre Taille gelegt und schiebt sie förmlich durch die Wartehalle nach draußen. Verwirrt schaue ich mich um. Sind sie etwa schon fertig?

Eigentlich sollte ich auf Micke warten, aber irgendetwas zieht mich zu Linnea. Vielleicht ist es so eine Art Beschützerinstinkt, ich will sie nicht mit diesem Mann allein lassen, also stehe ich auf und folge den beiden.

Aus einiger Entfernung sehe ich, wie sie das Gebäude umrunden. Die ganze Situation ist irgendwie merkwürdig. Sie haben überhaupt keine Ähnlichkeit mit einem Liebespaar, das gerade wiedervereint wurde. Da ist nichts Zärtliches zwischen ihnen, keine sanften Worte, kein Lächeln. Vielmehr erinnert Richard an einen aufgebrachten Vater, der sein ungezogenes Kind hinter sich herzieht. Er hat Linneas Arm fest umgriffen und zerrt sie regelrecht mit sich.

Sie steigen in ein schwarzes Auto, das auf einem Parkplatz hinter der Polizeiwache steht. Schnell schließe ich mein Fahrrad auf, und als sie an mir vorbeifahren und in die Drottninggata biegen, folge ich ihnen.

Es geht in Richtung Västra Hamnen, und ich gebe mein Bestes, um nicht den Anschluss zu verlieren. Auf der Slottsgata verliere ich sie kurz aus dem Blick, aber dank der vielen Baustellen und Ampeln habe ich sie am Kockums Torg wieder eingeholt, als der Wagen gerade auf einen Parkplatz an der Propellergata einbiegt.

Ich stelle das Fahrrad ab und folge den beiden in die Sundspromenad. Der Wind hat zugenommen, und Linneas Haar weht ihr in das verschlossene Gesicht. Ich überlege, ob ich die Situation irgendwie entschärfen kann. Vielleicht könnte ich zu ihnen gehen und mich noch einmal als Linneas Kommilitonin ausgeben, sie auf einen Kaffee einladen und darauf bestehen, dass sie mitkommt. Aber vermutlich wird das nicht funktionieren, Richard wird sie nicht gehen lassen, er hat eine solche Wut im Blick, dass es einem durch Mark und Bein geht.

Sie verschwinden in dem weißverputzten Haus, und ich nähere mich der Eingangstür. Mein Kopf ist voller Fragen. Wo ist Linnea gewesen, und hat das etwas mit meinem Bruder zu tun? Er war schließlich auch verschwunden und nicht übers Handy erreichbar, genau wie sie. Und wieso sonst standen sie zusammen am Bahnhof?

Vielleicht wollte Linnea Richard Bofors verlassen, und Dani hat ihr geholfen, sich vor ihrem gefährlichen Freund zu verstecken. Aber warum geht sie dann jetzt mit ihm? Auf der Polizeiwache hätte sie doch alles erzählen können.

Ich sehe noch einmal vor mir, wie Richard Bofors ihr bei der Begrüßung etwas ins Ohr geflüstert hat. Ob das womöglich etwas war, womit er sie unter Druck gesetzt und so zum Mitgehen bewegt hat?

Ich warte einen Moment, dann folge ich den beiden ins Haus und höre gerade noch, wie eine Wohnungstür zufällt. Mit großen Schritten eile ich die Treppe hinauf, bis ich vor der Tür mit der Aufschrift *R. Bofors & L. Arvidsson* stehe. Dahinter höre ich Richards Stimme. Er spricht laut, und ich lege das Ohr an die Tür.

»Verdammt noch mal, Linnea. Dass du mich nach allem, was ich für dich getan habe, so hintergehst. Hat der Typ dich etwa dazu angestiftet, mich zu bestehlen? Hä? Ihr werdet mir alles zurückgeben, den Schmuck und mein Notizbuch.«

Einen Augenblick ist es still, dann brüllt Richard wieder los.

»Hast du gar nichts dazu zu sagen? Eine Entschuldigung wäre vielleicht mal angebracht.«

»Tut mir leid.«

»Was? Ich habe dich nicht verstanden, was hast du gesagt?«

»Es tut mir leid«, wiederholt sie.

»Du kannst verdammt froh sein, dass ich dich brauche, um aus dieser Nummer wieder rauszukommen. Ab jetzt machst du genau, was ich dir sage. Dieser Kanake hat dich mitgenommen und den Schmuck geklaut. Kapiert?«

Mir ist klar, dass die Rede von Dani ist, und ich spüre, wie sich alles in mir zusammenzieht.

»Aber so war es nicht«, protestiert Linnea.

»Ist mir scheißegal.«

»Du hast gesagt, du lässt ihn in Ruhe, wenn ich mitkomme.«

»Wie soll das gehen? Du wurdest entführt, genau wie ich Oliver schon gesagt habe. Das ist die einzig gültige Erklärung.«

So leise es geht, hole ich mein Handy hervor und schicke Micke eine Nachricht. *SOS Linneas Wohnung. Schnell!*

»Daniel hat nichts getan«, schluchzt Linnea.

»Bist du wirklich so blöd? Glaubst du, er interessiert sich für dich? Der will doch nur an mein Geld!«

»Das stimmt nicht.«

»Ach nein? Die Uhr hat er jedenfalls verpfändet, ohne mit der Wimper zu zucken.«

»Das war meine Idee, ich brauchte Geld für einen Pass, du hattest mir meinen ja weggenommen.«

»Ich habe dir deinen Pass nicht weggenommen, der liegt in unserem Bankfach.«

»Dann kann ich ihn ja wiederhaben.«

»Natürlich. Sobald dieses Problem hier gelöst ist. Und jetzt will ich hören, was du sagst, wenn der Voruntersuchungsleiter hier auftaucht.

»Ich werde die Polizei nicht belügen.«

In der Wohnung wird es still, dann höre ich Linnea aufschreien.

»Au, lass mich los.«

»Nur wenn du tust, was ich sage.«

Sie stößt erneut einen Schrei aus, ihre Stimme ist schmerzerfüllt.

Ich spüre ein heftiges Pochen in den Schläfen, das sich in den ganzen Kopf fortsetzt. In der Etage unter uns geht eine Tür auf, und eine grauhaarige Dame schaut über das Treppengeländer zu mir herauf.

»Rufen Sie die Polizei«, sage ich so deutlich ich kann, ohne dass Richard mich durch die Wohnungstür hört. Die Dame starrt mich nur an, ich muss einen seltsamen Eindruck machen, wie ich hier stehe und an der Tür lausche. »Beeilen Sie sich«, zische ich ihr zu und höre, wie sie zurück in ihre Wohnung verschwindet und hinter sich zuschließt.

Ich bin immer noch ratlos, was ich tun soll. Als hinter der Tür ein dumpfer Schlag zu hören ist, weiche ich ein Stück zurück.

»Hör auf, bitte«, jammert Linnea.

Die Klinke bewegt sich. Es sieht ganz so aus, als versuchte das Mädchen, aus der Wohnung zu entkommen, und im nächsten Moment fliegt auch schon die Tür auf.

Linneas Augen sind weit aufgerissen, sie tut, was sie kann, um ihren Arm aus Richard Bofors' Griff zu befreien.

»Komm zurück«, brüllt er.

Sie stemmt sich gegen den Türrahmen, ächzt und keucht, bis sie sich schließlich losreißen kann und ins Treppenhaus stolpert. Weit kommt sie jedoch nicht, nach nur wenigen Metern ist er wieder bei ihr.

»Zur Hölle, Linnea«, ruft er und packt sie um die Taille, doch sie hält sich am Treppengeländer fest und wehrt sich aus Leibeskräften.

»Lass sie los«, schreie ich.

Keiner der beiden hat mich bisher bemerkt, und Linnea sieht mich entgeistert an. Auch Richard Bofors schaut in meine Richtung, aber ob er mich erkennt, kann ich nicht sagen.

»Halt dich da raus«, fährt er mich an.

»Lass sie in Ruhe«, erwidere ich, wage es aber nicht, mich den beiden zu nähern.

Er wirft mir einen hasserfüllten Blick zu und fasst Linnea fest am Arm.

»Komm jetzt, Linnea. Das wird langsam peinlich. Wir gehen wieder rein.«

»Niemals«, faucht sie.

Richard seufzt und lässt sie los.

»Dann mach doch, was du willst.«

Linnea und ich wechseln einen Blick und ich nicke ihr zu. Wir müssen so schnell wie möglich hier weg, aber als ich gerade einen Schritt auf sie zumachen will, nimmt er sie in den Würgegriff und drückt zu.

»Hast du etwa gedacht, du kommst so leicht davon?«

Er reißt sie zurück und löst mit der freien Hand ihre Finger vom Geländer.

Linnea ringt nach Atem. Sie windet sich, will sich befreien, aber ohne Erfolg. Richard Bofors' Kiefer ist angespannt, und an seinem Hals tritt eine dicke Ader hervor.

Ich stehe wie angewurzelt da, doch als ich Linneas Gesicht sehe, komme ich augenblicklich zu mir. Mit einem Satz bin ich bei ihr und versuche, Richard von ihr wegzuziehen, aber es ist nichts zu machen.

»Hilfe!«, schreie ich. »Wir brauchen Hilfe!« Niemand kommt.

In mir wächst die Verzweiflung. Ich weiß nicht, ob Micke meine Nachricht ernst nimmt, ob er sie überhaupt gesehen hat.

Linnea ist puterrot im Gesicht, und ihre Augen sind verdreht. Ich habe keine Ahnung, was hier passiert, warum Richard das tut. Ich bin so geschockt, dass sich alles wie in Zeitlupe zu bewegen scheint.

»Lass sie los!«, schreie ich aus Leibeskräften. Aber auch das bringt nichts.

Die Wohnungstür steht sperrangelweit offen, und anstatt mich weiter an Richard Bofors abzumühen, suche ich nach irgendetwas, womit ich ihn außer Gefecht setzen kann. Schließlich entdecke ich einen Glaszylinder auf einer Marmorplatte, mit dem ich zurück ins Treppenhaus laufe und Richard voll eins überziehe.

Es fühlt sich nicht so an, wie man vermuten würde, wenn etwas Hartes auf einen Schädel trifft. Der Aufprall ist sanfter und beinahe lautlos, nur ein dumpfer Stoß ist zu hören.

Zuerst weiß ich nicht, ob mein Angriff überhaupt einen Effekt hat, doch dann sehe ich an Linneas Gesicht, dass etwas passiert. Richards Griff um ihren Hals wird schlaffer, und er fasst sich in den Nacken, wo ihm Blut herunterrinnt.

Erneut durchzuckt mich der Gedanke, dass wir hier wegmüssen, doch bevor ich irgendetwas tun kann, hat Richard Bofors mich am Schopf gepackt und zieht mich mit einem festen Ruck zu sich. Ich stolpere nach vorn und kann mich gerade noch mit den Händen abfangen, aber meine Knie kommen mit voller Wucht auf dem Steinboden auf, und ich spüre einen stechenden Schmerz im Oberschenkel.

Mir brennt der Kopf, als er mich an den Haaren hochreißt. Ich bekomme einen Tritt in den Bauch, und mein ganzer Körper krümmt sich augenblicklich zusammen. So etwas habe ich noch nie gespürt, und einen Moment vergesse ich zu atmen.

»Wenn du auch nur ein Wort sagst, bringe ich dich um. Hast du das kapiert?«

»Lass sie los, bitte«, ächzt Linnea. »Sie hat nichts damit zu tun.« Doch er kümmert sich gar nicht um sie.

Ich liege zusammengerollt da und spüre einen pulsierenden Schmerz. Es tut so weh, dass ich nicht weiß, ob ich mich jemals wieder rühren kann.

»Antworte mir!«, brüllt er, aber ich bringe keinen Ton heraus, und als der Griff um meinen Haarschopf fester wird, habe ich das Gefühl, als würden sich tausend Nadelspitzen in meine Kopfhaut bohren.

Richard Bofors zieht mich hoch bis auf Kniehöhe und will gerade wieder zutreten, doch da höre ich ein Geräusch. Es klingt seltsam, halb wie ein Stöhnen, halb wie ein lautes Heulen. Er hält kurz inne und kann mich gerade noch loslassen, als Linnea sich plötzlich mit voller Wucht gegen ihn wirft.

Ich sehe ihn wanken. Er steht am Rand des Treppenabsatzes und rudert mit den Armen, versucht sich noch irgendwo festzuhalten, aber sein Griff geht ins Leere, und im nächsten Moment verliert er das Gleichgewicht und fällt hintenüber. Schwer kommt er auf den Stufen auf, überschlägt sich und landet auf dem nächsten Absatz, wo er mit dem Kopf gegen die Wand prallt. Dann bleibt er regungslos liegen.

Linnea nimmt meine Hände und hilft mir auf die Beine. Ich spüre einen Stich in der Seite und habe Schwierigkeiten, aufrecht zu stehen, also lehne ich mich ans Treppengeländer. Durch das breite Fenster über dem Absatz, auf dem Richard Bofors liegt, sehe ich eine Streife vor dem Haus halten.

Ich bebe am ganzen Körper und habe Blutgeschmack im Mund. Linnea starrt die Treppe hinunter, dann dreht sie sich um und sieht mich mit großen, geröteten Augen an. Sie blinzelt einmal, und obwohl wir uns nicht kennen, schließt sie mich leise weinend in die Arme.

Ihr Haar riecht nach Wald. Ich erwidere die Umarmung, und eine Weile stehen wir schweigend da und halten uns einfach nur fest.

Als Micke die Treppe heraufkommt, ist es, als würde sich ein Knoten lösen. Ich wanke und hole einmal tief Luft.

Micke fühlt mit dem Finger an Richard Bofors' Hals und sagt etwas in sein Funkgerät. Ein Knistern ertönt, und ich höre Stimmen, bringe es aber nicht fertig, mich auf die ausgetauschten Nachrichten zu konzentrieren. Dann kommt Micke in zwei großen Schritten zu uns herauf. Meine Erleichterung, ihn zu sehen, ist enorm.

Wenig später ist das Treppenhaus voller Leute. Linnea und ich werden zu zwei Rettungssanitätern gebracht, die uns Decken um die Schultern legen. Während sie uns untersuchen, werden wir von einem Polizisten befragt. Ich antworte so gut ich kann, bin aber wie benommen. Es fühlt sich so an, als wäre ich seit Tagen wach. Meine Augen sind schwer, und ich will mich nur noch hinlegen und schlafen. Denn jetzt weiß ich, dass dieser Albtraum endlich vorbei ist.

KAPITEL 54

Ich stelle einen Teller Kremšnita auf den Tisch, die kleinen Blätterteigkuchen mit Vanillecreme, die Mama immer so gernhatte. Dann setze ich mich zu Dani und Mila. Linnea sollte eigentlich auch hier sein, aber sie ist verspätet, und so sind wir drei Geschwister zum ersten Mal seit Jahren unter uns.

Nachdem wir erfahren hatten, was passiert war, hat Mila gesagt, sie hoffe, Linnea sei den ganzen Schlamassel auch wert. Sie vertraut ihr immer noch nicht so recht, aber ich habe nicht den geringsten Zweifel daran, dass Linnea gut für Dani ist. Ich habe ihn noch nie so glücklich gesehen. Was die beiden miteinander haben, scheint etwas ganz Besonderes zu sein. Außerdem fühle ich mich ihr irgendwie verbunden. Die Ereignisse vor Richard Bofors' Wohnung haben uns zusammengeschweißt.

Vor dem Fenster fällt der erste Schnee des Jahres. In den Lichtkegeln der Straßenlaternen sieht man Flocken so groß wie Wattebäusche durch die Luft wirbeln. Der Wind fegt über den Neuschnee und lässt die oberste Schicht wie Pulver aufstieben, und all das Weiß bringt die graue Stadt förmlich zum Leuchten.

Dani trinkt einen Schluck Kaffee. Auch wenn er lieber nicht darüber redet, weiß ich, wie schwer die letzte Zeit für ihn gewesen ist. Er hat seinen Job verloren, und wegen der Polizeiermittlungen konnten er und Linnea bisher nicht weg. Ich weiß, wie sehr sie sich nach etwas Abstand sehnen, und trotzdem bin ich dankbar dafür, ihn noch hier zu haben. Jedes Mal, wenn ich Dani sehe, bin ich froh. Ich bin so erleichtert, dass sich alles aufgelöst hat. Dass es ihm gutgeht.

»Wie läuft's im Lager?«, frage ich.

Dani neigt seine Kaffeetasse.

»Es geht.«

»Gefällt es dir nicht?«

»Doch, schon. Ist nicht gerade ein Traumjob, aber zum Geldverdienen reicht es.«

»Bist du traurig, dass du nicht im Café bleiben konntest?«, fragt Mila.

Er zuckt mit den Schultern.

»Ach, das wäre sowieso nichts für länger gewesen. Und jetzt brauche ich wenigstens nicht mehr jeden Tag nach Västra Hamnen zu fahren«, sagt er mit einem schiefen Lächeln. »Die gute Nachricht ist, dass Linnea ab dem kommenden Semester an einer Uni in London weiterstudieren kann.«

Mila nickt. »Wir überlegen gerade, nach Zagreb zu fahren und den Kindern mal zu zeigen, wo Mama und Papa aufgewachsen sind.«

Ich schaue Dani an, der genauso verblüfft zu sein scheint wie ich.

»Im Ernst?«

»Ja. Ich möchte, dass Max und Ellen wissen, wo sie herkommen.«

»Tolle Idee«, antworte ich.

»Warum sind wir eigentlich nie nach Kroatien gereist?«, fragt Dani. »Ich meine, Papa hat doch ständig von Opas Restaurant und allem anderen da unten geschwärmt.«

»Ich weiß nicht«, sagt Mila. »Irgendwie ist es nie dazu gekommen. Oder vielleicht waren seine Geschichten auch einfach besser als die Wirklichkeit.«

»Wie meinst du das?«, frage ich.

Mila richtet sich den Pferdeschwanz, und ich sehe ihr an, dass sie über ihre Worte nachdenken muss.

»Ich habe mal mit Mama darüber gesprochen«, sagt sie schließlich. »Ich habe sie gefragt, warum Opa uns nicht finanziell unterstützen konnte, wenn er doch so erfolgreich war. Da hat sie mir gesagt, Papa habe uns nicht ganz die Wahrheit erzählt. Opa hatte gar kein eigenes Restaurant, er hat nur in einem gearbeitet. Aber ich musste ihr versprechen, dass ich das für mich behalte.«

Ich starre Mila an, kann nicht glauben, was sie da sagt. Papas Geschichten über das Restaurant in Zagreb sollen also alle nur erfunden gewesen sein?

»Warum hat er denn gelogen?«, will Dani wissen.

»Keine Ahnung. Vielleicht wollte er uns eine Art Lichtblick für die Zukunft geben. Das Gefühl, dass wir aus einer Familie kommen, die es zu etwas bringen kann.«

Ich will gerade etwas sagen, da hören wir, wie Papa sich in seinem Zimmer regt. Er hat geschlafen, doch jetzt scheint er wach zu sein. Ich möchte aufstehen, aber Mila ist schneller.

»Ich kümmere mich um ihn«, sagt sie und verschwindet.

»Mila meinte, ihr habt euch nach einer Unterbringung für Papa umgeschaut«, sagt Dani und sieht mich an.

Ich falte meine Serviette zwischen den Fingern und nicke. »Ja.«

»War was Gutes dabei?«

»Es gibt ein schönes Heim in Oxie, direkt bei ihr in der Nähe.«

»Klingt doch perfekt.«

»Mal sehen.«

»Du weißt, dass es nicht allein deine Aufgabe ist, dich um Papa zu kümmern, oder?«, fährt er fort. »Du hast auch ein Recht auf ein eigenes Leben.«

»Ich weiß. Aber ich bin noch nicht so weit.«

Die vergangenen Monate waren chaotisch, doch jetzt kehrt allmählich wieder Alltag ein. Anfangs wurde in der Zeitung jeden Tag über den Linnea-Fall berichtet, und vor unserem Haus standen die ganze Zeit Reporter, die etwas von uns wollten. Dani und Linnea bekamen sogar Geld dafür geboten, dass sie ihre Geschichte erzählen, aber das wollten sie nicht, und so anstrengend der ganze Trubel auch war, bin ich doch dankbar dafür, dass die Medien so schnell Danis Unschuld zum Thema gemacht haben.

Im März beginnt der Prozess gegen Richard Bofors, und erst wenn der durchgestanden ist, werden wir wohl endlich richtig zur Ruhe kommen. Richard sitzt seit dem Tag, an dem ich ihm und Linnea in die Sundpromenad gefolgt bin, in Untersuchungshaft, ihm werden eine Reihe von Straftaten vorgeworfen. Neben Falschalarm, Bedrohung, schwerer Körperverletzung und versuchtem Mord wird auch im Zusammenhang mit Finanzdelikten gegen ihn ermittelt, und der Staatsanwalt scheint überzeugt davon zu sein, dass ihm eine Haftstrafe blüht.

Manchmal habe ich immer noch Alpträume und wache zum Teil mit schrecklichen Bildern im Kopf auf. Das passiert zwar immer seltener, aber ich fürchte, dass es wieder schlimmer wird, sobald ich vor Gericht gegen ihn aussagen muss.

Mila und Papa kommen und setzen sich an den Tisch. Papas Haar ist zerzaust, und er wirkt noch etwas verschlafen, lächelt aber, als er uns sieht.

»Dani, Lidija und Mila«, murmelt er. »Meine Kinder.«

Er bekommt Kaffee und ein Stück Kuchen, den er mit großem Appetit isst.

»Eure Mutter liebt Kremšnita«, sagt er. »Hat sie die gebacken?«

»Nein, Lidija«, antwortet Mila und wischt ihm etwas Buttercreme vom Schnurrbart.

»Die sind richtig gut geworden, Lidija.«

»Danke, Papa. Es gibt noch mehr, wenn du willst.«

Mein Telefon piepst. Ich hole es hervor und sehe, dass Micke eine Nachricht geschickt hat. Er schreibt, dass er heute Abend Lasagne machen will, ich aber sicherheitshalber etwas essen sollte, bevor ich komme. Ich stecke das Handy wieder weg und grinse in mich hinein.

Micke hat mir sehr geholfen, seit die Wahrheit auf dem Tisch ist. Er war wie ein sicherer Hafen, war für mich da und hat auf meine Fragen geantwortet, und als ich im Krankenhaus lag, hat er mich jeden Tag besucht. Ich glaube, er hat ein schlechtes Gewissen, weil er nicht auf mich gehört hat, als ich wegen Richard Bofors ein ungutes Gefühl hatte. Vermutlich denkt er, was mit mir passiert ist, wäre zum Teil seine Schuld. Langsam nähern wir uns wieder an, auch wenn wir eigentlich keinen Schritt weiter sind als bei unserer letzten Trennung, und ich bin mir nicht sicher, ob wir jemals auf einen gemeinsamen Nenner kommen, aber ich hoffe es.

»Wie geht es dir, nach allem, was passiert ist?«, fragt Dani. Seine Stimme klingt sanft, er will es wirklich wissen.

Ich schaue aus dem Fenster und sehe einen einsamen Schneepflug, der unten die Straße räumt. Rechts und links türmt er schmutziggraue Wälle auf, während ein dichter

Nebel aufzieht, in starkem Kontrast zu dem warmen Küchenlicht. Mama wäre froh, uns so zu sehen, denke ich. Alle zusammen.

Ich weiß nicht genau, wieso, aber irgendetwas hat sich verändert. Die vergangenen Ereignisse haben etwas mit mir gemacht. Meine harte Hülle ist aufgeweicht, ich brauche sie nicht mehr. Es ist, als befände ich mich genau dort, wo ich hingehöre. Als wäre die Welt endlich im Gleichgewicht.

Ich blicke Dani an und sehe, dass wir uns verstehen. Wir haben es geschafft, trotz allem. Wir sind immer noch eine Familie.